金 學 叢 書
第二輯 18

吳 敢
胡衍南 霍現俊
主編

李時人《金瓶梅》研究精選集

李時人 著

臺灣 學 生 書 局 印行

金學叢書第二輯序

　　2013 年 5 月第九屆（五蓮）國際《金瓶梅》學術討論會期間，胡衍南、霍現俊忙裏偷閒，時而小聚，漢書下酒，就中便有本叢書編輯出版一事。當時即擬與吳敢商談，以期盡快成議。只是吳敢當時會務繁多，此議終未提及。2013 年 7 月 3 日，胡衍南到徐州公幹，當晚至吳敢舍下小酌，此事即進入操作程序。此後電郵往來，徐州、臺北、石家莊三方輾轉，叢書編撰框架日漸明朗。2013 年 11 月 23 日，胡衍南再度到徐州公幹，代表臺灣學生書局與吳敢詳盡商談編輯出版事宜，本叢書遂成定案。

　　此「金學叢書」之由來也。

　　中國古代小說研究，重大課題眾多。近代以降，紅學捷足先登。20 世紀 80 年代，金學亦成顯學。明代長篇白話小說《金瓶梅》是中國文學史上一部里程碑式的重要作品，其橫空出世，破天荒打破以帝王將相、英雄豪傑、妖魔神怪為主體的敘事內容，以家庭為社會單元，以百姓為描摹對象，極盡渲染之能事，從平常中見真奇，被譽為明代社會的眾生相、世情圖與百科全書。幾乎在其出現同時，即被馮夢龍連同《三國演義》《水滸傳》《西遊記》一起稱為「四大奇書」。不久，又被張竹坡譽為「第一奇書」。《紅樓夢》庚辰本第十三回脂評：「深得《金瓶》壺奧」。魯迅《中國小說史略》認為「同時說部，無以上之」。

　　自有《金瓶梅》小說，便有《金瓶梅》研究。明清兩代的筆記叢談，便已帶有研究《金瓶梅》的意味。如明代關於《金瓶梅》抄本的記載，雖然大多是隻言片語的傳聞、實錄或點評，但已經涉及到《金瓶梅》研究課題的思想、藝術、成書、版本、作者、傳播等諸多方向，並頗有真知灼見。在《金瓶梅》古代評點史上，繡像本評點者、張竹坡、文龍，前後紹繼，彼此觀照，相互依連，貫穿有清一朝，形成筆架式三座高峰。繡像本評點拈出世情，規理路數，為《金瓶梅》評點高格立標；文龍評點引申發揚，撥亂反正，為《金瓶梅》評點補訂收結；而尤其是張竹坡評點，踵武金聖歎、毛宗崗，承前啟後，成為中國古代小說評點最具成效的代表，開啟了近代小說理論的先聲。明清時期的《金瓶梅》研究，具有發凡起例、啟導引進之功。

　　20 世紀是人類歷史上可足稱道的一個百年。對中國人來說，世紀伊始，產生了驚天動地的兩件大事：1911 年封建王朝的終結，1919 年「五四」新文化運動的興起。中國人

心裏承接有豐富的傳統，中國人肩上也負荷著厚重的擔當。揚棄傳統文化，呼喚當代文明，這一除舊佈新的文化使命，在中國用了大半個世紀的時間。觀念形態的更新、研究方法的轉變、思維體式的超越、科學格局的營設一旦萌發生成，便產生無量的影響，具有劃時代的意義。《金瓶梅》研究即為其中一例。

以 1924 年魯迅《中國小說史略》出版，標誌著《金瓶梅》研究古典階段的結束和現代階段的開始；以 1933 年北京古佚小說刊行會影印發行《金瓶梅詞話》，預示著《金瓶梅》研究現代階段的全面推進；以 30 年代鄭振鐸、吳晗等系列論文的發表，開拓著《金瓶梅》研究的學術層面；以中國大陸、臺港、日韓、歐美（美蘇法英）四大研究圈的形成，顯現著《金瓶梅》研究的強大陣容；以版本、寫作年代、成書過程、作者、思想內容、藝術特色、人物形象、語言風格、文學地位、理論批評、資料彙編、翻譯出版、藝術製作、文化傳播等課題的形成與展開，揭示著《金瓶梅》的研究方向。一門新的顯學——金學，已經赫然出現在世界文壇。

20 世紀 70 年代以來的當代金學，中國的吳曉鈴、王利器、魏子雲、朱星、徐朔方、梅節、孫述宇、蔡國梁、甯宗一、陳詔、盧興基、傅憎享、杜維沫、葉朗、陳遼、劉輝、黃霖、王汝梅、周中明、王啟忠、張遠芬、周鈞韜、孫遜、吳敢、石昌渝、白維國、陳昌恆、葉桂桐、張鴻魁、鮑延毅、馮子禮、田秉鍔、羅德榮、李申、魯歌、馬征、鄭慶山、鄭培凱、卜鍵、李時人、陳東有、徐志平、陳益源、趙興勤、王平、石鐘揚、孟昭連、何香久、許建平、張進德、霍現俊、陳維昭、孫秋克、曾慶雨、胡衍南、李志宏、潘承玉、洪濤、楊國玉、譚楚子等老中青三代，辨章學術，考鏡源流，營造了一座輝煌的金學寶塔。其考證、新證、考論、新探、探索、揭秘、解讀、探秘、溯源、解析、解說、評析、評注、匯釋、新解、索引、發微、解詁、論要、話說、新論等，蘊含宏富，立論精深，使得金學園林花團錦簇，美不勝收，可謂源淵流長，方興未艾。中國的《金瓶梅》研究，經過 80 年漫長的歷程，終於在 20 世紀的最後 20 年登堂入室，當仁不讓也當之無愧地走在了國際金學的前列。

此「金學叢書」之要義也。

本叢書暫分兩輯，第一輯為臺灣學人的金學著述，由魏子雲領銜，包括胡衍南、李志宏、李梁淑、鄭媛元、林偉淑、傅想容、林玉惠、曾鈺婷、李欣倫、李曉萍、張金蘭、沈心潔、鄭淑梅，可說是以老帶青；第二輯為中國大陸 20 世紀 80 年代以來學人的《金瓶梅》研究精選集，計由徐朔方、甯宗一、傅憎享、周中明、王汝梅、劉輝、張遠芬、周鈞韜、魯歌、馮子禮、黃霖、吳敢、葉桂桐、張鴻魁、陳昌恆、石鐘揚、王平、李時人、趙興勤、孟昭連、陳東有、孫秋克、卜鍵、何香久、許建平、張進德、霍現俊、曾慶雨、楊國玉、潘承玉、洪濤諸位先生的大作組成，凡 31 人 30 冊（其中徐朔方、孫秋克，

傅憎享、楊國玉，王平、趙興勤，因字數兩人合裝一冊），每冊 25 萬字左右。

天津師範學院（今天津師範大學）朱星是中國大陸金學新時期名符其實的一顆啟明星，他在 1979 年、1980 年連續發表多篇論文，並於 1980 年 10 月由百花文藝出版社結集出版了中國大陸新時期《金瓶梅》研究的第一部專著《金瓶梅考證》。朱星的研究結論不一定都能經得住學術的檢驗，但朱星繼魯迅、吳晗、鄭振鐸、李長之等人之後，重新點燃並高舉起這一支學術火炬，結束了沉寂 15 年之久的局面，這一歷史功績，應載入金學史冊。遺憾的是，朱星先生 1982 年逝世，後人查訪困難，只能闕如。

香港夢梅館主梅節可謂《金瓶梅》校注出版的大家，1988 年由香港星海文化出版有限公司出版《全校本金瓶梅詞話》；1993 年由梅節校訂，陳詔、黃霖注釋，香港夢梅館出版《重校本金瓶梅詞話》（該本後由臺灣里仁書局 2007 年 11 月初版，2009 年 2 月修訂一版，2013 年 2 月修訂一版八刷）；1998 年梅節再為校訂，陳少卿抄寫，香港夢梅館出版《夢梅館校定本金瓶梅詞話》。前後三次合共校正詞話原本訛錯衍奪七千多處，成為可讀性較好的一個本子。梅節由校書而研究，關於《金瓶梅》作者、傳播、成書、故事發生地等問題的認識，亦時有新見。可惜的是，梅節先生的論文集《瓶梅閒筆硯——梅節金學文存》2008 年 2 月由北京圖書館出版社出版，版權協商匪易，未能入選。

上海音樂學院蔡國梁 20 世紀 50 年代末即開始研習《金瓶梅》，寫下不少筆記，1980 年前後即依據筆記整理成文，1981 年開始發表金學論文，1984 年出版第一部專著[1]，累計出版金學專著 3 部[2]、編著 1 部[3]，發表論文多篇，內容涉及《金瓶梅》的思想、源流、人物、作者、評點、文化等諸多研究方向，是早期《金瓶梅》研究的主力成員。無奈聯繫不上，不得已而割愛。

國人研究《金瓶梅》的論著，最早是闞鐸的《紅樓夢抉微》[4]，但其只是一個讀書筆記。天津書局 1940 年 8 月出版之姚靈犀《瓶外卮言》，嚴格說也只是一個資料彙編。香港大源書局 1961 年出版之南宮生著《金瓶梅》簡說，算得上是一個原著導讀。臺北時報文化出版公司 1978 年 2 月出版之孫述宇著《金瓶梅的藝術》，可說是第一部文本研究的學術著作。該書全文收入石昌渝、尹恭弘編選的《臺港金瓶梅研究論文選》[5]。2011 年 3 月上海古籍出版社再版，增加了一篇作者自序，更名為《金瓶梅：平凡人的宗教劇》。

---

[1]　《金瓶梅考證與研究》，西安：陝西人民出版社，1984 年。

[2]　另兩部為：《明清小說探幽——明人、清人、今人評金瓶梅》，杭州：浙江文藝出版社，1985 年；《金瓶梅社會風俗》，天津：百花文藝出版社，2002 年。

[3]　《金瓶梅評注》，桂林：灕江出版社，1986 年。

[4]　天津大公報館 1925 年 4 月鉛印。

[5]　南京：江蘇古籍出版社，1986 年。

孫述宇先生本已與上海古籍出版社洽商同意編入金學叢書，並授權主編代理，忽中途撤稿，原因還是版權問題。

還有其他一些因故未能入選的師友：或已作仙遊[6]，或礙於本輯叢書的體例[7]，或因為版權期限，或失去聯繫等。凡此種種，均為缺憾。

儘管如此，第二輯連同第一輯 14 人 16 冊總計所入選的此 45 人 46 冊，已經是中國當代金學隊伍的主力陣容，反映著當代金學的全面風貌，涵蓋了金學的所有課題方向，代表了當代金學的最高水準。

此「金學叢書」之大略也。

臺灣學生書局高瞻遠矚，運籌帷幄，以戰略家的大眼光，以謀略家的大手筆，決計編撰出版「金學叢書」，實金學之幸，學術之福。主編同仁視本叢書為金學史長編，精心策劃，傾心編審。各位入選師友打造精品，共襄盛舉。《金瓶梅》研究關聯到中國小說批評史、中國小說史、中國文學史、中國文學評點史、中國文學批評史等諸多學科，是一個應該也已經做出大學問的領域。為彌補本叢書因為容量所限有很多師友未能入選的不足，特附設一冊《金學索引》[8]，廣輯金學專著、編著、單篇論文與博碩士論文，臚列學會、學刊與所舉辦之金學會議，立此存照，用供備覽。本叢書的編選，既是對過往的總結，也是對未來的期盼。本叢書諸體皆備，雅俗共賞，可以預測，將為金學做出新的貢獻。

此「金學叢書」之宗旨也。

金學已經不是一座象牙塔，而是一處公眾遊樂的園林。三百多部論著，四千多篇學術論文，二百多篇博碩士論文，既有挺拔的大樹，也有似錦的繁花，吸引著越來越多的研究者與愛好者探幽尋奇。不容置疑，傳統的金學，加上以文化與傳播為標誌的、以經典現代解讀為旗幟的新金學，必然展示著甯宗一先生的經典命題：說不盡的《金瓶梅》。

此「金學叢書」之感言也。

吳敢、胡衍南、霍現俊（吳敢執筆）

2014 年元旦

6　如王啟忠、鮑延毅、孔繁華、許志強諸先生等，駕鶴西去的徐朔方先生的精選集由其高足孫秋克代為編選，劉輝先生的精選集由其摯友吳敢代為編選。

7　本輯叢書乃論文精選集，字典、詞典與小塊文章結集便未能入選，《金瓶梅》語言研究的幾位專家如白維國、李申、張惠英、許仰民等因此失選。

8　吳敢編著，分上下兩編。

李時人《金瓶梅》研究精選集

目　次

附　錄

後　記 ⋯⋯⋯⋯⋯⋯⋯⋯⋯⋯⋯⋯⋯⋯⋯⋯⋯⋯⋯⋯⋯⋯⋯⋯⋯⋯ 205

站在新的時代文化的高度
觀照《金瓶梅》

　　《金瓶梅》問世 400 年來，可以說出現過兩次「《金瓶梅》熱」，一次是其剛問世的晚明時代（清初是其延續），一次就是最近幾年。最近幾年的「《金瓶梅》熱」（吳曉鈴語），是一個值得思考，也是值得重視的文化現象。丹納說：「自然界有它的氣候，氣候的變化決定這種或那種植物的出現，精神方面也有它的氣候，它的變化決定這種或那種藝術的出現。」從創作和接受的兩極來說，《金瓶梅》產生於晚明（至少在嘉靖以後），並引起當時傳抄、閱讀、出版之熱，都與晚明（至少是局部地區）的文化背景（商業發展、城市風貌改觀，社會心理之價值取向、道德觀念、審美情趣變化，以及在此基礎上發生的社會思潮、文學潮流）有關。清人入關以後，《金瓶梅》的日趨沉寂，不光是統治者禁錮的問題，也與社會傳統經濟秩序的恢復，理學的重倡，以及文學中理性主義、古典主義重占主流有關。讀者失去了和作品的心理對應，自然熱不起來。今天的「《金瓶梅》熱」不光表現在出版和閱讀熱，重要表現在研究熱，除了其他原因以外，是否與時代文化的某些方面（諸如社會經濟生活的某些變化，社會心理的某些變化以及思想的相對開放）有關，是個值得思考的問題（當然，《金瓶梅》在舊時雖被列為禁書，也有人千方百計尋來看，那是出於另外的一些心理）。

　　關於《金瓶梅》，現在是眾說紛紜。過去有「說不盡的《紅樓夢》」，現在也可以說「說不盡的《金瓶梅》」了。我覺得出現這種現象並不奇怪。因為人類的文學活動實際上是通過「作者──文本──讀者」這一完整過程完成的。好像是羅曼・羅蘭說過：沒有人讀書，人們在書中讀的都是人自己。也有人說，「有一百個讀者，就有一百個哈姆萊特」。人們從不同的立場、觀點、角度出發，採用不同的思維方法，因而對一部作品產生不同的看法，這本來就是很正常的事。所以莎士比亞也說不盡，魯迅也說不盡。何況小說是敘事文學的最高形式，人類生活和社會文化的幾乎所有的方面都可以在小說中得到反映，在這個意義上，小說可以說是美學方法寫成的歷史。產生於晚明的《金瓶梅》本來就是一部中國 16 世紀後期的「社會風俗史」，廣泛地寫到了當時人們的經濟生活、社會風尚、心理狀態，表現了與生活同步的恢弘氣勢，逼視現實人生的力量，以及對社會、人生、人性的探索以及種種新的審美情趣。因此，我非常贊同人們從不同的方

面和視角去研究《金瓶梅》。但是，對我們的研究來說，有一點大概特別重要，那就是對《金瓶梅》研究，我們不應該僅僅再停留在用舊的研究範式和意識水準去詮釋作品，時代要求我們必須站在新的時代文化的高度去觀照《金瓶梅》。

所謂「新的時代文化的高度」，我想應該包括三層意思：一是上面所說的對採用不同視角和方法的研究要有一種寬容的態度。比如把《金瓶梅》當作一個自足的領域，採取文本主義的批評和把《金瓶梅》放在中國小說史的流程中，通過類型的確定或通過藝術技巧的演進來評價，都是有意義的，甚至通過性意識、性心理的探索來研究《金瓶梅》也是完全可以的。順便說一句，《金瓶梅》《肉蒲團》等作品中的性描寫、甚至直接寫到的性行為的過程，實際上還反映了一些帶根本性的、文化深層的問題，比如男女之間生理上的差異以及人類是如何通過社會的、個人的努力希望彌補這一種不平衡。明乎此，我們可以追究到為什麼古今中外作品中的性描寫和「色情文學」始終吸引讀者的原因，甚至可以在一定程度上理解文明為什麼始終表現為恩格斯所說的「任何進步同時也是相對退步」的規律。

其二，所謂「新的時代文化的高度」，也包括文化視野必須廣闊的意思。1986 年在第二次《金瓶梅》學術討論會上，我曾強調了《金瓶梅》與晚明歷史、社會思潮的關係，提出它是晚明文學新潮代表作品之一。[1]晚明社會無疑和歐洲文藝復興時期有些類似的地方，晚明社會思潮與歐洲當時的人文主義也有相通的地方。最近看到一些文章僅直接或間接地、有意無意地把晚明與歐洲文藝復興時期的歷史相類比，強調晚明的「資本主義萌芽」，強調西門慶作為一個商人的「新興」性質。這樣一種類比，就在一定程度上是一種不小的偏差。因為 14 世紀的義大利，新興的市民階層已經形成了足以和舊世界抗衡的力量，獨立的城市為他們的崛起提供了堡壘，與中世紀神學完全對立的人文主義提供給人們的是一套全新的觀念。《金瓶梅》產生的 16 世紀中國卻與此有很大的不同，商品經濟（表現在流通上）的畸形發展，經濟關係沒有從根本上為歷史質的突破提供充足的條件。明王朝的政治統治雖然呈現頹勢，但大一統專制統治仍然以傳統的力量制約整個社會。作為晚明社會新思潮，基本上還是作為傳統思想的異端存在，沒有從根本上突破它所產生的那個時代的規定性。正是由於畸形發展的商品經濟與腐朽的大一統專制制度並存，封建權勢與金錢的結合，使晚明陷入一種瘋狂動盪的黑暗，而作為晚明出現的「中國前資本主義商人」的西門慶們由於帶有孕育他們的母體的惡性基因，必將走向覆亡，而不可能完成向「第三等級」的轉化，因此晚明出現的實際是歷史的必然要求和這個要求實際上不可能實現的悲劇性衝突。東西方文化背景和歷史演進的歷程不同，所以他們

1　　〈《金瓶梅》：中國 16 世紀後期社會風俗史〉，後刊於 1987 年第 5 期《文學遺產》雜誌。

在歷史進程形態上差異很大，如果我們不從歷史的縱橫發展、東西方文化差異的背景來看問題，就免不了產生誤差。比如文化背景的問題就直接影響了我們對《金瓶梅》研究中的一個繞不過去的問題——性描寫問題的認識。由於東西方文化背景的差異，西方中世紀的禁欲主義表現為宗教禁欲主義，而中國的禁欲主義則是一種禮教禁欲主義。毫無疑問，不管是宗教禁欲主義，還是禮教禁欲主義，都是對人的本性的異化，對人的本質力量的壓抑，但是從孔孟到程朱，中國的禮教禁欲主義從來沒有像宗教禁欲主義那樣把人間的一切都宣佈為邪惡不淨，只承認彼岸世界，而是肯定人間生活的實在性，包容了一些原始人性觀念和人道主義因素。這正是中國中世紀境遇中縱欲、淫亂和性愛不分的原因，也使解除這種禁欲主義的禁錮要比西方打破宗教禁欲主義的統治困難的多。因為宗教只是外在的枷鎖，而禮教卻由於長期積澱結成一種「集體無意識」，成為人們心靈的桎梏。所以晚明反對禁欲主義是在特殊情況下採用特殊（極端）的方式進行的，《金瓶梅》對「財色」的描寫和晚明許多作品一樣，是對禁欲主義的反動，在一定程度上反映了人的覺醒，但卻以性放縱的醜陋形態出現，不正是受這種歷史文化的影響嗎？這和文藝復興時期的小說《十日談》不僅在形態上有所不同，而且其影響也不同。

第三，應該是最重要的，我所說的「新的時代文化高度」，強調一個時代意識的問題。人的本性是對自由的絕對追求，所謂歷史「不過是追求著自己的目的的人的活動而已」[2]。本來，人類作為整體征服自然，克服自然的奴役，希望獲得自由，但人類走出伊甸園，卻永遠打破了人與人之間的原始的自然的和諧關係，給自己帶上了社會的「枷鎖」。雖然，恩格斯說文明時代「任何進步同時也是相對的退步」，這一進程也包括人對自身的禁錮。但是，現代人類文明意識已經遠遠超過了以往任何一個時代，因此對以往歷史的一切，我們都應該強調時代意識的觀照。再舉《金瓶梅》中的性描寫例子，雖然其作者著重「財色」（包括性描寫）切入晚明社會生活，從而揭示這個社會的本質特點，是作為小說家無可指責的選擇，性描寫實際上也是《金瓶梅》有機的、不可或缺的組成部分。但是由於時代和文化的規定，使他的性描寫，無論在意識上還是美學方法上，都還停留在那個時代水準上。由於受文化和文學的「傳統和慣性」影響，也由於作者感性和理性的錯位，不僅使《金瓶梅》的性描寫在傾向上表現出二律背反，也使其全書在描寫上形成並不一致的筆墨。《金瓶梅》世界裏的男女們「既不相信上帝，也不相信聖徒，而只相信肉體的享樂」[3]，當然是對禁欲主義的衝擊，我們從潘金蓮的人生悲劇（性饑渴——縱欲——滅亡）的歷程中，也可以聽到人物心靈深處發出的、雖然很微弱卻是原始生命力的

2　馬克思語。

3　雅各布·布克哈特語。

最本質的呻吟和呼喚，但作品有些地方表現出的只是那個畸變和病態社會的現象。作品中的有些性行為描寫也許是必要的，但也有些地方是完全缺乏創造性的因襲或主觀揚厲，破壞了作品的美學品格。應該說，《金瓶梅》雖然是中國小說中的煌煌巨著，但是它又是一部非常複雜的作品，其內容的駁雜、傾向的錯亂都很驚人，技巧的粗疏幼稚也隨處可見。在《金瓶梅》中，創造和因襲、弘大和卑瑣、深刻和淺薄、樸實和庸俗奇妙地結合在一起。這就需要研究者站在時代意識高度去加以觀照審視，並因而得到歷史的啟示。

附記：本文係 1989 年 6 月在首屆國際《金瓶梅》學術討論會上的發言，後載於《學習與探索》雜誌 1990 年第 3 期。

20 世紀《金瓶梅》研究的回顧

　　《金瓶梅》是中國 16 世紀末出現的一部白話長篇小說。最初以鈔本流傳,大約在 17世紀初出現刻本。大概鈔本和最初的刻本都沒有署作者的真實姓名,所以其書出現當時即流傳一些關於作者的傳聞,或謂其為「嘉靖間大名士手筆」[1];或謂其為「紹興老儒」[2];或謂其為「金吾戚里的門客」[3];然均無確指。入清以後,明代嘉、萬年間的著名文人王世貞被說成是《金瓶梅》的作者,人們還把《金瓶梅》的創作成書編織成了孝子報仇的故事:權臣嚴嵩父子向王世貞之父王杼強索宋代名畫《清明上河圖》,王杼交出贗品,為唐順之(或湯裱匠)識破,因被構陷致死;為報父仇,王世貞特作小說以投仇敵所好,書頁上塗有毒藥,使嚴士蕃(或唐順之)閱後中毒而死,云云。除此說流行外,也有人稱《金瓶梅》作者是李卓吾,或薛應旂,或趙南星,或盧楠,然影響不大。

　　《金瓶梅》以鈔本形式流傳時曾引起很大轟動,也引起當時人對此書的不同評價。或謂其為「雲霞滿紙,勝於枚生〈七發〉多矣」[4],「信稗官之上乘,爐錘之妙手」[5];或謂其「大抵市諢之極穢者」[6],「決當焚之」[7]。清初,彭城張竹坡曾對此書加以評點,以後則因「誨淫」罪名屢遭禁毀。

　　20 世紀初,由於一些學人在西方近代文藝思潮的引發下「為小說正名」,宣傳「小說乃文學之最上乘者」,中國古代小說也引起人們的重視。於是有人開始發表對《金瓶梅》的一些新看法。如 1903 年狄平子提出《金瓶梅》描寫當時社會之情狀,是「真正社會小說,不得以淫書目之」[8]。然而這類評論多為三言五語,沒有展開論述。

　　真正開始從小說史的角度對《金瓶梅》進行研究的是魯迅。在中國小說史的開山作

1　沈德符《萬曆野獲編》。

2　袁中道《遊居柿錄》。

3　謝肇淛〈金瓶梅跋〉。

4　袁宏道〈與董思白書〉。

5　謝肇淛〈金瓶梅跋〉。

6　李日華《味水軒日記》。

7　袁中道《遊居柿錄》引董其昌語。

8　《新小說》。

品《中國小說史略》[9]中，魯迅闡述了三個主要觀點：一、《金瓶梅》並不是專寫「市井間淫夫蕩婦」的淫書，「就文辭與意象以觀《金瓶梅》，則不外描寫世情」。二、《金瓶梅》不僅是明代「人情小說」（魯迅又稱其為「世情書」）的開創者，也是其中寫得最好的作品，所謂「同時說部，無以為上者」。三、《金瓶梅》「間雜猥詞」，即雜有一些有關性行為的描寫，「而在當時，實亦時尚」，為當時自上而下的社會風氣使然。

1931 年，有書賈在山西介休鄉間收購到一部明刊《金瓶梅詞話》，歸國立北平圖書館，1933 年「古佚小說刊行會」影印 104 部行世。這一新發現的刊本有「欣欣子」序，謂本書作者為「蘭陵笑笑生」，又有「東吳弄珠客」序，後署「萬曆丁巳季冬東吳弄珠客漫書於金閶道中」。人們因知不僅清代通行的「張竹坡評第一奇書」本《金瓶梅》為後出，甚至「張評本」所據的原本，即所謂崇禎本《新刻繡像批評金瓶梅》也為後出，且對原作有較大刪削、增飾和修改。至於清乾隆以後各種標榜「古本」「真本」的《金瓶梅》印本則更是張評本的刪略本。

《金瓶梅詞話》的發現引起了學人的注意。辰伯（吳晗）隨即連續發表 3 篇論文對其進行了研究，在第三篇論文〈《金瓶梅》的著作時代及其社會背景〉[10]中，作者首先通過對《清明上河圖》流傳過程和王杼被殺事件以及書中多山東方言的考證，否定了太倉人王世貞作《金瓶梅》的說法；其次，作者通過一些史實的考證，斷定「《金瓶梅》的成書年代大約是在萬曆十年到三十年這二十年（1682-1702）中」；最後，作者還通過揭示作品產生的社會背景，提出「《金瓶梅》是一部現實主義小說，它所寫的是萬曆中年的社會情形」。

吳晗 1934 年第 3 篇論文發表前，鄭振鐸在 1932 出版的《插圖本中國文學史》[11]第 4 冊第 60 章已經從中國古代長篇小說發展的角度對《金瓶梅》進行了評價，認為《金瓶梅》不僅是一部「偉大的寫實小說」，而且較之中國古代其他長篇小說「實是一部名不愧實的最合於現代意義的小說」。次年，鄭振鐸又以郭源新的筆名發表了〈談《金瓶梅詞話》〉[12]，認為「在《金瓶梅》裏反映的是一個真實的中國社會」，「表現真實的中國社會的形形色色者，捨《金瓶梅》恐怕找不到更重要的一部小說了」；「除去了那些淫穢描寫，《金瓶梅》仍不失為一部最偉大的名著」。文章還討論了《金瓶梅》的版本問題。

30 至 40 年代，從文學批評角度研究《金瓶梅》的論文還有李辰冬〈《金瓶梅》法

9　北京大學新潮出版社，1923-1924 年初版。

10　《文學季刊》1 卷 1 期，1934 年 1 月。

11　北京樸社 1932 年 2 月。

12　《文學》1 卷 1 期，1933 年 7 月。

文譯本〉[13]和阿丁〈《金瓶梅》之意識與技巧〉[14]。前文以比較的方法,將《金瓶梅》與巴爾札克《人間喜劇》和左拉《盧貢－馬卡爾家族》兩部世界名著相比擬,認為其觀察細密,描寫深刻,人物生動,「是一部寫實派的真正傑作」。後文認為其思想傾向「在於諷世,在於暴露資產階級的醜態」;在技巧方面,則擅於在平淡中曲曲傳出各人的心情,社會的世相,遂使整部小說「在平凡處透不平凡,瑣屑處見不瑣屑」。

其他關於《金瓶梅》研究的論文亦有 20 餘篇。其中有鉤稽資料者,如阿英〈《金瓶梅》雜話〉[15];有考察版本者,如周越然〈《金瓶梅》版本考〉[16];有從《金瓶梅》中輯考戲曲史料者,如淡齋(馮沅君)〈《金瓶梅詞話》裏的戲曲史料〉[17];還有考察《金瓶梅》的風俗描寫及其與曲藝關係者,如阿英〈《金瓶梅詞話》風俗考〉[18]、趙景深〈金瓶梅詞話與曲子〉[19]、傅惜華〈明代小說與子弟書〉[20]等。

1940 年 8 月天津書局出版姚靈犀《瓶外卮言》,是 20 世紀上半期唯一一部有關《金瓶梅》的研究論文與資料的合集,收錄吳晗、鄭振鐸等人論文,還有其自作的一些談版本以及《紅樓夢》與《金瓶梅》承傳關係的文章。其中《金瓶小劄》則是最早的《金瓶梅》詞語匯釋。

20 世紀前半期的《金瓶梅》研究,魯迅《小說史略》影響深遠:其對《金瓶梅》小說史意義及藝術創造的肯定,成為 20 世紀對《金瓶梅》評價的起點;對《金瓶梅》性行為描寫成因的分析亦給予後人以啟發。吳晗對《金瓶梅》成書時代的研究由於採用了比較嚴密的歷史考證法,後人亦多為信服;鄭振鐸等人關於《金瓶梅》「寫實主義」的分析評價也達到了當時的文學批評所能達到的高度。同時代其他一些學者的論文,雖然總的數量不是很多,但涉及已經較廣,開拓了《金瓶梅》研究的空間。

20 世紀後半期,由於受中國政治形勢和思想變化的影響,《金瓶梅》研究經歷了前 30 年的沉寂和近 20 年幾乎是特殊繁榮的巨大變化。新中國成立後,學人的思想受到了前所未有的巨大衝擊,學術研究受到各種政治的、思想的影響和限制。直到 1954 年才出現了關於《金瓶梅》的第一篇論文,即潘開沛的〈金瓶梅的產生和作者〉[21],提出《金

13　《大公報》文學副刊 225 期,1932 年 4 月。

14　《天地人》半月刊 4 期,1936 年 4 月。

15　《小說閒談》,良友圖書印刷公司 1933 年 6 月。

16　《新文學》1 卷 1 期,1935 年 2 月。

17　《劇學月刊》3 卷 9 期,1934 年 9 月。

18　《小說閒談》。

19　《銀字集》,上海永祥印書館 1946 年。

20　《文藝雜誌》2 卷 10 期,北京藝文社 1944 年。

21　《光明日報·文學遺產》18 期,1954 年 8 月 29 日。

瓶梅》是集體創作成書的觀點。次年，徐夢湘發表〈關於《金瓶梅》的作者——潘開沛〈金瓶梅的產生和作者〉讀後感〉[22]，表示了不同看法。這個問題的討論在當時沒有繼續下去。

除此以外，50、60 年代發表的關於《金瓶梅》的論文不過幾篇，這些論文主要根據當時流行的「現實主義」等文學批評理論對《金瓶梅》進行評介，並隨著政治形勢變化消長。如李西成〈《金瓶梅》的社會意義及其藝術成就〉[23]認為《金瓶梅》是一部「現實主義的藝術巨著」，肯定其曝露黑暗的社會意義、反封建傾向和極高的藝術成就。同年，李希凡〈《水滸》和《金瓶梅》在我國現實主義文學發展中的地位〉[24]則針對李長之〈現實主義和中國現實主義的形成〉[25]，認為《金瓶梅》在基本傾向上已經「離開了現實主義，走向了自然主義」。此文以後直至 1962 年才有任訪秋〈略論《金瓶梅》中的人物形象及其藝術成就〉[26]發表，再次論述《金瓶梅》「創造性地繼承了中國古代小說的現實主義傳統」，是一部承前啟後的「偉大作品」，不過隔年在同一刊物上即發表了〈為什麼如此推崇《金瓶梅》〉[27]一文，對肯定《金瓶梅》的說法提出批評。以後《金瓶梅》研究又成為人們不敢涉足的禁區，儘管 1962 年出版的、談到《金瓶梅》的兩部《中國文學史》[28]仍被作為教材發行。這兩部文學史在肯定《金瓶梅》暴露社會黑暗和小說技巧上的成績時，都特別指出其是有嚴重缺點的小說。

進入「新時期」以後，吉林《社會科學戰線》1979 年 2、3、4 期連載朱星〈金瓶梅的版本問題〉〈金瓶梅的作者究竟是誰〉〈金瓶梅被竄偽的經過〉三篇論文，1980 年 10 月天津百花文藝出版社出版了朱星以這三篇論文為基礎的《金瓶梅考證》一書。朱星重新提出《金瓶梅》的作者是王世貞，不過原本沒有「穢語」，所有的「穢語」都是改編者後加的。雖然朱星的觀點很快受到否定，如黃霖〈金瓶梅原本無穢語說質疑〉[29]，趙景深〈評朱星同志金瓶梅三考〉[30]等。但他的論文和專書的出版卻引發了研究《金瓶梅》的熱潮。

因這次「《金瓶梅》熱」是朱星的論文引發的，所以 80 年代較早發表的文章中有不

22　《光明日報》1955 年 4 月 17 日。

23　《山西師範學院學報》1957 年 1 期。

24　《文藝報》1957 年 38 期。

25　《文藝報》1957 年 3 期。

26　《開封師範學院學報》1962 年 2 期。

27　《開封師範學院學報》1964 年 2 期。

28　分別由中國科學院文學研究所編和游國恩等主編。

29　《復旦學報》1979 年 5 期。

30　《上海師範學院學報》1980 年 4 期。

少是討論《金瓶梅》作者和版本成書的。作者問題很為當時人們關注。徐朔方根據吳曉鈴在 1962 年版《中國文學史》注腳中所提出的看法，作〈金瓶梅的寫定者是李開先〉論文[31]；張遠芬認為「蘭陵笑笑生即賈三近」[32]；黃霖作〈金瓶梅作者屠隆考〉[33]。以後，又陸續有人寫文章，提出李先芳、謝榛、王穉登、湯顯祖、馮夢龍等人可能是《金瓶梅》的作者。但這些說法大多出於推論甚至猜測，不能確證。所以，除了這些論者發表文章互相質疑、辯難外，也有學人對他們持論的根據和方法提出批評，如孫遜、陳詔〈金瓶梅作者非「大名士」說：從幾個內證看金瓶梅的作者〉[34]，認為以沈德符「嘉靖間大名士手筆」為標準去尋找《金瓶梅》作者是不得要領的，從各方面看，《金瓶梅》的作者不可能是「大名士」；李時人〈賈三近作金瓶梅說不能成立——兼談我們應該注意考證的態度和方法問題〉[35]，不僅對有人考證《金瓶梅》作者的結論予以否定，也對執論者的態度和方法提出批評。

與作者問題相聯繫的是創作成書問題。1984 年，徐朔方發表〈金瓶梅成書新探〉[36]，重提 1954 年潘開沛提出的集體創作說。支持《金瓶梅》是「集體累積型」作品的有趙景深、支沖、劉輝、陳詔、陳遼、吳小如等人，但不少人仍堅持《金瓶梅》是作家獨立創作的觀點，李時人還撰文對徐文提出了商榷[37]。

80 年代初發現了一些晚明有關《金瓶梅》的新資料，同時人們也對《金瓶梅》的時代、流傳和版本進行了探討。如關於《金瓶梅》成書的時代，80 年代有人重提《金瓶梅》成書於嘉靖，也有人發表文章再次論證其成書於萬曆時。

80 年代初關於《金瓶梅》思想傾向和藝術成就的研究，理論和方法上大多承繼 60 年代。論者發表的論文，有從「暴露封建黑暗」和反映生活真實的角度肯定這部小說，並在肯定其「現實主義的成就」時指出其「自然主義」嚴重缺陷的；也有人認為雖然作品中若干人物形象描寫已經達到「現實主義」的高度，但全書卻有嚴重的「自然主義」傾向，甚至是中國文學史上「自然主義的標本」。還有不少論文比較注意《金瓶梅》與《紅樓夢》之間的關係，或強調其承前啟後的小說史意義，如張俊、孫遜、徐朔方、郭豫適、曦鐘等人的論文。

31　《杭州大學學報》1980 年 1 期。

32　《抱犢》1982 年 5 期。

33　《復旦學報》1983 年 3 期。

34　《上海師大學報》1985 年 3 期。

35　《徐州師院學報》1983 年 4 期。

36　《中華文史論叢》1984 年 3 輯。

37　〈關於金瓶梅的創作成書問題：與徐朔方先生商榷〉，《上海師大學報》1985 年 3 期。

　　1983 年 3 期《復旦學報》發表章培恒〈論金瓶梅詞話〉，作者認為《金瓶梅》是中國小說史上一部里程碑性質的作品，標誌著我國小說創作「現實主義」一個新階段的開始，不僅對社會現實作了清醒的、富於時代特徵的描寫和在人物塑造方面取得了顯著成功，而且書中的性描寫也與晚明肯定「好貨好色」的進步思潮有關。1994 年 2 期《南開大學學報》刊載了甯宗一〈金瓶梅對小說美學的貢獻〉，作者認為《金瓶梅》是放不到「自然主義」的框子中去的，其取材更加切近現實生活、注意到人物性格的複雜性從而不再用類型化的配方演繹形象以及「化醜為美」的美學方法等，都突破了過去小說的寫作風格，顯示了鮮明的「現實主義」風格，預告著「近代小說」的誕生。這兩篇論文仍然主要圍繞「現實主義」「自然主義」討論問題，但卻注意到了一些新的視角和提出了一些新的觀點，所以雖然後來被有的研究者認為是「溢美」傾向而加以批評[38]，但其中一些新見影響了不少研究者。

　　隨著對《金瓶梅》研究的深入，許多研究者逐漸認識到圍繞「現實主義」和「自然主義」這兩個理解各異的概念來討論問題，限制了對作品的認識。1987 年 3 期《文學遺產》發表了李時人〈金瓶梅：中國 16 世紀後期社會風俗史〉一文，作者認為《金瓶梅》是一部「風俗史」性質的小說，其通過描寫晚明一個「前資本主義商人」及其家庭的興衰榮枯，實際輻射到了對整個時代社會經濟、風尚及心理的描寫，從而揭示了這個時代的悲劇本質；《金瓶梅》不僅是「暴露」，而是包含著作者自身對社會人生的理解體驗，表現出小說藝術對生活的一種回歸，並使其成為晚明文學新潮的重要代表作之一。60 年代以來關於《金瓶梅》主角西門慶是一個「官僚、惡霸、商人」三位一體形象的說法，因兩部《中國文學史》的流行而流行，其實早在 30 年代吳晗已經提出《金瓶梅》所描寫的是「市井社會」和「新興商人階級」的生活，只是未從這方面展開論述。80 年代後期，研究者重新審視這一說法，有認為西門慶本質上是一個商人，亦有人論述其是「新興商人」。後者如盧興基〈論金瓶梅：16 世紀一個新興商人的悲劇〉[39]，即認為西門慶「是在朝向第一代商業資產階級蛻變的父祖」。「新興商人」的說法受到一些研究者的批評，認為是一種「臆想之詞」，但研究《金瓶梅》首先要注意西門慶的商人身分，或者說西門慶雖然有多重社會身分，但其真正的角色首先是商人的說法[40]，則為不少研究者所接受。近年來，研究者注意從「商人」的角度去看待《金瓶梅》主角，從而調整了看問題的視角，促進了《金瓶梅》歷史內容的研究。

38　〈略論金瓶梅評論中的溢美傾向〉，1986 年 11 月人民文學出版社《金瓶梅論集》。

39　《中國社會科學》1987 年 3 期。

40　何滿子〈金瓶梅泛解〉，《文史哲》1991 年 6 期。

關於從小說美學角度研究《金瓶梅》也逐漸有所深入。甯宗一〈小說觀念的更新與《金瓶梅》的價值〉[41]、石昌渝〈《金瓶梅》小說文體的創新〉[42]等不少論文多注意從小說史、文體創造及美學風格等方面對《金瓶梅》進行研究。

80 年代後期及 90 年代初，不少中青年研究者介入了《金瓶梅》研究，他們比較注意從更多的視角，如文化、社會心理、審美等方面觀照作品。如有一些論文就側重從社會心理及創作心理等角度討論《金瓶梅》的性描寫問題。1992 年 5 月天津社會科學出版社出版了甯宗一主編的《金瓶梅對中國小說美學的貢獻》，便集中了若干中青年學人的銳意之作。1993 年 3 月文化藝術出版社又出版了甯宗一主編的《金瓶梅小百科叢書》，包括躍進《金瓶梅中商人形象透視》、陶慕寧《金瓶梅中的青樓與妓女》等 5 本書，亦都出自中青年學者的手筆。

80 年代的《金瓶梅》研究熱潮中，曾出版了若干部《金瓶梅》研究的資料集，如《金瓶梅資料彙編》[43]、《金瓶梅資料彙編》[44]、《金瓶梅資料匯錄》[45]。80 年代至 90 年代初，多次舉行《金瓶梅》的學術研討會，並出版了幾本研究論文集和不定期的《金瓶梅學刊》5 本。也有人注意到港、臺和國外的《金瓶梅》研究，先後出版了《中國古代小說研究——臺灣香港論文選輯》[46]、《金瓶梅西方論文集》[47]、《日本研究金瓶梅論文集》[48]。《金瓶梅》中的方言因與研究作者有關，所以也引起人們的重視，有多篇論文發表，後來還出現了兩部專門的《金瓶梅詞典》，一為王利器主編，吉林文史出版社 1988 年版；一為白維國編，中華書局 1991 年版。1990 年上海古籍出版社出版的《金瓶梅鑒賞辭典》[49]和 1991 年巴蜀書社出版的《金瓶梅大辭典》[50]，則是關於《金瓶梅》「百科知識」式的「辭典」，後者還包括《金瓶梅》研究情況介紹的詞條。

據初步統計，80 和 90 年代共發表《金瓶梅》研究的論文和有關文章 900 餘篇，與《水滸傳》研究文章數相埒，超過《三國志演義》的研究文章數，特別是 1988 至 1993 年發表文章數量超過《水滸》和《三國》研究文章的總和。在這期間出版的專門的著述

41　《金瓶梅研究集》，齊魯書社 1988 年。
42　《文學遺產》1990 年 4 期。
43　侯忠義、王汝梅編，北京大學出版社 1985 年。
44　朱一玄編，南開大學出版社 1985 年。
45　方銘編，黃山書社 1986 年。
46　上海古籍出版社 1983 年。
47　上海古籍出版社 1987 年。
48　齊魯書社 1989 年。
49　上海師範大學文學所、上海市《紅樓夢》學會編。
50　黃霖主編。

也有數十部，在中國古代小說中僅次於《紅樓夢》研究著作的數量，其中主要有孫遜、陳詔《紅樓夢與金瓶梅》[51]、蔡國梁《金瓶梅考證與研究》[52]、劉輝《金瓶梅成書與版本研究》[53]、徐朔方《論金瓶梅的成書及其他》[54]、甯宗一《說不盡的金瓶梅》[55]、李時人《金瓶梅新論》[56]、王啟忠《金瓶梅價值論》[57]等。

「新時期」以來的「《金瓶梅》熱」，推動了《金瓶梅》研究，但著述和文章中也摻雜了不少非理性、非學術的東西。最近幾年，「《金瓶梅》熱」稍有消歇，我們應該冷靜認真地回顧本世紀關於《金瓶梅》的研究過程和有關情況，進一步思考研究的理論、方法，在學術上將《金瓶梅》研究推向一個新的高度。

附記：本篇係作者為博士研究生講授「中國古代小說研究史」時的一講，由陳松柏、聶付生等記錄整理，後發表於《零陵師專學報》2000 年第 4 期。文後有陳松柏、聶付生所寫按語：「李時人教授認為治學有三個前提條件，第一是熟悉、掌握有關的文獻，特別是注意對文獻的辨析；第二是要瞭解『研究史』，知道前人研究之得失，學術指向之所在；第三是要有理論方法的準備，以引領研究的深入和更新。本文即李先生為博士研究生講授『中國古代小說研究史』課程的記錄，由陳松柏、聶付生等記錄整理。根據李先生的意見，記錄稿有所刪節，特別是刪去了對一些具體問題的批評意見。——陳松柏、聶付生，1999 年 3 月。」

---

[51]　寧夏人民出版社 1982 年。
[52]　陝西人民出版社 1984 年。
[53]　遼寧人民出版社 1986 年。
[54]　齊魯書社 1988 年。
[55]　天津社會科學院出版社 1990 年。
[56]　學林出版社 1991 年。
[57]　上海文藝出版社 1991 年。

《金瓶梅》：
中國 16 世紀後期「社會風俗史」

一、引言

馬克思說過：「任何一種解放都是把人的世界和人的關係還給人自己。」[1] 以王陽明「心學」為哲學支點的晚明社會思潮，最有思想解放意義的是它對中國傳統思想道德倫理本位的衝擊，在一定意義上肯定了人在世界上的主體地位。

中國思想文化傳統歷來重視社會倫理道德，人的本性是第二義的。從孔子的「仁」、孟子的「性善」到韓愈的「道統」，莫不賦予人的本性以某種先驗的規定性，宋明「理學」更徑直斷言人性是「天理」的衍生物。王陽明張揚「心學」，其主旨雖然也在「存天理，去人欲」，企圖補救道德綱常的崩潰，但他強調「心外無理」，「心外無物」，「心之本體即是天理」，則把「天理」看成是心的映像，而把「心」提到本體的地位。程、朱侈談人性只是「天理」的衍化，完全抹煞了人在社會實踐中的主體作用，不但人的基本需要和權利被當作「人欲」為「理」所否定，就連人自身的價值和作用也被無情的「理」所吞噬。王陽明「心學」的核心是「致良知」。所謂「良知」，在王陽明看來，並非只是認識論上的感覺、知性，同時還是道德上的「善良意志」。他把綱常倫理的規範，由外在超驗的「天理」變成內在主觀的「良知」，其用意在於說明綱常倫理的可行性，但實際突出了人在道德實踐中的主體能動力量，客觀上提高了人的價值和作用。

本來，到晚明，中國「古代文明」似乎已經快要走完它的歷史道路，在龐大的社會機體中孕育出來的生產行為、經濟生活的某些新因素，已經導致了社會心理的動盪、流變。正是由於這樣的歷史背景，在這種「人本位」思想的基礎上，晚明思想家王畿、王艮、李贄、焦竑、何心隱等才提出了廣泛思想解放的要求：要求從儒家聖賢偶像和經典權威的束縛中解放出來，從理學蒙昧主義的統治中解放出來，要求恢復和順應發展人的

1　馬克思〈論猶太人問題〉，《馬克思恩格斯全集》，北京：人民出版社，第一版，第 1 卷，頁 433。

自然本性。儘管「晚明社會思潮」並不像某些論者所強調的那樣等同於近代西方資產階級的「早期啟蒙思潮」，並沒有從根本上突破它所產生的那個時代質的規定性，沒有形成一個超出「封建範疇」的、新的思想體系，而且因複雜的歷史原因很快夭折。但是，這一思潮無疑是中國民族在中世紀黑暗中的一度覺醒，而且在當時實際上已經深入到社會「心理——精神」文化的各個領域，並因此形成了一個異於往古的思想文化運動。

在社會思潮的巨大影響下，晚明蓬勃興起了一個文學新潮流，湯顯祖、馮夢龍、袁宏道、凌濛初，包括稍早一些的李夢陽、徐渭及《西遊記》作者等人因此也成為晚明思想文化運動的弄潮兒。《金瓶梅》有著鮮明的時代特色，與晚明文學新潮其他作品在基本精神上有著一致性，而且，由於其長篇小說的體裁形式，能在更寬廣的範圍內展現社會風貌和時代精神，當然地成為這一文學新潮的重要代表作之一。

二、中國 16 世紀後期「社會風俗史」

任何創新者，都要自覺不自覺地尋找一點歷史依憑，這似乎是中國民族由長期的文化積澱而形成的一種思想法則。當中國小說家初次嘗試不依賴歷史的積累，獨立進行長篇小說創作的時候，他不僅需要在敘事方式上，或者說在表現形式上繼承傳統，也需要小心翼翼地為他的故事尋找存在的根據。這不光是考慮讀者的接受問題，不這樣做，作者本人也感到不踏實。這就是為什麼《金瓶梅》的作者要從當時廣泛流行的《水滸傳》中移借來一些情節和人物，作為他小說的引子和框架的原因。[2]這與其說是作者構思的巧妙，還不如說是一種服從於歷史和現實的選擇。不過，問題的關鍵在於，《金瓶梅》的作者完全改造了本來那個古代「傳奇英雄」故事的格局，那個在《水滸傳》中僅僅作為邪惡的小角色出場，而在傳統道德判決下喪身的中藥鋪老闆西門慶，在他的作品中死而復生，並充當了全部故事的主角。作者創造了一個新的故事，並賦予它新的歷史和美學的內容。《金瓶梅》寫的是宋代，實際是「當代史」，它寫的是晚明現實的生活。這是這部小說的很多細節都可以證明的事情，所以歷史學家吳晗能夠通過對作品中提到的一些具體事件的歷史考察來判斷它的成書年代。

《金瓶梅》是我國第一部以家庭生活為題材的長篇小說。在《金瓶梅》中，西門慶一家平常的家庭生活，夫妻、妻妾、主奴之間的種種矛盾爭鬥以及飲食穿戴、起居遊樂等生活現象都被作者用細膩的筆墨一一加以鏤寫。誠如清人張竹坡在〈批評第一奇書金瓶

2　大多數研究者認為《金瓶梅》是作家個人創作，也有人提出《金瓶梅》是「集體創作」的說法，本文不取，參見本書〈關於《金瓶梅》的創作成書問題〉。

梅讀法〉中所言，讀《金瓶梅》，「似有一人親曾執筆在清河縣前，西門慶家裏，大大小小、前前後後、碟兒碗兒，一一記之，似真有其事，不敢謂為操筆伸紙作出來。」這種對家庭生活的刻意描摹，確實是以前的中國小說從來沒有的。如果我們僅從美學的角度出發，把文學當作一個自足的世界來觀察問題，那麼這一事實本身已經很有意義，充分顯示了《金瓶梅》在中國小說發展史上的創造性和開拓性。

但是，假若我們從更寬廣的歷史文化來觀照這一現象，理應發現，《金瓶梅》對西門慶家庭的安排和描寫，實際上有著更深廣的意義。首先是作者所選擇的作為作品結構中心的那個家庭，是一個在很大程度上體現為以金錢財富為軸心和主從貴賤關係為紐帶的商人家庭，相對於作為中國封建社會存在基礎的以血緣關係為紐帶的氏族宗法家庭，表現為明顯的社會基本圖式的特異。對長期凝滯的中國古代社會歷程來說，這一安排又絕非是作者主觀的歷史超越感的結果，而是對晚明社會呈現的特殊文化景觀的合理選擇。其次，在《金瓶梅》中，西門慶一家的興衰榮枯，僅僅是作為作品描寫的結構中心，而非作品內容的全部，作者通過這一家庭成員的種種社會活動，實際把我們引入了一個時代生活的大千世界。晚明時期，當《金瓶梅》尚以抄本形式流傳之時，閩人謝肇淛就對《金瓶梅》所寫社會生活內容的廣泛豐富表示驚訝：

> 書凡數百萬言，為卷二十，始末不過數年事耳。其中朝野之政務，官私之晉接，閨闥之媟語，市里之猥談，與夫勢交利合之態，心輸背笑之局，桑中濮上之期，尊罍枕席之語，駔儈之機械意智，粉黛之自媚爭妍，狎客之從諛逢迎，奴怡之稽脣淬語，窮極境象，駴意快心。譬之範工摶泥，妍媸老少，人鬼萬殊，不徒肖其貌，且並其神傳之，信稗官之上乘，爐錘之妙手也。[3]

這種對社會生活的廣闊展現，充分說明《金瓶梅》不是單純的「家庭小說」。而正因為如此，《金瓶梅》的出現才更顯得不同凡響。

確實，《金瓶梅》以一個商人家庭為中心，「放筆一寫」，廣視角、多側面地畫出了整整一個時代豐贍繁富、五光十色的社會生活畫卷。這使人想起老巴爾札克的一段自白：「法國社會將要作歷史家，我只能當它的書記，編製惡習和德行的清單，搜集情慾的主要事實，刻畫性格，選擇社會主要事件，結合幾個性質相同的性格的特點，揉成典型人物，這樣，我也許可以寫出許多歷史學家忘記寫的那部歷史，就是社會風俗史。」[4]

3　《小草齋文集·金瓶梅跋》。

4　巴爾札克〈《人間喜劇》前言〉，《西方文論選》（下），上海：上海譯文出版社，1979 年，頁168。

巴爾札克用他的創作實績實現了自己的願望，勃蘭兌斯因此讚揚他寫出了法國的「全部風貌」[5]；恩格斯也認為他「給我們提供了一部……法國『社會』卓越的現實主義歷史」[6]。《金瓶梅》當然較之巴爾札克的《人間喜劇》顯得幼稚粗疏，但如從它反映的時代社會生活的廣度和真實性來說，也確是一部「風俗史」性的作品。

欣欣子〈金瓶梅詞話序〉說：「竊謂蘭陵笑笑生作《金瓶梅傳》，寄意於時俗，蓋有謂也。」揭出作者本來就有要表現「時俗」的出發點。魯迅說：「作者之於世情，蓋誠極洞達」，「就文辭與意象以觀《金瓶梅》，則不外描寫世情。」[7]鄭振鐸進一步認為：「表現真實的中國社會的形形色色者，捨《金瓶梅》恐怕找不到更重要的一部小說了。」[8]世界上許多著名百科全書都重在從《金瓶梅》所描寫的社會生活的廣泛和時代特徵來介紹這部作品，如《美國大百科全書》專條介紹說：「《金瓶梅》是中國第一部偉大的現實主義小說……對中國 16 世紀社會生活和風俗作了生動而逼真的描繪。」[9]也有人直接從比較的角度談閱讀的體會：

> 我們讀了它以後，知道了明末清初的人情風俗、語言文字，更知道了那時候的家庭狀況和婦女心理，連帶又知道了那個社會的一切。等於我們讀了巴爾札克的《人間喜劇》（*Comedie Humaiue*）和左拉的《盧貢—馬卡爾家族》（*Rougom-Macquart*）二書，知道了法國十九世紀的一切一樣。[10]

因此，從根本上說，《金瓶梅》是一部中國 16 世紀後期的社會風俗史。

三、對時代經濟狀況的客觀展現

不少涉及《金瓶梅》的論著，都認為《金瓶梅》是這樣一部小說：它通過西門慶這樣一個「官僚、惡霸、富商三位一體的封建勢力代表人物及其罪惡生活的歷史，深入地暴露了明代中葉以來的封建社會的黑暗和腐敗。」但是，頗有諷刺意味的是，這個「封建勢力代表人物」西門慶，卻是一個商人，他的全部遭際都是以商業為基礎的。我們甚

5　勃蘭兌斯《十九世紀文學主流》（第 5 分冊），北京：人民文學出版社，1982 年，頁 217。

6　恩格斯〈致瑪·哈克奈斯（1888 年 4 月）〉，《馬克思恩格斯選集》第 4 卷，北京：人民出版社，1974 年，頁 462。

7　魯迅《中國小說史略》，《魯迅全集》，北京：人民文學出版社，1982 年第 9 卷，頁 180-181。

8　鄭振鐸（署名郭源新）〈談《金瓶梅詞話》〉，《文學》創刊號（1933 年 7 月）。

9　轉引自王麗娜〈《金瓶梅》在國外〉，《河北大學學報》1980 年第 2 期。

10　李辰冬〈金瓶梅法文譯本序〉，《大公報》文學副刊 225 期（1932 年 4 月 25 日）。

至可以通過這一典型的剖析，瞭解晚明商業活動之一般，乃至認識商人在這一特殊歷史時期的普遍命運。

第 79 回，當西門慶即將離開這個他無限留戀的世界時，對於身後之事留下了遺囑，除了要他的妻妾為他守節的叮嚀外，就是對經濟問題作了最後交待：

> 我死後，段子鋪是五萬銀子本錢，有你喬家親爹那邊多少本利，都找與他。教傅夥計把貨賣一宗交一宗，休要開了。賁四絨線鋪，本銀六千五百兩；吳二舅綢絨鋪是五千兩，都賣盡了貨物，收了來家。又李三、黃四身上，還欠五百兩本錢、一百五十兩利錢未算，討來發送我。你只和傅夥計守著家門這兩個鋪子罷。段子鋪占用錢兩萬兩，生藥鋪五千兩。韓夥計、來保松江船上四千兩，開了河，你早起身往下邊接船去，接了來家，賣了銀子交進來，你娘兒們盤纏。前邊劉學官還少我二百兩，華主簿少我五十兩，門外徐四鋪內還本利欠我三百四十兩，都有合同見在，上緊使人催去。到後日，對門並獅子街兩處房子，都賣了罷，只怕你們娘兒們顧攬不過來。[11]

這段話是算賬，尚不能概括這個精明商人的商業活動。第 69 回，文嫂充當「馬泊六」，為西門慶拉縴，對林太太說的一番話雖然簡單卻比較全面：

> 縣門前西門大老爹，如今見在提刑院做掌刑千戶，家中放官吏債，開四五處鋪面：段子鋪、生藥鋪、綢絹鋪、絨線鋪，外邊江湖又走標船，揚州興販鹽引，東平府上納香蠟，夥計主管約有數十。東京蔡太師是他乾爹，朱太尉是他衛主，翟管家是他親家，巡撫、巡按多與他相交，知府、知縣更是不消說。

《金瓶梅》對西門慶致富的過程，資金、商業經營方式和經營商品的種類都做了詳細的描寫。他是坐賈兼行商，開解當鋪，又放高利貸，也不放過賄賂官府興販鹽引和充當官府買辦覓錢取利的機會。生藥鋪原是西門慶的祖業，資金不過數千兩，後來他把攬詞訟，「說事過錢」，又騙娶了富孀孟玉樓、李瓶兒，發了幾筆橫財，這才資本雄厚，又開起了解當鋪。但真正使西門慶大發的還是長途販運，經營綢緞絲絨成了他收入的大宗。西門慶和他的親家喬大戶合開綢緞鋪，58 回派韓道國到杭州一次就購買了「一萬兩銀子段絹貨物」。60 回寫來保南京貨船到，「連行李共裝了二十大車」。綢緞鋪開張頭一天，「夥計攢賬，就賣了五百兩銀子」。幫閒應伯爵說西門慶長途販來的貨「決增十倍之利」（58回），固然是恭維之辭，但利潤無疑是可觀的。從《金瓶梅》的種種描寫可以看出，長

11　引自《新刻金瓶梅詞話》，下同。

途販運在當時十分興盛,成為商人發財的主要途徑。西門慶的父親西門達就曾經「遠走川廣,販賣藥材」。孟玉樓的弟弟孟銳年方 26 歲,就要到「荊州買紙,川廣販香蠟」,計畫「從河南、陝西、漢州走,回來打水路從峽江荊州那條路來,往回七八千里地」(67回)。《金瓶梅》寫了那麼多行商坐賈的商業活動,卻絕少寫到商品生產,惟一提到的手工作坊是孟玉樓前夫楊某的染房,「見一日常有二三十染的吃飯」(7回)。不過,楊某的主業實是販布,他就是因為販布死在外面,故他的作坊不過是商品加工,有臨時性質,後來西門慶也雇工染過絲。這倒不一定是作者的視野和興趣問題,當時的實際情況就是這樣。

總觀西門慶掌握的商業資本有數萬兩之巨,全部資產有十萬兩左右。對於這巨額財富的支配西門慶也是很精明的,除了滿足他和他的家庭成員奢侈的生活享受之外,主要有兩途:一是用作商業投資和高利貸資本,如第 67 回,西門慶問夥計韓道國「兩邊鋪子裏賣下多少銀子」?得知「共湊六千兩」,隨即吩咐:「兌兩千兩一包,著崔本往湖州買綢子去。那四千兩,你與來保往松江販布,過年趕頭水船來。」二是用來賄賂結交官府,如西門慶巴結蔡太師,第一次叫來保和吳主管送生辰綱,還專門雇了銀匠在家裏打造銀器;第二次親自晉京,送了「二十來槓」的貴重禮品(55 回)。其他結交太師府翟管家及蔡御史、宋巡按、黃太尉等也都花費了大量錢財。西門慶因此由一介商民平步當上了錦衣衛掌刑千戶,亦官亦商,炙手可熱。

中國古代社會中的商人和商人資本,以其悠久的歷史、雄厚的資財,成為世界史上的特異現象。雖然歷代王朝都奉行「重農抑商」的傳統政策,仍然未能阻止商業的發展。16 世紀中葉,貴金屬(白銀)為主、銅幣為輔的銀本位貨幣制度的確立,國家賦稅從實物形態演變為貨幣形態,使晚明的商業比前代有了更大的發展。如史料記載:「滇南車馬,縱貫遼陽;嶺徼宦商,衡遊冀北。」[12]「燕、趙、秦、晉、齊、梁、江淮之貨,日夜商販而南,蠻海、閩廣、豫章、楚、甌越、新安之貨,日夜商販而北。」[13]尤其是江南地區,「客商雲集貿販,里人賈鬻他方,四時往來不絕」[14]。西門慶的商船主要販貨於南京和江南五府,正是這一現實的形象反映。由於販運性商業的發展,積累了大量的商業資本,據宋應星估計,萬曆年間「徽商」的資本總額達三千萬兩,每年獲利九百萬,比國庫稅收多一倍[15]。謝肇淛說:新安大賈「藏鏹有至百萬者」[16]。沈思孝說:「平陽、

12　《天工開物》序。

13　《李長卿集》卷 19。

14　《(乾隆)湖州府志》卷 41。

15　《野議·鹽政議》。

16　《五雜俎》卷 4。

澤、潞，豪商大賈甲天下，非數十萬不稱富」[17]。故《金瓶梅》寫西門慶因經商而致富絕非小說家的誇張。

馬克思根據歐洲資本主義發展的情況，曾經在《資本論》中論斷：商人資本是「促進封建生產方式向資本主義生產方式過渡的一個主要因素。」這是因為商人資本可以腐蝕分解自然經濟，又能在適合的條件下從流通領域滲透到生產領域，轉化為生產資本，從而為資本主義生產方式的勃興準備條件。晚明雖然沒有完成這一轉化，但商品經濟的急劇發展，對當時人們的生活已經產生了巨大的影響，《金瓶梅》作者正是根據自己的生活體驗，在小說中作了生動描寫。

四、對時代「社會風尚」真實的描繪

馬克思說：「商業依賴於城市的發展，城市的發展也要以商業為條件。」[18]晚明商業的特殊繁榮，促進了城市的發展，大城市數量增加，還有一些鄉村也因商業的原因變成了繁華的小市鎮。《金瓶梅》92 回寫到臨清：

> 這臨清閘上，是個熱鬧繁華大馬頭去處，商賈往來，船隻聚會之所，車輛輻輳之地，有三十二條花柳巷，七十二座管弦樓。

作為當時南北運輸幹線的大運河的大碼頭，臨清歷來為四方貨物的集散地，16 世紀後期更成為商業都會。據《明神宗實錄》，萬曆二十四年（1596）以前，這裏就有 32 家綢緞莊，73 家布店。政治中心和商業中心重疊，造成了消費人口的高度集中，千家萬戶莫不依靠市場供應，貨幣的地位就顯得特別重要。商業發達以後，城市消費品大量增加，必然引起消費生活的更新，不肯安定的貨幣就像魔鬼一樣在城市裏肆虐，迅速地使人際關係、人情風尚改觀。如距臨清不遠的博平（今併入茌平縣）：

> 由嘉靖中葉以抵於今，流風愈趨愈下，慣習驕吝，互尚荒佚，以歡宴放飲為豁達，以珍味豔色為盛禮。其流至於市井販鬻廝隸走卒，亦多纓帽湘鞋，紗裙細褲。酒廬茶肆，異調新聲，泊泊浸淫，靡焉勿振……逐末遊習，相率成風。[19]

晚明城市風尚表現在物質生活上是去樸尚華，《金瓶梅》對這方面可以說是極力鋪

17　《晉錄》。

18　馬克思《資本論》第 3 卷，北京：人民出版社，第一版，頁 372。

19　萬曆《博平縣誌》卷 4。

陳。文學史家們批評《金瓶梅》所描寫的市民生活是「窮奢極欲」，認為這是封建統治階級腐朽沒落生活方式的流風所致，也許有其理由。但假若我們將其理解為主要是 16 世紀後期商品經濟發達的結果，將更符合歷史的本意。而且，從歷史來看，這種新的時代風尚正是對禮制束縛下拘謹、守成、儉約的封建社會刻板生活方式的一種反動，表現出歷史的活力。只不過由於中國歷史發展的悲劇性，使其停留在原始的狀態，併發生畸變，未能成為新的歷史生活的起點。

我國封建禮制規定：「衣服有制，宮室有度，人徒有數，喪械器用，皆有等宜。」[20] 禮制的制定，目的是為了保持「貴賤不相逾」的等級制度，使尊卑貴賤，各安其位，芸芸眾生，循禮蹈規。朱元璋就說：「貴賤無等，僭禮敗度，此元之所以敗也。」[21] 因此，《金瓶梅》裏對衣食住行奢華的普遍追求的描寫，其實質是對禮制的破壞。如 73 回寫應伯爵「燈下看見西門慶白綾襖子上，罩著青段五彩飛魚蟒衣，張爪舞牙，頭角崢嶸，揚須鼓鬣，金碧掩映，蟠在身上，唬了一跳」。因為按明制，飛魚蟒服是二品以上大官或錦衣衛堂上官才准穿的，西門慶這個山東提刑所千戶僅五品，自然沒有資格服用，是明顯的越制。再如，據《明律例》《明會典》等，明初對服裝的色彩用料限定甚嚴，民婦限用紫、綠、桃紅和各種淺淡顏色，對大紅色和金繡閃光的錦羅絲緞禁止最嚴，違者本人、家長和工匠都要治罪。但在《金瓶梅》中，大紅是婦女服裝最常見的顏色。商婦吳月娘穿「大紅妝花通袖襖兒」（15 回），滕妾李瓶兒穿「大紅五彩通袖羅襖兒」（25 回），其他潘金蓮、李嬌兒、孟玉樓都有「大紅五彩妝花錦雞段子袍兒」（40 回），連丫鬟迎春、玉簫、香蘭也做「大紅段子織金對衿襖」（41 回）。這和《閱世編》所記明末大家婢女「非大紅裏衣不華」完全一致。同樣，按明制規定，只有官宦人家的貴婦人才能用金珠翠玉作頭飾，但我們在《金瓶梅》中看到的僕婦、娼妓、婢女都是珠翠滿頭。

在私有制社會裏，消費水準的高低是以個人財產為基礎的，可是晚明市民追求奢華成了一種社會的風氣。「家才擔石，已貿綺羅；積未錙銖，先營珠翠。」[22] 這種現象幾乎比比皆是。在《金瓶梅》中，幫閒常時節窮得連住的地方都沒有，被房主再三催逼，飯也沒有吃，老婆在家餓肚子。虧應伯爵幫忙說情，西門慶周濟他 12 兩銀子，就立刻到街上為老婆「買了一領青杭絹女襖，一條綠綢裙子，月白雲綢衫兒，紅綾襖子兒，共五件；自家也對身買了件鵝黃綾襖兒，丁香色綢直身兒」（56 回）。真是「家無擔石之儲，

20　《荀子·王制》。

21　宋濂《洪武聖政記》。

22　顧起元《客座贅語》卷 2。

恥穿布素」[23]。第 48 回，韓道國媳婦王六兒為殺人犯苗青在西門慶面前行賄，得了一百兩贓銀，就「白日不閑，一夜沒的睡，計較著要打頭面、治簪環，喚裁縫來裁衣服從新抽銀絲鬏髻」。也是寫的這種風尚。風尚所及，社會心理必然會發生變化，反過來說，風尚也是人們普遍觀念心理的反映。讀《金瓶梅》，我們可以深深感受到，16 世紀後期人們的價值取向、道德意識、審美情趣等確實出現了有異往古的現象，表現出和傳統觀念的背離。丹納在〈英國文學史序言〉中說：「如果一部文學作品內容豐富，並且人們知道如何去解釋它，那麼我們在作品中所找到的，會是一種人的心理，時常也就是一個時代的心理，有時更是一個種族的心理。」《金瓶梅》正是這樣一部作品。[24]

五、對時代「社會心理」生動的描述

《金瓶梅》第 7 回寫孟玉樓的丈夫死去一年多，想要改嫁。她亡夫的母舅張四「一心舉保與大街坊尚推官兒子尚舉人為繼室」；媒婆薛嫂則動員她嫁給西門慶作妾。按常理，這兩種選擇之間有很大的懸殊，嫁給前者就是舉人老爺的夫人，跟了後者不過是中藥鋪老闆的第三房小老婆。所以張四振振有辭地說，尚舉人「是斯文詩禮人家，又有莊田地土頗過得日子」，「過去做大是，做小卻不難為你了」。但最後的結果竟是孟玉樓自己堅持嫁了西門慶。莊田地土、功名門第、明媒正娶都失去其應有的誘惑力，這都反映了當事人的價值觀念，無疑是對傳統的一種挑戰。如果我們將這種觀念解釋為商品經濟發達的結果，也許並不過分。《金瓶梅》中很多事件和人物都體現了類似的觀念心理。許多批評家憤怒地指出，《金瓶梅》的故事骯髒污濁，充滿了貪贓枉法、巧取豪奪、爾虞我詐、營姦賣俏的惡行和惡德，使生活失去了亮色，失去了詩意和光輝。但與其將這一切歸罪於作者的創作，實不如歸罪於那一定要在歷史運行中頑強表現自己的商品經濟。《金瓶梅》裏的一切罪惡，如果說不是全部，至少大部分根源於金錢。在《金瓶梅》世界裏，人們從心理上對金錢是那樣的膜拜，以至於常時節把西門慶給他的 12 兩碎銀子放在桌上，說出了這樣發自肺腑的話：「孔方兄，孔方兄！我瞧你光閃閃響噹噹的無價之寶，滿身通麻了，恨沒口水咽你下去。」（56 回）金錢使一切傳統的秩序、偶像和美德都失去了聖潔的光圈，不管是天堂地獄、皇帝閣老、三墳五典、綱常名教、忠孝節義，統統被踩在腳下。難怪在《金瓶梅》的描寫中有西門慶主管吳典恩的忘恩負義，西門慶夥計韓道國的拐貨背逃，西門慶把兄弟應伯爵的改換門庭等等事件的發生。

23　龔煒《巢林筆記》卷 6。

24　伍蠡甫等《西方文論選》（下），上海：上海譯文出版社，1979 年，頁 311。

　　《金瓶梅》的作者面對現實人生，寫出了醜，寫出了惡，我們的責任不在於簡單地指責他應不應該寫，而在於判斷他是否寫出了歷史真實，並且去認識這種醜與惡。恩格斯在批評費爾巴哈的時候曾經這樣寫道：「在黑格爾那裏，惡是歷史發展的動力藉以表現出來的形式。這裏有雙重的意思，一方面，每一種新的進步都必然表現為對某一神聖事物的褻瀆，表現為對陳舊的、日漸衰亡的、但為習慣所崇奉的秩序的叛逆；另一方面，自從階級對立產生以來，正是人的惡劣的情欲——貪欲和權勢欲成了歷史發展的槓桿，關於這方面，例如封建制度和資產階級的歷史就是一個獨一無二的持續不斷的證明。但是，費爾巴哈就沒有想到要研究道德上的惡所起的歷史作用。」[25]道德上的善和惡在歷史上所起的作用，只能因時代的不同而不同。《金瓶梅》中西門慶有一段最驚世駭俗的話：

> 卻不道天地尚有陰陽，男女自然配合……咱聞那佛祖西天，也止不過要黃金鋪地；陰司十殿，也要些楮鏹營求。咱只消盡這家私廣為善事，就使強姦了嫦娥，和姦了織女，拐了許飛瓊，盜了西王母的女兒，也不減我潑天富貴。（57回）

　　西門慶的話道出了人們在新的現實基礎中產生的思想觀念，反映了以金錢為主宰的社會的一種心態。從某種標準看，它是一種惡，一種道德的倒退。但須知，社會的前進，反而往往是以舊道德的衰亡為代價的。綱常倫理、忠孝節義本是中國封建社會賴以存在的精神支柱，這種觀念的動搖標誌著這一社會的危機，這正是中國16世紀後期急劇發展的商品經濟對封建社會衝擊的結果，儘管由於中國封建社會政治、經濟結構的特殊穩定性，這股衝擊力還不足以從根本上摧毀舊制度。

　　不過，傳統倫理道德觀念的動搖，卻在一定程度上打破了套在中世紀人們頭上的精神枷鎖，使人性在某些方面得到舒展。理學一向是以「天理」來否定「人欲」的，而晚明思想家卻肯定「人欲」，這並非個別思想家為建立學派的標新立異，實際它是根植於社會經濟現實的理論昇華，在這種社會思潮影響下發展起來的晚明文學新潮，也充溢著這樣的時代精神。但是，歷史的一切都受它的大文化背景制約，中國16世紀後期的歷史，特別是它的經濟關係並沒有從根本上為歷史質的突破提供充足條件，於是發展的結果只能是如此：一切都呈現出畸變。如「率性而為」的行為準則，其健康發展應該是追求進取、創造、個性和人生價值，卻畸變為盡情追求物質和精神的官能享受；肯定「人欲」，本來在於肯定人性的正當發展和它的合理要求，但結果卻畸變為人的自然本性的惡劣膨脹。《金瓶梅》中的性關係、性行為描寫突出地成為人們矚目的問題，成為簡單否定這

25　恩格斯〈路德維希·費爾巴哈和德國古典哲學的終結〉，《馬克思恩格斯選集》第4卷，頁233。

部作品的口實。反之，另有不少熱心的評論家或者申說作品中的性行為描寫並不多，或者從作者「暴露」的動機、「勸善」的目的和「塑造形象」的藝術需要等方面為作品辯解，似乎都未能把問題解決圓滿。其實，《金瓶梅》中的性行為描寫並不少，在作品中它不僅是那樣的露骨、那樣的肆意鋪陳，而且那橫流的物欲，實際上已經滲入到作品的審美情趣之中，以至於刪不勝刪，躲不勝躲，需要我們從一個時代的特殊的社會心理進行分析。[26]

　　無論是從現象，還是從心理，《金瓶梅》確是寫出了許多歷史學家忘記寫的那部分歷史。因為它包含的歷史內容、美學內容和那個時代本身一樣豐富複雜，使它無論是從思想觀念，還是從美學風貌上都顯得那樣的矛盾混亂，這固然與作者的創作心理機制有很大關係，但從根本上說是為歷史所規定的。因此理解《金瓶梅》這部作品，首要的應當是正確把握產生它的歷史文化背景。那種對《金瓶梅》採用一種固化的政治、道德或藝術的批評模式來套解是很難得其要領的。

六、歷史和美學意義

　　小說是形象的歷史，《金瓶梅》正是通過它廣鏡頭的傳神的描寫，告訴我們中國歷史上曾經有過這樣一個時代：畸形發展的商品經濟正以前所未有的力量衝擊著陳舊的社會，變異著人們的生活方式、習俗風尚和思想觀念；但是，由這個古老封閉社會體系中產生的種種新因素，由於本身的缺陷和原有結構的穩定堅固，又在運動中扭曲變形；於是社會出現了歷史必然要求和這個要求的實際上不可能實現之間的悲劇性衝突；因此，整個社會所經歷的痛苦就由新社會即將分娩前的陣痛，變成了似乎永無休止的煎熬。有悲劇的時代，必有悲劇的人生。即使那個經常製造他人悲劇的西門慶，也逃脫不了悲劇的命運。那個由「西門大郎」到「西門大官人」，又變成「西門大老爺」的中國商人，曾經表現過怎樣非凡的野性力量和進攻的姿態，這不僅表現在他對利潤的追求和對異性的占有，更表現在他對封建社會秩序的侵擾和破壞。他憑藉金錢順利地擠進了以維護封建秩序為職能的官僚行列，還有能量干預其他官員的升貶（77 回），從而令制度和法律的作用顛倒。當他色膽包天地到「世代簪纓」的招宣府去姦占林太太的時候，似乎大有手提錢袋強闖貴族婦女密室的歐洲資產階級暴發戶的氣概。但曾幾何時，西門慶和他的事業就「燈吹火滅」，其「依附者亦皆如花落木枯而敗亡」[27]。人們總是將西門慶的結

---

[26] 本文限於篇幅，暫不深論，容另文分析（見本書〈論《金瓶梅》的性描寫〉）。
[27] 〈滿文本金瓶梅序〉。

局歸結於「縱欲喪身」，以其為「性格悲劇」，但這種認識明顯是受了《金瓶梅》作者對歷史和現實膚淺理解的影響。西門慶的悲劇從本質上說是前資本主義中國商人的歷史悲劇。

中國從來就是大一統的皇權社會，有其結構的穩固性，在這個社會裏，權高於一切，財不敵權，這就決定了中國商人最終只有以充當地主階級的附庸作為交換條件來保障自己在一定限度內的生存和發展。但商人也因此迷失了自我，並最終逃脫不了整體失敗的命運。另一方面，儘管商人們的個人出身可能不同，但他們實際上產生於共同的文化土壤，不可避免地帶有孕育他們的那個社會的種種惡性的基因，強大的傳統文化氛圍將促進遺傳因數從內部導致他們的自我毀滅。因此，西門慶的悲劇早已包含在他自身的過程中，至於他以哪種形式自我完成，不過是小說家基於自己認識的安排罷了。

《金瓶梅》寫中國 16 世紀後期現實的歷史人生，不僅僅是開拓新的審美領域的問題。不管人們對文學可以有多少種理解，文學的本質仍然是「人學」，因而文學越是逼近現實人生，越能顯示出它的價值和意義。《金瓶梅》以前的中國長篇小說，或再現帝王將相的風雲業績，或褒彰草莽英雄的心秉忠義，或描寫仙佛神魔的奇異行徑，其對象大多帶有理想的、超人的色彩，儘管其中的經典作品自有其永久的藝術魅力，但作者只能把現實生活和自己的人生感受通過某種曲折的形式表現出來，作品和現實人生保持較大的距離。正是在晚明思想文化運動推動下，在社會新思潮的影響下，《金瓶梅》的作者把他的目光投向了當代人的現實生活，他已經不顧及小說必須以人物和故事的不尋常來吸引讀者的傳統，而是努力通過對現實的真實摹寫，表現他的人生體驗，並企圖在其中揭示人生的真諦。儘管從整體來說，《金瓶梅》並不是一部精雕細刻的作品，任何一位讀者都可以找出它許多毛病。但這種與生活同步的、寫實主義的「風俗史」性質的作品的出現，應該說是小說藝術對生活的一種回歸；而大膽描繪現實人生，其實質在於人、人性在作為「人學」的文學領域的一種自我肯定，在某種程度上也表現了小說家主體意識的覺醒，表明了中國小說創作長足的進步。

這種認識有的時候是需要以犧牲感性為代價的。比如，從感性來說，我們對《金瓶梅》的美學風貌總覺得不大順眼，流貫在這部作品中的那種庸俗、無聊、淺薄、肉麻的「市井氣息」，很難和我們的美感要求合拍。但是，如果我們付諸理性思考，就會發現，所謂「市井氣息」，不就是晚明時代的審美趣味嗎？實際上它是當時文藝作品審美內容從理性的、古典的轉向感情的、現實的這一歷史趨向的必然產物，是對中世紀傳統的高雅、恬淡的審美理想和審美情趣的一種破壞。

《金瓶梅》的歷史和美學意義是由作品提供的，但這絕不是說這些都是作者的思想體現。長期以來我們習慣於把作家的世界觀、歷史觀、藝術觀等和作品的思想內容、藝術

表現等同起來，這實際很容易導致我們對問題認識的偏頗。其實，創作從來都是受作家複雜心理機制制約的，作品的效果，很多更是作家始料不及的。清人張竹坡評《金瓶梅》，認為作者「獨罪財色」[28]。這是基於他《金瓶梅》是一部「洩憤」書的認識。時下流行的「《金瓶梅》是一部暴露黑暗的小說」的說法，說到底不過是張竹坡觀點的引申。「財色」可以說是這部書描寫對象最顯著的特徵，《金瓶梅》確實突出描寫了晚明社會以金錢為紐帶的人際關係和兩性關係中的色欲成分，但說作者主觀上完全站在批判的立場，恐非盡然。不錯，書中有揭露，有諷刺，「或刻露而盡相，或幽伏而含譏」，「著批一家，即罵盡諸色」[29]。在正文以前，作者還特意寫了抨擊「酒色財氣」的〈四貪詞〉，書中也到處充斥著道德訓誡，似乎使我們不能懷疑他的道德態度。但是，這僅是問題的一個方面，另一方面，我們從小說對銅臭刺鼻、道德淪喪的世俗生活繪聲繪色的描寫中，從作品所溢流出來的審美情趣中，還可以深深感受到作者的另外一種心理意識，即對財色濃厚的興趣：他放肆地渲染情欲，對偷期苟合和縱欲狂淫的床笫活動也一一加以描摹；對人們圍繞金錢的活動則連細節也不放過（如李三、黃四向西門慶借債，借了還，還了借，經過很複雜，作者在十幾回書中連寫到此事，但最後的賬目竟然不差）。這就說明，作者確實為當時那種帶有新色素的社會生活所振奮和激動。

必須承認，在《金瓶梅》裏，一方面是封建社會強大的思想傳統，一方面是生活提供的新的意識觀念，矛盾交織，當他聲態並作地敘述他的事件和人物的時候，我們不禁佩服他描寫的才華；而當他站出來發表他的道德論時，我們馬上感到他的淺薄和迂腐。如果完全相信他的宣言，批評家大概只能上當。《金瓶梅》作者創作的靈性來源於真切的生活體驗，他的那種傳統道德觀念的真誠，對他的創作絕無促進意義。不過，已經凝結為一種「集體無意識」的中世紀正統思想觀念對這位作家的制約力量竟然如此之大，以至於他要把他的故事，他繪的生活，強行納入一個道德報應、宗教輪迴的框子，這或許正是這位古代小說家的悲劇。

附記：本文原載《文學遺產》雜誌 1987 年 5 期。

28　〈竹坡閒話〉。

29　魯迅《中國小說史略》，《魯迅全集》第 9 卷，頁 180。

西門慶：
中國「前資本主義」商人的悲劇象徵

　　《金瓶梅》在中國古代小說中是一部驚世之作，它不僅其有超乎一般作品的小說史意義，同時也是一部有著非常歷史文化意蘊的小說。

　　儘管在這部中國 16 世紀的文學巨著中，創造和因襲、弘大和卑瑣、深刻和淺薄、質樸和庸俗奇怪地混雜在一起，經常迷亂讀者的閱讀和思考，使一般讀者甚至批評家都會自覺不自覺地陷於顧此失彼的誤讀，儘管其形式和技巧上有許多原始和拙笨的地方，甚至有不少恣肆的性行為乃至色情描寫，但就總的來說，其與生活同步的恢宏氣勢以及逼視現實人生的力量，卻近似於歐洲的那種寫實的、生活型的「近代」小說。假若借用 19 世紀法國小說家巴爾札克的一個說法，我們甚至可以說《金瓶梅》是中國 16 世紀後期的「社會風俗史」。這意思就是說，《金瓶梅》不僅展現了晚明時代豐瞻繁複、五光十色的社會生活，而且創造了若干具有準確歷史內涵和豐富人格特徵的人物形象，尤其對書中主角西門慶更可以作如是觀。

　　通行的《中國文學史》和若干批評家們認為，《金瓶梅》中的西門慶是一個「官僚、惡霸、富商三位一體的封建勢力代表人物」。這一說法似乎很全面，卻說不上準確，因為《金瓶梅》中的西門慶雖然有多重社會身分，但他真正的人生角色卻只能說是商人。而不搞清楚這一點，幾乎就無法說明白《金瓶梅》。

　　在《金瓶梅》中，西門慶的主要人生事業是商業活動，他的全部人生遭際也無不與經商買賣有關。即使靠納賄當上理刑副千戶、千戶後，他也沒有放棄經商，而是愈發大幹起來：在原有的中藥鋪外，增開了解當鋪，又與人合資，從南方販來絲綢絨線，開起了緞子鋪、絨線鋪，還販官鹽，充買辦，不放過任何經商發財的機會。欺詐和貪贓枉法的事，西門慶當然幹過——資本在「前資本主義」社會崛起，即原始積累時期，免不了巧取豪奪——但使他成為巨富的主要途徑還是各種合法的和不合法的商業活動。長途販運，經營綢緞布匹更使他最後大發其財。小說對西門慶致富的過程，以及資金、商業經營方式和經營商品的種類都有詳盡的描寫。因此，在某種意義上，說《金瓶梅》是一部中國 16 世紀商人西門慶的興衰史也未嘗不可。

　　無論是小說所描寫的西門慶的人生行為、生活方式，還是所揭示的西門慶道德觀念、價值取向，都說明在《金瓶梅》中，西門慶從根本上說是一個商人，一個當時的商業暴發戶——我們甚至可以通過這一典型的剖析，瞭解晚明商業活動之一般，乃至認識商人在這一特殊歷史時期的命運。

　　晚明是中國歷史上的一個特殊時代。除了其他原因之外，16 世紀中葉以貴金屬（白銀）為主、銅幣為輔的「銀本位」貨幣制度的確立，國家賦稅從實物形態演變為貨幣形態，在很大程度上刺激了當時商業的發展。「燕趙秦晉齊梁江淮之貨，日夜商販而南，蠻海閩廣豫章楚甌越新安之貨，日夜商販而北」，成為異於往古的現象。由於商業、特別是販運性商業的空前發展，使商人積累了大量財富，據當時人宋應星估計，萬曆時「徽商」的資本總額達白銀 3000 萬兩，年獲利 900 萬兩，比國庫的稅收多一倍。各地經商致富之人驟增，如新安大賈「藏鏹有至百萬者」，「平陽澤潞，豪商大賈甲天下，非數十萬不稱富」。《金瓶梅》描寫西門慶從不大的中藥鋪起家，短短的七八年時間，就積累了商業資本白銀數萬兩，全部家產達到 10 萬兩之巨，可以說是對當時現實經濟生活的真實寫照。西門慶不就是《金瓶梅》所描摹的這幅畫卷中「活」的富商大賈嗎？

　　確實，西門慶身上帶有中國 16 世紀商業暴發戶的鮮明特徵。對於金錢、權勢、異性的占有欲如此強烈地成為他人生行為的內驅力和性格的支點。當他崛起之時，曾經表現過非凡的野性力量和進攻的姿態。他肆無忌憚地踐踏一切傳統的社會規範、道德原則，在他的金錢面前，聖賢偶像、法律尊嚴、女性節操，都失去了聖潔的光輝。西門慶以他的行為表現了對封建社會全部秩序的侵擾和破壞，甚至憑藉金錢順利地擠進了以維護封建秩序為職能的官僚行列，有能量令制度和法令的作用顛倒。當他的事業達到顛峰，色膽包天地到「世代簪纓」的招宣府去姦占林太太的時候，不是大有手提錢袋強闖封建貴族婦女密室的歐洲「資產階級」暴發戶的氣概嗎？

　　不過，歷史是不能簡單比附的。雖然對於當時的社會制度和秩序來說，西門慶表現為一種破壞力量，說他是「封建勢力的代表」，未免不符合實際——在商品經濟中，物與物的關係和人與人的關係實際是互為表裏，這個叫西門慶，又叫西門大官人、西門大老爺的人物，究其底裏，不過是商業資本的「肉身代表」。只是在 16 世紀的中國，要成為商業資本的「肉身代表」，沒有經商以外的社會身分，沒有官僚惡霸的身分，不僅是不可能的，也是不典型的。但是，如果因此強調西門慶是「新興商人」，應該說也是失當的。因為西門慶這樣的商業暴發戶，只是中國「前資本主義」，或者說是封建社會末期商業資本的「肉身代表」，並沒有發展成為一種代表新的歷史起點的「新興」力量。

　　馬克思在《資本論》中曾經給予歐洲「前資本主義」商人以很高的評價，認為他們是「中世紀」世界「發生變革的起點」。在西方，商業資本是促進「封建生產方式」向

「資本主義生產方式」過渡的主要因素，其中的關鍵在於商業資本向生產資本的轉化。但是中國 16 世紀的歷史沒有為這種轉化提供必要條件。一方面，大一統的專制統治，特殊的社會結構和調整機制，決定了商人們只能在一定限度內生存和發展，只能將積累的財富和力量投入有限的畛域；另一方面，商人自身也帶有孕育他們的那個社會種種惡性基因，自覺不自覺地要走上迷失自我或自我毀滅的道路——曾幾何時，西門慶和他的事業就「燈吹火滅」，其「依附者亦皆如花落木枯而敗亡」——中國 16 世紀的西門慶們不是為了一碗紅豆湯而失去了歷史長子權，而是必然耗損於孕育他們的那個社會的慣有引力之中。

因此，正如何滿子先生為拙著《金瓶梅新論》所寫的序言中所談到的，西門慶的「多財貨則恣欲」的人生行為，實質上就是一個歷史角色的自暴自棄，即找不到正當出路的商業資本及其「肉身代表」的自暴自棄。他的「縱欲喪身」不僅僅是一種「性格悲劇」，也是一種「歷史悲劇」。在這個意義上，我們似乎可以說西門慶實際上是中國「前資本主義」商人的悲劇象徵。——創作《金瓶梅》的這位中國 16 世紀不知姓名的小說家，也許壓根兒沒有想到這一點，但是，當他為中國 16 世紀後期那種帶有新色素的生活所振奮，為晚明社會新思潮所激蕩，因而大膽改造了一個歌頌傳奇英雄的故事，著意去描摹自己就生活於其中的銅臭刺鼻、道德淪喪的世俗世界時，這樣一種「歷史認識意義」實際就已經深蘊於他的描寫之中了。

附記：本文原載 1995 年 7 月 19 日《光明日報》。

論《金瓶梅》的「性描寫」

　　(一)性描寫是《金瓶梅》一個繞不過去的問題，這個問題不是單純的道德和審美問題，而是一個複雜的文化問題，本文的宗旨即試圖從一個較為寬廣的文化視野對其進行觀照和審視。

　　小說是敘事文學的最高形式，人類生活和社會文化的幾乎所有方面都可以在小說中得到反映。在這個意義上，小說可以說是美學方法寫成的歷史。產生於中國 16 世紀後期的長篇小說《金瓶梅》是一部開創性的、劃時代的煌煌巨著。其與生活同步的恢弘氣勢、逼視現實人生的力量，對社會、人生、人性的大膽探索以及種種新的美學追求，都令人驚訝地呈現出一定的「近代」氣息，但《金瓶梅》同時又是一部非常複雜的作品，其內容的駁雜、傾向的錯亂都很驚人，技巧的粗疏幼稚也隨處可見。在《金瓶梅》中，創造和因襲、弘大和卑瑣、深刻和淺薄、樸實和庸俗奇妙地摻雜在一起，不僅使一般讀者因難於剝離而感到迷惘，也常使研究者陷入困惑。有關性描寫就是其中一個即莫衷一是又難說清楚的問題。

　　其實，把《金瓶梅》當作「社會小說」「世情小說」來看是比較晚近的事。在早，社會上是一直把它列為「淫書」的。儘管今天有很多人已經不這樣說了，但並不是說以前這只是道學家為了誣陷而隨意羅織的罪名。因為在這部被當時的公安派首席詩人袁宏道稱為「雲霞滿紙」[1]的書中，確實有不少關於性、性心理、性行為的描寫，違反了中國傳統的「萬惡淫為首」「床笫之言不逾閾」的道德原則，尤其是作者對性行為肆意鋪陳，乃至描摹狂淫濫交，醜態淫聲無不展示，毫不顧及中國人對文學淡雅的詩意追求和欣賞含蓄蘊藉的審美習慣。

　　面對這樣一個無可奈何的事實，不少人曾為之曲為解說，或者說「蓋為世誠，非為世勸」[2]；或者說這是「欲要止淫，以淫說法，欲要破迷，引迷入誤」[3]。比較現代的則說這是為了暴露統治者的荒淫。遺憾地是這些說法都不能令人完全信服。時下流行的觀

1　　〈與董思白書〉。
2　　《新刻金瓶梅詞話》東吳弄珠客序。
3　　劉廷璣《在園雜誌》。

點是主要譴責其中直接的性行為描寫，認為這是這部「現實主義傑作中夾雜的自然主義描寫」。有人認為這些描寫是這部「偉大作品的贅疣」，刪掉這些文字，《金瓶梅》就可以潔起來，而且不會影響這本書的社會批判價值和藝術成就。不過，事情可能並非如此簡單，因為不管《金瓶梅》中具體寫性行為的文字究竟有多少，全書的審美情趣中實際上已經滲透了那種橫流的肉欲，以至於刪不勝刪、躲不勝躲，國內 1934 年出版的《金瓶梅詞話》斷句本刪去 9000 餘字，半個世紀後 1985 年人民文學出版社出版的《金瓶梅詞話》校點本又增刪了 10000 多字，《金瓶梅》是不是真「潔」起來了呢？從其仍不能公開發行，可知人們是不敢執樂觀態度的。

最令人難堪的是對《金瓶梅》研究來說，有關性描寫又是繞不過去的問題，因為這種描寫，不僅是其屢屢遭禁的原因，而且作為其文本和意向突出的特徵，實際上已成為人們認識和把握這部作品的重要關捩點。作為一種頑強的並不斷輻射出影響的歷史和現實的客觀存在，這分明是對我們的理論和意識的挑戰。

毫無疑問，傳統的武器或道德的批判已經不能應付這個問題，有人鑒於古今中外文學作品中有一部分寫性的內容多一些，於是提出了一個「性文學」的概念，試圖通過對對象的界定，把《金瓶梅》一類作品中的性描寫問題主要限制在美學範圍內討論，大概也不是能解決全部問題的方法。其實，所謂「性文學」似乎是一個很難界定的概念。西方有「色情文學」的提法，其語源為希臘文 "pornographos"，原意是「描寫妓女的作品」，後來，西方強調色情文學作品的特徵是「企圖引起性刺激」[4]。但這實際也是很難把握的，西方一些現在已被公認為是出色的文學作品《十日談》《包法利夫人》《苔絲》《不可捉摸的公共汽車》《查泰萊夫人的情人》，以及惠特曼的《草葉集》等，都曾被宣佈是色情文學作品。中國古代通行「淫書」的說法，那是稍一涉及有違禮教的男女關係就逃不掉的，像《西廂記》《紅樓夢》莫不被網羅，自然不能等同於「性文學」的概念。較近的有茅盾談過「中國文學的性欲描寫」，他認為中國性欲作品的內容用兩句話就可以概括，「一是色情狂，二是性交方法——所謂方術」，時下則有人提出：「凡是表現性意識、性心理、性行為的文學作品」都可以納入性文學的範疇。茅盾所談的實際不是「性文學」的定義，因為他自己已經指出，他所說的「只是一種描寫，根本算不得文學」[5]。而時下的提法則因內涵的不確定和外延的寬泛，實在難以把握。說起來，古今中外包含性意識、性心理和性行為的作品實在太多了。中國古代的「情詩」「豔詞」「淫曲」不去說了，其他像寫到「軟玉溫香抱滿懷」「露滴牡丹開」的《西廂記》以及「夢裏淫邪

4　《簡明不列顛百科全書》7 卷，北京：中國大百科全書出版社，1986 年，頁 37。
5　《中國文學研究》（《小說月報》號外），北京：商務印書館，1927 年。

展汙了花台殿」的《牡丹亭》，按照這個標準，似乎都應該歸入「性文學」。即如被人們推為中國文學極致的《紅樓夢》，也有賈寶玉初試雲雨，寶公子喜歡吃女人（只限於漂亮姑娘）嘴上的口紅，不是一種變態性心理嗎？另外還有賈璉戲鳳、茗煙和萬兒作愛，賈瑞因風月寶鑒脫陽而死等等。假若因此將《紅樓夢》推為中國「性文學」的翹楚，「紅學家」一定會為之揮起老拳。至於郁達夫、沈從文、茅盾以及寫過阿Q向吳媽求愛、摸小尼姑光頭的魯迅是不是也應被列入「性文學」作家的名單呢？因此，儘管我們可以在某種意義上使用「色情文學」的概念，但文學大概根本沒有什麼「性文學」和「非性文學」之分，而文學中的性描寫問題，包括《金瓶梅》中的性描寫問題也絕不僅僅是文學內部的問題。當然，在一定的條件下，文學可以是一個自足的領域，但從根本上說，文學是一種文化現象。作為長篇小說的《金瓶梅》，實際上不僅展現了時代豐富的生活和社會文化現象（人們一般是從中探討其社會批判意義的），並成為審美對象，而且它本身就是時代文化心理的產物和載體，不僅有其現實的，也有其深遠的文化背景和深刻的文化內涵。有鑒於此，本文試圖從較寬廣的文化視野對《金瓶梅》中的性描寫進行觀照和審視。

（二）基於性欲的兩性關係是人類、人類文化賴以生存和發展的基本形式之一，性欲對人類不僅有生理意義，也是審美意識的源泉和永恆的審美對象；《金瓶梅》作者著重「財色」，尤其是性的描寫切入晚明社會生活，從而揭示了這個社會的本質特點，是作為小說家無可指責的選擇。

恩格斯在《家庭、私有制和國家的起源》第一版序言中說：「根據唯物主義觀點，歷史的決定性因素，歸根結底是直接生活的生產和再生產。但是，生產本身又有兩種。一方面是生活資料即食物、衣服、住房以及為此所必需的工具的生產；另一方面是人類自身的生產即種的繁衍。」[6]早在洪荒初闢的時代，推動這兩種「生產」的力量就是人類本能的欲望。正如馬克思所說：人「具有自然力、生命力，是能動的自然存在物，這些力量作為天賦和才能，作為欲望存在於人身上」[7]。關於這種欲望，《禮記·禮運》說是：「飲食男女，人之大欲存焉。」《孟子》書引告子的話說是「食、色，性也」。都是將其主要歸結於食欲和性欲。後來魯迅說這是人類的兩種基本功能[8]。馬克思說：「人和人之間的直接的、自然的、必然的關係是男女之間的關係。」[9]而聯繫兩性之間的關係，因而使人具有生命力、自然力的是人作為自然存在物的本能欲望——性欲，這就說明，性、

6　《馬克思恩格斯全集》4卷，北京：人民出版社，第一版，頁2。

7　〈1844年哲學經濟學手稿〉，《馬克思恩格斯全集》42卷，頁167。

8　《魯迅全集》1卷，北京：人民文學出版社，1982年，頁130、131。

9　〈1844年經濟學哲學手稿〉，《馬克思恩格斯全集》42卷，頁119。

性欲作為人類存在、發展的自然存在和需要，與人類、人類文化的關係，遠遠早於任何文學。或者說，性、性欲和人類是原生的、並存的，而文學不過是人類跨入文明門檻以後相當長一段時間才由精神文化中發生並成為文化的組成部分的，在某種程度上說，它大概將永遠只能以文化的表層形態存在。

性、性欲作為人類的自然存在和固有的心理精神因素，影響著人類文化和文明的發生、發展。西方的不談，即如作為中國兩千年傳統文化核心的儒家思想是否發生於生殖崇拜，《老子》以「玄牝」作為天地萬物的本根（「玄牝之門，是謂天地之根」），是否與原始的母神創世、女陰崇拜有關，都是值得研究的。至少，作為傳統文化宇宙觀基礎的陰陽二元論與兩性的自然存在有關。《周易正義》云：「有天地然後有萬物，有萬物然後有男女，有男女然後有夫婦，有夫婦然後有父子，有父子然後有君臣，有君臣然後有上下，有上下然後禮義有所措。」作為兩性關係形式的夫婦在禮教人倫中竟具有基石般的重要地位，成為道德準則的發端，不是足以證明這一點嗎？有人認為，性、性欲只是人類某種生理需要，而不是審美需要；文學可以描寫愛情，但應該避開愛情中的性欲和性行為。其實，人類最初的審美意識就主要體現在「食色」這種人的最重要的本能的自然欲求的滿足方面。從發生學的角度說，人類本能的欲望正是審美活動最初的一種內驅力。人們正是在官能的從而心理的快感——美感中去尋求生命的充實感，領略人生的意義和快樂。所以《莊子·至樂》說：「夫天下之所尊者，富貴壽善也；所樂者，身安、厚味、美服、好色、容聲也。」既然人、社會、生活是文學描摹和表現的對象。而基於性欲的兩性關係是人類社會生活的重要內容。那麼文學創作中又怎能排除人類生活中的這種欲望，和為了實現或滿足這種欲望的行為呢？古今中外的文學創作已經證明並正在證明這一點，自然用不著多說。至於愛情，實在是一個難以界定的人類行為，雖然在文學中它是一個「永恆」的主題，然而在不同時代的文學中，卻有著特定的思想內涵和歷史內容，呈現出千姿百態的不同風貌。即使我們不說性欲是愛情的基礎，完全排除欲的愛情古今中外究竟有多少？那種割裂靈肉的男女關係實際上不過是「中世紀」禁欲主義的產物。恩格斯在評價德國詩人格奧爾·格章爾特的作品時，不是專門談到「表現自然的、健康的肉感和肉欲」，是其作品的一大長處嗎？他認為那種對於人的自然性欲表示出一種高尚的道德義憤，不過是一種虛偽矯情的假道學：「德國社會主義者也應當有一天公開地扔掉德國市儈的這種偏見，小市民的虛偽的羞恥心。其實這種羞恥心不過是用來掩蓋秘密的猥褻言談而已。例如，一讀弗萊里格拉特的詩，的確就會想到，人們是完全沒有生殖器官的。」[10]因此，文學創作對於性、性欲乃至性感、性行為，不是回避的

10　《馬克思恩格斯全集》21 卷，頁 6、9。

問題，關鍵在於所表現的性意識問題。

性、性欲對人類不僅有自然的生理價值，也是審美意識的源泉和永恆的審美對象，這是它在人類文化存在中的地位所規定的。出於描摹和審美的需要，在文學作品中描寫和表現性、性意識乃至性行為具有不可否認的合理性。馬克思說：

> 男女之間的關係是人和人之間的最自然的關係，因此，這種關係表明人的自然行為在何種程度上成了人的行為，或者人的本質在何種程度上對人來說成了自然的本質，他的人的本性在何種程度上對他來說成了自然界。11

一個社會兩性關係處於何種狀態，在一定意義上是這個社會人性所能達到的程度的標誌，是衡量這個社會文明水準的尺度，或者說兩性關係形態是反映一個社會本質的重要方面。《金瓶梅》的作者衝破中國小說和現實生活保持一定距離的傳統，直面現實人生，著意通過所謂「色」，即性的描寫去再現生活，即使不是出於理性的自覺，至少也說明了他作為小說家的敏銳的藝術直覺，至於其勇氣，還是其次的事情。《金瓶梅》以前，中國也曾出現過帶有性描寫的敘事作品，如舊題漢伶玄的《飛燕外傳》，大約出現於五代或宋初的《迷樓記》《海山記》，以及可能出現於明正德年間的《如意君傳》等。這些作品中有的寫采補術和春方壯陽（如《飛燕外傳》），有的寫性交過程（如《迷樓記》《如意君傳》），但正如茅盾所說，「大都以歷史人物（帝王）為中心，必托附史乘，尚不敢直接描寫日常人生。」12也就是說這些作品不過是揭露宮幃內幕，作為史傳的附庸而產生（宮廷荒淫本來就史不絕書），至多僅僅表現了作者的某種變態的性心理（如《如意君傳》）。雖然《金瓶梅》的性描寫有不少承襲這些作品的地方，如西門慶之死脫胎於《飛燕外傳》，其性行為描寫則有不少因襲《如意君傳》的地方，但正如《金瓶梅》作者常常攫取話本情節或直接把流行詞曲抄入他的小說一樣，說明他尚不能完全擺脫「文學的傳統和慣例」13，並不能因此把他的小說和這些作品等同起來。

我們看到，在《金瓶梅》中，作者雖然有過於熱衷描摹人們的性欲、性行為的一面（這是出於晚明特殊文化背景下較普遍的心態），常常控制不住自己的意興筆墨，但在一般情況下，他總是把性欲、性行為與人的其他社會意識和行為聯繫起來。比如書中的主角西門慶無疑是風月霸王、色中魔王，小說開頭寫他勾引上了潘金蓮不久，聽薛嫂介紹孟玉樓，就顧不上那個和他在肉欲上最為契合、為了得到她不惜冒殺人害命風險的心上人，

11　〈1844 年經濟學哲學手稿〉，《馬克思恩格斯全集》42 卷，頁 119。

12　《中國文學研究》（《小說月報》號外）。

13　雷·韋勒克《文學原理》。

忙不迭地張羅先娶過來，這個臉上有幾顆淺麻子的寡婦對他的吸引力，除了「會彈月琴」，大概主要還是薛嫂說的對方「手裏有一份好錢」，「手裏現銀子，也上兩千」。李瓶兒死了，西門慶哭得死去活來，不惜花大錢殯葬，說明他們建築在肉欲互相吸引基礎上的兩性關係中多少已經摻入了「情」的成分。但西門慶的心腹玳安又對傅夥計說了另一層原因：「俺爹（西門慶）饒使了這些錢，還使不著俺爹的哩。俺六娘（李瓶兒）嫁俺爹，瞞不過你老人家，不知道該帶了多少帶頭來？別人不知道，我知道。把銀子休說。只光金珠玩好、玉帶、條環、鬏髻、值錢寶石，還不知有多少，為甚俺爹心裏疼？不是疼人，是疼錢。」所以《金瓶梅》第 16 回西門慶娶李瓶兒明標題目：「西門慶謀財娶婦」。西門慶對一些夥計媳婦、丫鬟僕婦，如宋惠蓮、王六兒、如意兒、賁四媳婦等的性的征服無往不勝，也不完全是作者為了展示性行為的安排。這只要看作者寫他們在交往甚至作愛過程中總是不免插入一些物質經濟的要求和許諾的話頭以及她們在和西門慶苟合前後的種種表現，就可以清楚地看到她們與主人的性關係包含著社會關係內容。後來西門慶死了，王六兒勸她的丈夫韓道國拐財背逃時就說：「自古有天理倒沒飯吃哩！他占用著老娘，使他這幾兩銀子不差什麼。」西門慶勾搭上招宣府的林太太，在林太太一方有滿足性的饑渴的一面，也有其家勢沒落，兒子不成器，需要西門慶幫忙的一面；至於西門慶要接觸這個徐娘半老的貴夫人的玉體，更重要的大概是為了滿足他的占有欲和優越感，其意義本質上不在於性關係和性欲本身。

根據《金瓶梅》的描寫。西門慶是個靠中藥鋪起家的商業暴發戶，他的惡劣的品質與其精明強幹都使其成為現存制度的敵人。本來，存在於他身上的那種對異性的強烈占有欲和他對金錢的占有欲一樣，正是中國前資本主義商人對現存經濟和道德秩序的破壞力量。但是，中國的歷史和現實並沒有為中國 16 世紀的西門慶們提供獲得歷史長子權的機遇，超穩定的大一統皇權社會，決定了他們只有充當地主階級的附庸作為交換條件來保障自己在一定限度內的生存和發展。在這種情況下，他們也就只能將他們所積累的財富和自身的力量，投入歷史所能提供給他們的畛域，或者擠入官宦士紳的行列，或去追求物質的官能享受。晚明奢華和縱欲之風越演越熾，不能說這不是重要的原因。中國「前資本主義商人」的必然覆亡命運早已包含在他自身運動的過程之中。也許西門慶的因縱欲而亡屬於一種性格悲劇，但作者這種選擇安排，又是符合歷史和生活的邏輯的。

在《金瓶梅》的世界裏，到處充滿了醜惡的生活事件，鼓蕩著毫不掩飾的卑鄙的欲念。那些靈魂卑劣的人物——惡欲膨脹的商人，耽於享樂的帝王，貪贓枉法的官吏，是這個世界為所欲為的主人，而那些並不擁有權勢金錢的婦女和社會下層人物，竟也在這個生活的黑泥潭裏翻滾，顯得那樣的寡廉鮮恥道德淪喪。幾乎所有的人都「既不相信上

帝，也不相信聖徒，而只相信肉體的享樂」[14]。這正是晚明城市生活的真實寫照。造成這種「代變風移」的時代社會風尚和心理的一個直接原因是「金令司天，錢神卓地」[15]。正如晚明一首〈題錢〉的民歌所唱：「人為你跋山渡海，人為你覓虎尋豺，人為你把命傾，人為你將身賣。」「人為你虧行損，人為你斷義辜恩，人為你失孝廉，人為你忘忠信。」「人為你心煩意惱，人為你夢擾魂勞，人為你易大節，人為你傷名教。」[16]

致使晚明「金錢之神莫甚於今日」的是表現在流通領域裏畸形發展的商品經濟。正是腐朽專制制度和畸形發展的商品經濟的並存，殘暴的封建權勢和膽大妄為的金錢的結合，使晚明陷入一種「世紀末」的瘋狂、動盪和黑暗。《金瓶梅》作者通過大膽的性與金錢關係的種種描寫，切入生活，不僅展現了那個時代的生活現象、風尚和社會心理，而且揭示了這個社會的本質：雖然在晚明社會產生了種種對舊制度有破壞意義的新因素，但由於這個古老封閉社會體系中產生的新因素，實際帶有孕育它們的母體的惡性基因，舊結構的穩定堅固，傳統的強大，使一切新事物都不能正常發展，而是在運動中扭曲變形，於是社會出現了歷史必然要求和這個要求的實際上不可能實現的悲劇衝突。因此，整個社會所經歷的痛苦就由新社會即將分娩前的陣痛，變成了永無休止的煎熬，成為中國歷史上一個特殊的悲劇時代。

（三）性欲是人類生命力量的一種表現，中國的「禮教禁欲主義」和西方「宗教禁欲主義」都是對人的本性的異化；由於東西方文化的差異，晚明對禁欲主義的反動是在一個特殊歷史時代和採用極端的方式進行的，再現對象及其思想文化的特質影響了《金瓶梅》性描寫的形態。

馬克思在〈1844 年經濟學哲學手稿〉中指出：「人作為對象性的感性的存在物，是一個受動的存在物；因為它感受到自己是受動的，所以是一個有激情的存在物。熱情、激情是人強迫追求自己的對象的本質力量。」[17]所謂「激情」「熱情」指的就是人類固有的情欲（有的本子就是將「熱情、激情」譯成「情欲」的）。因此馬克思的這段話不僅把人的情欲作為自然存在物加以肯定，而且把情欲作為人追求自己對象的本質力量。也就是說包括性欲在內的人類情欲是人的生命力量的一種表現，奧古斯特·倍倍爾甚至說性欲是人的「生命意志的最高表現」[18]。

人的本性是對自由的絕對追求，所謂歷史，「不過是追求著自己目的的人的活動而

14　雅各布·布克哈特《義大利文藝復興時期的文化》，北京：商務印書館，1981 年，頁 488。

15　《歙志風土論》。

16　《石林逸興》卷 5。

17　《馬克思恩格斯全集》42 卷，頁 169。

18　〈婦女和社會主義〉，轉引自瓦西列夫《情愛論》，北京：三聯書店，1986 年，頁 18。

已。」[19]本來，人類作為整體征服自然，克服自然的束縛，希望獲得自由，但人類走出伊甸園，卻永遠打破了人類自身人與人之間的原始的自然和諧的關係，給自己帶上了社會的「枷鎖」，他變成「文化的生物」[20]，他的本質成為「一切社會關係的總和」[21]。在文明所經歷的歷史中，「任何進步同時也是相對的退步」[22]，這一進程中也包括人對自身的種種禁錮，對人的本性的異化，使得人不得不不斷地去追求自身的解放。

　　儘管在古希伯來文化的結晶《聖經‧舊約》中並沒有對性欲橫加指責，對男女關係描寫也不帶一絲禁欲主義的虛偽，而是把這種關係看作十分自然的、按照造物主的意志而存在的東西。但自從基督遇難後的第 4 世紀，羅馬帝國和拜占庭帝國後期把基督教作為官方宗教以後，歐洲就進入了性禁忌時代。教會使人相信性欲是魔鬼對人類肉體的誘惑，它不僅污染了人類的靈魂，而且會帶來無窮的後患。宗教神學家聖‧奧古斯丁說：「自從人類墮落以來，兩性的結合就一直伴隨著性欲，因此它將本源之罪傳播給人們的子孫。」[23]基督教教導人們要避免任何與性愛以及人的肉體快感有關的事，以保持靈魂的潔淨，即使為了生殖目的的兩性活動也是可鄙的。有人甚至發明一種包裹起全身在某個適當部位開一個小孔的沉重睡衣，為的是避免夫妻為了種的延續的活動中身體其他部位的接觸。這種壓抑人的正常需要和欲求的極端禁欲主義的流行，使人成了神的奴僕，社會失去了人道和人性，從而陷入中世紀的黑暗。全社會的禁欲，也使文學窒息，失去了新鮮活潑的光彩，使整整一千年的歐洲，只有蠻族的史詩、後期城市韻文故事，以及描寫變態愛情的騎士文學，缺乏那種直接反映現實人生的作品。只有到了 14 世紀文藝復興時代，歐洲文化的沉寂才發生變化：

> 拜占庭滅亡時搶救出來的手抄本，羅馬廢墟中發掘出來的古代雕像，在驚訝的西方面前展開了新的世界——希臘的古代；在它的光輝的形象面前，中世紀的幽靈消逝了；義大利出現了前所未見的藝術繁榮，這種繁榮好像是古典古代的反照，以後就再也達不到了。[24]

文藝復興運動表現了人的覺醒，如果說基督教文化的基本內容是神權中心和來世天國，那麼文藝復興所宣導的古典文化大體上是以人道主義（人是一切事物的權衡）和現世主義

19　《馬克思恩格斯全集》2 卷，頁 118。

20　恩斯特‧卡西爾《人論》。

21　《馬克思恩格斯選集》，北京：人民出版社，1974 年，1 卷，頁 18。

22　參見〈家庭私有制和國家的起源〉，《馬克思恩格斯選集》4 卷。

23　轉引自約瑟夫‧布雷克《婚床》，北京：三聯社，1987 年，頁 34。

24　恩格斯《自然辯證法‧導言》，《馬克思恩格斯選集》3 卷，頁 444、445。

（「最高的善」是現實世界的幸福生活），所以文藝復興時期的思想家和作家都特別強調對現實人生幸福的追求。如彼特拉克所說：「我不想變成上帝，……屬於人的那種光榮對我就夠了。這是我所祈求的一切，我自己是凡人，我只是追求凡人的幸福。」對個人的、人間的幸福來說，教會的禁欲主義無疑是最大的束縛，所以標誌著義大利文藝復興時代文學方面最高成就的卜伽丘的小說《十日談》的重點就在於揭露、抨擊教會的禁欲主義，宣揚包括人的自然性欲在內的本性以及基於這種本性的性愛。

　　已經有人將《金瓶梅》中的性描寫問題和《十日談》相比較，認為同是對禁欲主義的反動和人性的覺醒；但也有人將兩者對立起來，認為《金瓶梅》只是描寫穢行和縱欲，並沒有將性欲昇華到性愛或愛情，絕不能和《十日談》同日而語。其實，這是一個不能簡單類比的問題，因為兩者產生於不同的文化背景，而東西方文化及其發展歷程又有很大不同。基於此，這兩種意見實際上只接觸了問題的一面。

　　世界各民族文化的差異是在各自歷史發展的進程中不斷增大的，儘管在跨入文明門檻的初期，中華民族和古希臘等民族在文化形態上已經有了區別，但在不否定人的自然欲望並相對呈現出性開放這一方面則有著共同點。《周禮·地官》寫到上古：「仲春之月，令會男女，於是時也，奔者不禁。」收集西元前 6-11 世紀詩歌的總集《詩經》裏，也有不少篇章對男女性欲、性愛執一種單純自然、明淨坦率的態度。「期我乎桑中，要我乎上宮」[25]，經師們異口同聲稱其為「淫奔」；「摽有梅，頃筐塈之，求我庶士，迨其謂之。」[26]妙齡少女毫不掩遮她的求偶之望。「野有蔓草，零露漙漙。有美一人，婉如清揚。邂逅相遇，與之偕臧。」[27]甚至草露中的交合也不避諱，一切都是那麼明朗、真誠和大膽，應該說是中國民族早期對性欲情感的健康自然的表現。

　　中國民族和西方一樣也走上了「禁欲主義」的道路，但演進的方式完全不同，禁欲主義所呈現出來的形態也不一樣。如果說西方是以基督教文化覆蓋古希臘羅馬文化為基礎因而產生的是「宗教禁欲主義」，那麼，中國則是通過連續不斷的文化「維新」運動使「禮教禁欲主義」逐漸加強。荀子說：「禮起於何時也？曰人生而有欲，欲而不得，則不能無求，求而無度量分界，則不能不爭。爭則亂、亂則窮。先王惡其亂也，故制禮義以分之，以養人之欲，給人之求，使欲必不窮於物，物必不屈於欲，兩者相持而長，是禮之所起也。」表面看來「禮」只是提倡節欲而不禁欲，但它要求欲必須符合禮的規範，而在中國的禮制中實際上並沒有欲以及性愛的位置。因為按照禮教的規定，男女關

25　〈鄘風·桑中〉。
26　〈召南·摽有梅〉。
27　〈鄭風·野有蔓草〉。

係的唯一形式就是婚姻，而婚姻的目的則是「上以事宗廟，下以繼後世」。雖然「以大昏（婚）為萬古之嗣」[28]，但男婚女嫁並不是出於情欲的需要，感情的結合，而是為了「廣家族，繁子孫」。所以《大戴禮記》所規定的「七出」之條，「無子」為第一條，《孟子·離婁上》所說的「不孝有三，無後為大」，成為封建時代不移的法則。

根據中國的宗法制度，婚姻並不是個人的事，而是家族的事，它的實現是通過「父母之命，媒妁之言」。如「不待父母之命、媒妁之言，鑽穴隙相窺，逾牆相從，則父母國人皆賤之」[29]。這樣的婚姻自然只是一種排除了個人情欲性愛的倫理形式。隨著封建社會日趨沒落，為了挽救禮教的衰勢，出現了吸收佛教禁欲主義的程朱理學，他們提出了性與情、天理與人欲、道心與人心等一組矛盾對立的命題。在他們看來，人的本源是善的，之所以有惡是因為情欲的結果，是人在現實社會中受外物牽連所致，要使人們的情欲、氣稟都符合封建道德規範，就必須「存天理、滅人欲」。朱明王朝建立以後，尊崇理學，更把中國的禮教禁欲主義推向極端。

毫無疑問，不管是宗教禁欲主義，還是禮教禁欲主義，都是對人的本性的異化，對人的生命力量的壓抑。但是，從孔孟到程朱，中國的禮教禁欲主義從來沒有像宗教禁欲主義那樣把人間的一切都宣佈為邪惡不淨，只承認彼岸世界，而是肯定人間生活的實在性，包容了一些原始人性觀念和人道主義因素。一方面並不絕對禁欲，「夫妻」被列入「五倫」之一，禮教並不否認夫妻間包括性生活在內的「篤愛」，還有多妻制和娼妓制的公開化為性欲的宣洩提供藉口和管道；另一方面，又將兩性關係納入倫常道德，扼殺個性的、自由的性愛。這正是中國中世紀時代禁欲中有縱欲、淫亂和愛情不分的原因。也使解除這種禁欲主義的禁錮要比西方打破宗教禁欲主義的統治要困難的多。因為宗教只是外在的枷鎖，而禮教卻由於長期積澱成了一種「集體無意識」，成為人們心靈的桎梏。

西方中世紀的神學崩解以後，原來被神學束縛的人性得到復蘇和擴張，人們以否定上帝的價值來肯定人的價值，以否定來世的價值來肯定人生的價值，以否定禁欲主義來肯定性愛，隨之產生的是激揚自然人性的自由、平等、民主、博愛的思潮。這一切是那樣的順理成章，因為 14 世紀的義大利，新興的市民階層已經形成了足以和舊世界抗衡的力量，獨立的城市為他們的崛起提供了堡壘，與神學毫無瓜葛的人文主義提供給人們的是一套全新的觀念。《金瓶梅》產生時代的中國卻與此完全不同。商品經濟發展畸型，經濟關係沒有從根本上為歷史質的突破提供充足的條件，皇帝昏庸吏治黑暗，明王朝的政治雖然呈現出頹勢，但大一統專制統治仍然以傳統的力量制約整個國家，而晚明社會

28　《禮紀·哀公問》。

29　《孟子·滕文公下》。

新思潮，基本上還是作為傳統思想的異端存在，沒有從根本上突破它所產生的那個時代質的規定性，沒有形成一個新的思想體系。因此，晚明只是一個歷史畸變的時代，所表現的是「世紀末」的混亂和動盪。

「世俗以縱欲為尚，人情以放蕩為快。」[30]中國歷史上從來沒有過晚明這樣縱欲放蕩的時代。街市上公開有「淫器」出售，彩色套印的《風流絕暢圖》之類的春宮畫到處流行，以至日常生活所用的「酒杯茗碗俱繪男女私褻之狀」[31]。魯迅曾談到《金瓶梅》以降的晚明小說「間雜猥詞」在當時「實亦時尚」：

> 成化時方士李孜、僧繼曉已以獻房中術驟貴，至嘉靖間陶仲文以進紅鉛得幸於世宗，官至特進光祿大夫柱國少師少傅少保禮部尚書恭誠伯。於是頹風漸及士流，都御史盛端明、布政使參議顧可學皆以進士起家，而俱借「秋石方」致大位。瞬息顯榮，世俗所企羨，僥倖者多竭智力以求奇方，世間乃漸不以縱談方藥之事為恥。風氣既變，兼及士林，故自方士進用以來，方藥盛，妖心興，而小說亦多神魔之談，且每敘床笫之事也。[32]

時下論及《金瓶梅》者，往往根據這段話將其性描寫歸咎於受封建統治階級腐朽思想和靡爛生活之影響。魯迅所謂「時尚」之說本來不錯，但若將整整一個時代、彌漫於社會的縱欲之風僅僅解釋為統治者荒淫思想行為的導向肯定是不夠的。實際上歷史現象常常是多種文化因素綜合作用的結果。在權力和財富集中的專制的中國，最高統治者的縱欲，本來就是一種必然現象，「髒唐臭漢」，概莫能外。只是禮教從來是只許少數人縱欲而不許社會縱欲的，因為基於禮教禁欲主義的道德秩序恰恰是封建統治的命根子。因此，晚明皇帝及貴族官僚的荒淫與社會上大量存在的有乖禮法的縱欲行為是既有聯繫又有一定區別的現象。前者或許可以看作是後者的促進劑，或者為後者提供了發展的契機，但後者的發生泛濫則理應有其內在的原因。

明自中葉以後，商業流通發展，社會財富流向變化，貨幣肆虐，消費更新，不僅破壞了社會的經濟秩序，而且動搖了社會的道德觀念，產生了新的社會心理和風習。這種巨大的社會變動本來孕育著歷史活力，但是，由於傳統的強大，新的因素得不到正常的發展，於是這種帶有野性的活力就通過「縱欲」這一傳統的宣洩社會能量的孔道泛濫開來，而基於這種社會現實的晚明社會新思潮又反過來起到了推波助瀾的作用。

30　《松窗夢語》。
31　《萬曆野獲編》。
32　魯迅《中國小說史略》，《魯迅全集》，北京：人民文學出版社，1982年，第9卷。

晚明社會思潮最有思想解放意義的是它對中國傳統思想中道德倫理本位的衝擊和否定，在一定意義上肯定了人在社會上的主體地位，而強調人的自然本性則成為這種思潮的理論出發點。從李夢陽的「孟子論好勇好貨好色……是言也，非淺儒之所識也」[33]，到李贄將「好貨」「好色」與「勤學」「進取」等並列，作為人所「共好而共習、共知而共言」的「邇言」[34]，人們高揚起「食、色，性也」的古老旗幟。其中，哲學家何心隱肯定「性而味，性而聲，性而安逸，性也」[35]。文學家屠隆宣揚男女之欲出自人的本性，情欲是無法克制的，就是羽化的神仙也逃脫不了男女之欲[36]。當時文壇重要詩人袁宏道公開宣佈「好色」為人生樂事。散文家張岱則毫無忌憚地發表自己的享樂宣言：

> 蜀人張岱，陶庵其號也。少為紈絝子弟，極愛繁華：好精舍、好美婢、好孌童、好鮮衣、好美食、好華燈、好煙火、好梨園、好鼓吹、好古董、好花鳥，兼以茶淫酒虐、書蠹詩魔……[37]

晚明人強調人的原始本能，鼓吹個體的官能享受，在「存天理、滅人欲」，人性泯沒的時代，無疑是對禁欲主義的一種反動，其思想史意義是對人的生命力一種對象化的確認，因而表現為對傳統的人生意義、價值以及對禮法的褻瀆和挑戰。但是，當歷史沒有為一個古老民族的解放提供必要條件，沒有為人性的健康發展提供方向，當人們只有使用陳舊的思想武器反叛傳統的時候，這種反叛似乎只能矯枉過正而採取極端的形式。在晚明，被呼喚出來的野性，變成一股溢出歷史河道的洶湧洪水，不僅衝擊著傳統的堤壩，也淹沒了理性，並最終導致自身的毀滅和傳統的重建。這已是被歷史證明了的事實。

晚明社會思潮在文學上的反映是蓬勃興起的文學新潮。與社會思潮桴鼓相應，晚明文學新潮最突出的特點是對禁欲主義的揭露抨擊，對人性解放的鼓噪，包括以極端的粗俗的形式對「好貨好色」等人欲的肯定和揚屬。在這方面，直接摹寫現實人生的小說《三言》《二拍》等表現得都很露骨。

我們在《三言》《二拍》中經常看到一幅幅充斥肉欲的情節場面：少男少女乾柴烈火一觸皆燃[38]，年輕的商婦春情蠢動，沉湎於短暫的肉體歡娛[39]，連守貞十年的節婦也

33　《空同子·論學》。

34　〈答鄧明府〉。

35　《爨桐集》卷 3。

36　〈與李觀察〉。

37　〈自為墓誌銘〉。

38　《喻世明言》卷 4〈閑雲庵阮三償冤債〉、《醒世恆言》卷 28〈吳衙內鄰舟赴約〉。

39　《喻世明言》卷 1〈蔣興哥重會珍珠衫〉。

禁不住小小的性挑逗[40]。任君用恣樂深閨[41]，赫大卿在花街柳巷玩之不足，又到尼姑庵裏大排肉欲的筵席[42]。這裏既有男性的狂蕩，也有女人的放浪。貴夫人經不住寡居的煎熬，見到標緻少年便「忍不住動火起來」，設法長期占據盡興淫樂[43]，愚庸的村婦在極難堪的境地仍願意體驗性滿足[44]。肉欲貫串幾乎所有的兩性關係：小商人秦重的婚姻幸運始於嫖妓[45]，小市民莫大姐與楊二郎的結合基於通姦[46]，被禮教阻於愛河兩端的男女決絕的方式是「你貪我愛，放下心性做事，不顧死活」[47]。

在《三言》《二拍》中，不僅〈金海陵縱欲亡身〉[48]、〈任君用恣樂深閨〉〈赫大卿情遺鴛鴦絛〉等篇章性描寫恣肆刻露，連〈蔣興哥重會珍珠衫〉等傑作中也不乏對性行為的具體描寫。這似乎不是馮夢龍、凌濛初個人的道德墮落，作品中喋喋不休的道德說教和果報論證，已說明了他們的道德觀念和態度，只是由於那種帶有新色素的社會生活、社會思潮的刺激，使他們的作品自覺不自覺地被染上這種色澤，自覺不自覺地流露出時代的也是他們個人的意興心緒。

與《三言》《二拍》一樣，作為晚明文學新潮的代表作品之一，《金瓶梅》的全部描寫，包括它的性描寫，都與產生它的那個時代的社會生活和思想文化狀況合拍。評點《金瓶梅》的清人張竹坡在第一回回評開頭就說：「此書單重財色。」確實，在某種意義上可以說《金瓶梅》是一部描寫「財色」、揚厲「人欲」的書。因選材和長篇小說能充分展示社會生活等原因，使《金瓶梅》較之《三言》《二拍》等更集中更突出地表現出中國 16 世紀城市生活和社會思潮的主旋律。

「君子罕言利。」中國從來沒有哪一部小說像《金瓶梅》這樣對描寫社會經濟生活及其細節有如此濃厚的興趣。從經商買賣、巧取豪奪的聚斂，賣官鬻爵、賄賂公行的骯髒交易，到商品的行市價格、家庭衣食住行的消費、人與人之間的經濟往來，無不細細寫來。不僅貨幣在人世間的作用得到充分的揭示，各色人等——從宰輔大臣到市井男女——在金錢面前的嘴臉和心態也得到淋漓盡致的刻畫。所以張竹坡在評點中一再點到「寫財的利害」。書中對西門慶等的商業活動，種種物質享受，如飲食衣服的描摹不厭其煩，

40　《警世通言》卷 35〈況太守斷死孩兒〉。

41　《二刻拍案驚奇》卷 34。

42　《醒世恆言》卷 15〈赫大卿情遺鴛鴦絛〉。

43　《初刻拍案驚奇》卷 34〈聞人生野戰翠浮庵〉。

44　《初刻拍案驚奇》卷 26〈奪風情村婦捐軀〉。

45　《醒世通言》卷 3〈賣油郎獨占花魁〉。

46　《二刻拍案驚奇》卷 38〈兩錯認莫大姐私奔〉。

47　《初刻拍案驚奇》卷 29〈通閨闥堅心燈火〉。

48　《醒世通言》卷 23。

細緻入微，絕不僅僅是為了暴露批判，至少表現了作者受到時代社會生活刺激和新的文化精神影響所產生的某種亢奮情緒，此不待言。

全書的情節進程和眾多細節同樣證明了《金瓶梅》對「色欲」的濃厚興趣。這不僅表現在性行為的具體描寫上，也表現在對社會縱欲之風──道德淪喪、肉欲橫流的展示上。《金瓶梅》所描寫的確是一個縱欲的世界。主人公西門慶不僅網羅了那麼多亂七八糟的女人，組成了專供其淫樂的妻妾隊伍，不僅宿妓包娼，不僅把夥計的渾家、僕人的老婆、奶子、丫鬟當成隨時可以發洩性欲的工具，還以永不饜足的色眼打量著所能遇到的每一個女性，永遠處於性追逐的興奮狀態，淫具、春藥則是他隨身的寶貝。從這個方面看，這個商人出身的暴發戶實在是個色情狂。不僅西門慶，書中所寫到的蔡御史、安郎中一類讀書作官的人也一有機會就露出「好色勝好德」的本性，像張大戶、張二官人等富戶縉紳之嗜色無度更與西門慶聲息相應。除此之外，不僅陳經濟、花子虛、王三官等浮浪子弟淫邪成性，那些夥計、家人、差役、道士等也大都是「色急兒」，連溫葵軒一介窮儒，也是「有名的溫屁股」。在這個世界裏，男人遇色如迷，女人也常常性欲如熾，放浪不羈。潘金蓮初見偉岸雄壯的武松，便按捺不住「欲心如火」，西門慶嫖妓未歸，她就急不可耐地與小廝「幹做在一處」；蔣竹山因「腰中無力」，竟遭到李瓶兒的刻毒咒罵並被一腳踢開；春梅擺脫了下賤處境，當上了夫人，最後還是因縱淫死在僕人的身上。除了金、瓶、梅以外，其他如王六兒、林太太等女人的風月狂蕩都十分出格。叔嫂通姦，女婿與丈母亂倫，主人與僕婦、主母與家童、僕人與婢女胡搞，在《金瓶梅》裏，縱欲的春潮淹沒了道德的旗幟，人們在動物式的交歡、姦情和亂倫中享受肉體的歡娛。這是對禁欲主義否定性放大的晚明社會的寫照，鼓蕩著人類最原始的本能欲望。第85回，春梅「見階下兩隻犬兒交戀在一起」，不禁感慨萬端，脫口而出：「畜生尚有如此之樂，何況人而反不如此乎？」與《牡丹亭》中春香所言「關了的雎鳩，尚有洲渚之興，何以人而不如鳥乎」可謂同出一轍。第15回作者那首夫子自道的回前詩：「日墜西山月出東，百年光景似飄蓬。點頭才慕朱顏子，轉眼翻為白髮翁。易老韶華休浪度，掀天富貴等雲空。不如且討紅裙趣，依翠偎紅院宇中。」所流露出來的崇尚現世享樂的人生觀也與唐寅等晚明時代的弄潮兒們毫無二致。正是產生《金瓶梅》的那個特定時代的社會和思想文化狀況，給予作者以強烈的刺激，影響了《金瓶梅》性描寫的形態，並賦予了它存在的現實根據，這已被《金瓶梅》問世後立即引起強烈反響和得到很多讀者不同形式的認同所證明。

（四）性描寫是《金瓶梅》有機的不可忽視的組成部分；性描寫是《金瓶梅》對小說藝術的開拓，也是《金瓶梅》重要的表現手段；《金瓶梅》性描寫的問題不全在客觀展示，而主要在於主觀態度，其種種偏差產生的重要原因在於作者受時代限定的性意識。

　　那些展示時代生活、跳動著時代脈搏而又充滿藝術靈性的作品，不管是否有這樣或那樣的缺陷，都會因閃爍著現實的光輝而得到永恆的承認。恩洛斯在談到巴爾札克時曾這樣說：

> 他在《人間喜劇》裏給我們提供了一部法國「社會」，特別是巴黎「上流社會」的卓越的現實主義歷史，他用編年史的方式，幾乎逐年地把上升的資產階級在 1816 年至 1848 年這一時期對貴族社會日甚一日的衝擊描寫出來，這一貴族社會在 1815 年以後又重整旗鼓，盡力重新恢復法國生活方式的標準。他描寫了這個在他看來是模範社會的最後殘餘怎樣在庸俗的、滿身銅臭的暴發戶的逼攻下逐漸滅亡，或者被這一暴發戶所腐化；他描寫了貴婦人（她們對丈夫的不忠只不過是維護自己的一種方式，這和她們在婚姻上聽人擺佈的方式是完全適應的）怎樣讓位給專為金錢或衣著而不忠於丈夫的資產階級婦女。在這幅中心圖畫的四周，他彙集了法國社會的全部歷史，我從這裏，甚至在經濟細節方面（如革命後動產和不動產的重新分配）所學到的東西，也要比從當時所有職業的歷史學家、經濟學家和統計學家那裏學到的全部東西還要多。[49]

雖然不能完全把這段話移借來評價《金瓶悔》（因為無論是描寫的歷史內容，還是美學方法，兩者都有相當大的差異），但作為「中國 16 世紀社會風俗史」，《金瓶梅》為人們提供了無比豐富的歷史認識內容，則是無可懷疑的。如果從《金瓶梅》中抽掉兩性關係內容——這種兩性關係經常是通過性意識、性行為的描寫展現的——那麼這一巨幅生活畫卷將失去它存在的重要根據。在這個意義上，我們可以說，沒有性描寫，就沒有《金瓶梅》。性、性關係內容是這部小說本體結構的有機部分，沒有這方面的描寫，就沒有那個活生生的、充滿現實人生的歡樂和痛苦、嘈嘈雜雜的《金瓶悔》世界，而沒有生命的世界，不會是一個審美的、藝術的世界。因此，《金瓶梅》的性描寫對其藝術創造也並非可有可無。

　　通過性、性關係、性意識的描寫，揭示社會經濟關係和其他關係的底蘊；通過社會經濟關係和其他關係在性問題上的反映，探討社會、人生、人性等複雜問題，是《金瓶梅》藝術開掘的途徑。以往中國小說中的人物性格和行為方式，大多受制於道德或政治的因素，人們總是有意無意地避開或淡化人物的感性心理，但現實生活中的人，作為一種感性的存在物，除了種種社會屬性之外，總是頑固地保持著自然的屬性。那種建築在

49　《馬克思恩格斯論文學和藝術》，北京：人民文學出版社，1982 年，頁 189、190。

人的自然本能之上的人類的惡劣情欲甚至成為「歷史發展的槓桿」[50]。以致恩格斯說「卑劣的貪欲是文明時代從它存在的第一日起直至今天的動力」[51]。所以以往的小說是超人的世界，人物常呈「扁平」。《金瓶梅》作者改鑄了一個流行的傳奇英雄故事，通過包括性描寫在內的細緻描摹，坦露人物的「靈與肉」，向人們展示了世俗生活的真實，無疑是對小說創作新的美學開拓，表現了小說藝術揚棄傳統、回歸生活的覺醒和指向未來的張力。正如一位西方學者評論司各特小說指出的那樣：

> 這些小說向所有的人指出一條真理，這條真理似乎是老生常談，然而歷史家和其他作家在領悟它以前卻幾乎一無所知。那就是：過去時代的世界裏實際上充滿了活生生的人，而不是條約、草案、公文、宗卷、論爭和關於人的抽象觀念，也不是圖解和定理；而是人，穿著淺黃牛皮上衣或者別樣的外衣和馬褲，面頰上有紅暈，胸中蘊藏著激情，具有人的語言、相貌和生命力。

《金瓶梅》裏的人物沒有聖人、偉人、英雄的光環，他們只是生活在市井囂雜聲中的普通男女。經商買賣、交通官府、迎朋會友、嫖妓偷情、婚喪嫁娶、吃喝穿戴、勾心鬥角等等，是他們生活的內容；沒有理想的追求，也沒有道德的標榜，物質和官能的種種享受欲望以及世俗的虛榮心已經如此深刻地成為他們這種生活行為方式的基本動因。正是在這樣「現實」的基礎上，《金瓶梅》作者建構起小說的基本情節和人物性格體系。《金瓶梅》裏的主要角色在他們各自性格形成和命運演變的軌跡中，都隨處可見性因素的強烈影響。作為中國「前資本主義商人」的西門慶，強烈的性欲和對異性的占有欲、征服狂與不擇手段攫取財富、權勢的欲念相糾葛，實際上已成為他無視綱常道德的人生行為的內驅力和充滿野性的性格的支點，充分顯示了這個封建後期商業暴發戶的真實性和時代特徵。與強調女性的道德操守以及其他種種高雅良善、溫良恭儉的美德不同，《金瓶梅》展示了一個充滿人的感性欲求的女性世界。女人們的爭風吃醋、要求肉欲滿足、貪小利而不計名節等等是「欲」在這種打破禮教道德的社會中的外在表現。而在這些女人們的欲念、行為與現實世界的種種衝突中，作品不僅寫出了這些女性卑微生活的真實，也揭示了人性的異化和生命力的耗損。

潘金蓮是書中最淫蕩的女人，也是《金瓶梅》女性人欲之歌演奏中的第一提琴手。從人生表現看來，性欲似乎成了她生命的動力，她的所有的聰慧、機敏，人生所有的努力——殘暴、奸詐、犯罪幾乎都是為了追求性的快樂和滿足。但是，如果聯繫書中對潘

50　恩格斯〈路德維希·費爾巴哈和德國古典哲學的終結〉，《馬克思恩格斯選集》4卷，頁233。

51　恩格斯〈家庭私有制和國家起源〉，《馬克思恩格斯選集》4卷。

金蓮身世、處境、種種人生遭際的描寫，就可以發現作者將追求性欲的滿足作為她性格的突出特徵，並非沒有現實的根據。封閉的社會和家庭結構，單調和卑微的生活，把一個生命力旺盛的女性的全部活力，擠壓到人生最低層次的追求，這才是潘金蓮人生悲劇的底蘊。相比之下，對人物的道德譴責和諸如「受環境影響」「封建社會的犧牲品」之類的些微同情只能顯出立論者的膚淺。李瓶兒是個性格複雜的人物。曾經有人批評《金瓶梅》對瓶兒性格的描寫，認為她進西門慶家之前是個淫佚而又惡毒陰險的女人，到了西門慶家卻變成了善良忍讓之輩，很矛盾。其實，作者正是以「欲」為契機來把握這個人物性格變化的。這個女人稟性柔婉，卻又欲心很重——作為生命個體，她的感情和肉體都有一種強烈的需要。她的「欲」在花子虛和蔣竹山身上寄託不來，於是心理上由厭惡而生歹毒，導致了她外在的進攻性性格；等到了西門慶家，她的情欲已有所附麗，完全滿足，她不是說西門慶「你就是醫奴的藥一般」嗎？這就使她失去了攻擊的目標和心理力量，善心萌生，因愚鈍而顯出懦怯，剩下的只是對生活的眷戀。而春梅在物質生活和社會地位要求得到滿足以後，反而性欲大熾，說明這種本能的感性欲求同樣是這個心高氣傲的女人性格的支配力量。

　　無論從深入開掘生活，還是從結構情節、刻畫人物等角度看問題，性描寫都是《金瓶梅》的重要手段，因而性描寫是《金瓶梅》一書不可忽缺的組成部分。所謂《金瓶梅》的性描寫，在敘述上實際可以分為四種情況：一是性關係過程的一般敘述；二是直接性行為（如性交過程）的描摹；三是對性欲、性行為的渲染（大部分採用鋪陳揚屬的韻文）；四是對性、性心理、性意識的提示和強調。人們一般特別厭惡《金瓶梅》中直接性行為的描寫和對性欲、性行為的渲染，這是完全可以理解的，因為這種敘述與我們的道德感情和審美習慣完全格格不入。研究者則努力做著判斷哪些對藝術來說是必要的、哪些是該刪除的甄別工作。其實，《金瓶梅》中的種種性描寫不僅意趣和傾向上是一致的，在敘述上也是交叉、滲透的，除了韻文部分，文字很難剝離。而即使是赤裸裸的性行為描寫，也不是如某些人所說是別人畫蛇添足後加的，或者說對情節進程、人物性格的發展毫無意義。比如第 78 回，寫西門慶先在林太太身上炙香疤，又叫如意兒在性交過程中重複「原是熊旺的老婆，今日屬了我親達達了」的話，就揭示了西門慶的優勝感、占有欲和死亡前的極度瘋狂。

　　當然，這絕不是說《金瓶梅》的性描寫是完全成功的，恰恰相反，那些對《金瓶梅》的存在價值具有重要意義的性描寫，無論在意識上，還是在敘述方式上都有嚴重的畸型和病態的成分。對《金瓶梅》這種敘述上關連難分、意識上滲透全書的性描寫，實在不是文字上逐一分割、判斷藝術優劣加以刪略的方法所能解決問題的，對研究來說，站在新的時代文化高度對其作整體的審視關照也許是最首要的任務。

　　《金瓶梅》是以「寫實」著稱的一部小說，所以時下一般將《金瓶梅》的性描寫歸結為「自然主義」或「客觀描寫」的問題。其實，儘管《金瓶梅》是中國古代小說中最具有近代小說氣息的作品，在寫實方面取得了輝煌的成就，但它在藝術上無論如何沒有達到近代現實主義——如巴爾札克那樣的高度，而是摻雜了許多有違其寫實風格的東西，其中恰以性描寫最為突出。《金瓶梅》中蕩子淫娃的種種行為，固然來源於當時的社會生活，但作者的描寫，顯然有不少誇張的地方。作品所寫到的不少異常性行為，雖然不能排除妓院嫖客的特殊體驗，但作者的反復展示，更像是春宮圖的圖解。尤其是書中一再以兩軍交戰作比，鋪陳詠贊性交過程的韻文，更屬於一種主觀揚厲。如果說《金瓶梅》性描寫中有相當文字是「企圖引起性刺激」，大概並不過分。這樣一種性描寫有受文學的「傳統和慣例」影響的一面。如《金瓶梅》中很多直接性行為的描寫從場面、過程，一直到敘述語言都是對《如意君傳》等書的抄襲和模仿。但既然文學創作從來都不是一種被動的行為，那麼作為創作主體的《金瓶梅》作者的觀念傾向、心理情緒以及藝術理性無疑應該承擔主要的責任。這本來就應該是不言而喻的事。

　　晚明時期社會生活的更新，人性的萌動，和由此導致的社會規範、價值取向、道德觀念的變化，不僅是《金瓶梅》描摹表現的對象，其思想精神也深刻地影響了《金瓶梅》的創作。正是由於對帶有新色素的社會生活和肯定人欲的社會思潮的認同，才使《金瓶梅》作者著意去再現那個銅臭刺鼻、道德淪喪的世俗社會；才使他放棄道德的成見來處理筆下的人物。把性關係看作人與人之間的重要關係，把性欲當作人的自然本性和生命的內驅力來看待，是《金瓶梅》作者大膽描寫性、性欲、性關係和性行為的思想基礎，也是他的小說取得突破性成就的原因。但是，正如晚明是一個歷史的畸性扭結，是一個病態的社會，人們的性意識也表現出畸性和病態。晚明時期禁欲被打破後產生的是縱欲的宣洩，或者說縱欲正是晚明破壞禁欲主義的形式；晚明社會思潮更以宣揚人的原始本性、鼓吹恣情享樂為鬥爭武器。如果說禁欲主義是對人的本性的異化，那麼僅僅強調本能無疑是對人的本性的另一種異化。這種不健全的、異化的性意識是《金瓶梅》性描寫偏差的要害。我們看到作者是那樣熱衷於性，西門慶在大街上看女人，竟透過衣服看到性器官（2 回），送春藥給西門慶的胡僧被形容成一個男根模樣，描寫所吃的食物也都帶性挑逗的意味（49 回）。作者誇大性的作用，熱衷於性的感官享受，以至於對「淫器」和春宮圖也津津樂道（16 回、13 回）。

　　張揚肉欲還只是作者性意識處於低級層次的一個方面，影響《金瓶梅》性描寫的實際還有「性恐懼」思想。作為生活的參與者，《金瓶梅》作者感到了禁欲打破後情欲解放的愜意、歡暢，並在他的創作中表現了肉欲放縱的快適體驗。但是中國的小說家從來都把「載道」「拯世」看作自己的自覺責任，為了這種責任，他必須不僅僅以一個小說

家，還要以歷史學家、社會學家的身分來看待生活，以便於他根據「理性」在他的作品中安排情節和處理人物。所以中國的小說從來都是觀念先行的，儘管作品中的形象意義常常衝破觀念的束縛，但小說家卻從不懷疑，或者說即使懷疑也要強調自己的理性。個中的原因雖然很複雜，但由此造成的中國小說充滿說教的現象卻普遍存在。《金瓶梅》中也充斥著道德說教，這本來並不奇怪，晚明這樣一個人欲橫流的時代，確實很容易引起那些在傳統道德觀念薰染下成長起來的小說家作為社會洞察者的憂慮和激發他們匡時世濟民心的使命感。但值得注意的是，雖然《金瓶梅》不乏道德說教和果報論證，但作者似乎並沒有特別強調綱常道德——像大多數中國小說那樣。而是特別強調了從縱欲到死亡的恐懼，並因此導向向傳統道德的復歸和宗教的解脫——這是現實和有關思想資料所能提供給作者的出路。性恐懼和性崇拜，是人類古老的性意識的兩面，在對性的長期壓抑以及由此伴生的普遍的性神秘氣氛中，情欲導致罪惡，耽於肉欲必將致禍的認識已經如此深刻地融入中國人的「集體無意識」，以致於「荒淫亡國」幾乎成為解釋歷史的唯一理論。「二八佳人體似酥，腰間仗劍斬愚夫。雖然不見人頭落，暗裏教君骨髓枯。」這種性恐懼心理因為對情欲的根本否定而成為為禁欲主義張目的荒唐的性意識。正因為有這樣的性意識，所以從縱欲到死亡成了《金瓶梅》一書的整體結構框架，作者展示了眾多人物從縱欲到死亡的過程，小說以三個不能克制欲念而終於在欲海裏沉沒的女人名字來命名，也是為了表達這一點。雖然從縱欲到死亡對晚明時代來說不無現實根據和認識意義，但作者為了完成他的論證，往往不惜犧牲真實和展覽醜行。於是我們看到了在《金瓶梅》中男人占有和蹂躪女人，女人也玩弄和施虐於男人，男男女女玩著以生命為代價的遊戲。這裏有性虐待、性瘋狂，惟獨少有性愛的昇華。於是我們看到了西門慶在怎樣醜惡不堪的性行為中死去——作者的具體描寫其實是沒有生理學根據的。

《金瓶梅》的性描寫的種種偏差，給《金瓶梅》藝術上帶來了相當損害，為了張揚情欲和性恐懼，作者誇張的描寫使他的人物在一定程度上變成了另外一種脫離生活的「奇人」。像主人公西門慶，由於性格的一個側面被強化，質的清晰性經常被淹沒，以致於悲劇性幾乎喪失。其他如潘金蓮，由於作者施於其身的性描寫過於醜濫，讀者只能依稀聽到這一悲劇人物心靈深處發出的微弱的原始生命力的本質的呻吟和呼喊，人物本來應該包涵的豐富的歷史和美學內容已被大大削弱。至於《金瓶梅》性描寫敘事方式上的種種偏差所造的本書美學品位的下降和導致種種接受上的障礙誤差則已是人所共知的事實，無須贅言。

要而言之，站在新的時代文化的高度看問題，《金瓶梅》性描寫種種偏差的要害是作者受時代制約的性意識。當性意識還停留在較低層次上——不管其是否對以往的歷史表現出進步的意義——要想在文學上達到敘述的完美幾乎是不可能的事。這對我們來說

實在具有深刻的垂誡意義。

附記：本文係提交給 1989 年 6 月「首屆國際《金瓶梅》學術討論會」的論文，後收入張國星主編的《中國古代小說中的性描寫》（百花文藝出版社，1993 年版）。

中國古代小說的美學新風貌
——談《金瓶梅》的藝術創造

　　與《三國演義》《水滸傳》《西遊記》等帶有某種程度的「史詩」性質的中國古代長篇小說相比，《金瓶梅》把現實生活和自己的人生感受通過一種漫畫式的形式表現出來，使中國古代長篇小說的創作產生了由歷史到現實，由超人到常人的改變，這不僅是題材內容的改變、審美領域的拓展，在某種意義上，甚至可以認為是中國古代長篇小說美學觀念的革命，這種美學觀念的革命在《金瓶梅》的藝術結構、人物形象、語言敘述等方面都有豐富而生動的體現。

一

　　中國古代長篇小說主要是由市井藝人的「講史」發展起來的。歷史演義小說的開山作品《三國演義》就是以宋元勾欄瓦肆熱門的「講史」節目「說三分」為基礎創作的。後來被稱為「英雄傳奇」小說的《水滸傳》開始也是「講史」體，包括宋江起義故事在內的宋人《宣和遺事》，原是「講史」的話本，只是後來集合了更多的民間傳說故事，其性質才突破歷史小說的藩籬，因此，《水滸傳》似可視為「講史」的亞體。至於「神魔小說」，如《西遊記》原是演述玄奘取經史實的，《封神演義》原是演武王伐紂史實的，以後因為其中神魔怪異因素膨脹，才脫離了歷史小說而成為獨立的品種，可謂之「講史」之變體。

　　也就是說，《金瓶梅》以前的中國長篇小說或多或少地都帶有「史」的因素，所描寫的對象都是英雄、超人或徑直就是「神」，人們所要表達的是對歷史的緬懷，從歷史以及這些「歷史的主人」身上尋求那種豪邁的詩情。因為題材淵源、成書過程等原因，這些小說常常帶有某種程度的「史詩」性質。《金瓶梅》的作者，不再像《三國》作者那樣，傾心描繪乃至由衷讚賞封建政治家、軍事家叱吒風雲的業績；不再像《水滸》作者那樣，對嘯聚山林的偉大強盜們持以神往而又歎惋的情懷；也不像《西遊記》的作者那樣，把現實生活和自己的人生感受通過一種誇張和變形的形式表現出來。而是用驚訝

的眼光審視現實人生，如實地寫出他的觀察和理解。雖然他並沒有完全擺脫傳統的意識觀念，強行將他的故事納入一個道德的、宗教的模式之內，卻自覺不自覺地以某種愉悅的心情去描寫那種銅臭刺鼻、道德淪喪的世俗生活和喧囂塵世的碌碌眾生。

這種由歷史到現實，由超人到常人，不僅是題材內容的改變、審美領域的拓展，在某種意義上，甚至可以認為是中國古代長篇小說美學觀念的革命。因為作為敘事文體、再現藝術，小說的重要特點是以人、人的活動為摹寫對象，從而表達作為生活參預者的小說作者的思想感情。因此，直接摹寫現實生活，內容充分生活化、現實化，可以增加作品的真實感和親切感，拉近小說與現實的距離，也拉近小說與讀者的距離，更有利於傳達作者對社會人生的認識和評價。其次，日常生活，男女情事等等，實際蘊含著社會人生的種種奧秘，燭微顯隱，能更深入更細緻地揭示人的精神心理、人生精義和社會的本質特徵。《金瓶梅》擺脫對「史」的依附，摒棄主觀、幻象的描寫，用藝術方法本色地再現社會普通人的現實生活，這種由「奇」而常，由粗而細，是小說與現實關係的一種重大變革，不僅把小說題材擴大到生活的一切範圍，也使作品的形象、內容更切近客觀實際，再現生活、觀照人生更準確，也更深入，從而使小說藝術深化和精微化。這是小說家主體意識的覺醒，對小說藝術本質認識的進步，從而深刻地改變了小說的價值觀念，也體現了一種新的審美觀。或許可以認為，這正是中晚明社會思潮強調「人情物理」審美價值在小說創作中的一種反映，其思想基礎是對人的自身價值和生命意義的新認識。

以《金瓶梅》的創造為起點，中國古代長篇小說的創作跨入了一個新的時代，即由「市人小說」「史詩小說」過渡到「作家小說」的時代。宋元市人小說基本上可分為「講史」和「小說」兩大流派，由「講史」演進為《三國》《水滸》等長篇的「史詩小說」。《金瓶梅》承繼了這些集體累積型小說的敘事方式，又吸取了短篇「小說」取材於現實人生的經驗，從而開創了長篇小說創作的新局面。從此，取材於現實的作家創作成為中國長篇小說創作的主流，作家們各不相同的藝術個性，為小說創作帶來了勃勃生機。當然，作為第一部直接取材於現實、作家獨立創作的長篇小說，《金瓶梅》不乏粗疏和幼稚之處。已有論者尖銳地指出，和西方成熟的近代小說比較，或與《紅樓夢》比較，《金瓶梅》的情節、描寫有「明顯的粗心大意」之處，「喜歡使用嘲諷、誇張」，還有「大抄特抄詞曲的嗜好」。這種小說創作的隨意性、俳偕色彩以及套用說話人熟套的作法，說明《金瓶梅》還沒有完全擺脫宋人市人小說以來已經形成的小說審美定式和審美習慣。但這僅是受「文學的傳統與慣例」影響的痕跡，某種意義上可視為文學進化的「胎記」，不能因此否認《金瓶梅》在小說藝術方面的鼎新創造。

二

與取材現實人生相一致的是《金瓶梅》對長篇小說藝術方式的更新。老黑格爾說：「內容和完全適合內容的形式達到獨立完整的統一，因而形成一種自由的整體，這就是藝術的中心。」[1]《金瓶梅》之所以成為中國長篇小說劃時代的作品，《金瓶梅》對中國小說藝術的貢獻，就在於它不僅開創了長篇小說描摹現實人生的新紀元，而且創造了適合這一內容的新的藝術形式、藝術方法。

首先是小說的藝術結構。《金瓶梅》以前的中國長篇小說，不論是歷史演義、英雄傳奇，還是神魔小說，基本上都是故事型的。這與中國小說與「說話」技藝有密切的血緣關係有關。因為作者要在尺幅之間，或展示百年風雲，或表現善惡之爭，引領讀者飽覽英雄人物，所以作者不得不略去日常生活瑣事，粗線條地推進故事的進程。儘管這些小說中也會有一些情節事件是為了表現人物性格而設置，但總體上是以重大事件為結構骨架，筆墨重在對故事的敘述。無論東方和西方，故事型小說都是小說最早出現的形態。並以其通俗易懂，引人入勝為讀者所喜愛，其中優秀的作品往往能以生動曲折的故事情節造成鮮明、特出的人物形象。但是，中外小說發展的共同規律是，在經歷了故事型小說階段以後，小說創作一般向更「現實」的方向發展，更重視於對現實生活場景和人物的細緻描摹。這類新型的小說，似乎可稱之為「生活型的小說」。取材於平常人生的《金瓶梅》基本上可視為是「生活型的小說」。當然，並不是說生活型的小說就沒有故事因素，但這類小說卻不以故事取勝，因此，故事型小說那種情節單線推進或線性交叉的結構就與小說內容明顯地不適宜了。與故事型小說人物命運主要附屬於事件不同，《金瓶梅》的結構基本上是以人物的命運為中心的。小說從三個主要人物的名字中各抽一個字組成書名，已經隱約透露了作者的創作思想。張竹坡說《金瓶梅》的要害在於「劈空撰出金、瓶、梅三個人來，看其如何收攏一塊，如何發放開去」[2]，多少道出了《金瓶梅》圍繞人物編織事件、展開情節的構思特點。

學術界一般認為，《金瓶梅》的結構是一種「立體網絡式」。所謂「立體網絡式」指的是一種以人物命運為中心的非戲劇式的生活化的開放結構。這種結構是適應深入、廣闊地展現複雜的現實生活而設置的。《金瓶梅》截取《水滸傳》中西門慶與潘金蓮的一段故事做為全書的起點，以西門慶的人生道路、西門慶一家的興衰榮枯為全書的結構線索，通過人物的活動，形成許多支線，向四面八方伸展開去，並按照生活的本來邏輯，

1　《美學》第2卷。
2　〈批評第一奇書讀法〉。

連接起社會生活的各種片斷和場面，自然形成一種有機的立體交叉的格局。儘管從小說的結構藝術來看，這個格局還不夠嚴密完整，但是小說已由單線縱深或線性交叉發展到對生活的整體鋪展，從而寫出了整整一個時代的社會生活面貌。那些表面看來與主要人物無關的枝蔓，因為被有機地組織成一個整體，從而真實地展現出現實生活中人與人之間的關聯，並通過這種聯繫，顯示出眾多人物的真實性和思想、性格、感情、心理的全部複雜性。

《金瓶梅》的藝術結構，擺脫了傳統的小說觀念和創作模式，是對小說藝術如何直接再現當代社會生活問題的大膽和有益的探索，以後《紅樓夢》繼承這一小說結構方式獲得更大的藝術成功，證明了它的合理性和指向小說藝術未來的張力。值得注意的是，《金瓶梅》這樣一種小說的結構方式，並非作家先驗的產物，其「原樣」是現實生活本身，因此在某種程度上可以說是小說藝術對生活的「模仿」，反映了小說家以生活為藍本的、「寫實」的創作態度。

《金瓶梅》以前的中國小說，大多以一種外在的道德觀念作為創作的指南，在小說中，道德判斷壓倒一切，改變一切，包括生活的真實。西方近代「生活型」的小說，特別是「現實主義」小說，則將生活的真實性列為藝術的第一位，作家往往將他的思想感情注入冷靜的小說描寫之中，讀者不是通過作者的外在的說教、議論，而是以小說的具體描寫這一中介接觸或感受作家的思想情感。《金瓶梅》當然沒有達到這種藝術境界。一方面，勸懲的表白和夾雜於書中的道德訓誡，使人感到已經凝結為一種「集體無意識」的中國中世紀的道德觀念對這位小說家的制約力量；另一方面，對於肉欲和性行為更多主觀情緒、缺乏藝術節制的放肆渲染，都破壞了小說風格的統一。但是，摒除了這些雜質的成分，《金瓶梅》在描寫生活事件和具體生活環境、生活情勢中的人物時，筆墨主要是「寫實」的，態度也近似冷峻。正是從這些真實的描寫中，讀者真切地感到作者真正的感情傾向和對社會人生的評價。

《金瓶梅》並不完全如清人張竹坡所說的「獨罪財色」，也不是如今天一些研究者強調的僅僅是為了「暴露」。我們從他對「財色」以及對芸芸眾生微末生活的繪聲繪色的描寫中，強烈地感受到他為那種帶有新色素的社會生活所振奮和激動的心情，感到了他在新的社會思潮影響下，對個體生命及其意義的某種新的理解和認識。他讓他的主人公一個個步入死亡，並不是缺乏對現實生活和他的主人公的熱愛，也不完全是為了道德懲誡。所謂道德懲誡、宗教輪回不過是一個外在的形式，他的人物生命自我完成的過程，本質上是符合生活的邏輯的。這樣一種尊重生活真實、以寫實為旨歸的創作態度、創作手法，表現了中國小說在創作方法上的新變。也正因為如此，《金瓶梅》中那些大大小小的生活事件，連帶那些細節，才被寫的如此真切、生動。或如魯迅所說：「作者之於

世情，蓋誠極洞達，凡所形容，或條暢，或曲折，或刻露而盡相，或幽伏而含機，或一時而並寫兩面，使之相形，變幻之情，隨在顯見，同時說部，無以上之。」[3]

三

《金瓶梅》採用寫實的方法描摹了世俗眾生的種種人生行為、生活現象，其描寫「市井小人之狀態，逼肖如真，曲盡人情，微細機巧之極」[4]。為了適應題材對象的需要，作者創造了一種與以往不同的小說語言。或者說，正是因為《金瓶梅》更新了小說的表述語言，才使這部小說顯示出不同於以往小說的新風貌。《金瓶梅》對中國小說語言的更新，一是將敘述語言由粗率推進到細密、由理性刻板推進到感性形象；二是將小說中的人物對話由戲劇化、程序化較強改變為注重本色化、個性化。

前人多推崇《金瓶梅》「文心細如牛毛繭絲」，其具象描寫的細緻，心態描寫的準確，大小場面、人物行為描寫的生動傳神，歷來為人們所讚賞。至於人物語言，則「凡寫一人，始終口吻到底，掩卷讀之，但道數語，便能默會為何人」[5]。如寫潘金蓮伶牙俐齒，刀子般的嘴，把是非顛倒的一塌糊塗，卻又氣勢逼人，便十分淋漓盡致。有一回，春梅與奶媽如意兒爭棒槌，她跑去罵如意兒，遭到反唇相譏，她就動手揪人家頭髮，打人家肚子。後來她把這件事告訴孟玉樓，一口氣說了嘩哩叭啦長長一大段話，還揭發了可憐的如意兒為了到這兒來混飯吃，隱瞞自己有男人的事。孟玉樓問她怎麼知道的，她回答說：「南京沈萬山，北京枯柳樹，人的名兒，樹的影兒，怎麼不曉得？雪裏消化屍，自然消他出來。」孟玉樓又問：「原說這老婆沒漢子，如何又鑽出漢子來？」潘金蓮說：

> 天不著風兒晴不得，人不著謊兒成不得！他不憑攛瞞著，你家肯要她？想著一來時，餓答個臉，黃皮兒寡瘦，乞乞縮縮那等腔兒。看你賊淫婦，吃了這二年飽飯，就生事兒雌起漢子來了。你如今不禁下他來，到明日又教他上頭腦上臉的，一時捅出個孩子，當誰的？

活脫脫一付市井潑婦的聲口。《金瓶梅》中的人物性格，常常不僅僅是靠情節描寫出來的，也是通過人物語言「說」出來的。那些夾雜著方言俚語的土白常常最充分地顯示出

---

3   《中國小說史略》。

4   鹽谷溫《中國小說概論》。

5   劉廷璣《在園雜誌》。

人物的個性特點。當然，從更高的藝術要求來看，《金瓶梅》的語言藝術還有不少瑕疵，細密中不免瑣碎，通俗而未脫粗鄙，生動的敘述中又不時夾雜著套語、陳詞，說明藝術提煉還有不夠的地方。但是，不管怎麼說，《金瓶梅》的語言確是一種新的藝術創造，特別是為小說如何使用語言工具塑造充分個性化的人物提供了經驗。

四

　　毫無疑問，「現實主義」藝術，或者說所有的敘事藝術，首先和主要的課題是人物，沒有描寫成功的人物，也就沒有創作主體的作家自己，即沒有風格。因此，人物是作品成為真正藝術品的靈魂。魯迅在《中國小說的歷史變遷》中曾經說過：「自有《紅樓夢》出來以後，傳統的思想和寫法都打破了。」「其要點在敢於如實描寫，並無諱飾，和以前的小說敘好人完全是好，壞人完全是壞，大不相同。所以其中所敘的人物，都是真的人物。」其實，打破傳統的思想，改變那種「好人完全是好，壞人完全是壞」的寫法當自《金瓶梅》始，或許這正是《金瓶梅》對中國古代小說美學的最重要貢獻。

　　所謂好人並非全好，壞人並非全壞的寫法，並不是說將人物性格按照道德的兩分法依某種模式來組合，而是說這種寫法寫出了像現實生活中一樣的人的思想、感情、行為的全部複雜性。這首先取決於作者是否立足於生活，對現實生活的認識是否僅僅帶著道德的濾鏡；其次在於作者是否掌握一種能夠表現人物的種種複雜性的藝術方法。作為一個小說家，正是因為具備了這樣的態度和才情，《金瓶梅》的作者才幾乎是一無傍依地創造了《金瓶梅》這樣開風氣之先的小說寫人藝術。

　　確實，中國古代很少有幾位小說家能像《金瓶梅》作者那樣對人世間最平常的生活現象——穿衣吃飯、性、死亡等有著如此濃厚的興趣。說明作者真正執著於現實人生，也體現了作者對人的本質、人性問題的思考。因為他敢於正視現實、直面人生，所以才敢於赤裸裸地描寫「人的惡劣的情欲」，西門慶形象突出的不正是這一點嗎？當然，他不可能認識到惡是歷史發展的動力藉以表現出來的形式，他的創作只反映了他對這類問題的直觀認識：一方面惡給社會帶來災難；另一方面，惡又表現為對陳舊刻板生活的衝擊，因而給歷史和生活帶來新鮮的內容和活力。這就是他為什麼一方面對惡欲和惡行不時加以道德訓誡——除了這些他實在沒有其他的理論武器；另一方面，他又對傳統道德完全斥責的惡——經商謀利、貪財好色等行徑帶著一種不無欣賞的態度進行描摹，對西門慶這樣的惡人也有著極大的表現興趣。

　　如果從道德批判的角度看，西門慶無疑是一個惡人，十惡不赦的壞蛋。作者也經常譴責他「浪蕩貪淫」，罵他是「富而多詐奸邪輩，欺善壓良酒色徒」。但作者對西門慶

的態度也有很多使人乍一讀感到模糊的地方。如西門慶為人貪婪,見利忘義,心毒手辣,為了滿足自己的欲望,不顧任何禮法,什麼都敢幹,並不擔心人間的報復和地獄的懲罰,可是又寫他有時並不吝嗇,不乏熱心腸,捐錢修廟、印經書不說,對周圍的人也很關心大度。如給窮幫閒常時節付買房錢,餘下十五兩銀子也給了他,讓他「開小本鋪兒,月間撰的幾錢銀子兒,勾他兩口子盤攬過來就是了」。所以作者又說他「仗義疏財,救人貧難」,「是個散漫好使錢的漢子」。再如西門慶充滿獸性,對女人只有粗俗的占有欲,搞了那麼多亂七八糟的女人,但有時又寫他像個「情癡」,不乏人情味。李瓶兒臨死,他不理會潘道士說房子有鬼的告誡,也不嫌死人的血腥污穢與惡形,捧著死屍臉對臉地哭,悲傷到寢食皆廢的地步。

這種看起來像是矛盾的描寫,曾經使批評家們很為難,或者懷疑作者的道德意識,或者將其歸於創作的失誤。其實,問題也許出在我們的批評範式上。中國古代的小說,一向是以固人倫、明教化為創作目的,人們總是希望小說能引起一種是非分明的愛憎感情和培植懲善揚惡的思想觀念。而中國小說中的善惡美醜的評價標準與社會的道德規範、價值觀念又是一致的,這就造成了中國小說中的人物常呈現出性格的單向性,心理素質、道德屬性一極化,而且兩者往往有一種對應和必然聯繫,並因此引起一種定向的情感共鳴和思想認同。中國古代小說曾使用這種方法創造出許多不朽的典型,如諸葛亮、關羽之類。但這種突出某種道德意識、性格稟賦的人物大多實際上是超人,只不過是真實人生的抽象。《金瓶梅》的作者志在描寫常人,這一方法就很難適用。因為作者本身就是那種帶有新色素的生活的參與者,所以他才能不以道德成見看人,也因此使他發現了人、人性的複雜——每個人本身就是一個世界,交織著善惡,言語、行動經常是矛盾的。

我們看到,作為中國 16 世紀的一個商人,西門慶是強悍的,充滿了野心和獸性,《金瓶梅》裏的其他人都不能望其項背。花子虛徒然繼承了一份龐大的遺產,但為人怯弱,毫無作為;陳經濟猥屑卑劣,沒有自立能力。或許西門慶的夥計韓道國,具備混跡商業社會的才幹和手段,但心機有餘而魄力不足。作者處處突出他的主人公,但這並不影響他寫出西門慶種種常人的心態和感情。對突如其來的災禍,西門慶同樣充滿恐懼,聽到親家楊洪被劃為楊戩黨羽可能要牽連到自己,就嚇得丟掉魂魄,連李瓶兒也不敢去娶了。進京路上過黃河在沂水鎮遇到大風,夜宿敗剎,一時困苦的環境就使他感到人生的無常。西門慶辦事精明果斷,多次化險為夷,可作者在寫他在處理家事糾紛上,就常常顯得十分錯亂昏昧,優柔寡斷,常常被蒙蔽。在作者看來,這種性格的矛盾,亦如他的道德、感情的種種矛盾一樣,都不過是他作為常人在不同生活情勢中的表現,所以作者也就如實寫出。

　　這對《金瓶梅》作者來說，只是一種直觀的感受和體驗，但一旦他把他的真實感受和體驗寫進小說，就創造出了一種嶄新的文學形象。這樣一種寫法，正是近世小說突出人物豐富內涵和複雜性格的寫法，儘管作者的描寫還不是那樣無懈可擊，卻不自覺地為中國小說提供了一種新的人物塑造的範式。

《金瓶梅》人物論

西門慶

　　《金瓶梅》這樣的小說出現於 16 世紀後期的中國，幾乎令人很難理解：不管其在小說形式和技巧上有多少原始和笨拙的地方，但它和生活同步的恢宏氣勢以及逼視現實人生的力量，卻近似於歐洲的近代小說。假若願意借用老巴爾札克的一個概念，我們甚至可以說，《金瓶梅》是一部中國 16 世紀後期的「社會風俗史」。這意思就是說，《金瓶梅》不僅展現了晚明時期豐贍繁富、五光十色的社會生活，而且創造了大量有豐富內涵並具有性格化傾向的人物形象。作為這部小說主角的西門慶更是具有複雜思想性格的一個形象，在中國古代小說中有著超一流的認識價值和審美價值。

　　《金瓶梅》作者是從當時廣泛流傳的《水滸傳》中移借來一些情節、人物作為他小說的引子和結構線索的。西門慶是《水滸傳》中原有的人物，但《金瓶梅》中的西門慶不是《水滸傳》中的西門慶。在《水滸傳》中，西門慶是個邪惡的小角色，市井惡棍，一個為正義所判決的道德罪犯。《金瓶梅》的作者把他從武松的刀下救起，改變了他的生命歷程，賦予了他新的生活內容。《金瓶梅》的開頭，仍是西門慶和潘金蓮通姦，潘金蓮鴆死武大郎，只不過是武松出差回來，西門慶已把潘金蓮娶到家裏，武松到獅子樓，卻沒有殺掉西門慶，只殺了和西門慶一起喝酒的李外傳。待武松因人命刺配孟州道後，逃得性命的西門慶更加神氣起來，陸續開了幾個店鋪，靠長途販運發了財，又用金錢賄賂當朝太師，當上了理刑千戶，同時他惡習不改，仍然到處尋花問柳，討小老婆，姦占夥計和下人的媳婦，鬧得經常家反宅亂，這樣沸沸揚揚地過了七八年的時間，最後終因縱欲而暴亡。

　　按照若干批評家的意見，《金瓶梅》中的西門慶是「官僚、惡霸、富商三位一體」，是「封建勢力的代表」。不過，從根本上說，西門慶實際上主要是一個商人，他的人生遭際主要是以商業活動為中心的，我們甚至可以通過這一典型的剖析，瞭解晚明商業活動之一般，乃至認識商人在這一特定歷史時期的普遍命運。假西門慶這樣一個「歷史的名字」，描寫晚明一個商人的平凡生活，他的家庭，他的社會關係，從而展示整整一個

時代的風貌，這是《金瓶梅》了不起的成就。如果不是為中國 16 世紀後期那種帶有新色素的生活所振奮，不受晚明社會思潮感染，他大概絕不會想到改造一個歌頌傳奇英雄的故事，而去著意描摹自己就生活於其中的銅臭刺鼻、道德淪喪的世俗世界。歌德說過，獨創性就在於「大家壓根兒想不到會在這個題材裏發現那麼多東西」。幸運和天才都被《金瓶梅》作者占全了。

在《金瓶梅》中，作者對西門慶致富的過程，資金、商業經營方式、經營商品的種類都有詳細的描寫。第 69 回，文嫂充當「馬泊六」，為西門慶拉縴，對林太太說：

> 縣前西門大老爺，如今見在提刑院做掌刑千戶。家中放官吏債，開四五處鋪面：緞子鋪、生藥鋪、絹綢鋪、絨線鋪，外面江湖又走標船，揚州興販鹽引，東平府上納香蠟，夥計主管有數十。

這可以看作是對全盛時期西門慶的概括說明。按作者所寫，西門慶主要通過各種商業活動——合法的和非法的——積累的商業資本有白銀數萬兩，全部家財達到 10 萬兩。這大概不是小說家的誇張：晚明商業確實比前代有了巨大的發展，據當時人沈思孝說，山西地方的豪商大賈也是「非數十萬不稱富」[1]，西門慶不過是當時富商之一員罷了。

從不大的中藥鋪起家，短短的七八年時間，西門慶變成了巨富，不管其手段是多麼卑劣和無恥——資本總是從頭到腳每個毛孔都滴淌著鮮血——西門慶無疑可以說是當時一個精明的商人。馬克思曾經給予歐洲前資本主義的商人很高的評價，認為他們是中世紀世界「發生變化的起點」[2]。晚明時期的中國商人西門慶，在他崛起之時，也曾表現過非凡的野性力量和進攻姿態。這不僅表現在他對財富的追求和對異性的占有，更表現在他對封建社會結構和秩序的破壞。當西門慶的事業達到頂蜂，色膽包天地到了「世代簪纓」的招宣府去姦占林太太的時候，似乎大有手提錢袋強闖貴族小姐、太太密室的歐洲資產階級暴發戶的氣概。但是，曾幾何時，西門慶和他的事業就「燈吹火滅」，其「依附者亦皆如花落木枯而敗亡」。人們一般是將西門慶的結局歸結於「縱欲喪身」，認為這是「惡有惡報」。這雖然能夠滿足我們的道德感情，卻不免是對歷史和人生的膚淺解釋。也許西門慶的悲劇從本質上是封建時代商人的悲劇。中國封建社會從來就是大一統的、專制的皇權社會，這就決定了中國商人最終只有充當地主階級的附庸作為交換條件來保障自己在一定限度內的生存和發展，但商人也必然因此迷失自我，並最終逃脫不了整體失敗的命運。當西門慶拜蔡太師為乾爹，為當上了掌刑千戶而志滿意得的時候，他

1　《晉錄》。
2　《資本論》第 3 卷。

實際上就已經失去了獨立存在的根據。西門慶的覆亡悲劇早已包含在他自身運動的過程中，至於他以哪種方式自我完成，不過是小說家根據自己的認識和需要的安排而已。

當然，這絕不是說，縱欲喪身是對西門慶個人命運的非歷史把握，相反，作者描寫西門慶放縱自己種種惡劣的欲望和以縱欲方式結束生命是完全符合歷史和生活邏輯的。基於晚明的社會生活現實和流行的觀念心理，產生西門慶這樣的人物是沒什麼奇怪的。引用一句套話，西門慶還真應該算「典型環境中的典型性格」呢！

若從道德批判的角度看，西門慶無疑是一個惡人，十惡不赦的壞蛋。作者經常譴責他「浪蕩貪淫」，罵他是「富而多詐奸邪輩，欺善壓良酒色徒」。西門慶號「四泉」，大概就是說他「酒色財氣」都占全了（紈絝子弟王三官號「三泉」）——中國古代從來認為這四者是一切惡德的泉源，《金瓶梅》的開頭就是攻訐酒色財氣的〈四貪詞〉。但正如「四泉」亦可以暗喻「妻財子祿」都全一樣，作者對西門慶的態度也有很多使人乍一讀感到模糊的地方。比如他寫西門慶為人貪婪，見利忘義，心狠手辣，為了滿足自己的欲望，不顧任何禮法，什麼都敢幹，並不擔心人間的報復和地獄的懲罰，可是又寫他有時並不吝嗇，心腸很熱，捐錢修廟、印經書不必說，即如對周圍的人也很關心大度。幫閒常時節是一個貧民，房主催租，老婆在家餓肚子，應伯爵為他求告西門慶，西門慶不僅給了12兩銀子解決急需，還為他後來找到的房子付了35兩買房錢，再餘15兩，也給了常時節，「開小本鋪兒，月間撰的幾錢銀子兒，勾他兩口兒盤攬過來就是了」。所以作者又說他「仗義疏財，救人貧難」，「是個散漫好使錢的漢子」。再如作者寫西門慶充滿獸性，對女人只有粗俗的占有欲，搞了那麼多亂七八糟的女人，但有時又寫他像個「情癡」，很有人情味。李瓶兒臨死的時候，他不理會潘道士說房子有鬼的告誡，也不嫌死人的血腥污穢與垂死的惡形，捧著死屍臉對臉地哭，過後竟悲傷到寢食皆廢的地步。

這種看起來像是矛盾的描寫，曾經使批評家們很為難，或者懷疑作者的道德意識，或者將其歸於創作的失誤。不過，也說不定毛病出在我們自己的批評範式上，也許是我們的歷史意識和審美觀念應付不了這種文學現象。文學批評和對象以及創作主體之間經常是有距離的。從不同的認知意向出發的分析架構，都只能說明作品的一部分內容和意義，或許具有相對的真理性，然而往往是以「過濾」掉它的其他方面的內容和意義為代價的。即如我們自作聰明地分析西門慶是一個中國16世紀後期商人的典型，並試圖從社會學的角度證明這一典型的某種歷史認識或歷史象徵意義的時候，實際上可能與作者創作時的想法毫不相干，至少，我們實際已經省略了這一典型其他內涵和美學的意義。不是嗎？在晚明的文化情勢下，《金瓶梅》的作者不再以神或其他超人作為描寫對象，勇敢地把他的目光投向當代人的現實生活，難道不包含他對人、人性、人生問題的大膽探索嗎？

　　確實，中國古代很少有幾位小說家能像《金瓶梅》作者那樣，對人世間最平常的生活現象——穿衣吃飯、性、死亡等有著如此濃厚的描寫興趣，這說明作者真正執著於人間的生活，也體現了作者對人的本質、人性問題的某種思考。正因為他敢於正視現實，直面人生，所以才敢於赤裸裸地描寫「人的惡劣的情欲」，西門慶的形象突出的就是這一點。黑格爾說過：「人們以為，當他們說『人本性是善的』這句話時，他們就說出了一種很偉大的思想，但是他們忘記了，當人們說『人的本質是惡的』這句話時，是說出了一種更偉大的思想。」《金瓶梅》的作者不可能認識到「惡是歷史發展的動力藉以表現出來的形式」，他的創作只反映了他對這類問題的直觀認識：一方面，惡給社會帶來災難；另一方面，惡又表現為對陳舊刻板生活的衝擊，因而給歷史和生活帶來新鮮的內容和活力。這就是他為什麼一方面對惡欲和惡行不時加以道德的訓誡和宗教的論證——除了這些，他實在沒有其他理論武器；另一方面，又對傳統道德所完全斥責的惡，如經商謀利、貪吃好色等行徑帶著一種不無欣賞的態度進行描摹，對西門慶這樣的惡人也有著極大的表現興趣。因為作者立足生活，不完全以道德成見看人，使他發現了人、人性的複雜，每個人本身便是一個世界，交織著善、惡，言語、行動、心理經常是矛盾和變化的。

　　這對《金瓶梅》作者來說，或許也只是一種直觀的感受和體驗，一旦當他把他的感受和體驗寫進小說，就創造了了不起的小說藝術。中國古代的小說，一向是以固人倫、明教化為創作目的的。人們總是希望小說能引起一種是非分明的愛憎感情和培植懲惡揚善的思想觀念，而中國小說中的善惡美醜評價標準與整個社會道德規範、價值觀念又是一致的，這就造成了中國古代小說中的人物常常呈現出類型化：性格單向性，心理素質、道德屬性一極化，而且兩者往往有一種契合對應和必然聯繫，並因此引起讀者一種定向的情感共鳴和思想認同。當然，這種類型化也不失為一種塑造人物的方法。中國古代曾使用這種方法創造出無數不朽的典型，如曹操、諸葛亮、關羽之類。但這些突出某種道德意識、性格稟賦的人物大多實際上是超人，只不過是真實人生的抽象。《金瓶梅》的作者既然志在描寫常人，這一方法就很難適用，那麼他就只有把他的人物按照生活的本來面目寫出。

　　我們看到，作為中國 16 世紀後期的一個商人，西門慶是強悍的，充滿了野心和獸性，《金瓶梅》裏其他的人物都不能望其項背。花子虛徒然繼承了一份龐大的遺產，但其為人怯弱，毫無作為；陳經濟猥屑卑劣，沒有自立能力；或許西門慶的夥計韓道國，具備混跡商業社會的一切才幹和手段，但心機有餘而魄力不足。作者處處突出他的主人公，但這並不妨礙他也寫到西門慶像常人一樣對災禍充滿恐懼，聽到親家楊洪被劃為楊戩黨羽可能牽連到自己就嚇得丟掉魂魄，連李瓶兒也不敢去娶了。進京路上過黃河在沂水鎮遇

到大風，夜宿敗剎，一時困苦的環境就使他感到人生的無常。西門慶辦事精明、果斷，多次化險為夷，可是作者寫他在處理家事糾紛中，就常常顯得十分昏昧，優柔寡斷，經常被蒙蔽。在作者看來，這種看似矛盾的性格，亦如他的道德、感情的種種矛盾一樣，都不過是他作為常人在不同生活情勢中的表現，所以作者也就如實寫出。

這樣一種寫法，正是近代小說突出人物豐富內涵和複雜性格的寫法，不是類型化，而是性格化，儘管作者的描寫還不是那樣無懈可擊，也是對我們熟悉類型，執著於「壞人無往而不惡」的欣賞習慣的挑戰。魯迅曾談過《紅樓夢》「其要點在敢於如實描寫，並無諱飾，和以前的小說敘好人完全是好，壞人完全是壞，大不相同，所以其中所敘的人物，都是真的人物」[3]。其實，這一點在《金瓶梅》裏已見端倪，或者竟是《金瓶梅》的開創，其價值在於表現了中國小說藝術向生活的一種回歸。好人並非全好，壞人並非全壞，《金瓶梅》裏的人物似乎都可以作如是觀。

潘金蓮

從作品中幾個主要人物的名字中各抽出一個字組成書名，這無疑是中國小說家利用漢字特點的一個小小創造。這一創造似當歸於《金瓶梅》的作者，以後《平山冷燕》《吳江雪》之類的作手不過是照葫蘆畫瓢罷了。《金瓶梅》書名的首字取自潘金蓮的名字，可見作者是如何看重潘金蓮在小說中的地位的。《新刻金瓶梅詞話》第一回，作者是這樣介紹他的作品的：

> 如今這部書，乃虎中美女，後引出一個風情故事來：一個好色的婦女，因與了破落戶相通，日日追歡，朝朝迷戀，後不免屍橫刀下，命染黃泉……貪他的，斷送了堂堂六尺之軀，愛他的，丟了潑天哄產業。

不用說，這個婦女指的也是潘金蓮，儘管這段話並不完全符合現存作品的實際，但至少可以說部分地表明了作者創作時的一些想法。——作者可能原初就是這樣構想的。在這方面，西方翻譯家克里門·埃傑頓（Chement Igerton）可算是作者的一個知己，1939年出版的他的《金瓶梅》英譯本譯名就是《金蓮》，而他的翻譯得到了中國著名作家老舍的「慷慨協助」，以至於他在題辭中宣佈他的譯本是獻給「舒慶春」的。

這當然不是一個需要爭論的問題，不管怎麼說，潘金蓮都是《金瓶梅》中的重要人物，其重要性僅在西門慶之下，而在其他所有人物之上，至少從小說的敘事和結構上可

3　〈中國小說的歷史的變遷〉。

以這樣看。尤其值得注意的是，她還是《金瓶梅》描寫得最生動、最有力度和最值得人們思考的人物之一。

潘金蓮是個淫蕩狠毒的女人。假若世界上沒有《金瓶梅》這本書，她的名字在中國也幾乎是家喻戶曉，儘管說起來有關她的事蹟在《水滸傳》中實在並不多：這個不肯安分做「三寸丁谷樹皮」武大郎妻子的女人，先是企圖以色欲勾引小叔子打虎武二，後來與花花太歲西門慶勾搭成姦，竟然下手毒死武大，最後大英雄武松為兄報仇，將其剖腹剜心祭於兄長靈前。梁山泊有一百零八位好漢，但其中的大多數，如百勝將韓滔或金毛犬段景柱之類，實際上並沒有像潘金蓮這樣引入注目，以後中國最接近民眾的戲曲一再以《水滸傳》中的這段故事為題材可為證明。京戲《武松殺嫂》，徽劇、漢劇、湘劇、粵劇、桂劇、河北梆子的《金蓮戲叔》均是一演再演的保留劇目，至後來的評劇、越劇改名為《武松與潘金蓮》，不過內容並沒有變。潘金蓮被列為《水滸傳》中「四大淫婦」之首，早已是一椿鐵案，這絕不僅是因為「施耐庵」的如椽巨筆，而是中國強大的道德力量的判決。想在這方面再做點別的文章當然是困難的。民國初興，戲劇大師歐陽予倩編了一齣《潘金蓮》，略表一點不平，竟至引火焚身，至於一些激進的學生寫的為潘金蓮「翻案」的文章卻從未見發表。近來的荒誕劇《潘金蓮》則是請出武則天、紅娘、賈寶玉、芝麻官、人民法庭女庭長、《花園街五號》的呂莎莎，還從外國請來安娜·卡列尼娜來和施耐庵辯論，不過，據說也沒有什麼結果。當年，《金瓶梅》的作者在《水滸傳》最流行的時期選擇潘金蓮為他作品中的主要角色，真不知他是怎樣考慮的。

潘金蓮已經是被《水滸傳》定形、定性的人物，或許《金瓶梅》的作者的選擇是想為他的作品尋找存在的根據，但是，也因為如此，必定在某種程度上束縛他的創造。你看他一上來就抄《水滸》，下筆雖不乏靈巧，卻缺少真正的創造活力，於潘金蓮，只是多少改變了她的身世情況，寫她本是「南門外潘裁的女兒，九歲時被賣到招宣府，學習彈唱」，後來又被一個老登徒子張大戶收用，嫁給武大，不過是為做大戶的外室打掩護——這和《水滸傳》只說她是使女出身，大戶要纏她，她卻「去告主家婆，意下不肯依」不同。

《金瓶梅》作者很相信自己的道德立場，這至少也是他敢於選擇潘金蓮作為他的小說主角的原因之一。將潘金蓮由《水滸傳》的情節中解放出來，做了商人西門慶的第五妾，作者仍然是沿著她原來的道德規定性繼續寫下去，而且把她的邪惡寫得更甚。她貪淫，「把攔漢子」，和西門慶「淫欲無度」，還私小廝，通女婿；她凶惡，打罵吵鬧，欺壓眾人，虐待丫鬟，逼凌主母；她狠毒，常常要定計害人，包括用紅絹裹肉的方法訓練了一隻貓，害死了李瓶兒生的孩子，甚至西門慶之死，她也要負責任。

《水滸傳》中的潘金蓮已經很壞，繼續寫她的惡，再給她的罪行增添一些砝碼以證明

她死有餘辜，實際上已經大不必要。僅僅是這樣，《金瓶梅》中的潘金蓮這個人物一定會乏味得很，如果要看淫婦的惡行，古往今來那些公案故事裏有的是，但自從作者甩開《水滸》，一個新的活脫脫的市井蕩婦就站到了我們面前。作者在這方面真正地表現了他描摹人物的天才。比如寫女人的姿色，這對小說家來說自古就是個難題目，雖然在世界所有的語言中，寫女性音容顰笑的語彙應數漢語最豐富了，但所有這些香豔的詞藻都是詩詞創造，也是為詩詞所用的，一到小說裏，常常成為陳套。《金瓶梅》作者也經常套一套，不過，其寫吳月娘看潘金蓮「從頭看到腳，風流往下跑；從腳看到頭，風流往上流」，還發出「果然生的標緻，怪不得俺那強人愛他」的喟歎時，我們也要有點佩服。寫些肉麻的曲兒道衷情，弄弄琵琶解煩愁，這都是《水滸傳》裏的潘金蓮不會的。作者還寫潘金蓮實在聰敏得很，鬥心眼別人一般鬥不過她，把漢子也纏得最緊。其實，在妻妾爭風中她的條件不算太好，在名分上比不上大老婆，在氣性、人緣、子嗣、肌膚上不如李瓶兒，所以她雖然有時不得不採取一些下賤的手段，但確實也得靠心機。她常耍小聰明，有一次西門慶和吳月娘鬧矛盾，過幾天又和好了，家宴的時候，她就點家樂唱了一套【南石榴花·佳期重會】暗地裏嘲諷他們，孟玉樓那些人就沒一個懂。至於口齒伶俐更是難得有人相比，那是一張刀子般的嘴，滿口惡語粗詞，把是非顛倒得一塌糊塗，卻又氣勢逼人，淋漓盡致。有一回，她的丫頭春梅與奶媽如意兒爭用棒槌，她跑去罵如意兒，遭到反唇相譏，她就動手揪人家頭髮，打人家肚子，後來她把這件事情告訴孟玉樓，說了嗶里剝啦長長的一段話，印在書裏足有 1000 多字，還是一口氣說出來的。其中還揭了可憐的如意兒為了到這兒混飯吃，隱瞞自己有男人的短處。孟玉樓問她是怎麼知道的，她回答說：

> 南京沈萬三，北京枯柳樹，人的名兒，樹的影兒，怎麼不曉的？雪裏消死屍，自然消他出來。

孟玉樓又問：「原說這老婆沒漢子，如何又鑽出漢子來？」金蓮道：

> 天不著風兒晴不的，人不著慌兒成不的！他不憑攛瞞著，你家肯要他！想著一來時，餓答的個臉，黃皮兒寡瘦的，乞乞縮縮那等腔兒。看你賊淫婦，吃了這二年飽飯，就生事兒雌起漢子來了。你如今不禁下他來，到明日又教她上頭腦上臉的，一時捅出個孩子，當誰的？

這種聲口，後來《紅樓夢》裏的王熙鳳學了不少去。鳳姐自然也不是好人，但就憑這聲口，就顯得是那樣生動有力。

記得好像是羅曼·羅蘭說過，從來沒有人讀書，人在書中讀的其實不過是人自己。

說人在書中寫的更是人自己，可能也有道理吧？據說大作家裏就常有人喜歡指著自己的鼻子說自己作品裏的主角「某某就是我」。這當然不是說寫車夫自己就是車夫，寫妓女自己就變成了妓女，主要是說人物總是滲透著作為創作主體的作家的道德判斷和審美判斷。因此，不管《金瓶梅》作者怎樣老是在議論中強調自己的道德觀念，他對潘金蓮形象的描寫，卻常常暴露了他另外一方面的態度，有人就說作者對潘金蓮有時「欣賞得入迷」，寫起來，筆端又常常纏繞著同情和原諒。這使我們想起作者為什麼要添加和改動潘金蓮的出身，是不是包含著這樣的意思，即金蓮的命運從小就挺苦的，她的墮落實際上與她的生活環境有關。是的，命運無情地把她擺在猥獚的三寸侏儒妻子的位置上，是夠令人悲憤的，有錢有地位的李瓶兒都禁不住誘惑，更何況她呢？在西門慶家裏，她的邀寵、害人也可以部分從她為了維護自己的生存和安全這個角度去理解。那個慣於打婦煞妻的西門慶不是指著她和孟玉樓說「好似一對兒粉頭，也值百十銀子」嗎？最瞭解她的春梅說她是爭強好勝的性兒，但命運偏偏使她常常難堪。這就反激她不惜採用最卑劣的手段來抗爭。多妻制下的女子，又有什麼其他辦法呢？她的箱底兒薄，為了一件皮袍子，不得不費那麼多周折，這種東西李瓶兒有一大箱，吳月娘、孟玉樓也都有，即使如此，她卻捨得花錢請劉瞎子「回背」，要拴住西門慶的心，那方法其實麻煩得很，她還請薛姑子配坐胎藥，這都是為了她最切身的利益。她的加害李瓶兒以及視如意兒為眼中釘等等都因為感到了她們對自己的威脅。

創作心緒在道德意識和同情心之間擺動──這種同情心產生的根源在晚明普遍的社會心理，因而本質上是背離傳統道德觀念的──使《金瓶梅》的作者在創作上左右支絀，幸好他找到了連接和平衡兩者的橋樑，那就是將一切歸結於「欲」，或者說「人欲」。作者企圖向我們說明造成西門慶、潘金蓮等人人生悲劇的主要原因是一種過度的「欲」，正是在熾熱的欲望中他們自焚了自己。精明如潘金蓮也是因為欲迷心竅，所以才誤入武松「色誘」的圈套，送了性命。《金瓶梅》中潘金蓮的結局寫得很有意思：西門慶死後，潘金蓮因和陳經濟通姦，被趕出家門，送到王婆處待賣，恰好武松遇赦回來，假言要娶潘金蓮，因戀武松，她也就欣然回到紫石街，於是重演了《水滸傳》中武松殺嫂的一幕。這一情節幼稚可笑，但通過這種對《水滸傳》的回歸，作者滿足了讀者，也滿足了自己的道德意識，這樣，他就用不著因為自己曾經渲染過人欲，並表現過對人物的同情而心裏歉然。

不過，這大概實際上只是作者的「自我感覺良好」，因為他寫的這本書給人的感覺實際上是人欲橫流，各種人類最惡劣的欲念鼓蕩於其中，並已滲入全書的審美情趣，以至於刪不勝刪，躲不勝躲。這種人欲照孟子引告子說是「食、色」兩種，照朱子所說主要有「或好飲酒，或好貨財，或好聲色，或好便安」等等。在《金瓶梅》集諸般欲念於

一身的是西門慶，於潘金蓮身上最突出的大概是色欲，今天人們稱「性欲」。書中寫她並不十分貪財，雖然她在西門慶家把攬漢子的鬥爭曾經取得煌煌戰果，但直到被逐出家門，她還是一文不名，李嬌兒還偷了幾個大元寶跑了。別人竊財的時候，她是忙著偷情。作者寫潘金蓮特別熱衷於性，性欲成了她生命的動力，她的所有聰慧，人生所有的努力，奸詐、殘暴、犯罪幾乎都是為了追求性的快樂。作者是那樣饒有興趣地描寫她欲火中燒的情態以及她在性行為中的表現，如果僅僅是為了對性欲的譴責，這似乎怎麼也難於服人。就好像比《金瓶梅》稍早一些的《如意君傳》，明明是借薛敖曹與武則天的故事描寫性行為──《金瓶梅》中的許多性行為描寫明顯受其影響──卻說因為敖曹的「性諫」而使唐中宗復位，因此這部小說是有益綱常的。──說起來真是一個荒唐的笑話。

　　寫性，尤其是恣肆鋪陳性行為，是《金瓶梅》一個最嚴重的問題，無疑觸犯了中國傳統文化最敏感的神經，誨淫的罪名是逃不了的。《金瓶梅》的作者真是自找苦頭，怪不得他幾百年來藏姓匿名，否則人們一定指名道姓罵他，九泉之下絕不會得到安寧。其實，文學既然是人學，理應表現人性、反映人性，而在人性中，性關係無疑是重要內容之一。人類的世界就是由男人和女人組成的，兩性關係永遠是生命力量與人類活動最基本的存在形式。因此，古今中外的文學作品，內容與性有瓜葛的實在太多了，這實在用不著舉例。問題的關鍵不在於寫性，而在於怎樣寫，用什麼樣的性意識來寫。就潘金蓮的一生來說，對性的追求絕少今天我們理解的性愛的因素，她所深陷於中的主要的是一種動物式的官能享受，以致於失去人性。有人說潘金蓮與西門慶的關係所以較之其他妻妾更密切，只是一種性的契台，也有人把潘金蓮比作「女蜂王或黑寡婦蜘蛛」，基本上都是符合作品實際的。作者張屬這種性和性關係，是一種被長期禁錮的社會心理的宣洩，雖然在當時對完全否定人欲的傳統觀念不無衝擊意義，但這種缺乏理性的火焰，暴露了作者對性的認識還停留在非常原始的水準上──當然，這受到時代的制約，我們只能承認這種歷史存在，而沒有理由過多地指責作者，因為本質上他只是一個善於描摹生活的小說家，而不具有思想家的氣質。

　　作家的性意識與作品人物的性意識處於同一水平線上，這是《金瓶梅》寫性問題的要害。也許，它到今天仍然是中國文學中性描寫的要害。由於作者太注意從性這個角度來表現潘金蓮。不免使他的描寫誇張的成分加強，使人物本來應該包蘊的歷史和美學內容削弱。由此使他對人物的同情和欣賞顯得淺薄，很難征服大多數讀者。但是，作者所描寫的潘金蓮這種人生經歷無意中對我們產生了一個重要的歷史提示：當歷史和社會沒有為人性的發展提供必要條件，人性的異化是不可避免的，必將造成各種人生悲劇。凱瑟琳·安·波特（Katherine A. Portor）說過，《查泰萊夫人的情人》描寫的生活只不過是「一連串長長的、灰色的、單調無趣的日子，不時以一種性的享樂增加一絲愉快」。有人認

為這對勞倫斯的小說不太公平，但確實可以用來說明潘金蓮的人生。封閉的社會和家庭結構，單調和卑微的生活，把生活的活力擠壓到人生最低層次的追求，這才是潘金蓮人生悲劇的底蘊。在這一點上，《金瓶梅》的作者並沒有背離生活的真實，這比有些小說明明寫的是最原始的性欲，卻要聯上什麼主義，企圖證明原始的肉欲能克服人性的異化，導致人性的昇華要樸實得多了。

李瓶兒

　　對生存與死亡的思考，是文明人心智發展的一個永恆的主題。但是這個問題留給不同時代的民族或群體的心理投影卻很不一樣。對長期浸淫於中國文化的古代文人來說，生死問題往往被納入綱常道德的範疇，使之成為責任和操守的一種形式，所以在他們的意識中，如果生死問題不涉及綱常道德——在男人是氣節，在女人是貞操——那麼幾乎是沒有討論意義的。除此之外，他們對生死問題就基本採取一種超然或者說回避的態度。反映在文學上就是生命意識淡化和抒情化，以造境代替寫實，喜歡抒寫人生的空漠和悲涼之感，不大願意直接涉及死亡的嚴酷現實。即使是小說不可避免地寫到死亡，也大多強調其道德意義，有意無意地回避個體的感性心理，用不同方法轉移對死亡的觀照。這和基督教文化那種直面死亡的態度形成鮮明的對照。西方近代作品，比如莎士比亞的悲劇喜歡凸出死亡的生理痛苦與恐怖場面，強調個體對死亡的體驗；托爾斯泰的三巨著，圍繞著死亡與復活來作文章，引導人們直面現實的思考，不用一點含蓄和朦朧，在中國是很難找到的。如果說有例外，那麼《金瓶梅》倒可以算一部，在某種程度上甚至可以說《金瓶梅》是以人物死亡為結構線索並試圖通過死亡來探討人生終極意義的一部小說。《金瓶梅》寫了那麼多死事：武大、花子虛、宋惠蓮、官哥、李瓶兒、西門慶、潘金蓮、陳經濟、春梅……作者常常通過死亡來總結人生，並不厭其煩地向我們介紹他們死亡的過程和情狀，強迫我們體驗人生和死亡的痛苦。這對我們的接受系統來說，無疑是一種刺激和挑戰。在這其中，除了西門慶之死，大概就數李瓶兒之死的描寫最容易令很多讀者反胃了。

　　李瓶兒是西門慶最後娶的一個小老婆，在她之前，西門慶已有了五房妻妾，依次是吳月娘、李嬌兒、孟玉樓、孫雪娥、潘金蓮。這個女人的死不具有絲毫道德的意義，比如節操什麼的。但作者卻花了三回書的長長篇幅叫我們領略這種微不足道和醜惡的死亡。第 59 回，李瓶兒的一年零兩個月的兒子官哥在這個整日鬧攘攘的家庭中被折騰死了，李瓶兒幾次哭得昏過去，棺材出門，又一頭撞在門底下，磕破了頭。潘金蓮見死了孩子，每日精神抖擻，百般稱快，還指桑罵槐刺激她。憂戚加上氣惱，使李瓶兒漸漸心神慌亂，夢魂顛倒，茶飯也減了。60 回開始，她已經是一病不起，重陽節家宴的時候，

她扶病參加，「恰似風兒刮倒一般」，酒也喝不下，坐一回就暈，回房坐淨桶撞倒在地，就再也不能起床。不久，她就「面如金紙，體似銀條」，探病的人摸到她身上已都是骨頭，她雖然還在苟延殘喘，但家裏的人都知道她已是要死的人，開始張羅替她買棺材了。她的病是很不堪的，下體不斷地流著血，用草紙墊在床上吸，濕透就換，腐臭的氣味充滿房間，不斷燒著的薰香也消除不了。

　　接近死神的這個少婦只有 27 歲，但她的一生卻是那樣的不堪回首：她是正月十五生的，那天人家送了一對魚瓶來，所以小字喚作瓶姐。西門府裏的人稱她為「六娘」，那是她改嫁西門慶以後的事。早先，她是大名府梁中書的小妾，梁山好漢破大名的時候，她帶了一百顆西洋大珠，二兩重一對鴉青寶石，與養娘上東京投親，嫁給了花太監的侄兒花子虛，隨告老的花太監到故鄉清河縣居住。繼承了花太監遺產的花子虛很富有，不幹營生，終日蕩魄飄風，耽於花酒，把李瓶兒甩在家裏。西門慶趁機勾上了她。兩家宅院緊挨，西門慶就經常爬過牆頭和她幽會。後來花家兄弟為爭家產鬧內江，花子虛遭了官司，李瓶兒把三千兩銀子和四箱珍寶偷運到西門慶家，待花子虛破財回家，李瓶兒更是一心想跟西門慶，不斷地欺凌自己的丈夫，終於使花子虛氣惱而亡。花子虛死後，西門慶因遭事故顧不及去娶她，她竟在短時間內招贅了醫生蔣竹山，又嫌這個醫生不愜意逐出門去，這才巴巴地嫁到西門慶家裏來。

　　兒子的夭折使李瓶兒聯繫到自己一生的痛苦和罪孽，她的夢把這種心中的萬千思緒深深地表現出來：她夢見前夫花子虛一次次抱著官哥來對她說，房子已經找好了，催她快些去同住。花子虛和官哥本來沒有什麼關係，是她的罪孽感把這兩個人連在一起。做完夢，她就怕得很，怯生生地告訴西門慶，又不敢提花子虛的名字，只說「他」和「那廝」，說「死了的」。罪孽感沉重地壓加她的心上，咬噬著她的靈魂，但她還不想死，聽說有法師能驅邪，就催著西門慶快快去請。過去，正是因為這個漢子的勾引，她才失了節，繼而背叛丈夫，現在丈夫來索命了，她自知理虧，卻仍然癡心地愛戀著這個漢子，希望能和他廝守，即使不能終老，多幾年也是好的。在臨終的床上，她深情地叫他「我的哥哥」，她虛弱得不能哭出聲了，仍用瘦得「銀條似」的胳臂扯著、摟著西門慶。這是中國小說裏未見過的熱情，於是有人將這兩個沉湎於欲海裏的癡魂比之《神曲》裏保羅（Paolo）和法郎賽斯加（Francesca）。

　　是的，李瓶兒和西門慶也都是應該下地獄的角色。按照中國傳統的宗法制度，即使是正妻，其意義也主要是倫理的，性關係被限制在最低層次上，還要排除欲的成分，因此，李瓶兒這種包含著強烈性欲的癡情當然是邪惡的，更何況因為這種癡情她還犯過不可饒恕的罪惡呢？有人認為，《金瓶梅》這部書的主題是通過人生的罪惡和痛苦來揭示佛理的，因為佛教認為人生的罪惡和痛苦主要是由「六根本煩惱」引起的，所謂煩惱即

迷惑，人類因迷惑而造諸惡感，受種種的痛苦。六根本煩惱指「貪、嗔、癡、慢、疑、不正見（惡見）」，貪、嗔、癡又被稱為「三毒」。西門慶的作惡是因其「貪」，潘金蓮「嗔」心太重，李瓶兒的故事，突出表現的則是「癡」。這雖然有一些道理，卻並不十分準確。《金瓶梅》的作者確實很強調宗教論證，但是作者宗教意識的純度實際是很令人懷疑的。由於文化背景的原因，中國人從來就很少純粹的宗教觀念，中國的宗教，充其且不過是一種「泛宗教」，人們並不十分拘泥於什麼教理。比如，在佛教看來，「癡」是愚癡迷昧、智慧閉塞，並因之起諸惡見，實為三毒之總根，能肇傷天害理之事，死墜畜生道中。而《金瓶梅》中李瓶兒「癡」的表現實際上不過是一般人所說的癡愛、癡心的意思。再如《金瓶梅》作者講輪迴因果，卻又對造諸惡業的狗男女很慈悲。整個故事完結的時候，眾罪人血淋淋地來到普淨禪師那裏聽候發落，和尚並沒有罵他們，也沒有遣他們下地獄，而是放他們投生，等待來世中的善行潔淨他們的靈魂。因癡而造孽的瓶兒並沒有入畜生道，關於她的三生，照陰陽的徐先生在她死後觀看的黑書判得十分明白：

> 前生曾在濱州王家作男子，打死懷胎母羊，今世為女人屬羊。稟性柔婉，自幼陰謀之事，父母雙亡，六親無靠；先與人家作妾，受大娘子氣；及至有夫主，又不相投，犯三刑六害；中年雖招貴夫，常有疾病，比肩不和，生子夭亡，主生氣疾，肚腹流血而死。前九日魂去，托生河南汴梁開封府袁指揮家為女，艱難不能度日；後耽閣至二十歲，嫁一富家，老少不對；中年享福，壽至四十二歲，得氣而終。

因此，與其說《金瓶梅》作者之寫瓶兒的罪惡和痛苦是論證佛理，實不如說他不過是用和舊時一般中國人差不多的文化觀念來解釋人生的罪惡和痛苦，這雖然很容易為人們所接受，卻不免膚淺，倒是他所寫出來的人的罪惡和痛苦本身，因為是小說家基於生活的真實的創作而顯出藝術的深度。

從徐先生的黑書判斷來看，李瓶兒的三生確實沒有多少幸福可言。就拿今生來說，父母雙亡，六親無靠，先是作妾受氣，又夫婦不投，費了那麼多周折來到西門慶家，一進門漢子還折磨她，一連三日不入她的房，還脫光了她的衣服抽她的鞭子。雖然不久她成了寵妾，又因最先為主人生下男孩而大出風頭，加上私房錢多得很，大把大把地送人花用，贏得了仁厚的好名。但是，災厄也伴隨著這一切纏繞著她。面對潘金蓮凌屬的攻勢，她沒有反擊的能力，有時偷偷對人訴訴苦，有時就只有躲著哭泣，所以西門慶也說她連一天好日子也沒過過。這個弱小女人的肉體和靈魂，不是在煉獄，而是在人世遭受著痛苦的折磨，並最終被痛苦所吞噬。備嘗人間痛苦的何止一個李瓶兒。第 66 回黃真人為瓶兒煉度超生，提及十類孤魂：陣亡而死的，餓死的，客死的，刑死的，藥死的，產死、屈死、病死、溺死、焚死的，映現的不正是現實世界無所不在的痛苦嗎？

　　痛苦普遍存在。這是《金瓶梅》作者從對生活的觀察中得出的結論，他的小說處處想說明這一點。它吸引著作者去探尋人生痛苦的根源。但是，這個問題對文明人的心智來說，同樣是一個大題目，誰能提出永恆的答案呢？過去佛教認為人之大孽，在其「有生」，萬苦皆因有生，所以佛教的「四諦」以苦諦為本。西方的叔本華說：「人生來就是痛苦的，由於他的本質就是落在痛苦的手心裏。」人的本質是什麼，他認為就是「欲求和掙扎」。薩特則進一步指出：「人類的痛苦、需要、情欲、勞苦是一些原先的實在，它們是不可克服的，也不是知識所能改變的。」我們不知道《金瓶梅》作者是怎樣想的，但人世萬惡萬苦的根源僅僅用道德的墜落是解釋不了的，情欲是人與生俱來的東西，它的存在的合理性理應得到首肯。因此，不管《金瓶梅》作者有著多麼高尚的道德意識，也不能完全泯沒他作為時代生活參預者的直覺感受。我們看到，雖然他很想對李瓶兒的一生做宗教論證，也不乏道德的批判，但他的筆下對李瓶兒人生的痛苦常常表現出同情，甚至為她邪惡的癡情所感動。這大概與但丁對保羅和法郎賽斯加的態度差不多，但丁不是既讓那對負罪的男女下地獄，又禁不住為他們而昏厥嗎？

　　按照我們的看法，李瓶兒的痛苦，西門慶應該有很大的責任，但是瓶兒的認識卻使我們失望，我們看不到她的覺醒，看不到她的抗爭。明明是西門慶這個惡人引誘了她，甚至她的病也是西門慶造的孽，但是這個笨女人卻至死不悔，甚至死後亦不悟，她的鬼魂還一次再次地來到西門慶的夢裏，還與他歡好。瓶兒的這種不可救藥當然容易引起人們高尚的道德義憤，但也說明瓶兒人生的大痛苦在於她的欲心太重，邪惡的情欲不僅和她的生命也和她的靈魂交織在一起。曾經有人批評《金瓶梅》對李瓶兒性格的描寫，認為她在進西門慶家之前是陰險惡毒的淫婦，到了西門慶家卻變成了善良忍讓的婦女，很矛盾。其實作者正是以情欲為契機來把握人物性格的變化的。這個女人稟性柔婉卻又欲心太重，她的情欲在花子虛和蔣竹山身上寄託不來，於是心理上由厭惡而生毒心，導致外在的進攻型性格；等到了西門慶家，她的情欲已有所附麗，完全滿足，她不是告訴西門慶「你就是醫奴的藥」嗎，這就使她失去進攻的目的和心理的力量，因愚鈍而顯出懦弱就不可避免了。

　　這個女人柔弱的表現，至少還可以說明她雖然欲心太重，但比起潘金蓮，她的人性的異化還沒有那麼嚴重的程度。她身上的人情味——假若我們不以道德為背景來考慮問題——常常使人感動。作者似乎也不時忘掉自己的道德意識，不叫她下地獄，甘願和她一道體驗人世痛苦的折磨，李瓶兒之死的描寫正表現了作者和瓶兒一樣對充滿痛苦的生命的留戀。當死亡的孤寂環繞著這個垂死的少婦的時候，我們看到周圍的人怎樣各為其私，過著自己的日子，享受著生命的歡樂。重陽節來了，合宅照樣設宴，接了申二姐來唱小曲，一套又一套，還強請出李瓶兒湊熱鬧來助大家的玩興。西門慶仍然外出飲宴嫖

蕩，一趟趟跑到王六兒家去濫淫。乾女兒吳銀兒是個妓女，不大願意來探病，她想多賺幾個錢；老出入西門宅的王姑子倒是來了，帶了點粳米和乾餅，近來她和薛姑子為分印經的銀錢有了糾紛，見面就在病人面前囉囉唆唆罵這個老搭檔；從前拉過皮條的馮媽媽，遲遲地也到了，進門就和那些不正經的丫鬟取笑。醫生一個個來診治，各說醫理，擾攘一番，又一個個走了。就在這闹攘攘的孤寂中李瓶兒為自己安排著後事，「教迎春點著燈，打開箱子，取出幾件衣服銀飾來，放在旁邊。先叫過王姑子來，與他了五兩一錠銀子，一匹綢子，『等我死後，你好歹請幾位師父，與我誦《血盆經懺》。』……又喚過馮媽媽來，向枕邊也拿過四兩銀子，一件白綾襖，黃綾裙，一根銀掠兒，遞與她，說道……」又叫過奶子如意兒，丫鬟迎春、繡春，也都給了銀錢財物，為他們一一解決自己離去以後生路的安排。過後，傷感地告別西門慶、吳月娘，對孟玉樓、潘金蓮、孫雪娥也「都留了幾句姊妹仁義之言」。她要最後干預生活，撫摸一下這些零碎的人世關係，使她生命的痕跡盡可能保留長遠一些。

情欲、痛苦，這些「原先的實在」，對個體生命的意義是雙重的，一方面是精神負擔，一方面又是生命個體存活的基礎，從某種意義上說，能夠感受到生命的極度痛苦，正是植根於對生命的愛，愈是熱愛生命，對生命所賦予的痛苦感就愈深刻，這正是人類的悲劇處境。而對個體生命意義的看重，是人類自身的一種覺醒。西方基督教喜歡宣揚天國的幻夢，叫人們忍受人世的痛苦，通過死亡走進天國的光輝，文藝復興時代的卜伽丘卻寫了一本《十日談》，宣揚幸福在人間。傳統的中國文化觀念一向不太相信地獄和天堂之說，但對生命個體實際上也缺少一種執著的愛，因為對中國人來說，生命更屬於群體，屬於倫理，卻不屬於個人。《金瓶梅》關於李瓶兒命運和死亡的描寫，說明作者的認識：人生的痛苦是不可避免的，但生命應該屬於個人，因此，即使是普通的，甚至是罪惡的人生也是值得留戀的。這種個體生命意識的強調，多少有點東方式人的覺醒的味道——這正是晚明社會思潮的影響。也正因為如此，他的小說寫人才較少道德的片面。

龐春梅

在西門慶家裏，春梅是潘金蓮房裏的一個丫頭，花銀子買來的——《金瓶梅》裏的丫鬟婢女全是買來的——身價是 16 兩銀子。因潘金蓮的主張，她被西門慶收用過，不過身分仍大體和王簫、迎春、蘭香等差不多，大家都叫她春梅，潘金蓮有時也叫她「怪小肉兒」，這是當時的土話，有親昵的味道，她自己則喜歡人家叫她「大姑娘」，我們連她的姓也不知道。西門慶死後，潘金蓮和陳經濟偷情，春梅亦被裹進去，事發被賣到守備府。因她替周守備生了一個男孩，成了寵妾，這時作者才告訴我們她原來姓龐，至於

她的家世什麼的，我們還是不知道。春梅的命運還真不壞，守備夫人恰在這時候死了，就把她扶了正，當了大奶奶，她就利用機會，收留了落魄的陳經濟，還和他保持關係。不料金兵入境，守備戰死，轉眼間春梅守了寡，又不貞，和僕人有染，生了骨癆症，終於死於貪淫，匆匆結束了一生，亡年29歲。

春梅的名字亦占了《金瓶梅》書名的一個字，使讀者不敢對她等閒視之。說起來，《金瓶梅》寫了幾十個女性，西門慶家裏有一妻五妾，丫鬟僕婦更多，很多人和西門慶都有過關係，作者為什麼要單挑出春梅和潘金蓮、李瓶兒並列來命名他的小說呢？這倒是個很有意思的問題。有人從這三個角色在小說中所占故事的分量來看問題，認為小說前半部的女主角主要是潘金蓮和李瓶兒，自62回李瓶兒死去，85回潘金蓮被殺，後面就是由春梅演主角了。這或許有一定道理，春梅後來當了守備夫人，搭救潘金蓮不成，派人收斂潘金蓮的屍體，還和陳經濟認假姊弟，打點舊時風月，又折磨孫雪娥，勾引周義，永福寺遇見吳月娘，接著遊舊家池館，吊葡萄架，問螺鈿床，確有一番表現。不過，《金瓶梅》中的女角色中還有西門慶的大老婆吳月娘，這個人物比春梅更貫串全書，特別是到了後面，她在故事中占的分量實在不亞於春梅，更何況其地位又在潘金蓮和李瓶兒之上呢？這就提醒我們，在作者眼裏，潘金蓮、李瓶兒、春梅必然有著某種共同的東西，作者的這樣命名有其特別的意蘊，吳月娘應是另一類人，和這類人沒關係。有人認為這三個人有一種共同的特質，那就是「強烈的情欲」，這倒是很有見地的看法。清人張竹坡曾說《金瓶梅》一書「獨罪財色」，若從全書實際流露出來的傾向來看，恐非盡然，但他拈出的「財色」二字，確實點明了《金瓶梅》一書重要的表徵。所謂「財色」，說穿了就是「欲」，在《金瓶梅》中，潘金蓮、李瓶兒、春梅正是欲心最重的女人，且都慘死在「欲」中。因此作者的命名，大有揭示情欲，並通過情欲探討社會、人生和人性問題的意思。舊時杜撰王世貞作《金瓶梅》故事的人說，《金瓶梅》書名是王世貞偶見朝堂裏金瓶插梅花隨口編造來應付仇敵嚴士蕃的，時下印的有關《金瓶梅》的書刊封面常常畫一個插有梅花的花瓶，就像早期西方翻譯家把「黛玉」解釋為青黑色的石頭差不多，實在沒有揣摸到《金瓶梅》作者的心思。

以三個不能克制情欲並終於死於欲海中的女人名字來命名小說，顯然包括作者「警世」的用意，這也是當時時代的風氣。晚明這樣一個人欲橫流的時代，確實很容易引發那些在傳統禮教綱常薰陶下長成的小說家們作為社會洞察者的憂慮和匡濟世導民心的使命感，所以有的小說乾脆就直接以喻世、警世、醒世命名。這不光是中國小說表示其依附禮教，靠近史傳，企圖取得名分的努力，也實在是小說家的自覺態度，作為一種歷史文化長期積澱而形成的「集體無意識」是很難被突破的。即如新的文化因素強大到足以掀起一次規模宏大的文藝復興運動的歐洲，在那些反映新的時代精神的文學作品中，比

如喬叟的短篇小說、西班牙的文人小說和民間創作的《小癩子》裏也都不乏說教氣，甚至是那樣熱情禮讚女性解放的卜伽丘、有時也會教導人們：「千千萬萬女人無論從天理、從人情、從法律上說，都是從屬於男人，聽候男人支配和統治的。」《十日談》最後一個故事所宣傳的類似中國三從四德的觀念更會令中世紀所有的道德家都投贊同票。

因此，當《金瓶梅》的作者認真地告訴我們情欲將導致罪惡，這三個女人的慘死都是罪有應得，我們完全可以相信他道德的真誠，作者已經給了他的人物以「藝術的公道」。但是，最使作者尷尬的是，儘管不少人——像張竹坡、劉廷璣——理解作者的苦心，他的這部小說卻仍然擺脫不了誨淫的惡諡，這其中的問題出在作者的聲明是一回事，他的描寫卻是另一回事。作者好像有意無意地告訴讀者，情欲是惡的，但這些惡劣的情欲實際上又是人生很難克服的。你看李瓶兒明知自己罪惡深重，死前印了許多佛經來贖愆，又請人替她念經消災，但其對西門慶邪惡的癡情仍是至死不渝；潘金蓮聲言「明日街死街埋，路死路埋，倒在洋溝裏就是棺材」，預感到自己的路走下去絕沒有好下場，卻淫行不改；春梅已經貴為守備夫人，反而情欲愈熾，最後還是死於貪淫。作者近似誇張的描寫，所傳達的實際上就是這樣一種人欲不可抑制的觀念，這正是晚明時代的社會心理。這種觀念心理衝破了作者思想上的道德格範，流露出作為小說家的表現者的愉悅，就好像充斥著道德說教的《三言》《二拍》實際常常遮掩不住作者對「好貨好色」等邪惡行徑不無欣賞的意興心緒一樣。

按照流行的說法，這是這部小說創作中的矛盾，人們總是希望作家能保持一貫的道德態度，但創作過程實際上是受複雜心理機制制約的，作家創作時的心態絕不可能是一成不變的。對《金瓶梅》來說，人們指責作者說教，或者批評作者張揚情欲，都是有道理的，這對作者來說實在是一個難以克服的心理上的「二律背反」。作者正是在這種心理的動盪中展示人物的命運，揭示人生的。老實說《金瓶梅》的作者是一位既成熟又不成熟的小說家，是一位偉大卻又淺薄的小說家；在他的作品中，文明和野蠻，弘大和卑瑣，高妙和庸碌奇妙地摻雜在一起，常常使讀者和批評家難於剝離而陷入迷惘，我們的責任，不在於攻擊和嘲笑，而在於發現和把握。也許，正是這種創作心態的擺動，才使作者小說家的天才沒有完全被窒息，使作品呈現出真正的不平常。不是嗎，中國古代的小說戲曲，許多也寫人物的命運，但對人物人生意義基本上都是以道德感情來評價的，歷史故事裏的奸臣、反賊，公案故事裏的盜匪以及苟且的男女，絕無例外都要落個可恥的下場。《金瓶梅》裏的四大淫婦的下場也是一種道德的判決，但和其他許多小說不同的是，其他小說中所有壞人的人生的一切都籠罩在道德的判決之下，很少有生命的光彩，《金瓶梅》裏的人物，即使是惡貫滿盈的壞人的生命也並不完全是灰色的，這就是作者心理另外一種意識的作用，當他已經在人物命運設計上表示了對傳統道德意識的忠誠以

後，具體描摹人物生活經歷、音容笑貌的時候，那種由生活中得來的真切感受，就經常夾雜著異端意識，化成他創作的靈性。

淫婦龐春梅——這是作者對自己人物的定性，但從作者的描寫看，恰恰也是作者告訴我們，春梅又是一位個性很突出的女性。這首先表現他對春梅氣質上的描寫。人們常常以為春梅故事中最重要的部分都發生在小說的後面，其實，從春梅在小說中一出場，她就充分表現出她的個性。在書中，她不是最美或最聰敏的一個，身分也低賤，但她天生有一種傲氣和身價感。她和玉簫、迎春、蘭香一起被挑出來學彈唱，卻總是瞧那三人不起，罵她們貪吃愛玩，罵她們好與僮僕狎混。春梅在丫鬟僕婦中鶴立雞群，並不僅因為她俊俏、聰慧，又喜謔浪，善應對，實質在於她的氣質。除了書中的最後幾回，我們甚至看不出春梅的貪淫，在男女之事上，雖然她曾先後失身於西門慶和陳經濟，卻都是被動的，很難要她負什麼責任，大戶人家的通房丫頭，想「珍重芳姿畫掩門」，怎麼可能呢？但是教彈唱的李銘想動她的腦筋，不過捏了一下手，她馬上就疾言厲色相向，罵得李銘拿著衣服就往外跑，十分狼狽。春梅自己很看重自己，有一次她叫申二姐為她唱《掛真兒》，申二姐正陪著吳氏大妗子和西門大姐，不肯侍候她這一份，她就把那個盲女子臭罵了一頓，罵得非常惡毒。她之所以和潘金蓮沆瀣一氣，大概多少有依助這個靠山使自己揚眉吐氣的意思。後來，吳月娘嫌她與潘金蓮狼狽為奸，叫薛嫂把她領出去賣，她竟「頭也不回，揚長決裂，出大門去了」。那氣概就絕非是一個僅靠依附他人的人所能有。大概正是因為春梅這種與眾不同的氣質，使來西門宅看相的吳神仙一眼就從一群淫賤的滕妾之間，看出這個婢女長著「貴相」。

吳神仙相面是在第29回，這無疑是在向我們暗示作者的創作構思，後來《紅樓夢》也學著這個法子安排了太虛幻境，以金陵十二釵冊子裏的判詞和紅樓夢曲子來概括人物後來的遭際命運。遺憾的是曹公沒有把書寫完就含淚長逝，弄得我們的紅學「探佚家們」夜裏睡不著覺，老是考慮書中人物的結局。《金瓶梅》倒是寫完了，吳神仙說春梅要「得貴夫而生子」，還要戴珠冠，先前大家都懷疑這一點，「就有珠冠，也輪不到他頭上」，但春梅確實真的成了守備夫人。在我們看來春梅的後來富貴，是因為她命運好，但這種江山輪流轉的安排，在作者除了有說明人生命運難測的意思，也多少包括他對人物個性氣質傾倒的原因。我們看春梅當了守備夫人並沒有像平庸的婢女當了夫人以後那樣手足無措。在永福寺重遇吳月娘，把吳月娘嚇得要逃跑，怕她羞辱報仇，沒料到她不廢舊禮，拜見月娘，還送禮物給官哥。這種氣度恢宏的表現不完全是囿於禮制，春梅是不理那一套的，而是在相比之下，用吳月娘的那種常人氣質來映襯春梅的不凡。

作者對春梅的個性氣質十分偏愛，但又絕不遮掩她的這種個性氣質中也包含著惡的成分，春梅聰明幹練，但也刻薄、凶殘，比如她對西門慶那個最可憐的小老婆孫雪娥就

恨不得置於死地而後快，後來得到機會，她把孫雪娥真是折磨苦了。大千世界，芸芸眾生，人確是複雜的，《金瓶梅》作者對中國 16 世紀一個帶著各種雜色的女人的描寫無疑可以使我們大開眼界，假若我們有這種藝術感受力的話。但作者的創作絕不是無懈可擊——像老巴爾札克經常表現出來的那樣。即如春梅來說，小說前半部當她還是一個配角的時候，我們就能透過紙背，感受到她的生命活力，但越到後來，作者的描寫似乎越缺乏力度。這與這部小說前後藝術上的不均衡有關，《金瓶梅》從第 79 回西門慶死後，精彩的地方就越來越少了。其實，這倒不是《金瓶梅》一部書的問題，結末不振，幾乎是中國古代長篇小說的通病，這種普遍現象的產生有歷史和文化的原因，也與作者的創作心理有關。《金瓶梅》寫到後來，作者急於完成的是他的道德論證，對於真正的生活感受似乎已經興致闌珊了。而按照作者的構想，春梅故事的重點是安排在這部書的後面的，現在作者既然已經失去了表現生活的熱情，那麼自然不會下筆如神。比如作者寫春梅後來的貪淫行徑並不是說不符合人物性格發展的邏輯。關鍵問題在於作者只是重複潘金蓮的行為，並沒有提供任何新的東西。再如春梅之死，更是西門慶之死的翻版，作者百數十個字的草草敘述，似乎只是按照方程式重新演算一道老題目，毫無深度。作者最後對自己最偏愛角色的敗筆，大大削弱了人物的藝術張力。作為藝術形象的春梅真該抱屈，不過這也是沒有辦法的事情。

吳月娘

　　清河縣縣前大街西門大官人府裏似乎沒有什麼好人，西門慶的妻妾可能更甚：潘金蓮的品德不用說了，她的邪惡在中國幾乎家喻戶曉；李瓶兒也是背棄親夫的通姦婦人；李嬌兒是勾欄出身，後來盜財歸院，自是娼家本色；孫雪娥行為卑瑣，「燕體蜂腰是賤人」，「養漢養奴才」，最後被賣到青樓；孟玉樓雖未犯風情罪，不過一醮再醮，人們看著也不會順眼。說起來，似乎只有西門慶的正妻——雖然是繼室——吳月娘的德行要好些，在很大程度上作者是把她當作有德向善的人來寫的，因此有人肯定吳月娘是一個「賢妻良母」類型的人物。但是清初小說評點家張竹坡的看法卻不是這樣，在他看來，作者全用皮裏陽秋筆法寫吳月娘，他的任務就是揭出這其中的底蘊。為此他在《第一奇書》書首的總評、書內各處的回評以及眉批夾批裏，不住地攻擊吳月娘。遇有涉及錢財的事就指責她貪婪小氣，見她與人爭執便罵她愚頑或奸詐，西門慶做壞事，就怪她縱容丈夫，家裏其他人行為不軌，就說她引狼入室，姑息養奸。在張竹坡看來，《金瓶梅》中最壞的人不是別的，正是「權詐不堪」的吳月娘。弄得我們現在的一些評論也跟著說吳月娘是和西門慶狼狽為奸的人物，不過陰險一些，披了一張假正經的畫皮而已。

其實，張竹坡的批評並不符合作品實際。比如張竹坡責備吳月娘不能勸誡丈夫，實際上書中多次寫到吳月娘對西門慶在外眠花臥柳行為的規勸，或正言相告，或戲言諷嘲。如西門慶吹噓他受李瓶兒之托勸花子虛不要到院中吃酒過夜，吳月娘就挖苦說：「我的哥哥，你自顧了你罷，又泥佛勸土佛！你也成日不著個家，在外養女調婦，反勸人家漢子！」吳月娘好佛事，官哥生下後，西門慶施五百兩銀子給永福寺，她十分滿意：

> 那吳月娘畢竟是個正經的人，不慌不忙，不思不想，說下幾句話兒……「哥，你天大的造化！生下孩兒，你又發起善念，廣結良緣，豈不是俺一家的福分？只是那善念頭怕他不多，那惡念頭怕他不盡。哥，你日後那沒來回沒正經養婆兒，沒搭煞貪財好色的事體，少幹幾樁兒也好，攢下些陰功與那小的子也好。」

既有鼓勵又有勸誡，作者說這是「妻賢每至雞鳴警，款語常聞藥石言」。早在以前吳月娘就曾雪夜私禱：「焚香祝禱穹蒼，保佑夫主早早回心，齊理家事，早生一子，以為終身之計。」使偷窺的西門慶也有過感動：「原來我一向錯惱了他」，「一片好心都是為我的」。不過，江山易改本性難移，西門慶自有西門慶的邏輯，在夫為妻綱的社會裏，叫吳月娘又有什麼辦法呢？西門慶常常把吳月娘的規勸看成是「醋話兒」，他的感動只是報答以「雨意雲情」，真是叫人啼笑皆非。

在倫理道德方面，吳月娘沒有多少可供人指摘的地方，若按傳統的標準，可以說是一個有德行的人。首先是她注意操守，「萬惡淫為首」，她的私生活比較嚴肅，「女子從一而終」，西門慶妻妾六人，惟她能夠守節，在封建社會，貞節不是頂重要的婦德嗎？她為西門慶求子也很真心，夜禱時祝願「不拘妾等六人之中，早見嗣息」。李瓶兒生孩子，她趕緊向西門慶報喜，一會兒責罵小廝請產婆來得慢，一會兒又忙不迭把自己預備做月子用的物件拿來用。官哥生病，她又積極張羅請醫問藥，求神拜佛。吳月娘甚至不那麼妒，在多妻制的家庭裏，妻妾之間的妒忌常是家庭矛盾的禍根，古人為此十分頭痛，不得不把「不妒」作為一種禮法要求。西門慶家裏集中了那麼多亂七八糟的女人，為「把攔漢子」明爭暗鬥更是家常便飯，吳月娘雖然有時也不免捲進旋渦，但其主導思想是希望西門慶不要有厚有薄，冷了各房的心，為此還煞費苦心從中調度，可以說達到了封建婦德的高境界。吳月娘心地比較善良，對下人也不乏同情心。如潘金蓮為掩蓋自己的醜事嫁禍鐵棍兒一家，吳月娘就出面維護，西門慶害來旺兒，吳月娘也再三攔阻，甚至仗義執言，對窮親戚吳大舅、吳二舅她也頗為關照，不是那樣冷酷無情。

出於小說表現者的愉悅，作者喜歡張厲人性中的人的本能欲念與其他缺陷，出於社會洞察者的憂慮，作者又傾向於道德論證，企圖通過善惡衝突來表現價值觀念。集種種傳統規範的德行於吳月娘之一身，使之成為《金瓶梅》中道德的支柱，是作者的一種意

願，但《金瓶梅》不是從觀念出發寫人物的小說，作者不願意他的筆下出現僅由道德細胞構成的超人，因為生活的真實不是這樣。於是《金瓶梅》中的吳月娘便表現出種種的缺陷。

與吳月娘德行相配伍的是她的愚鈍不敏，文化修養不說，心機口齒也是樣樣不如人，不如潘金蓮，不如宋惠蓮，也不如別的普通婦人，且又說話做事常不得體。一次她和眾妾以及宋惠蓮、玉簫等僕婦丫鬟都跑到園子裏蕩秋千，她蕩不來，只有贊別人的份兒，後來又走出來，講了一個姑娘因蕩秋千「被抓去了紅」，後來嫁人被休棄的見聞告誡眾人，其實這警告是多餘的，因為這些人沒有一個是處女，但這樣打斷了遊戲，敗了大家的興。其後不久她卻自己多事，跑去爬很陡滑的樓梯，把自己肚裏的胎落下來，成了笑柄。因為缺少心智和過分相信自己的道德力量，所以她的性格不免顯示出某種淺薄，愚而好自用，經常是解決不了問題，還弄得生氣下不了台。脾氣也因此浮躁，經常頤指氣使，惡語向人，罵人粗俗得很。還很容易被人哄弄，潘金蓮才入門時就騙得她團團轉。李桂姐是西門慶梳櫳的妓女，吳月娘也知道，後來西門慶當了官，桂姐和鴇母做好了圈套，說是圖個親屬往來，硬是把黃袍加諸其身，認她做乾媽，她也就接受了。這其中的奧妙別人早就看到了，其諷刺意味也很深長，她卻木訥得很。

吳月娘的這些弱點當然不是根據什麼原理設計的，但如果說吳月娘的性格衝突沒有作者創作的心理依據恐也不盡然。按照中國傳統的文化心理，道德、智慧、意志三要素在人格構成中從來不是同樣重要的，因聰明智慧而表現出來的必然是與道德衝突的鋒芒，道德應該是與拘謹柔弱相聯繫的。舊時民間相女婿，最被人看中的往往是老實巴交，至於能為則是其次的事情。這樣的觀念當然影響到中國的小說創作，所以《三國演義》中擁有最高道德的劉備給人的印象首先是無能，神通廣大如孫悟空者也只能拜伏於手無縛雞之力卻有德的聖僧。

最麻煩的是，由於作者太強調了吳月娘的德行，反倒使人們覺得她矯飾和虛偽，這是一種讀者心理，是由現實生活與作品之間的反差形成的，魯迅先生還批評《三國》「欲顯劉備之長厚而似偽」呢。無怪張竹坡要疑神疑鬼。不過張竹坡對吳月娘的批評，從態度和方法上都和金人瑞評《水滸傳》中的宋江一樣，他們只不過是從倫理道德的需要出發去揣測作者，本意實是怪作者沒有把人物寫得更符合倫理道德，這是批評家的苦心，但對小說家來說，卻是一件實在難辦的事，因為牽制他們創作的還有生活呢！

假若把作品當作一個自足的世界來考察，《金瓶梅》中的吳月娘的德行確實也是要打折扣的，比如吳月娘守貞，是因為她握有家財，只有她將來才能憑著大婦的身分受到旌表，愛護官哥也與她的地位有關，嫡母大於生母，官哥可能是她將來的依靠，有了功名，得封誥她只會在其生母李瓶兒之前。這樣，吳月娘的大德就顯得並非難能可貴，比

較而言，她的弱點也就更加突出。因此，《金瓶梅》中的吳月娘只能是現實當中人們很容易見到的那種普通人，道德和她的市井氣質不諧合地扭結在一起，難怪批評家們難於對她定性和圓說。

應伯爵

應伯爵是《金瓶梅》的「絕活」，讀過《金瓶梅》，大概誰都忘不了老應。

老應是個幫閒。他的「我家生活」就是「專一跟著富家子弟幫嫖貼食，在院中頑耍」，也乘便做些別的事情，比如當個中人，拉拉皮條之類。這類人物書中有好幾位，第 11 回介紹西門慶有一夥朋友，每月會茶飲酒（後來崇禎本《金瓶梅》將這一段移到第一回，標題為「西門慶熱結十兄弟」），其中大部分人，像謝希大、孫天化（孫寡嘴）、祝日念（祝麻子）、常時節、白來創（白賚光），就都是幫閒，而應伯爵算是「頭一個」。這夥人「見西門慶有些錢鈔，讓西門慶做了大哥」，老應就排了第二。當然，兄弟不兄弟只不過是說說，錢面見高低，其關係不過是幫閒與主子而已——幫閒的地位一般是介於主子與奴才之間的——此不待言。

其實，在由權勢金錢主宰的社會裏，到處都有幫閒的存在，只不過名目有不同，等級有高下罷了。遠和近的都不說，魯迅先生還時常揭幫閒文人的瘡疤，那些文章總是寫得很犀利。應伯爵這類人，舊時或叫「紳士尾巴」，就是跟在有錢有勢的主子後面，插科湊趣，為他們的生活添點佐料。他們慣常攛掇主人尋歡作樂，因為只有主人尋歡作樂，才能撈到好處。第 12 回應伯爵等人幫襯西門慶梳籠小妓女李桂姐，就是幫閒們的一場精彩表演。西門慶流連煙花，在院中半個月不回家，應伯爵這夥人也都跟著在院裏廝混，潘金蓮在家中耐不得寂寞，使小廝送了一個束帖兒給西門慶要他回去，惱了李桂姐，西門慶把帖子扯得稀爛，這幫人就跟著踢打小廝，接著祝日念戲說：「桂姐，你休聽他，哄你哩！這個潘六兒，乃是那邊院子裏新敘的一個表子，生的一表人物，你休放他去。」故意和西門慶打鬧，沖淡氣氛，最後應伯爵連譚帶鬧：「大官人，你依我。你也不消家去，桂姐也不必惱。今日說過，那個再憑惱了，每人罰二兩銀子，買酒肉，咱大家吃。」就是這四五個幫閒「說的說，笑的笑，在席上猜枚行令，頑耍飲酒，把桂姐窩盤住了」。

應伯爵這樣的人物，道德品質是說不上的，即使在舊時，也為人們不齒。他和西門慶稱兄弟，和花子虛也稱兄弟，可是花兄弟死了，他就趕忙幫西門兄弟娶花兄弟的寡婦。從西門慶身上應該得到的好處實在不少，替許多人當說客撈錢，還不時得到西門慶的錢財，經常在西門慶家吃喝，遇到時鮮的果子也要攏一些放在袖裏帶回家去。他也曾指天畫日表示「願不求同日生，只求同日死」。西門慶一死，他卻立即跑到新暴發戶張二官

那裏趨奉，把西門慶家中大小之事，盡告訴他，教張二官買了李嬌兒，又替他籌畫要把潘金蓮也娶過來。作者說：「但凡世上幫閒子弟，極是勢利小人。……當初西門慶待應伯爵，如膠似漆，賽過同胞弟兄，那一日不吃他的、穿他的、受用他的。身死未幾，骨肉尚熱，便做出許多不義之事。」我們沒有理由懷疑作者這種道德批判的真誠。作者絕沒有為應伯爵隱惡，不僅寫他「不仁不義」，還不惜筆墨揭露他無恥下流的醜態。有一次應伯爵陪西門慶在妓女鄭愛月家喝酒，愛月非要他跪下才肯喝，他竟「真個直撅兒跪在地下」，又叫他叫「月姨」，他也叫，愛月一連打了他兩個嘴巴，方吃那杯酒，他還厚著臉皮和那個小妓女調笑。這在一般人實在是無法做出來的。作者常把他和狗的形象連起來，西門慶笑罵他時愛叫他做「狗材」，那些妓女會罵他：「應化子，你不作聲不會把你當啞狗賣。」應伯爵在西門慶家出入慣了，「熟得狗也不咬」，西門慶和女人私通，他也會闖進去諢鬧一通，毫無羞恥之心。

作者對應伯爵之流的諷刺是尖刻和不留情面的，這一夥人也確是無賴之徒，作者常用誇張的筆法寫他們的無賴相，比如有一次李桂姐講個笑話嘲罵他們一天到晚只是吃人家的，於是他們就湊錢還東道：

> （應伯爵）向頭上拔下一根鬧銀耳幹兒，重一錢；謝希大一對鍍金網巾圈，秤了秤，只九分半；祝日念袖中掏出一方舊汗巾兒，算二百文長錢；孫寡嘴腰間解下一條白布男裙，當二壺半壇酒；常時節無以為敬，問西門慶借了一錢成色銀子。

及酒菜上來，這夥做主人的卻「猶如蝗蝻」一樣撲到桌上，一下子「吃了個淨光王佛」。臨出門時還偷娼家的物事：

> 孫寡嘴把李家明間內供養的鍍金銅佛，塞在褲腰裏；應伯爵推門桂姐親嘴，把頭上金啄針兒戲了；謝希大把西門慶川扇兒藏了；祝日念走到桂卿房裏照臉，溜了他一面水銀鏡子；常時節借的西門慶一錢八成銀子，竟是寫在嫖帳上了。

但是如果說作者對應伯爵之流純粹執一種高尚的道德批判態度，恐怕也非盡然。作者確實喜歡揭露人性醜陋的一面，但他的道德意識又常常與他的同情心並存，在譏諷的同時，他又願意從人生的艱難和不得已之處去理解他的人物。比如作者鄙夷一些市井婦女的淫蕩、淺薄和甘心下賤，但作者又總把她們的輸身放浪和諸如幾兩碎銀子、一兩件衣服的卑微要求聯繫在一起，透露出作者對她們一定程度的同情。

我們從作者對應伯爵的描寫中，也看到了作者的同情心和寬容的態度。老應「原來是開油絹鋪的應員外的兒子」，後來鋪子沒了本錢，又讀書無成，吃唱嫖賭，這才淪落至此。應二的綽號叫「花子」，這是人們對他可悲可慘的生活的概括，正好和他的名字

「伯爵」相對，也蘊含著他命運不濟的意思。人生走上了這條路，大概種種難堪和不得已是免不了的。應二是不仁不義，無恥下作，但他真個要靠這個混飯吃，「家中一窩子人口要吃穿盤攢」，幫閒也並不是好幹的。我們看到白來創穿著一身破衣爛衫、打板的鞋，嘴裏叫著哥哥，跑到西門慶家，就碰了一鼻子灰，弄得好不尷尬。這條路上的凶險也實在不少，往後祝麻子和孫寡嘴沒吃透形勢，幫閒幫錯了主子，一下子便被官府抓起來，要解京法辦，老應是親眼看到的：

> ……一條鐵索，都解上東京去了。到那裏，沒個清潔來家的！你只說成日圖飲酒快肉，前架蟲好容易吃的果子兒？似這等苦兒，也是他受。路上這等太熱天，著鐵索扛著，又沒盤纏……

應伯爵對幫閒的甘苦理解得太深了，他不能在這條路上栽下去，這就得靠他的機警，就免不了吹牛撒謊、奉迎拍馬、不仁不義、下作無恥。他不肯喝醉酒，說是為的好侍奉主子，其生活的態度實也是戰戰兢兢，儘管為的是卑劣的人生，確也是一種人生的苦辛。

由於作者不是完全以道德成見看人，對世人採取了一種同情和寬容的態度，使他容易體察各種人生的歡樂和痛苦，也使他能夠欣賞大千世界裏各種人物所表現出來的生命活力，這充分表現在他的創作中。作者告訴我們，應伯爵實際上是極聰明的人，幫閒也需要心智和技巧，否則絕成不了高手。他很會用腦子思考，很能揣摩西門慶的心理，用潘金蓮的話說，是「拿住了他的性兒」，因而幫閒處處能幫到點子上。西門慶的夥計韓道國曾吹噓，西門慶沒他「便吃不下飯去」，這話在韓道國是吹牛，要是出在應伯爵口裏，倒是實情。李瓶兒死了，西門慶哭得寢食俱廢，應二一席話就說得這個傻瓜一樣的「情癡」心地透徹，拭淚而止，吩咐開飯，這全靠老應的心機和口齒。老應懂得社會，洞悉生活中的各種情勢，不僅自己不吃虧上當，也還能在可能的情況下幫助別人，或給人以指點，對那些幫閒、妓女、小優兒來說，花子簡直是個智囊。老應還懂得生活，精通烹飪，做出菜來「色色俱精，無物不妙」。算得上個「美食家」。至於雙陸圍棋，老應也「件件精道」，還「會一腳好氣毬」，甚至曉得欣賞「官窯雙箍鄧漿盆」這類古董和工藝品，嘴裏也能說幾句「孟浩然踏雪尋梅」這類雅話──這些都是作者欣賞而非鄙視的。

同情和寬容的態度，增加了作者的創作活力，我們看到作者是那樣經常興味濃郁地描繪他的人物的一切，這樣，人物就真正「活」了起來。在眾多的幫閒中，應伯爵心思比誰來得都快，笑話、趣話張嘴就來，也最能諢鬧，所以也就成了各種場合最活躍的分子，給《金瓶梅》平添了色彩。後來，李桂姐也經常在西門慶家出入，一個幫閒，一個妓女，正好湊了一對，一到一起就笑罵鬥嘴，一個不停地叫「賊小淫婦」，一個不停罵

「汗邪你花子了」。李桂姐在酒席桌上唱小曲，唱一句，應伯爵就插上一通諢話或說一個笑話，肉麻得使人渾身起雞皮疙瘩，如同身臨其境。凸現應伯爵音容笑貌的就是這樣一個又一個場面，要講應伯爵自己的故事，書中卻又幾乎沒有，這正和應花子的身分一樣，幫閒是擔當不起生活的主角的，雖然這並不妨礙他們成為小說中出色的形象。乾隆以後不少《金瓶梅》本子，以至今天地下書肆流行的《金瓶梅演義》之類，大殺大砍，把《金瓶梅》刪得只剩下一些故事梗概，人們從中是見不到活的應伯爵的，沒有應伯爵，那還叫什麼《金瓶梅》，真是糟蹋小說藝術。

孟玉樓

西門慶當然不是中國的唐璜（Don Giovanni），對於女性，他更多的是一種粗俗的占有欲，所以清人張竹坡在《第一奇書》前面總評的「雜錄」中專門列了「西門慶淫過婦女」一條。在和西門慶接觸過的眾多女性中，吳月娘和西門慶基本上還是一種古典的東方式夫妻關係，其基點是倫常規範，李瓶兒和西門慶多少有一些情愛，至於潘金蓮和西門慶，則主要是一種性的契合，只有孟玉樓可以算是西門慶真正的知己——假若我們把問題提到社會意識，或者對社會生活的理解認識層次上來看的話。

《金瓶梅》第 7 回，30 歲的孟玉樓死了丈夫，想要再醮嫁人。她前夫的母舅張四，「一心保舉與大街坊尚推官兒子尚舉人為繼室」，而媒婆薛嫂卻攛掇她嫁給西門慶。按常理，這去從之間差別很大，做尚家的填房，就是舉人老爺的夫人，將來有希望撈個封誥，鳳冠霞帔，因為舉人是考進士當官的台階，即使考不取也有做小官的機會。在封建時代，如果說當官是男人的人生追求的最大興奮點，那麼，夫人誥命的身分就是女人們的理想境界，連《牡丹亭》中為情而生為情而死的杜麗娘也不能脫俗。而跟了西門慶，不過是一個中藥鋪老闆的小老婆，西門慶家裏早已有了一妻一妾。因此，張四振振有辭，打出尚家是「斯文詩禮人家，又有莊田地土」的王牌，攻訐西門慶「刁徒潑皮」「打婦熬妻」，直到揭發西門慶做生意也是「裏虛外實」。但最後的結果卻是孟玉樓在亂哄哄的吵罵聲中堅決嫁了西門慶，帶著她的「珠子箍兒、胡珠環子、金寶石頭面、金鐲銀釧」，還有「三二百筒好三梭布」，上千兩現銀子，成了西門慶家的「孟三兒」。

西門慶從來不是老實之輩，在娶孟玉樓這件事上，他照例使用了詭計，最重要的是採納薛嫂給他的建議，收買了孟玉樓前夫家的老姑奶奶作為支持者。但從根本上論，嫁給西門慶，確實是孟玉樓自己的選擇，絕非主要是西門慶的欺騙——儘管孟玉樓後來生起氣來也罵西門慶騙她——她反駁張四的幾段話可以充分證明這一點。因此，西門慶沒有像娶潘金蓮、李瓶兒那樣大費周章。這其中甚至也沒有多少當事人的情欲作用。在這

一事件描寫中，作者甚至注意抑制自己的創作心緒，把他很喜歡表現的性吸引、性騷動控制在最低限度上。在全部《金瓶梅》中，作者雖然不否定孟玉樓的性欲意識，卻很少將性行為的描寫直接施於其身，這在作者所寫的和西門慶較接近的女性中，似乎只有吳月娘得到這種尊重，而吳月娘是西門慶的正妻，這樣做在一定程度上寄寓了作者的道德意識。顯然，在描寫中不過分唐突孟玉樓，隱有作者另外的創作心理，作者所要著意表現的不是孟玉樓的性意識。

對生活的直觀理解，簡單的價值取向往往決定社會一般人的行為。商婦孟玉樓對婚姻的這種選擇，反映了當時社會生活情勢中的一種價值觀念，在中國由此上溯一百年抑或再過一百年，都是很難為人理解的。當社會充斥著商品，貨幣成為變幻一切世事的魔法師，調動著全部社會生活，「詩禮人家」「田莊地土」乃至舉人身分的貶值才可能在情理之中。在《金瓶梅》中，不僅一般的讀書人，像溫秀才之類完全成了被嘲弄的對象，即使中了狀元、進士，當上了巡按、御史，也只保留了某種虛假的顯赫，可憐巴巴地到富商家打秋風。所以幫閒應伯爵甚至編了個笑話，嘲笑孔子為女兒擇婿，把唾沫直接噴到了聖人的臉上。孟玉樓的選擇，是一種普通人立足於現實的選擇，至少在當時她並沒有看錯，後來西門慶真的財源茂盛、加官進爵、炙手可熱。到「合衛官祭富室娘」的時候，尚舉人急著要用錢，不是連他父親尚推官預備下給他母親用的棺材板也賣給了西門慶，用來裝殮西門慶的小老婆李瓶兒了嗎？

孟玉樓的這種現實的認識，不僅來源於社會，更有她生活本身的原因，這個人物的產生是有其深厚生活基礎的：她的前夫楊某就是個販布的商人，也從事商品加工業，「見一日有二三十染的吃飯」；她的弟弟孟銳才 20 多歲，就敢於商業冒險，到「荊州買紙、川廣販香蠟」，往回七八千里地。正是這樣的生活環境和人生閱歷，造成了她和商人西門慶很多共同的思想觀念。西門慶對現存的經濟秩序和道德秩序毫無忌憚，不擇手段地聚斂財富，也不惜用攫取來的金錢吃喝玩樂，恣肆放浪。在他看來金錢就是一切，道德是無所謂的，而金錢「是好動不好靜的，怎肯埋沒在一處，也是天生應人用的」。這是在封建大一統鉗制下中國商人的性格。可以說，在商品經營、財富積累、生活消費等問題上，《金瓶梅》中沒有第二個女人像孟玉樓那樣和西門慶觀點合拍，或者說她們很少懂得這些。張四揭發西門慶在外眠花臥柳，做生意少人家債，孟玉樓的回答是：

> 他在外面胡行亂走，奴婦人家只管得三層門內，管不得那三層門外的事，莫不成日跟著他走不成？常言道：世上錢財倘來物，那是長貧久富家。緊起來，朝廷爺一時沒錢使，還向太僕寺借馬價銀子支來使，休說買賣人家，誰肯把錢放在家裏？

對於中國商人的性格以及商業活動、貨幣資本的性質，這個女人的見解，在她所能達到

的層次上，確實是到家了。

　　或許正是因為孟玉樓的現實意識，所以她對生活、對人生的態度是非常現實和冷靜的，也正是這一點，使她表現出區別於李瓶兒、潘金蓮等女人的性格，成為不同於他人的「這一個」。限於識見，對西門慶複雜的家庭環境她真是估計不足，到置身於其中以後，她採取了藏拙的方針，除了偶有牢騷，基本上包藏起自己的屈辱和不滿——最遺憾的是西門慶對她缺乏根本的理解，而在妻妾爭寵中，她又不占優勢——用最適合自己的方式求得適意生存，她善用心機，對不同的人採取不同態度；吳月娘是主婦，她表示順從卻又不卑不亢；潘金蓮、李瓶兒都是寵妾，但性格不同，前者好鬥，「專愛咬群兒」，她就採取親近的態度以避鋒芒，後者軟弱，且是前者攻擊的對象，她就注意保持距離。每當家反宅亂，她都能做到明智圓通，不被捲進漩渦，必要時她還能提出一些解決問題的辦法，以顯示她在處理家政上比其他妻妾高明。

　　不過，在《金瓶梅》中，孟玉樓絕不是善的化身。一旦衝擊了她的根本利益，她不乏精明，也絕不手軟。比如對下人，她一直表現得很寬容，不像吳月娘那樣頤指氣使，不像潘金蓮那樣刻薄凶殘，但也不像李瓶兒那樣常被欺瞞，因此，獲得了奴僕們的「欽敬」。不過，當來興兒向潘金蓮告密，說來旺因老婆被西門慶玩弄而惱火，聲言要殺西門慶和潘金蓮，潘金蓮只會潑口大罵，她卻馬上意識到問題的嚴重，煽動潘金蓮不能放過來旺，最後使來旺夫婦雙雙被害。再如，孟玉樓後來改嫁李衙內，陳經濟來糾纏，她更是不動聲色地略施小計將這個流氓幾乎置於死地，其手段之毒狠令人吃驚，甚至不在《紅樓夢》王熙鳳「毒設相思局」之下。

　　在小說藝術的競技場上，道德不是衡量人物形象的標準，小說人物的成功與否，在於性格的塑造。孟玉樓全部性格的基點是現實感強，西門慶死後，孟玉樓毫不猶豫地再次改嫁了，她不信奉「從一而終」的教義，更十分清楚傻守著絕沒有自己的好處，這正是對孟玉樓真實性格的最後完成。可惜，作者的處理未免草率一些，本縣縣太爺的兒子李衙內對孟玉樓的一見鍾情，總使人感覺到不是那麼自然，讀者很難理解徐娘半老，臉上還有幾顆淺麻子的三醮婦人孟玉樓在色相上還有那麼大的吸引力。而且，作者寫孟玉樓第三次嫁人的結果竟然是伉儷相得、恩愛異常，似乎也無法圓說。在全書結束時作者說：「樓月善良終有壽，瓶梅淫佚早歸泉。」為孟玉樓的結局慶賀，實際上正說明作者這樣的安排主要是為了自己的道德論證，也暴露了作者對社會人生認識膚淺的一面。其實，即如書中所設計的那樣，從人生的深層意義上說，孟玉樓實際上並沒有逃脫悲劇的命運。當孟玉樓陪著李衙內回原籍真定老家去攻讀詩書，以求功名，也就是說她的人生繞了一個圈又回到了原來的位置，再嫁李衙內的孟玉樓否定了改嫁西門慶的孟玉樓，縈繞其心的將是什麼？是懺悔，還是永久的失落感呢？說到底，在悲劇的時代，誰也不能

逃脫悲劇的命運，不管悲劇表現在什麼層次上。

宋惠蓮

在《金瓶梅》中，宋惠蓮從第 22 回出場，到第 26 回就死去了，她的故事只是一段插曲，像《紅樓夢》裏尤三姐的故事一樣，但作者不僅把這段故事寫得真實生動，而且能使讀者由此掂出生活的重量，其對人生的認識和理解，對人性的揭示和剖析，尤耐人咀嚼，並因此使宋惠蓮這樣一個卑微的人物，一部大書裏的配角映射出美學的光輝。

宋惠蓮是賣棺材宋仁的女兒，十多歲時被賣到蔡通判家當丫頭，後來因為一樁與男女風情有關的醜事，被攆出蔡家，嫁給了廚役蔣聰。不久，一場小小的爭端釀成動刀毆鬥，酗酒的廚役死於非命。惠蓮因請西門慶的幹僕來旺兒轉求西門慶，報了夫仇後就改嫁了來旺，進了西門慶的家，成了下人媳婦。其實，早在她還是廚役妻子的時候，就暗中與來旺有勾搭。在西門慶家，「看了玉樓、金蓮等人打扮，他把鬆髻墊得高高的，梳得虛籠籠的頭髮，把水鬢描得長長的，在上面遞茶遞水，被西門慶睃在眼裏」，並很快和主人接上關係，做了西門慶的姘婦。對我們這些習慣以道德眼光看人，並且很知道中國小說人物類型特點的讀者，很快就會作出判斷，作者是在向我們介紹一個水性楊花的女人，一個「淫婦」，又一個潘金蓮——作者開始也確實把她寫得像一個潘金蓮的影子，「性聰敏，善機變，會妝飾」，「嘲漢子的班頭，壞家風的領袖」，「小金蓮兩歲」，「比金蓮腳還小些兒」，甚至她原來的名字也叫「金蓮」，只是到了西門慶家稱呼起來不便，才改名為「惠蓮」的。

這個女人是那樣的貪財愛勢，輕佻淺薄。搭上了主子第二天早上就急不可耐地顯示自己的得意：

> 昨日和西門慶勾搭上了，越發在人前花哨起來，常和眾人打牙犯嘴，全無忌憚。或一時教：「傅大郎，我拜你拜，替我門前看看賣粉的。」那傅夥計老成，便驚心兒替他門首看……幾時來一回，又叫「賁老四，你代我門首看著賣梅花、菊花的，我要買兩對兒戴」。那賁四誤了買賣，好歹專心替他看著……自此以後，常在門首成兩價拿銀錢買剪裁花翠汗巾之類，甚至瓜子兒四五升量進去，散與各房丫鬟並眾人吃。頭上治的珠子箍兒，金燈籠墜子黃烘烘的；衣服底下穿著紅潞紬袖褲兒，線捵護膝；又大袖子袖著香茶，木樨香桶子帶在身邊。見一日也花消二三錢銀子，都是西門慶背地與他的。

她自以為和別的僕婢已經不同，於是踐踏和自己「都是一鍬土上人」的下人、媳婦。元

宵那天，西門慶家飲合歡酒，她竟給自己找了個主僕之間的位置：

> 那來旺兒媳婦宋惠蓮不得上來，坐在穿廊下一張椅兒上，口裏嗑瓜子兒，等的上
> 邊呼喚要酒，他便揚聲叫：「來安兒，畫童兒，娘上邊要熱酒，快攢酒上來！賊
> 囚根子，一個也沒在這裏伺候，多不知往那裏去了！」

弄得畫童兒挨了西門慶一頓罵，還得忍氣吞聲替她掃瓜子皮兒。她是那樣輕易地忘記自
己的身分，「仗著西門慶背地和他勾搭，把家中大小都看不到眼裏，逐日與玉樓、金蓮、
李瓶兒、西門大姐、春梅在一起玩耍」。在花園裏和她們一道打秋千，在房裏看她們打
牌，還插嘴發表意見，元宵節也跟人家去「走百病」，看放花炮，和陳經濟打情罵俏。

宋惠蓮的表現，連西門慶家裏玳安、平安那些見慣了骯髒和醜陋人色的家僮都瞧不
起，受過她傾軋的來保媳婦惠祥更是把她罵得狗血噴頭。宋惠蓮自己把自己搞得一團糟，
使人們有充分的理由認定她是一個墮落無恥的下賤女人。不過，在《金瓶梅》裏，這只
是宋惠蓮故事的上半，到第 26 回作者寫到「宋惠蓮含羞自縊」，每個讀者都不免大吃一
驚。

原來西門慶是把來旺派往杭州織造蔡太師生辰衣服趁機和宋惠蓮勾搭的，現在來旺
辦完事回來了，他從孫雪娥那裏得悉妻子不貞，又知道潘金蓮包庇他們的偷情。來旺怒
打了惠蓮，這當然不是什麼要緊的事，但他醉後罵了潘金蓮，還揚言要殺西門慶，這就
把事情搞大了。潘金蓮決心要害來旺，宋惠蓮雖然極力庇護自己的丈夫，但終究未敵潘
五兒。來旺被誣陷入獄，雖有個叫陰騭的官員出於惻隱，使來旺兒保全了性命，到底還
是被打了一頓，流放出去。這些本來是瞞著惠蓮的，後來有人說漏給她，她大哭起來，
哭了一回就取了一條長毛巾在臥房門檻上自縊。第一回她沒有死，被人救下來坐在地上：

> 須臾攘的後邊知道，吳月娘率領李嬌兒、孟玉樓、西門大姐、李瓶兒、玉簫、小
> 玉都來看視……問了半日，那婦人哽咽一回，大放聲，排手拍掌哭起來……只見
> 西門慶掀簾子進來，也看見他坐在冷地上哭泣……惠蓮把頭搖著，說道：「爹，
> 你好人兒！你瞞著我幹的好勾當兒！還說什麼孩子不孩子，你原來就是個弄人的
> 劊子手，把人活埋慣了。害死人，還看出殯的……你也要合憑個天理！你就信著
> 人，幹下這等絕戶計！把圈套兒做得成成的，你還瞞著我。你就打發，兩個人都
> 打發了，如何留下我做什麼？」

以後她果然不再理西門慶，也不要西門慶的東西，並最終還是吊死了，作者帶著歎惋的
口氣說這是「世間好物不堅牢，彩雲易散琉璃脆」。

若按中國舊時的等級和傳統的道德觀念，宋惠蓮無疑屬於那種卑賤的女性，以往和

以後高雅的中國文學是不屑把她這類人作為描寫對象，當我們讀著《金瓶梅》對宋惠蓮平凡的人生歷程繪聲繪色的描寫時，我們體味到了作者對人的一種新態度。作者不時用嘲笑的筆調諷刺他的人物，使她難堪，那是因為鄙夷她的行為，揭露她的弱點，但絕不因此丟掉自己對人的同情和尊重。他的筆對人絕不過分刻薄。比如他寫宋惠蓮很美，美到使西門慶一家上下的女人都側目和妒忌，雖然這裏面包括搔首弄姿的成分，但一個人不是天然麗質，僅僅是搔首弄姿大概不會使人妒忌，醜女人的過火表演只能令人厭惡或感到可笑。她的外貌如何，我們不甚清楚，作者卻向我們炫耀過她的體態，合府女人都沒有她蕩秋千蕩得好，「那秋千飛起在半天雲裏，然後搶地飛將下來，端的卻是飛仙一般，甚可人愛」。窮人家出身的文盲，文化修養談不上，可聰慧並不少：看牌比誰都快；伶牙利口，俏皮話兒特別多；只用一根木柴，就能很快把一個豬頭燒得皮脫肉化，使吃的人都讚不絕口。貪圖物質、輕賤佚蕩是宋惠蓮表現出來的品質，但那是外在環境和內在本能欲望交互作用的結果，作者對人欲並不抱著否定的態度，因此，對惠蓮的一系列諷刺，實際上只是一種帶著同情的譏笑，「彩雲易散琉璃脆」與其說是對其生命的歎惋，實不如說是對其青春活力、熱情和聰慧的惋惜。作者用他慣用的那種寫實手法慢慢地寫到宋惠蓮的死，使其前後性格形成鮮明的對比，正是這種性格變化，使人物表現出生命的張力。

宋惠蓮之死的直接動因是來旺被害，用她自己的話說是忘不了「一夜夫妻百夜恩」，不過說宋惠蓮的死是出於對來旺的忠貞，當然是迂腐和不切實際的，連西門慶都說：「他早有貞節之心，當初只守著廚子蔣聰，不嫁來旺兒了。」將宋惠蓮之死歸結為共同生活的窮人與窮人之間相互同情的感情或「俄狄浦斯情結」，似乎也不盡然。應該說她的死是其所處複雜社會關係及其內心深處諸多心理力量交互作用的結果。我們看到作者多次寫到她「臉紅」：在藏春塢雪洞裏和西門慶過夜後出來，「看見潘金蓮，把臉通紅了」；遇見知情的僕人嘲笑，她又臉紅了；企圖教訓孟玉樓看牌，遭到斥責，她「羞得站又站不住，立又立不住，飛紅了面皮」。這或許正可說明她的道德良心未泯。她的好勝心特別強，自覺不自覺地要和人比高低，當然都是很無聊的事，比如她老是要顯示自己比潘金蓮腳小，甚至在潘金蓮急於勾搭陳敬濟的時候，當著潘金蓮的面與陳敬濟調笑，有意挫折這個西門慶府中頂尖的女人。一個中國 16 世紀的僕婦當然談不上高尚的人生追求，但在宋惠蓮輕浮鄙賤的表層性格下難道不深蘊著若干人的本能意念嗎？儘管她所希求的境界是那樣的卑下，使用的手段是那樣的不堪，其胸中卻自有某些人類共有的意念的動盪。來旺兒事件的結果，甚至可能有利於她具體目的實現，僅因為性格氣質的原因，她由此卻真正嘗到了人生失敗的滋味，深深體會到一種心理上的挫敗，交織於其內心的，或許有對來旺的同情或憐愛，或許有對西門慶的憤恨，或許有對周圍人心險惡的寒心，

或許有對自我的認識和悔恨，她的心靈難以承受這些衝突折磨，絕不是外在的壓力和單一感情的驅動，而是心靈的破碎導致了她的自盡。《金瓶梅》中的宋惠蓮故事，是對一種沉重人生的真實描寫，比較起來，《紅樓夢》裏鮑二家的故事，只能算是輪廓模糊的複製品。宋惠蓮之死，是其正常人性的最後閃光，其所包含的意蘊，是我們的思維定式很難全部理解的。

附記：本文原載《中國古典小說六大名著鑒賞辭典》，陝西華嶽文藝出版社，1989 年 5 月。

《金瓶梅》與晚明商品經濟和城市生活
——從一個新的角度解讀《金瓶梅》（節選）

目　次

一、奇書《金瓶梅》

《金瓶梅》是產生於晚明時代的一部白話長篇小說。早在在這部書出現不久，當時著名的文學家馮夢龍──就是那位編寫了三部短篇小說集（《三言》）的馮夢龍，就將它與《三國志演義》《水滸傳》和《西遊記》並稱為「四大奇書」[1]。因為這四本書都是明代開始流行，也基本上可以確定產生於明代，所以後來人們就將這四部書稱為「明代四大奇書」。

明清以來，被稱為「奇書」的《金瓶梅》名頭一直很大。在明代，不僅馮夢龍稱《金瓶梅》為「奇書」，當時的異端思想家李贄亦稱《金瓶梅》為「奇書」[2]。至清代，則幾乎已經達到約定俗成。比如清康熙末年〈滿文譯本金瓶梅序〉也說：

> 《三國演義》《水滸傳》《西遊記》《金瓶梅》等四部書，在「平話」中稱為「四大奇書」，而《金瓶梅》堪稱之最。

清代《儒林外史》卷首「閑齋老人序」也說：

> 古今稗官野史，不下數百千種，而《三國演義》《西遊記》《水滸傳》及《金瓶梅》世稱四奇書，人人樂得而觀之。[3]

至於清代比較流行的張竹坡（1670-1698）批評本《金瓶梅》乾脆題名為《第一奇書金瓶梅》。

在中國古代，「小說」的地位普遍不高──比如清人編《四庫全書》，像《三國志演義》《水滸傳》《西遊記》這些我們今天評價很高的「小說」都是不收的，甚至連一個字都不提，而且小說的名聲也是很不好的。當時一般的家庭都是要求子弟讀「四書五

1　清李漁〈古本三國志序〉。

2　清徐謙《桂宮梯》卷四。

3　清嘉慶八年臥閑草堂本《儒林外史》卷首。

經」，以為那是有用的書，小說，不管是什麼小說，都被視為「閒書」，有一些小說更是嚴禁子弟閱讀的。

近百年來，中國的思想文化已經發生了很大的變化，尤其是人們的思想觀念發生了很大的變化。中國古代許多不登大雅之堂的小說，都被列入了古代優秀的文學遺產名單。人們普遍閱讀這些小說，研究這些小說，並給予這些小說以很高的評價。比如有人將明代的《三國志演義》《水滸傳》《西遊記》《金瓶梅》加上清代的《儒林外史》和《紅樓夢》，合稱為「中國古典小說六大名著」[4]。也有人將《金瓶梅》的作者「蘭陵笑笑生」——實際上是《金瓶梅》作者的化名，因為我們至今仍然不知道《金瓶梅》作者的真實姓名——列入「中國十大小說家」[5]。包括《金瓶梅》在內的一些中國古代小說已經被列入世界文學名著之列。十幾年前，朱雯先生主編《世界文學金庫》，就收了中國古代的長篇小說《三國演義》《水滸傳》《西遊記》《金瓶梅》和《紅樓夢》[6]。

世界各國一些主要的《百科全書》，像《美國大百科全書》《法國大百科全書》也都有介紹《金瓶梅》的專條：

> 《金瓶梅》是中國第一部偉大的現實主義小說，它雖然寫的是中國十二世紀早期的故事，實際反映了中國十六世紀末期整個社會各個等級人物的心理狀態，宣揚了懲惡揚善的佛教觀點，對中國十六世紀社會和風俗作了生動而逼真的描寫。[7]

> 《金瓶梅》為中國十六世紀的長篇通俗小說，它塑造人物很成功，在描寫婦女的特點方面可謂獨樹一幟。全書將西門慶的好色行為與整個社會歷史聯繫在一起，它在中國通俗小說的發展史上是一個偉大的創新。[8]

《金瓶梅》現在已經被學界公認為是中國古代小說中的一部名著。各種大學文科教材《中國文學史》，都列有《金瓶梅》的專門章節。《金瓶梅》也被公開出版，供人們閱讀和研究。1985 年，人民文學出版社已經根據最好的版本公開出版了《金瓶梅詞話》，現在這本書在大陸和港、臺的書店中隨時都可以買到。

中國古代的小說的數量是很巨大的，前兩年上海辭書出版社出版的《五百種明清小

4　霍松林主編《中國古典小說六大名著鑒賞辭典》，西安：華嶽文藝出版社，1989 年。

5　何滿子主編《中國十大小說家》，上海：上海古籍出版社，1989 年。

6　朱雯主編《世界文學金庫》第 8 卷，上海：上海文藝出版社，1994 年。

7　《美國大百科全書》。

8　《法國大百科全書》。

說博覽》9，選列的明清時代的小說就有 500 部，而在這其中，能夠說得上是名著的，其實並不多，但無論怎樣說，《金瓶梅》大概都可以算得上一部。

一部小說能夠被公認為「名著」，一定有它的道理。那麼，《金瓶梅》為什麼可以被稱為名著呢？主要是因為《金瓶梅》是一部有創造性、有鮮明特色的小說，不僅有重要的「小說史」意義，而且有不可忽視的「歷史認識」意義。

(一)《金瓶梅》的小說史意義

在中國小說史上，《金瓶梅》是一部帶有「里程碑」性質的作品。這至少表現在三個方面：

第一，《金瓶梅》是第一部中國古代作家獨立創作的長篇小說，為以後作家獨立創作長篇小說開闢了道路。《金瓶梅》以後，作家創作成為了中國古代長篇小說創作的主流，作家們各不相同的藝術個性，為中國小說創作的發展帶來了勃勃生機。

《金瓶梅》以前的中國古代長篇小說《三國志演義》《水滸傳》《西遊記》都是「世代累積型」的小說，也就是說，都是先有民間的創造，特別是經過各種藝人們的世代傳唱，最後才由某一個作家最後寫定的，中國三部最著名的「世代累積型」的小說《三國志演義》《水滸傳》《西遊記》都是這樣的：

> 唐朝時，民間已經有各種三國故事流傳，北宋的文藝市場——當時叫「瓦肆勾欄」——中，就已經出現了「說三分」的著名藝人，名叫霍四究（《東京夢梁錄》），元人雜劇中有大量的「三國戲」，元代還印出了《三國志演義》小說的雛型——《三國志平話》，這本書一直傳到今天。正是在這一系列積累的基礎上，最後才產生了《三國志演義》。
>
> 南宋的「說話」技藝已經開始講單個的「水滸英雄」故事，元代刊印的《大宋宣和遺事》已經記載了「宋江三十六將」的故事，元代雜劇也有不少「水滸戲」。也是在這樣的基礎上，才有後人「綰結短篇」，就是將很多英雄好漢——如武松、石秀、宋江等人的出身故事聯結起來，最後寫成了《水滸傳》。
>
> 《西遊記》所寫的唐僧「西天取經」故事可溯源到宋元人刊印的《大唐三藏取經詩話》，裏面已經出現了一路降妖除怪、輔助唐僧取經的「猴行者」，這本書的成書甚至可能早至晚唐五代。元代的《西遊記平話》雖然已經散佚，但我們在現存《永樂大典》殘卷中還可以看到其中的片斷，元末明初亦有演唐僧取經的雜劇。因

9　　張兵主編《五百種明清小說博覽》，上海：上海辭書出版社，2005 年。

此這部充滿幻想的小說也是有長期累積作為基礎的。

《三國志演義》《水滸傳》《西遊記》這幾部「世代累積型」的小說實際凝聚了數百年無數人的藝術創造，亦最易為社會各階層的民眾所接受，並因此對中國古代的思想文化產生了巨大影響。《金瓶梅》在晚明社會上的出現是很突然的，在此之前沒有一點徵兆，各方面情況證明，《金瓶梅》是作家個人的獨立創作。《金瓶梅》以後，中國古代長篇小說才進入了作家獨立創作的時代，《儒林外史》《紅樓夢》，一直到清末的大量長篇小說，絕大多數都是作家獨立創作的作品。

第二，《金瓶梅》與生活同步，直接取材於現實生活及其「寫實」的態度，不僅開創了中國古代長篇小說創作的一個新的「流派」，而且引領中國古代長篇小說創作進入了一個新的歷史階段。

《金瓶梅》以前的長篇小說或多或少地都帶有「史」的因素，所描寫的對象都是英雄、超人或徑直就是幻想中的「神魔」。《金瓶梅》的作者，不再像《三國志演義》作者那樣，傾心描繪乃至由衷讚賞古代政治家、軍事家叱吒風雲的業績；不再像《水滸傳》作者那樣，對嘯聚山林的「偉大強盜們」持以神往而又歎惋的情懷；也不像《西遊記》的作者那樣，把現實生活和自己的人生感受通過一種「童話」式的形式表現出來。而是用驚訝的眼光審視現實人生，如實地寫出他的觀察和理解。與以前的小說不同，《金瓶梅》所寫的不是「歷史」，而是作者就生活於其中的現實生活。《金瓶梅》所主要描寫的不是帝王將相，不是超人英雄，也不是神通廣大的神魔，而是那些生活於市井喧囂中的芸芸眾生，所描寫的也只是經商買賣，人情交際，兩性關係，穿衣吃飯以及生存死亡等人世間最平常的生活現象。

《金瓶梅》不僅基本上摒棄了主觀、幻想的描寫，其寫作態度也基本是「寫實」的。現實生活中發生的大大小小的事件，都被《金瓶梅》作者一一加以細緻的刻鏤，大到官府如何腐敗，商人們怎樣發財，如何偷稅漏稅，小到幾個人到小飯館裏吃一頓飯，點了幾個菜，花了幾個錢，無不娓娓道來，大多真實可信。

這種由「奇」而「常」，由「粗」而「細」，特別是注重「寫實」的創作態度、創作手法，表現了中國小說美學觀念的變革。《金瓶梅》以後，中國小說史上出現了以摹寫現實生活、現實人生為主的潮流，魯迅先生稱這些小說為「人情小說」流派。在魯迅先生看來，包括《紅樓夢》都屬於「人情小說」，而《金瓶梅》則是這一小說創作潮流的開創者。所以脂硯齋在評《石頭記》時說《紅樓夢》「深得《金瓶》壼奧」。

小說創作由重在「傳奇」，向重在「現實生活」發展，是世界各國小說發展的必由之路，無論西方和東方，概莫能外。正因為如此，《金瓶梅》實際上引領中國古代長篇

小說創作進入了一個更高的歷史階段。

第三，《金瓶梅》不僅開創了長篇小說描摹現實人生的新紀元，而且開創了許多摹寫現實人生的藝術方法。特別是以人物命運為作品的結構核心，注重對人物的刻畫與描寫，從而更接近小說的本質，為以後的小說創作提供了借鑒，從而推動了中國古代小說藝術的發展。

《金瓶梅》以前的中國長篇小說，不論是歷史演義、英雄傳奇，還是神魔小說，基本上都是以「故事」為主的，人物是附屬於「故事」的。《金瓶梅》的結構則是以人物的命運為中心的。也就是說，《金瓶梅》最重要的不是寫傳奇故事，而是寫人，是調動各種藝術手段來寫人。《金瓶梅》不僅以西門慶的人生道路、西門慶一家的興衰榮枯為全書的結構線索，並按照生活的本來邏輯，連接起社會生活的各種片斷和場面，寫出了整整一個時代的社會生活面貌，更重要的是，塑造出了大量既符合現實又性格各異的各種人物，並充分展示了這些人物的思想性格、感情心理的全部複雜性。

「現實主義」藝術，或者說所有的敘事藝術，首先和主要的課題是人物，沒有描寫成功的人物，也就沒有創作主體的作家自己，即沒有風格。因此，人物是作品成為真正藝術品的靈魂。在描寫人物方面，《金瓶梅》為以後的小說創作提供了借鑒，從而推動了中國古代小說藝術的發展。

(二)《金瓶梅》的歷史認識意義

除了小說史意義以外，《金瓶梅》還有很重要的歷史認識意義。特別是對那些不是專門研究古代文學、專門研究古代小說的讀者來說，歷史認識意義可能更為重要。

第一，《金瓶梅》真實地展了中國 16 世紀後期社會生活的畫卷，特別是對其中的商品經濟和城市生活進行了幾乎是全面的描寫。因為《金瓶梅》對社會經濟生活的各個方面，包括一些細節都寫得特別具體，特別細，讀《金瓶梅》，可以幫助我們認識明代的歷史，特別是瞭解明代的商品經濟情況和城市生活狀況。

比如，明代的商人是怎樣經營致富的？一個商店的夥計每月多少工資？明代城市裏各階層住房情況怎麼樣？明代的婦女們穿什麼衣服，戴什麼首飾？明代人的飲食是怎樣的？當商品經濟發達以後，人們的價值觀念、消費觀念、道德觀念、審美觀念發生了什麼樣的變化？

這些都是我們讀歷史書也很難看到的，而在《金瓶梅》中都有詳細的描寫，所以不少寫明代經濟史、社會風俗史的書經常引用《金瓶梅》的描寫作為證據。曾經有人說《金瓶梅》「寫了明朝的真正的歷史」，意思就是說，《金瓶梅》所寫的歷史不是虛假的，也不是表面的，而是真實的、活生生的歷史。

　　中國古代很多歷史書主要寫的是帝王將相的活動，並沒有寫到當時社會生活實況，特別是普通民眾的具體生活情況，所以有很多東西是表相的，甚至是不真實的。由於《金瓶梅》是一部以「寫實」為主的小說，描寫了當時社會生活的各個方面，描寫得很細緻，它所寫出來的生活是具體、實在的，所以才被稱為「真正的歷史」。

　　第二，《金瓶梅》所描寫的歷史事實，包括商品經濟發展所帶來的種種社會矛盾，特別是商品經濟所造成的道德與人性的變異，不僅對我們認識古代社會有幫助，對於我們今天也有一定的歷史垂誡意義。

　　20 世紀 30 年代，當時著名的學者鄭振鐸先生曾說過這樣一些話：

> 表現真實的中國社會的形形色色者，捨《金瓶梅》，恐怕找不到更重要的一部小說了。
>
> 她是一部很偉大的寫實小說，赤裸裸的毫無忌憚的表現著中國社會的病態，表現著「世紀末」的一個墮落的社會的景象，而這個充滿了罪惡的畸形的社會，雖然經過了好幾次的血潮的洗蕩，至今還是像陳年的肺病患者似的，在懨懨一息的掙扎著生存在那裏呢。
>
> 《金瓶梅》的社會是並不曾僵死的；《金瓶梅》的人物們至今還活躍於人間的，《金瓶梅》的時代，是至今還頑強地在生存著。[10]

這是鄭先生在 70 多年前說的。70 多年過去了，我們這個時代當然已經不是鄭先生說的那個時代了。不過，我們現在的商品經濟仍然難免有各種各樣的問題，有些甚至是傳統的痼疾，怎樣認識這些問題，解決這些問題，讀一讀《金瓶梅》，或許會對我們有所啟發。

　　以上我們談了《金瓶梅》很多好的方面，因為有了這許多的優點和成就，所以《金瓶梅》可以被稱為中國古代小說中的「名著」。但這並不是說《金瓶梅》是一部十全十美的小說。或者說，《金瓶梅》雖然是一部具有開創性的、劃時代的煌煌巨著，但同時又是一部非常複雜的作品，內容的雜駁、傾向的錯亂都很驚人，技巧的粗疏亦隨處可見。在《金瓶梅》中，創造和因襲、弘大和卑瑣、深刻和淺薄、樸實和庸俗奇妙地混雜在一起，常常使讀者因為難於剝離分辨而陷於迷惘和困惑。這些都是我們讀《金瓶梅》時應該注意的。

　　特別是《金瓶梅》在描寫當時市井男女兩性關係時有不少寫得過於直露，甚至有一些帶有「色情」成分的描寫。所以我認為，雖然人人都可以讀《金瓶梅》，但對青少年

10　鄭振鐸〈談金瓶梅詞話〉，1933 年 7 月上海《文學》第 1 卷第 1 號，《鄭振鐸全集》，頁 225-227。

來說，最好還是讀人民文學出版社公開出版的刪節本《金瓶梅詞話》。

我們這次主要是從晚明的商品經濟和城市生活的角度來解讀《金瓶梅》，對於其他方面不打算過多地涉及。

二、《金瓶梅》故事與《金瓶梅》世界

(一)《金瓶梅》故事

前面說過，《金瓶梅》是以晚明商人西門慶的人生道路、西門慶一家的興衰榮枯為全書的結構線索，並按照生活的本來邏輯，連接起社會生活的各種片斷和場面，寫出了整整一個時代的社會生活面貌。小說的基礎是故事，但《金瓶梅》重在寫人，所以它的主體故事並不複雜。為了便於大家的理解，我們先來說說《金瓶梅》的主體故事：

打開《金瓶梅詞話》，第一回是〈景陽崗武松打虎，潘金蓮嫌夫賣風月〉，首先講的是「武松打虎」故事。說的是北宋徽宗年間，山東陽穀縣有武大和武松兄弟二人。武大郎生的不滿三尺，而且為人儒弱，只能靠挑個擔子賣炊餅為生。而他的弟弟武松卻是一條好漢，膀大腰圓，又有一身好武藝，只是因為醉酒打了童樞密，逃到滄州橫海郡小旋風柴進莊上避難。過了一年有餘，武松思念哥哥，於是告辭回家探親。不料在清河縣景陽崗上遇到一隻吊睛白額大蟲，武松乘醉打死了這集老虎。原來這只老虎在此傷人已經多日，縣裏懸賞白銀三十兩，眾獵戶卻捕它不著，不想被武松赤手空拳打死。縣裏獎賞武松，武松卻將三十兩銀子都分給了獵戶。知縣見他仁德忠厚，又是一條好漢，就任他當了縣裏巡捕的都頭。恰巧武松的哥哥武大因遭荒饉，也已經搬到了清河縣紫石街居住，仍舊賣炊餅為生。於是在清河縣兄弟重逢。縣令派武松給東京殿前太尉朱勔送禮，武松押送禮品去東京。武松走後，有一個生藥鋪的老闆西門慶，通過開茶館的王婆，勾搭上了潘金蓮，姦情為武大所知，西門慶、潘金蓮毒死了武大郎……

這個故事人們太熟悉了，這不是《水滸傳》中的故事嗎？除了改「陽穀縣」為「清河縣」——在《水滸傳》裏，景陽崗是屬於陽穀縣的，其他沒有大的改變。

確實，這一段原來就是《水滸傳》中的故事。《水滸傳》第23回到27回，寫的就是武松打虎、金蓮戲叔、王婆售姦和鳩殺武大的故事，這些故事加上後來武松被發配孟州道，十字坡遭遇孫二娘，快活林醉打蔣門神等等，就是《水滸傳》中著名的「武十回」，大概從南宋就已經有人講這個故事了，後來被組織進《水滸傳》，成為《水滸傳》中精彩的段落之一。但《金瓶梅》下面的故事就和《水滸傳》不同了。

按照《水滸》的情節進程，下面應該是武松東京回來，殺嫂祭兄，獅子樓鬥殺西門

慶，然後到縣衙自首，發配孟州道。《金瓶梅》在這裏做了一個改動。這個改動就是：

武松從東京出差回來，西門慶已經把潘金蓮娶到家裏，當了西門慶的第四個小老婆，武松到獅子樓找西門慶尋仇，卻只殺了與西門慶一起喝酒的李外傳，武松到縣裏自首，西門慶賄賂知縣，武松被發配孟州道，刀下逃生的西門慶卻愈發神氣起來，沸沸揚揚地演起了他的人生話劇。《金瓶梅》由此進入了它自己的故事。

也就是說，《水滸傳》故事只是《金瓶梅》故事的一個引子，《金瓶梅》實際上「嫁接」在《水滸傳》故事之上的。

確實是這樣。作者只是對一個影響非常大的傳奇故事的結局做了一下改變，那個在《水滸傳》中僅僅作為邪惡的小角色出現，而在傳統的道德判決下喪生的生藥鋪小老闆西門慶，在他的作品中復活，並充當了一個新的故事的主角。

在《金瓶梅》中，西門慶已大不同於《水滸傳》中那個邪惡的小角色，作為一部大書中的主角，作者賦予了他新的生命活力和性格特徵：

《金瓶梅》開始的時候，西門慶仍然像《水滸傳》中的西門慶一樣，開著一爿生藥鋪，兼放「官吏債」。不過作者強調他「秉性剛強，作事機深詭譎」，結交了一批「幫閒抹嘴、不守本分」的人作朋友，又走朝中四大奸臣的路子，「近來發跡有錢，專在縣裏管些公事，與人把攬說事過錢，交通官吏，因此滿縣人都懼怕他」。

在娶潘金蓮以前，西門慶家裏已有一妻三妾，除了繼室吳月娘，還有妓女出身的李嬌兒，改嫁過來寡婦孟玉樓和由上灶丫頭收為第四房的孫雪娥。因此，潘金蓮到了清河縣前大街西門慶府上，就成了他的第四個小老婆，稱「潘五兒」。

其實，西門慶娶孟玉樓還在他勾搭上潘金蓮之後，只是西門慶不光看中了這個臉上有幾顆淺麻子的嬌婦「彈得一手好月琴」，也看中了她手中的一份遺產，這才顧不上與自己如膠似漆的潘金蓮，忙不迭地先把她抬進了門。

接著，風流博浪的西門慶又勾搭上結義兄弟花子虛的妻子李瓶兒，從她手裏得到了一大筆財產。花子虛是廣有家財的花太監的繼承人，沒有什麼能為，先是遭訟事，又受李瓶兒的氣不過，得了傷寒死了。雖然費了些周章，西門慶總算又把李瓶兒娶為第六妾，並得到了花家的全部財產。

因為得了幾注橫財，有了更多的資本，西門慶的生意越做越大。除了生藥鋪，又開了一個解當鋪，一個絨線鋪。加上放高利貸，勾結官府，興販鹽引，大發其財。本錢大起來後，又在江湖走標船，到江南松江五府販來大量絲綢，開起了綢緞鋪、絹絨鋪。短短四、五年時間，西門慶竟成為了當地的首富。

西門慶發了財，他的財產，有的是經商所得，像開店啊，長途販運啊，有的是放高利貸所得，有的是發橫財得來的，有一些則是靠勾結官府或者偷稅漏稅得來的。

西門慶早與官府有聯絡，他把前妻之女嫁給了當朝太尉楊戩的親家陳洪之子陳敬濟，成了楊黨的爪牙。楊戩倒台以後，他收留了女婿，同時也吞下了親家寄放的財物。通過賄賂，西門慶脫掉干係，又買妾送與太師蔡京的管家翟謙，搭上了新的關係。趁蔡京生日，他派人送去「生辰擔」，黃烘烘、白晃晃的禮物，看得蔡京樂眯眯的，馬上賞給西門慶一個官職，使他由一介鄉民驟升為「理刑副千戶」。恰在此時，李瓶兒為西門慶生下一個兒子，取名官哥。生子加官，現在的西門慶春風得意，炙手可熱。於是他交接官吏、貪贓枉法，並親上東京為蔡京祝壽，送上 20 槓財物，當上了蔡京的乾兒子，又升為正千戶。

就在西門慶志滿意得之時，家裏卻鬧得亂七八糟。潘金蓮進門以後，先朦騙愚純而又剛愎的大娘子吳月娘，又讓西門慶收用了貼身丫鬟春梅，與春梅合夥打擊妻妾中最不得寵的孫雪娥，以顯霸道。西門慶在外包娼宿妓，潘金蓮耐不得寂寞，私僕受辱，在妻妾爭鬥中遭到挫折後，又不惜一切手段邀寵，在家「包攬漢子」，大逞強梁。李瓶兒生了兒子，使潘金蓮鋒焰頓失，於是她用紅絹裹肉的方法訓練了一隻貓，終於使官哥驚風而死。失去兒子的李瓶兒，精神受到很大刺激，又得了不堪的疾病，沒有多久也走上了黃泉路。

西門府大出殯，鬧騰了一氣。寵妾嬌子之死，使西門慶很悲傷。只是因為西門慶財大氣粗、權勢薰天，所以各式人等都圍著他打轉。商人們趕著朝他借錢，夥計韓道國縱婦爭鋒，讓老婆王六兒當了他的外室，幫閒應伯爵和麗春院的妓女李桂姐常出入西門家幫襯，一到一起就笑罵鬥嘴，一個不停的叫「賊小淫婦」，一個連聲地罵「汗邪你花子了」，逗著他樂。不久，西門慶的情緒又轉為亢奮。和他的金錢、權勢欲一樣，西門慶對異性的占有欲也永不滿足。妻妾、娼妓之外，他還不時拿丫頭、僕婦做泄欲的工具。在先，家人來旺媳婦宋惠蓮為攀高枝兒與他廝混，為了霸占惠蓮，他陷害來旺，送到官府，把來旺判了充軍，使良心發現的宋惠蓮上了吊。為李瓶兒守靈，他占了奶媽如意兒，隨後又姘上夥計賁地傳的妻子賁四娘。小妓女鄭愛月獻媚出主意，竟使他走進外表顯赫的招宣府，與邠陽郡王之後王三官的寡母林太太胡搞起來。而「燈人兒似的」王三官娘子和何千戶娘子，又使他欲火中燒。終於有一天，西門慶在連番淫樂之後，又被潘金蓮灌了過量春藥，喪身於欲海之中。

西門慶撒手歸西，忽喇喇似大廈傾，於是樹倒猢猻散。應伯爵投靠了新主子張二官，還把西門慶家裏大大小小的事盡對他說。李嬌兒盜財歸院，老應就竄掇張二官把她娶去作妾。隨即，孟玉樓改嫁了李衙內。潘金蓮則與陳經濟在家裏放肆淫蕩，又把春梅也拉下水，一起鬼混，被吳月娘捉住，將其趕了出去，在王婆家被回家的武松殺死。孫雪娥則與來旺私奔被捉官賣，被春梅買去當丫頭，後來又把她賣入妓院，受辱而死。陳經濟

淪為乞丐，春梅把她引進守備府淫樂，冒認是自己的兄弟。待周守備征討梁山有功升官，陳敬濟亦當了參謀，因嫖妓爭風被人殺死。周守備戰死，寡居的春梅欲火越熾，亦因淫縱而死。

因逢戰亂，吳月娘帶著遺腹子孝哥逃難，在永福寺經普淨禪師點化，孝哥被度為僧。吳月娘最後收小廝玳安為子，維持門戶，安度餘生。

《金瓶梅》前 9 回情節基本同《水滸傳》，但第 7 回已經異峰突起，引導讀者進入《金瓶梅》的世界；第 10 回「闔家慶宴芙蓉亭」，主要人物多登場，正劇因此開幕；從第 10 回至第 79 回是全書的中心；以後的 21 回是故事的收場，通過人物的結局來完成作者的道德論證和宗教勸誡。

(二) 《金瓶梅》世界

近百萬言的《金瓶梅》所寫的主要是商人西門慶及其一家的興衰榮枯故事。

不過，雖然《金瓶梅》故事以西門慶和西門慶的家庭為中心，卻不能簡單地將《金瓶梅》看作是以家庭生活為題材的長篇小說。

不錯，在《金瓶梅》中，西門慶一家平常的家庭生活，夫妻、妻妾、主奴之間的種種矛盾爭鬥以及飲食穿戴、起居遊樂等生活現象都被作者用細膩的筆墨一一加以縷寫。誠如清人張竹坡在〈金瓶梅讀法〉中所言，讀《金瓶梅》，「似有一人親曾執筆在清河縣前，西門慶家裏，大大小小、前前後後、碟兒碗兒，一一記之，似真有其事，不敢謂為操筆伸紙作出來」。但更值得注意的是，在《金瓶梅》中，西門慶一家的興衰榮枯，僅僅是作為作品描寫的結構中心，而非作品內容的全部。作者通過這一家庭成員的種種社會活動，實際把我們引入了一個時代的大千世界。或者說，小說只是通過一個家庭，輻射出大千世界種種社會關係內容。西門慶一家的家庭生活只不過是為藝術描繪提供一個焦聚，從而為形象的、細緻的和深入的描繪和刻畫這個世界提供便利。

確實，《金瓶梅》以一個商人家庭為中心，「放筆一寫」，廣視角、多側面地寫出了一個時代豐贍繁富、五光十色的社會生活畫卷，從而構成了一個無比豐富的《金瓶梅》藝術世界。

首先，在這個《金瓶梅》世界中，不僅人物眾多，而且人物類型十分豐富。《金瓶梅》一共寫到了有名有姓的人物多達 400 多個。這些人物屬於社會各個不同的社會階層──上至皇親國戚、朝廷權臣、太監、各級政府官員，下至各類商人、店鋪夥計、工匠雜役、僕人丫鬟、優伶娼妓、三姑六婆、僧人道士等等。不僅男女有別，而且社會身分大不相同，貧富懸殊，卻因為各種原因建立起某種聯繫。

西門慶有一妻五妾，還有一個女兒西門大姐和女婿陳敬濟。主要家庭成員外，西門

慶家還有春梅、王簫等十幾個丫鬟，來旺、來保、玳安等十幾個家僕。從西門慶家庭成員輻射出去，作品至少寫到了數十個家庭。比如吳月娘的娘家，李嬌兒後嫁張二官的張家，孟玉樓的前夫楊家以及三嫁李衙內的李家，李瓶兒的前夫花家，春梅後來嫁的周守備家。也寫到家人來旺、宋惠蓮夫妻以及來興家庭、來昭家庭。同時還有西門慶店裏面的夥計韓道國的家庭、賁地傳的家庭。而由西門慶的交往，又寫到幫閒應伯爵家、常時節家。後來西門慶當了官，又寫到了他的同僚夏提刑家、荊都監家、何千戶家等等。

其次，每個人有每個人的經歷，每個家庭有每個家庭的故事。《金瓶梅》正是通過對這些人物活動的描寫，揭示出當時種種的社會關係和社會生活內容。

比如小說中有一段西門慶媒財娶婦，騙娶李瓶兒故事，這段故事從第 13 回寫起，斷斷續續寫到第 19 回：

故事先從李瓶兒的經歷說起。李瓶兒原來是蔡太師的女婿、河北大名府梁中書的小妾，政和三年梁山好漢攻打大名府，梁中書夫婦逃跑，李瓶兒帶了一百顆西洋大珠、二兩重一對鴉青寶石隨養娘逃到東京，嫁給了花太監的侄兒花二，也就是花子虛。花太監先在惜薪司掌廠，後由御前班升為廣南鎮守，也將花子虛、李瓶兒帶到廣南。後來告老還鄉，回到清河（第 10 回）。他在世的時候，李瓶兒和他的丈夫花子虛分房住，李瓶兒主要侍候老太監，花太監將蟒衣玉帶及值錢的珍寶都交給了李瓶兒收著，花子虛竟然一些不知（第 14 回）。花太監死後，幾個侄兒只分些床帳等放在表面上的東西，銀錢細軟一點也未得到，都在李瓶兒手裏。

花二花子虛是西門慶「十友會」中後補的結義兄弟。花太監為他娶了李瓶兒。但李瓶兒與他不親，而且「好不好就對老公公（花太監）說了，要打白棍兒」（17 回）。花子虛自己也不正幹，一味在外面吃喝嫖賭，浪當飄風，因為手中使錢撒漫，西門慶的「十友會」中故去了一個卜志道，於是將他補入了會，一幫會友應伯爵等人「亂撮合他」，他也就經常流連妓館，經常徹夜不歸。西門慶乘機勾搭上了李瓶兒。

恰在此時，花家發生了內訌，花大花子由、花三花子光、花四花子華，這三個花子虛的叔伯兄弟，認為花太監死後分財產分配不均，他們吃了虧，於是聯名向開封府告狀，追討花太監的財產。官府最喜歡的是爭家產的官司，所以立即派人將花子虛抓進了開封府大牢。李瓶兒情急無策，求西門慶幫忙。求官府自然要錢，於是李瓶兒「便往房裏開箱子，搬出六十錠大元寶，共計三千兩，教西門慶收去，尋人情上下使用」。西門慶「連夜打點馱裝停當」，派人趕去東京，通過他的親家、也是商人的陳洪，找了陳洪的親家太尉楊戩，又「求了內閣蔡太師的束帖，下與開封府楊府尹」。這位楊府尹因為「蔡太師是他舊時座主，楊戩又是當道時臣，如何不做份上」。其結果自然是官司擺平，判將花子虛的三處房產、一處莊田變賣，共得銀 2895 兩，分給花大、花三、花四，三人還要

追究花太監留下的銀兩下落，則被府尹喝了下來——不予支持。

花子虛回到家裏，家裏的細軟金銀已經被李瓶兒偷偷轉移到西門慶家裏，住宅又被變賣，要李瓶兒拿出錢來再買一個大點的住宅，李瓶兒又不幹，又氣又急，只得湊了 250 兩銀子買了一所不算大的住宅，因為心裏窩火，很快就得病死了。

李瓶兒將財產轉移到西門慶家裏，一心想要嫁給西門慶，連日子都定好了。不料西門慶自己家裏也出了事。朝中楊戩被彈劾，西門慶的親家陳洪和西門慶都被列入楊戩的爪牙，將要受到嚴懲。西門慶趕緊派人帶著銀子到東京想辦法，自己則閉門不出。李瓶兒聯繫不上西門慶，精神恍惚，又得了邪迷之症，於是請了一個叫蔣竹山的醫生來看病。蔣竹山看中了李瓶兒，想用言語打動她。聽李瓶兒說已定親西門慶，便說西門慶是「打老婆的班頭，坑婦女的領袖」，又告訴李瓶兒，近日東京已經關下文書要拿西門慶，他家的房子財產「多是入官抄沒的數兒」。李瓶兒見他語言活動，一團謙恭，一時心動，便招贅了他，又花了 300 兩銀子，打開門面替他開了個藥店（17 回）。

這時候西門慶已經使來保到了東京，通過賄賂，在「黑名單」中抹掉了自己的名字，轉危為安，又出來在大街上耀武揚威。一是氣李瓶兒招贅了蔣竹山，二是恨蔣竹山開的藥店搶他的生意。於是想了一個主意。買通了街上兩個「搗子」——地痞流氓——「草裏蛇魯華」「過街鼠張勝」，叫他們收拾蔣竹山。這二人拿了一張假借據，一個裝債主，一個裝證明人，硬說蔣竹山三年前借了魯華三十兩銀子。二人將蔣竹山暴打了一頓，又被西門慶吩咐地方將蔣竹山捆往提刑院，拿帖子對夏提刑說了，將蔣竹山痛打 30 大板，責令其回家拿銀子還錢。李瓶兒已經不滿蔣竹山，又聽說西門慶家裏已經沒事了，於是替蔣竹山付了 30 兩銀子，立即將他趕出了門。這才巴巴地嫁到西門慶家裏。

我們看，《金瓶梅》中這樣一段故事，揭示多少內容：

第一、花太監的經歷以及花家的官司，反映了當時政治的黑暗，特別是吏治的腐敗。

第二、花家兄弟因爭遺產而打的官司，在當時應是一種帶有典型性的社會現象。

第三、這個故事雖然寫的是「謀財娶婦」，但我們從中也可以發現商業中的非法競爭。西門慶使用流氓手段對付蔣竹山，不僅僅是因為李瓶兒招贅蔣竹山——西門慶將李瓶兒娶入門後責罵她最狠的話就是：「你把他倒踏進門去，拿本錢與他開鋪子，在我眼皮子根前開鋪子，要撐我的買賣。」（第 19 回）——因為西門慶開的也是藥店，這應該是西門慶最恨的。商業競爭中經常夾雜著其他因素，甚至其他因素能起決定性的因素，這正是非正常的商業社會裏才會經常有的現象。

第四，往深裏去想，這裏還有一個問題。那就是，花太監不過是一個太監，他的巨額財產又是那裏來的？

花太監死後一共有多少遺產？書中有明確數字的有：用食盒抬到西門慶家的現銀

3000 兩（60 個大元寶）；李瓶兒床後茶葉箱內所藏的沉香 40 斤、白蠟 200 斤、水銀兩罐、胡楜椒 80 斤，西門慶拿去賣了，得銀 380 兩；房產三處、地產一處，共值銀 2895 兩。這樣算起來已經是 6725 兩。沒有明確數字的可能還有許多。花子虛被逮下獄，李瓶兒除了將現銀子 3000 兩用食盒抬過來，夜裏又在牆頭上鋪上氈子，通過牆頭把一些裝「軟細金銀寶物」的箱子偷運到西門慶家，李瓶兒那邊是李瓶兒和兩個丫鬟，西門慶這邊則是吳月娘、潘金蓮和春梅，如此機密，可見這些財物一定都是很值錢的。等到西門慶將李瓶兒娶過門，從李瓶兒家裏運東西過來，雇了五、六付槓子，整抬運了四、五日。可見李瓶兒所剩東西之多。估計花太監的遺產總數至少應該在一萬兩白銀以上，這巨大財產的來源，無疑是有問題的，用現在的話說就是「巨額財產來源不明」，足以引起人們對社會的政治、經濟的思考。

明朝時，宦官機構寵大，號稱「內府」，共有 24 個衙門，即十二監、四司、八局。這個「內府」，實際上就是宮內的小政府。司禮監的頭目掌印太監，人稱「內相」，視若外廷的「內閣首輔」。司禮監的職責是代皇帝批閱公文，凡每日奏進文書，除皇帝御筆親批幾本外，都由司禮監的秉筆太監、隨堂太監等分批。所以司禮監太監實際上是皇帝的機要秘書、耳目喉舌，而由於他們更接近皇帝，比那些大臣們更容易得到皇帝的信任。所以明代 300 年，經常出現太監得勢，甚至擅權之事。

萬曆皇帝朱翊鈞的父親穆宗（隆慶皇帝）只活了 36 歲就死了，萬曆即位時年方 10 歲，所以萬曆初年太監馮保、張宏、張鯨等掌握了很大權力。內閣首輔大臣高拱因不附從於掌印太監馮保而被逐出朝，張居正因為與馮保合作而登上首輔之位。萬曆十年（1582）張居正死後，宦官無所顧憚，權勢更盛，於是早在嘉靖年間已被廢止的內臣外派「鎮守」制重新恢復，還派出大量太監到各地采皇木、管理皇莊，收商稅、收礦稅。萬曆皇帝是個貪財的皇帝，這些太監在為他斂財的同時，自然也乘機大撈錢財。我們看小小的清河就有看皇莊的薛太監、管磚廠的劉太監。這些太監其實不過是替皇帝管莊子、管廠子的，卻聲勢煊赫，當地的地方官見到他們，個個做小服低。第 31 回，西門慶家裏宴客，客人有周守備、荊都監、夏提刑等，都是朝廷五品以上的官員，卻要讓薛太監、劉太監上坐。周守備還說：「兩位老太監齒德俱尊。常言『三歲內宦，居於王公之上』，這個自然首坐，何消泛講。」

讀了這些，我們不僅可以想到花太監的錢是哪裏來的——當然是貪得來的，撈得來的。明代確有不少貪贓的太監，比如武宗時的大太監劉瑾，正德五年（1510）倒台後，在他的家裏就搜出黃金 1257800 兩，白銀 259583600 兩。據說 2001 年《亞洲華爾街日報》據此將劉瑾列入過去 1000 年來全球最富有的 50 人名單。所以花太監的萬兩家財，正是明代宦官政治的寫照。

至於《金瓶梅》對官員經濟腐敗的描寫那就更多了。

正是通過對這種複雜的人際關係和廣泛社會活動的描寫，《金瓶梅》多方面地反映那個社會的社會結構以及社會生活、經濟生活的內容。這種對社會生活的廣闊展示，充分說明《金瓶梅》不是單純的家庭小說，而一部是反映了整整一個時代的廣闊社會生活，具有「風俗史」意義的作品。

許多人認為《金瓶梅》的故事骯髒污濁，其中充滿了巧取豪奪、爾虞我詐、背信棄義、營奸賣俏、窮極逸樂的惡行和惡德，沒有生活的亮色和詩意的光輝。確實，《金瓶梅》裏沒有聖人、偉人、英雄，有的只是生活在市井囂雜聲中的各式男女。經商買賣、交通官府、狎妓偷情、婚喪嫁娶以及種種謀利售奸、勾心鬥角是他們生活的內容，沒有理想的追求，也沒有道德的標榜，物質和官能的種種享受以及世俗的虛榮心已經如此深刻地成為他們這種生命行為的基本動因。在《金瓶梅》世界裏，鼓蕩著毫不掩飾的卑鄙的欲念，那些靈魂卑劣的人物——惡欲膨脹的商人、耽於享樂的帝王、貪贓枉法的官吏，是這個世界為所欲為的主人，而那些並不擁有權勢、金錢的婦女和社會下層人物，竟也在這個生活的黑泥潭裏翻滾，顯得那樣寡廉鮮恥、道德淪喪。但與其將這一切歸咎於作者創作的「自然主義」或主觀上的嗜痂成癖，倒不如探究一下它產生的時代和它的作者，是什麼樣的時代和什麼樣的作者創造了這樣一部作品。

七、西門慶是如何經商致富的(1)

《金瓶梅》對中國 16 世紀後期的社會商業經濟和城市生活作了生動而又逼真的描寫，首先表現在它對時代經濟狀況的真實把握和展現。

《金瓶梅》的主角西門慶雖然在書中有多重社會身分，但從根本上說是一個商人，一個中國古代社會「終結期」產生的商人。只是在那個時代，要成為商業資本的代表，不可能沒有經商以外的另外的社會身分，沒有官僚、惡霸的身分和暴發戶的特點，這個代表就不典型。但在《金瓶梅》中，西門慶的全部人生遭際都是以商業為基礎的，我們甚至可以通過這一典型的剖析，瞭解晚明商業活動之一般，乃至認識商人在這一特殊歷史時期的普遍命運。

讓我們看看西門慶是怎樣經商致富的。**先來看西門慶的財產。**第 69 回，文嫂充當「馬泊六」，為西門慶拉皮條，林太太誇說西門慶的富有，雖然簡單，卻比較全面：

> 縣門前西門大老爹，如今見在提刑院做掌刑千戶。家中放官吏債，開四、五處鋪
> 面：段子鋪、生藥鋪、綢絹鋪。外面江湖又走標船，揚州興販鹽引，東平府上納

> 香蠟。夥計主管約有數十。東京蔡太師是他乾爺，朱太尉是他衛主，翟管家是他親家，巡撫、巡按多與他與他相交，知府、知縣是不消說。

西門慶是坐賈，開商店賺錢，同時也放高利貸，搞長途販運，還勾結官府興販鹽引，而這些都是賺大錢的。西門慶一共賺了多少錢呢？

第 79 回，西門慶即將撒手歸西，對身後之事留下遺囑，其中關於經濟上的事對他的女婿陳敬濟有如下交待：

> 我死後，段（緞）子鋪是五萬銀子本錢，有你喬親家爹那邊多少本利，都找與他。教傅夥計把貨賣一宗交一宗，休要開了。賁四絨線鋪，本銀六千五百兩；吳二舅綢絨鋪是五千兩，都賣盡了貨物，收了來家。又李三討了批來，也不消做了，教你應二叔拿了別人家做去吧。李三、黃四身上，還欠五百兩本錢、一百五十兩利錢未算，討來發送我。你只和傅夥計守著家門這兩個鋪子罷：印子鋪（解當鋪）占用銀兩萬兩[11]，生藥鋪五千兩。韓夥計、來保松江船上四千兩。開了河，你早起身往下邊接船去。接了來家，賣了銀子交進來，你娘兒們盤纏。

這段話是算帳，雖然不能概括這位精明商人的全部商業活動，卻很清楚地列出了西門慶全盛時的經濟情況。

按照這段話來計算，西門慶掌握的商業資本（不算高利貸資本，傅夥計、來保船上 4000 兩也不算，因為那是流動資金），共 86500 兩，去掉緞子鋪喬大戶的投資 20000 兩，西門慶自己擁有的商業資本已經達到白銀 66500 兩，總資產大約有十萬兩之巨。

小說開始的時候，西門慶並沒有這麼多錢。在《金瓶梅》中，西門慶是一步步發起來的，僅僅四、五年竟然成了清河縣的首富。

《金瓶梅》對西門慶致富的過程，資金、商業經營方式和經營商品的種類都有詳盡的描寫。讓我們來看看《金瓶梅》所描寫的西門慶發家的主要過程。

生藥鋪是西門慶「子承父業」繼承的產業。《金瓶梅》開始的時候，西門慶只是一個擁有 5000 兩本錢、單一經營的商店老闆。《金瓶梅》開始的時候，介紹西門慶說：

> 原是清河縣一個破落財主，就縣門前開個生藥鋪，從小兒也是個好浮浪子弟……

11　「印子鋪占用銀兩萬兩」這段話中的「印子鋪」三字，萬曆本作「段子鋪」，此據崇禎本改。因為西門慶的話中前面已經有「段子鋪是五萬銀子本錢」，下面似不應再說「段子鋪占用銀兩萬兩」；又，這句話的前一句是「你（指西門慶女婿西門慶）只和傅夥計守著家門這兩個鋪子罷」，西門慶家門口的鋪子就是生藥鋪和印子鋪（當鋪），而在西門慶的這段話中，只有印子鋪沒有談到，故這句話中「段子鋪」應是「印子鋪」之誤。

近來發跡有錢，專在縣裏管些公事，與人把攬說事過錢，交通官吏，因此滿縣人都懼怕他。那人複姓西門，單名一個慶字。排行第一，人都叫他作西門大郎。近來發跡有錢，人都稱他作西門大官人。

這一段應該說和《水滸傳》差不多，應該說是從《水滸傳》中沿襲下來的。但《金瓶梅》後來說西門慶的生藥鋪資本是 5000 兩銀子，這是《水滸傳》沒有的，而有了這一具體的數字，我們就可以判斷這個生藥鋪的規模了。

作為一個店鋪來說，這個生藥鋪不應該算小了。因為後來李瓶兒出錢為蔣竹山開了個藥鋪，本錢只有 300 兩。而按西門慶自己的說法，「滿清河縣」，就數他家的「鋪子大、發貨多」，可見這個鋪子有一定規模。由此可見西門慶的生藥鋪，就是藥材店，主要是批發藥材，也可能兼零售，但並不設坐堂醫生，也不配製膏、丸之類成藥。這和蔣竹山開一個小藥鋪兼看門診是不一樣的。因為主要搞批發，所以資本也就大。本錢 5000 兩在生藥業應該是挺大的。

但作為一個商人來說，西門慶在當時還算不上大商人。

第一是他的資本比較當時的大商人來說還不算大。生藥鋪的本錢是 5000 兩銀子，比較他後來開的緞子鋪本錢 50000 兩銀子，資本只有十分之一。

第二，西門慶當時僅僅開了一個生藥鋪，屬於單一經營，而且西門慶實際上還親自參加經營管理：第 6 回寫西門慶與李瓶兒幽會時，貼身僕人玳安來報告，說有三個來自川、廣的客人在家中坐著，「有許多細貨」，要「科兌」給他們，只要一百兩銀子，押合同，八月中再來取銀子。店裏的主管傅銘（傅自新、傅二叔）不敢做主，催西門慶回去。進一次一百兩銀子的貨，就算大宗買賣了，店裏主管都不敢作主，一方面說明這個生藥鋪的規模，另一方面說明西門慶應該是親自參加經營管理的。種種情況說明，作為商人，當時的西門慶確實算不上大商人。

西門慶生財發跡的轉機是娶進了孟玉樓和李瓶兒以後。孟玉樓帶來了一些財物。第七回，薛嫂向西門慶介紹孟玉樓時說：

這位娘子，說起來你老人家也知道，是咱這南門口外販布楊家的正頭娘子。手裏有一分好錢。南京拔步床也有兩張。四季衣服，妝花袍兒，插不下手去，也有四五只箱子。珠子箍兒，金寶石頭面，金鐲銀釧不消說。手裏現銀子他也有上千兩，好三梭布也有三二百筒。

孟玉樓帶來的財物不算特別多，李瓶兒帶來的就可觀了。所以小說第 16 回的回目就是「西門慶謀財娶婦」。李瓶兒原來的丈夫花子虛家裏弟兄間為爭遺產打官司，李瓶兒一次就

將 3000 兩金銀抬到西門慶家，說是請西門慶代為保管，後來大都被西門慶吞沒了。後來嫁到西門慶家，李瓶兒又帶來了大量財物。

西門慶在先姦後娶了李瓶兒之後，吞併了原來花太監的大量財產，從而有了豐厚的資金，開始了他的商業擴張。所以小說說「西門慶自娶李瓶兒過門，又兼得了兩三場橫財，家道營盛，外莊內宅煥然一新」。

另外的「兩三場橫財」，小說沒有具體描寫。《金瓶梅》第二回寫到西門慶「專在縣裏管些公事，與人把攬說事過錢，交通官吏」。從把攬訴訟中賺錢，或許是一個來源。——在花子虛的官司中西門慶實際也是通過交通官吏，把攬訴訟賺了不少錢。還有就是吞沒了他的女婿陳敬濟帶來的許多箱籠財物和現銀 500 兩——這是他的親家陳洪因為遇到事情寄放在他家的財物。

有了這些新的資本，西門慶很快就開了一家**解當鋪**。解當鋪又叫印子鋪。在明清時代，開當鋪是需要雄厚資本的，79 回西門慶臨終時談到印子鋪的本錢是兩萬兩，這應該是一個挺大的數字。因為有了幾注橫財，西門慶得以集中了兩萬兩資金開了一個解當鋪。當鋪就設在自家大院的門面房，與生藥鋪並排，所以生藥鋪主管傳銘又兼解當鋪主管，後來又有夥計賁四（賁地傳）參與寫帳、稱貨（20 回）。

解當鋪本錢大，也很賺錢的。比如書中第 45 回寫到，當鋪收進白皇親家的一扇屏風。那座屏風是「大螺鈿大理石做的」，有「三尺闊、五尺高」，十分珍貴，此外還有「兩架銅鑼、銅鼓連鐺兒」，「都是彩畫金妝，雕刻雲頭，十分齊整」。應伯爵說：「休說兩架銅鼓，只一架屏風，五十兩銀子還沒處尋去。」另一個幫閒謝希大給屏風估價說：「也得一百兩銀子，少也他不肯。」而實際上，屏風、銅鑼、銅鼓合起來才當給白皇親三十兩銀子。謝希大聽罷驚訝不已：

> 我的南無耶，那裏尋本兒利兒！休說屏風，三十兩銀子還攬給不起這兩架銅鑼銅鼓來。你看這兩座架子做的工夫，朱紅彩漆都照依官司裏的樣範，少說也有四十兩解響銅，該值多少銀子？

把東西送進當鋪，一般來說都是萬不得已，既然走到這一步，看來白皇親贖回這些東西的可能性已經不是很大了。光這一單生意，當鋪就至少要賺百十兩銀子。

不過，西門慶已經不參加當鋪的具體管理了，打理當鋪的是主管傳銘和夥計賁四（賁地傳）等。

絨線鋪。有了生藥鋪，又開解當鋪。不久西門慶又開了一家絨線鋪。第 33 回，寫一位湖州商人何官人來清河販賣絲線，因家中有事，急著回家去，想把手頭價值 500 兩銀子的絲線脫手。貨到地頭死，西門慶用了 450 兩銀子盤下了這批貨，並因此開起了絨線

鋪。這個絨線鋪還用了李瓶兒帶過來的房子，房子價值 250 兩，在獅子街熱鬧所在。請「原是絨線行」的韓道國做夥計，與家人來保合管，既看房子，又做買賣，一舉兩得。西門慶開的這片絨線鋪，不僅經銷外地的絨線，而且還「雇人染絲」，搞加工，「一日也賣數十兩銀子」，生意極好。

絨線鋪的本錢是 6500 兩，僅此已經超過了生藥鋪，成為西門慶一個穩定的收入。所以第 76 回，西門慶已經當了官，同僚夏龍溪赴京任職，想求西門慶鋪子裏的夥計賁四幫忙搬家，西門慶就不同意，說：「借了賁四押家小去，我絨（線）鋪子誰看？」吳月娘建議把鋪子關兩天，西門慶說：「關兩天，阻了買賣，近年近節，綢絹絨線正快，如何關閉了鋪子？」

西門慶還有一個**綢絨鋪**亦在獅子街，由西門慶的內弟吳二舅管理，投入的本錢是 5000 兩。

西門慶開的商鋪最大的當數與喬大戶合夥經營的**緞子鋪**，本錢是 50000 兩，已是生藥鋪的十倍。鋪子在西門慶家對門原喬大戶的房子裏。這個鋪子由韓道國、甘潤（甘出身）、崔本三人主管。崔本是喬大戶的外甥，有代表喬大戶的意思。緞子鋪是按股分紅，西門慶五、喬大戶三，三位主管二。

第 58 回寫到西門慶派韓道國到杭州，一次就購進「一萬兩銀子緞絹貨物」。後來夥計來寶南京貨船到，「連行李共裝了二十大車」（第 60 回）。綢緞鋪開張的頭一天，「夥計攢帳，就賣了五百兩銀子」（第 58 回）。一天的「營業額」就是 500 兩。

當然，因為這是開張的第一天，不可能每天的營業額都達到 500 兩，假設每天的營業額有這五分之二，200 兩，一年算 300 天，營業額就是 60000 兩，按百分之十的商業利潤，一年的利潤就是 6000 兩，這當然是一個龐大的數字。

八、西門慶是如何經商致富的(2)

江湖走標船（長途販運）：所謂「標船」指掛有標識的商貨運輸船隻。當時南北貨運主要靠水運，所以「走標船」就成了長途販運的代名詞。在中國古代，長途販運一向是最賺錢的商業行為。宋、元以來，隨著水陸驛道的大規模修建，特別是明代中葉以後，農村經濟作物和手工業生產有了很大發展，國內市場得到空前擴大。明宋應星（1587-?）〈天工開物序〉說：「滇南車馬，縱貫遼陽，嶺徼宦商，衡遊薊北。」正是反映了明代在全國範圍內商品流通的繁榮。中國地域廣大，各地地理、氣候有很大的差異，物產也不相同，這就為長途販運提供了條件。比如江西、兩湖是當時糧食的主要產地，河南、山東棉花產量很大，江南地區如松江府、蘇州的嘉定、常熟等地是棉紡織業的發達地區，

而蘇州、湖州、杭州的絲綢有名於當時，至於四川、廣東又以藥材、香料等著名。

長途販運是當時商賈發家的重要手段。這一點在當時的短篇小說集《三言》《二拍》中有很多描寫。比如《三言》第一篇〈蔣興哥重會珍珠衫〉，就寫到湖廣襄陽（今屬湖北）商人蔣興哥到廣東合浦（今屬廣西）販珍珠，而徽州（今安徽歙縣）人陳大郎則跑到襄陽倒騰大米。《金瓶梅》中西門慶的父親西門達曾「遠走川廣販賣藥材」。孟玉樓的弟弟孟銳才 20 歲，就要到「荊州買紙，川廣販香蠟」，計畫「從河南、陝西、漢州走，回來打水路從峽江荊州那條路來，往回七、八千里地」（第 67 回）。

西門慶後來主要經營的是絲綢布匹，因為絲綢多產在江南，所以西門慶就多次派人沿南北大運河南下，到南京、湖州、松江、杭州等地販運綢緞、布匹。如第 58 回西門慶的夥計韓道國「在杭州置了一萬兩銀子緞絹貨物」。第 64 回來保「從南京販貨歸來」。

而且隨著經營規模、經營範圍的進一步擴大，西門慶對走標船販貨興趣越來越大，甚至打算叫夥計韓道國長留南方，專做「買手」置貨，這當然是利益驅使。第 67 回，西門慶派崔本到湖州買綢子，韓道國、來保二人到松江販布。這次出行，崔本帶了 2000 兩銀子，韓道國、來保則帶了 4000 兩銀子，一共 6000 兩。第 58 回，是一下子買進十大車 10000 兩銀子的貨，緊接著是來保南京回來帶回二十大車的貨，少說也值 10000 多兩，這次又是 6000 兩，在商業應該是大手筆，這與原來進 100 兩銀子的貨就算大宗生意的生藥鋪小老闆，已經完全不可同日而語了。

揚州興販鹽引（販鹽）：在中國古代，鹽關係到國計民生，作為商業活動來說，利潤也特別大。所以一直是政府專賣的對象。鹽業專賣就是國家實行壟斷經營，這種做法始於春秋時的齊國，以後歷代制度不盡相同。唐肅宗寶應六年（762），鹽鐵使劉晏進行改革，生產和零售都交給商人，政府只控制批發這一環節。宋代開始實行「鹽引制」，即商人花錢或支付其他實物購買「鹽引」到指定鹽場取鹽，並運到指定地區零售。這種做法類似今天的「期貨」。明清兩代都沿襲這一制度。

所謂「鹽引」又稱「鹽鈔」，是政府發放的專門用來取鹽的有價證券。「鹽引」為紙質，蓋有政府的公章，政府有存根，叫「引根」，商人手裏的叫「引紙」。「鹽引」以「引」為單位，每引一紙，都有編號，故《金瓶梅》中西門慶的「三萬鹽引」包了一個大包袱，要一個人專門背著（51 回）。

明朝初年，北方駐有大量邊防軍，但糧食供給很困難，於是想了一個辦法，要商人把糧食直接運到北方邊境，政府則按規定的價格發給商人「鹽引」，商人憑「鹽引」到兩淮的鹽場支鹽，再到指定的地區銷售。這個辦法從洪武三年開始實行。中間曾一度中斷實施，但明中葉以後邊關軍糧再度緊張，又得到恢復。史載隆慶、萬曆年間，商人紛紛輸糧入倉，坐派「鹽引」獲利。

《金瓶梅》中描寫的西門慶靠「興販鹽引」獲利正是基於這段史實。第 48 回寫到巡按山東御史曾孝序參劾西門慶，西門慶派來保到京城走蔡太師翟管家的門路自保。來保回來，帶回朝廷要重起鹽鈔法的消息：「令民間上上之戶，赴倉上米，討倉鈔，派給鹽引支鹽。」西門慶和他的親家喬大戶舊時曾在高陽關上納過三萬糧倉鈔，派三萬鹽引。而此時第 36 回西門慶曾經結交過的新科狀元蔡蘊恰巧外放為兩淮巡鹽御史，專管發鹽之事。第 49 回寫到西門慶款待上任的兩淮巡鹽蔡御史：

> 西門慶飲酒中間，因題（提）起：「有一事在此，不敢干瀆。」蔡御史道：「四泉有甚事，只管分付，學生無不領命。」
>
> 西門慶道：「去歲因舍親那邊，在邊上納過些糧草，坐派了有些鹽引，正派在貴治揚州支鹽，只是望乞到那裏，青目青目，早些支放，就是愛厚。」
>
> 因把揭帖遞上去。蔡御史看了，上面寫道：「商人來保、崔本，舊派淮鹽三萬引，乞到日早掣。」蔡御史看了，笑道：「這個甚麼打緊。」一面把來保叫至近前跪下，分付：「與你蔡爺磕頭。」蔡御史道：「我到揚州，你等徑來察院見我，我比別的商人早掣取你鹽一個月。」西門慶道：「老先生下顧，早放十日就勾了。」蔡御史把原貼就袖在袖內。

這裏蔡御史「我比別的商人早掣取你鹽一個月」一句話，是西門慶在興販鹽引這件事上發財的關鍵。為什麼呢？

明人張翰曾經說過，商人經營，「鹽之利尤巨」[12]。清人顧炎武《天下郡國利病書》記載，萬曆時經營鹽的利潤和一般商業利潤的比例是五比三。明清時代鹽商最富，亦有的人冒死販賣私鹽，即因此。但要在販鹽上發財並不是人人都能做到，因為販鹽必須要勾通官府，這並不是人人都能做到的。明代嘉靖時的翰林學士霍韜〈淮鹽利弊疏〉就說：「商人先納邊糧，乃給引目，守場候支常年鹽也。有守候數十年老死而不得支者，令兄弟妻子代支之，今可考也。」拿到了鹽引不代表就能拿到鹽，這就須要管鹽官的關照。所以蔡御史說讓西門慶比別的鹽商早一個月拿到鹽，這無疑是幫了大忙。

西門慶確實憑這三萬鹽引賺了大錢。宋朝時每張「鹽引」可領鹽 116 斤半。據《明會典》卷三六，明代每張鹽引可支鹽 200 斤，三萬引可以支鹽 600 萬斤，現在來說就是 3000 噸，如果用 10 噸的卡車拉，也要裝 300 車。這當然是一個龐大的數字。

西門慶這一次具體賺了多少錢，書中沒有寫。第 51 回寫到西門慶叫韓道國到「揚州支鹽去，支出鹽來賣了，就叫他往湖州織了絲綢來」。當時應伯爵就喝采「恭喜！此去

12　《松窗夢語》。

回來，必得大利。」果然，第 58 回韓道國回來，載回了十大車貨物，價值一萬兩銀子。卸貨時，「敬濟拿鑰匙開了那邊樓上門，就有卸車的小腳子領籌運貨，一箱箱堆卸在樓上。十大車貨，直卸到掌燈時分」。不過，這還不是全部，原來這次到揚州販鹽是韓道國、崔本、來保三個人去的，把鹽賣了以後，來保就和他們分手，獨自拿了錢去南京辦貨。第 60 回來保回來，「連行李共裝了二十大車」。書中沒有說這二十車貨值多少錢，但比照韓道國十大車貨價值一萬兩，這二十車也能值一、兩萬兩罷。

放高利貸、官吏債：《金瓶梅》詳細寫到西門慶放高利貸的事：第 38 回寫應伯爵找到西門慶，幫商人李智、黃四借貸。本來李智（李三）、黃四是想找西門慶合夥做香蠟生意。這種香蠟生意屬「政府採購」，好做手腳（「香裏頭多上些木頭，蠟裏頭多攙些柏油，哪裏查帳去？」），能賺錢，李智、黃四本錢不夠，想拉西門慶一起做，但西門慶覺得李智（李三）、黃四不太可靠，有風險，不願意和他們合作，只借了 1500 兩銀子給他們，並以「每月五分利」收利息。

到第 43 回，李智、黃四來還錢，先還了 1000 兩本錢，「又拿出四錠金鐲兒，重三十兩，算一百五十兩利息之數。還欠五百兩」。到第 45 回，李智、黃四還想再從西門慶那裏借 500 兩。還是請應伯爵來說合。應伯爵又給西門慶出主意，將李智、黃四還來的金鐲子仍算 150 兩銀子，再拿出 350 兩，加上原欠的 500 兩，正好是 1000 兩。「西門慶聽罷，道：『你也說的是。我明日再找三百五十兩與他罷，改一千兩文書就是了。省得金子放在家，也只是閑著。』」金錢不能放在家裏，要叫它生利潤，這就是商人的觀念。

李智、黃四向西門慶借貸，斷斷續續，借了還，還了借。到第 60 回，二人又還了 350 兩的利息。一直到西門慶快死的時候還沒結束。西門慶臨終交待他的女婿陳敬濟的話中還提到：「李三、黃四身上還欠五百兩本錢，一百五十兩利息未算。」

西門慶借錢給李智、黃四二人的利息是「每月五分利」，這樣 500 兩的利息是每月 25 兩，1000 兩的利息是每月 50 兩，1500 兩的利息是每月 75 兩。因此李智、黃四第一次還的利息 150 兩，是借了 1500 兩後兩個月的利息；第 60 回還的利息 350 兩則是 7 個月的利息，因為借款是 1000 兩；而最後還欠 150 兩的利息，則是因為欠了 500 兩本錢，6 個月沒交利息。

「每月五分利」實際是很高的利息。《元史·世祖本紀》記載：「定民間貸錢取息之法，以三分為率。」因此「每月五分利」，確實應是高利貸。西門慶的高利貸當然不是只放給李智、黃四，他臨終時還交待了一些向其他人放高利貸的情況：「前面劉學官見少我二百兩，華主簿少我五十兩，門外徐四鋪內，還欠我本利三百四十兩，都有合同見在。」這些都是沒有結清的，算起來，西門慶每月高利貸的收入就應有幾百兩。

官吏債：什麼是「官吏債」呢？「官吏債」說白了就是對官員放高利貸。這是一項

具有中國「官吏制度特色」的高利貸業務。我國算得上是世界上最早完整創建「職業官吏體制的國家」，對於所有官吏的俸祿津貼發放可以算得上是精打細算：所有官吏的俸祿都是按照職位依次發放的，實際上就是一種「崗位津貼」，因為只要官吏不在職位上，就沒有俸祿可拿。當然不在崗位上就不能「謀其政」，這就意味著也就沒有了「賄賂和回扣」可拿，只要沒有在職位上的官吏就等於立刻沒有了收入。當科舉士子通過考試後要到京師去選官，或者官吏因為任滿、服喪等原因離開職位後再到京城參加銓選，就都沒有正常的經濟來源。而要到京城選官，就要準備旅行費用，以及準備拜見座師、上司等等之類的在京城的應酬交際費用。如果在京城選到的是外官，也需要籌備赴任的旅費。雖然理論上國家給予一定的赴任旅費補貼，可是由於朝廷給予赴任官員的旅費補貼實在是很少的：比如按明人余繼登《典故紀聞》記載，明時知州赴任，給 35 兩「道里費」，知縣為 30 兩，縣丞、主簿為 15 兩，典史為 10 兩。赴任時不得使用朝廷的驛館系統（理由是已經給了道里費了）。只有赴任里程在 1500 里以上，如赴雲南、貴州、四川、陝西邊遠地區的州縣官才可以由驛館提供交通工具：陸路驢車一輛，水路紅船一艘，但仍舊不得由驛館提供伙食。因此長途跋涉的旅費還是要官員們自己設法籌措。為了應付這些開銷，除了本身是富豪的官吏外，大批的普通官吏只好舉債。於是「放官吏債」營生就此興隆。早在唐宋時京城裏就有這樣的特種高利貸行業，也稱之為放「京債」。到了明清時此業更盛，不僅是京城，當時中國南北交通幹道的大運河沿岸城市也出現了這一行當。《金瓶梅》寫其故事發生在清河縣，是大運河上的一個大碼頭，所以西門慶以此為業也是很合理的。

而按照當時的法律規定，放官吏債是違法的，所以實際上這項營生是一件違法交易。可是對於廣大的官吏來說，不舉債幾乎就沒有辦法去做官，法律的規定幾乎是沒有實際意義的。當然有高風險就有高收益，由於這項放貸根本就是違法交易，所以商人為了這「風險投資」，就要收取更高的「風險利息」。官吏債一般都是「五分起息」，就是按月計算利率為 5%，年利率為 60%。或者是「九扣」或「八扣」起算（預扣 10% 或 20%）的本錢，然後再按年「加三」（每年 30%）或「加四」的利率收利息，實際利息也高達年利 40%-50%。而合乎當時管理制度規定的利率最高不能超過「月利三分」（每月 3%，全年利 36%），一般的當鋪月利是兩分（2%）。而且歷代的法律都規定，放債不准利上滾利、利息累計不得超過原本（號稱「一本一利」），官吏債由於本身就是違法債務，所以也都是利滾利「滾算盤剝」，就是所謂的「驢打滾的利」。作為放債的一方來看，這項投資的回報也是相當可靠的：利息收入豐厚，債務人也不敢賴債，反正羊毛出在羊身上，借債的官吏到了任上，都是靠加倍搜刮百姓來償還債務的。

《金瓶梅》裏有西門慶放官吏債的事例，見第 31 回，西門慶的朋友吳典恩選上了一

個驛丞（不入流）的官職，發愁「到明日上任參官贄見之禮，連擺酒，並治衣類鞍馬，少說也得七八十兩銀子」。求應伯爵幫忙向西門慶借債，寫的文契上「借一百兩銀子，中人就是應伯爵，每月利行五分」。應伯爵一陣花言巧語引得西門慶高興，結果西門慶一筆抹了利息字樣，只要吳典恩將來還本錢就是了。

成了債務人的官吏往往就此受債主的控制，而「放官吏債」的商人除了要有足夠的本錢外，更要有足夠的膽量，以及和官府有很好的關係。因此當時人只要聽說某人是「放官吏債」的，就說明這是個非同小可、能量很大的人物，絕不是一個普通商人。比如明代小說《拍案驚奇》第22回「錢多處白丁橫帶、運退時刺史當稍」裏提到的人物張多寶，在京城裏開解典庫、綢緞鋪，「專一放官吏債，打大頭腦」，居間說事，賣官鬻爵，無事保不定，號為「張多保」。《金瓶梅》中為西門慶鋪墊了這個身分，在第1回裏就特意說明西門慶因為經營這項營生，結識了大批官府人物，「就是那朝中高、楊、童、蔡四大奸臣，他也有門路與他浸潤。所以專在縣裏管些公事，與人把攬說事過錢，因此滿縣人都懼怕他」。在當時的讀者看來，就足以理解他是如何得以暴發、如何得以結交官府、稱霸清河，並得以在京城內外的官場都有路子。

總起來說，西門慶是坐賈兼行商，開解當鋪，又放高利貸，也不放過賄賂官府「興販鹽引」和充當官府買辦覓錢取利的機會。但真正使西門慶大發的是長途販運，經營綢緞絲絨是他最後達到巨富的主要手段。西門慶的商船則主要販貨於南方五府，確實反映了當時商業活動的特點。

一五、《金瓶梅》寫到的城市消費生活──住房與房價

「吃」和「穿」的事我們說完了，現在來談談「住」。

在生活中，「住」當然也是一件大事，衣食住行，誰也免不了。只是「住」和「吃」「穿」又不太一樣。因為「吃」和「穿」是日常生活中每天都要發生的消費行為，但不可能每天都買房子或賣房子。房子被稱為「不動產」，是產業，對每個人的生活，甚至在每個人的一生中都是很重要的。買房對沒有房子的普通人來說，往往是最大的一筆開支，並不是每個人都能買得起房子。對社會各階層的人來說，住房不僅是主人身分地位的標誌，更反映出社會的貧富差別。

《紅樓夢》主要寫了榮、寧二府的住宅，包括為迎接賈貴妃省親而建的大觀園，顯示出既是勳爵豪門，又是皇親國戚的大家族府邸的富麗堂皇。《金瓶梅》描寫的只是明代一個中、小城市裏的住房情況，既寫到了一些富商、縉紳、中下官員的住房，也寫到了一般市民的住房。不過，書中描寫的比較具體，還提到了各種房價，這為我們瞭解當時

中、小城市裏的住房情況，貧富差別，以及住房消費在整個經濟生活中的比重提供了很大方便，或者說《金瓶梅》真實地反映了 16 世紀後半葉，也即中國晚明時期的住房情況。

我們先看《金瓶梅》所寫到的城市裏一般市民的住房。

常時節應該算個城市貧民，家裏經常少米無鹽，到換季的時候，身上的衣服還典在當鋪裏，沒有房子住，租人家的房子交不起房租，被房東催逼著要將他掃地出門，「渾家」常二嫂為此經常與他在家裏吵鬧嘔氣。因為他參加了西門慶的「十友會」，成了西門慶的幫閒，經常幫襯西門慶飲宴嫖妓。應伯爵把他的窘境向西門慶說了，西門慶答應周濟些錢給他買房子，先給了他十二、三兩碎銀子安排生活，常時節回家後立即買米買肉，買綢緞衣服，這個故事前面講過了。後來，到了第 60 回，常時節找到了一所房子，在新市街，「前後四間」的平房，門面兩間，後面二間，要 35 兩銀子。於是西門慶給了他 50 兩銀子，35 兩買房子，還剩下 15 兩，西門慶對應伯爵說，叫他「門面開個小本鋪兒，月間撰（賺）的幾錢銀子，勾（夠）他兩口兒盤攬過來就是了」。後來常時節果然開了一個小雜貨鋪，叫他的妻弟，也就是常二嫂的弟弟在門前看鋪子（61 回）。

看來，新市街在清河應該是一條不大的街道，不在市中心，所以這兒的房子應該不算貴。大小四間平房，房價是 35 兩銀子，平均每間不到九兩銀子。這大概是當時當街普通民居的房價。

好地段的房子可能要貴一些，房子也可能要好一些。我們看西門慶為他的姘婦王六兒買的房子。

韓道國是西門慶店裏的夥計，原來在鄆王府當過校尉，後來自己開過絨線鋪，又失了本錢，閑在家裏。西門慶得了李瓶兒在獅子街的房子，投資 6500 兩銀子，在門面上開了個絨線鋪賣絨線，找他來經營，於是成了西門慶家的夥計（33 回）。韓道國是個十分不堪的人。西門慶「刮剌」上了他的妻子王六兒，他卻慫恿妻子，極力巴結西門慶，於是西門慶就把王六兒當成了「外室」，經常到他家裏去。韓道國家原住在「僻巷子裏」，韓六兒向西門慶訴苦，西門慶答應在獅子街為她買一套房子，因為韓道國管理的絨線鋪就在獅子街：「等你兩口子一發搬到那裏住去罷。鋪子裏又近，買東西諸事方便。」（第 38 回）第 39 回果然替她在獅子街買了一套房子：

> 西門慶外邊又刮剌上了韓道國老婆王六兒，替他獅子街石橋東邊，使了一百廿兩銀子，買了一所門面兩間，（到）倒底四層房屋居住。除了過道，第二層間半客位，第三層除了半間供養佛像祖先，一層做住房，裏面依舊廂著坑床，對面又是燒煤火坑，收拾糊得乾淨；第四層除了一間廚房，半間盛煤炭。後面還有一塊做坑廁。

房子是兩開間縱深四進，一共八間：一進是門面房，二進是過道和客廳（客位），三進是佛堂、臥室，四進是廚房和儲藏室，後面又有坑廁。這套房子設施比較齊全，又臨近街口鬧市，總價120兩，平均每間價格是15兩，比常時節的房子貴了將近一倍。

比王六兒房子還貴的是花子虛破產以後，花250兩銀子買的一套房子。第14回花子虛打了一場官司出來，把銀兩、房舍、莊田都弄沒有了，心中甚是焦躁。因問李瓶兒查算西門慶拿去幫助打官司的銀兩還剩多少，想湊一湊買房子。被李瓶兒連搡帶罵，閉口無言，只得想辦法湊了250兩銀子，買了獅子街一所房屋居住。剛住了幾天又不幸害了一場傷寒，初時還請太醫來看，後來李瓶兒不肯使錢，只挨著，很快就死了。

書中沒有寫這套房子的規模，但肯定是獅子街帶門面的房子。花子虛死後，李瓶兒招贅蔣竹山，就曾以300兩銀子為本錢，為蔣竹山在門面上開了一個藥鋪兼診所。後來李瓶兒嫁西門慶，也把這所房子帶了過去。西門慶花6500兩銀子開了一個絨線鋪，叫韓道國來經營，就是用這個房子。這座房子臨街還有小樓。第24回，李瓶兒還沒嫁到西門慶家，元霄節時，孟玉樓、潘金蓮和陳敬濟帶著幾個丫鬟、僕婦到獅子街看燈，到李瓶兒家，春梅、玉簫和宋蕙蓮還「到臨街樓上推開窗看了一遍」。

西門慶給王六兒那套值120兩的房子應該還是比較普通的民居，這套250兩銀子的房子似也算不上豪宅。

下面我們來看這個中小城市裏的富人，商人、縉紳、官員的住房。

花太監遺產中的房產。

前面講過，第14回，花太監死後，花二花子虛和李瓶兒得到了花太監的全部遺產，花大花子由、花三花子光、花四花子華，這三個花子虛的叔伯兄弟，認為花太監死後留下了大量遺產都被花子虛一個人私吞了，他們吃了虧，於是聯名向開封府告狀，追討花太監的遺產。官府最喜歡的是爭家產的官司，所以立即派人將花子虛抓進了開封府大牢。李瓶兒求西門慶幫忙，通過賄賂官府，將官司擺平，官家派員將花太監原有三處住房和一處莊田估價變賣，分給花大、花三、花四三人：

> 清河縣委下樂縣丞丈估：太監大宅一所，坐落大街安慶坊，值銀七百兩，賣與王皇親為業；南門外莊田一處，值銀六百五十兩，賣與守備周秀為業。止有住居小宅，值銀五百四十兩，因在西門慶緊隔壁，沒人敢買。花子虛再三使人來說，西門慶只推沒銀子，不肯上帳。縣中緊等要回文書，李瓶兒急了，暗暗使馮媽媽來對西門慶說，教拿他寄放的銀子兒五百四十兩買了罷。這西門慶方才依允。當官交兒了銀兩，花子由都畫了字。連夜做文書回了上司，共該銀一千八百九十五兩，三人均分訖。

花太監的三處住房，經過官方評估，一處賣了700兩，一處賣了650兩，一處賣了540兩，總價值是1890兩。花太監可以算是退休的官員，擁有的房產總價值是很高的，但這個價值是由三處房子構成的。不管當初花太監出於什麼考慮，沒有置一處大宅而是置了三處房子，反正這三處房子分別值700、650、540兩，在當地只能屬於中等以上的宅院。因為《金瓶梅》裏還寫了比這幾套房子價值更高的房子。

書裏提到住更大宅子的是「夏提刑」。夏提刑名叫夏延齡，號龍溪。西門慶未當官時，他已是山東提刑所的副千戶，西門慶家人來旺被西門慶誣陷，遞解徐州，即是買通他與前任賀提刑一道幹的（26回）。連西門慶都說他是一個貪官。後來西門慶補了副千戶，他升了正千戶，又因貪贓枉法與西門慶一同被參，賴西門慶打點蔡京，才未被治罪（47、48回）。第70回，西門慶升了正千戶，朝廷將他升到京中任指揮，管鹵簿，是個閑差，他不願到京任職，情願以鹵簿銜再在山東掌刑三年，只是因西門慶的後台硬，還是把他擠走了。因為要離開清河，於是托西門慶就為他賣房子：

> 西門慶……問：「堂尊高升美任，不還山東去了，寶眷幾時搬取？」夏延齡道：「欲待搬來，那邊房舍無人看守。如今且在舍親這邊權住，直待過年，差人取家小罷了。日逐望長官早晚看顧一二。房子若有人要，就央長官替我打發，自當感謝。」
> 西門慶道：「學生謹領。請問府上那房價值若干？」提刑道：「舍下此房原是一千三百兩買的徐內相房子，後邊又蓋了一層，收拾使了二百兩。如今賣原價也罷了。」

因為西門慶升了正千戶（掌刑），朝廷補何永壽為山東理刑所的副千戶（帖刑），所以書中稱他為「何千戶」。這何永壽也是太監的侄兒，他的叔公是內府匠作監太監、延寧第四宮端妃馬娘娘的近侍何沂。何太監按例得蔭一侄為副千戶，因轉央皇帝所寵安妃劉娘娘，為其侄何永壽爭得這個實職。因為何永壽要去山東作西門慶的副手，所以西門慶在京中得到何太監的款待。因何千戶要去清河上任，何太監就托西門慶為何千戶買房子，西門慶正好把夏提刑要賣房的事說出來：

> 何太監道：「又一件相煩大人：我家做官的若是到任所，還望大人那裏替他看所宅舍兒，然後好搬取家小。今先教他同大人去，待尋下宅子，然後打發家小起身。也不多，連幾房家人，也有二三十口。」
> ……西門慶道：「老公公分付（吩咐），要看多少銀子宅舍？」何太監道：「也得千金外銀子的房兒才勾（夠）住。」西門慶道：「敝門僚夏龍溪，他京任不去了，他一所房子倒要打發，老公公何不要了與天泉住，一舉兩得其便。甚好。門面七

間，到底五層，儀門進去大廳，兩邊廂房鹿角頂，後邊住房、花亭，周圍群房也
有許多，街道又寬闊，正好天泉（何千戶）住。」何太監道：「他要許多價值兒？」
西門慶道：「他對我說來，原是一千三百兩，又後邊添蓋了一層平房，收拾了一
處花亭。老公公若要，隨公公與他多少罷了。」

西門慶從中撮合，後來夏提刑的這套房子賣給了何千戶，房價是 1200 兩。

值 1200 兩的宅子應該是一個大宅子，從夏提刑到何千戶，房主都是官宦。不過在清
河縣，商人也住得起這樣的大宅子。比如與西門慶合夥做生意的喬大戶就花 1200 兩銀子
買了一套房子：

「喬大戶」，名叫「喬洪」，書中只叫他「喬大戶」，很少提他的名字，無疑是清河
當地有名的富戶。曾與西門慶合夥「興販鹽引」，大賺了一筆（49 回）。後來又與西門
慶合股開綢緞鋪，一共是 50000 兩錢子本錢，雇人經營。分紅是西門慶五、喬大戶三，
夥計二（58 回），估計喬大戶投入的股金有 20000 餘兩。喬大戶與吳月娘有些遠親，所
以兩家原來有些來往。李瓶兒生下「官哥」後，吳月娘作主，與喬大戶家定下「娃娃親」，
喬大戶家的女兒小「官哥」五個月。西門慶雖然覺得「有些不搬陪（配）」，「他只是
個縣中大戶，白衣人。你我如今見居著這官，又在衙門中管著事。到明日會親，酒席間
他戴著小帽，與俺這官戶怎生相處？甚不雅相」。但因為喬大戶「如今有這個家事」，
所以亦就同意了（41 回）。看起來這個喬大戶也是一個商人。

喬家原來住在西門慶家對門，住的是一所值 700 兩的房子，後來買了這所 1200 兩的
房子，就把值 700 兩的房子賣給了西門慶（31 回），西門慶用那套房子開了緞子鋪。第
33 回就提到喬大戶搬家的事：

金蓮問：「喬大戶家昨日搬了去，咱今日怎不與他送茶？」敬濟道：「今早送茶
去了。」李瓶兒問：「他家搬到那裏住去了？」敬濟道：「他在東大街上使了一
千二百銀子，買了所好不大的房子，與咱家房子差不多兒，門面七間，到底五層。」

從陳敬濟的話知道，西門慶住的房子和喬大戶花 1200 兩銀子新買的房子「差不多兒」，
那麼西門慶的宅子的規模也應該同這套「門面七間，到底五層」的房子差不多，價格亦
應在 1200 兩上下。

但後來發了財的西門慶的房產實際上是不斷增加的。首先是花太監遺產中三套房
產，其中值 540 兩銀子的那套，即原來李瓶兒和花子虛住的那套，被西門慶買了下來了。
因為與西門慶原來的宅子只隔一道牆，西門慶就將兩個宅子打通，變成了一個宅子，這
樣西門慶住的宅子至少已值 1740 兩，西門慶在院子裏已經增蓋了好多建築還不算。

另外，花子虛花了 250 兩買的獅子街那套臨街的房子，也被李瓶兒帶來，被西門慶用來開絨線鋪了。西門慶宅子街對面，喬大戶原來值 700 兩的房子也賣給了西門慶，西門慶用來開緞子鋪了。這樣西門慶在清河的房產總值就達到了 2690 兩。

不過，這還不是西門慶房產的全部，因為西門慶在鄉下還買了一處房地產。西門慶在鄉下有一處墳地，因為發了財，就想到了重修墳地，第 30 回，替西門慶看墳的張安來說，西門慶家墳地旁，趙寡婦家莊子連地要賣，要價 300 兩銀子：

> 金蓮便問：「張安來說甚麼話？」西門慶道：「張安前日來說，咱家墳隔壁，趙寡婦家莊子兒，連地要賣，價錢三百兩銀子。我只還他二百五十兩銀子，教張安和他講去……裏面一眼井，四個井圈打水。我買了這莊子，展開合為一處，裏面蓋三間捲棚，三間廳房，疊山子花園，松牆，槐樹棚，井亭、射箭廳、打毬場，耍子去處，破使幾兩銀子收拾也罷。」婦人道：「也罷，咱買了罷。明日你娘們上墳，到那裏好遊玩耍子。」

西門慶花了 250 兩銀子買下孫寡婦的莊院，然後派人在那裏修建房子。第 35 回，負責修建的賁四來彙報情況：

> 正飲酒中間，只見玳安來說：「賁四叔來了，請爹說話。」西門慶道：「你叫他來這裏說罷。」不一時，賁四身穿青絹褶子，單穗條兒，粉底皂靴，向前作了揖，旁邊安頓坐了。玳安連忙取一雙鍾箸放下。西門慶令玳安後邊取菜蔬去了。西門慶因問他：「莊子上收拾怎的樣了？」賁四道：「前一層才蓋瓦，後邊捲棚，昨日才打的基。還有兩邊廂房與後一層住房的料沒有。還少客位與捲棚漫地尺二方磚，還得五百，那舊的都使不得。砌牆的大城角多沒了。墊地腳帶山子上土，也添勾了百多車子。灰還得二十兩銀子的。」西門慶道：「那灰不打緊，我明日衙門裏吩咐灰戶，教他送去。昨日你磚廠劉公公說送我些磚兒。你開個數兒，封幾兩銀子送與他，須是一半人情兒回去。只少這木植。」賁四道：「昨日老爹吩咐，門外看那莊子，今早同張安兒到那家莊子上，原來是向皇親家莊子。大皇親沒了，如今向五要賣神路明堂。咱每不是要他的，講過只拆他三間廳、六間廂房、一層群房就勾了。他口氣要五百兩。到跟前拿銀子和他講，三百五十兩上，也該拆他的。休說木植木料，光磚瓦連土，也值一二百兩銀子。」應伯爵道：「我道是誰來！是向五的那莊子。向五被人告爭地土，告在屯田兵備道，打官司使了好多銀子。又在院裏包著羅存兒。如今手裏弄的沒錢了。你若要，與他三百兩銀子，他也罷了。冷手揣不著熱饅頭，在那壇兒裏念佛麼。」西門慶分付賁四：「你明日

> 拿兩錠大銀子，同張安兒和他講去，若三百兩銀子肯，拆了來罷。」賁四道：「小
> 人理會。」

原來 250 兩買孫寡婦莊院實際上主要是買土地，修建房屋另外還要材料費和工錢。從 35
回看，所有材料除了要買一些新的，如工程進行了一半，還要花 20 兩銀子從灰廠買石灰，
還要花錢從劉太監管的官辦磚廠買磚。其他的材料，特別是木料則主要是從向皇親家莊
子房子上拆下來的，所拆的房子是三間廳房、六間廂房、一層群（裙）房，這批材料所
付的銀子至少是 300 兩。也就是說，西門慶在鄉下墳地旁所建的莊院，所花的地價加上
建築材料費至少在 600 兩以上。已經超過了花子虛、李瓶兒原來住的值 540 兩的房子，
和喬大戶原來住的價值 700 兩的房子也差不多了。

由這個莊院修建房屋所需費用，可知這個莊院應是不小的。第 48 回，韓道國、王六
兒夫婦在西門慶給王六兒買的那套住宅裏蓋了兩間平房，一共才花了 30 兩銀子。這套莊
院修房子花費如此之多，可見規模之大，建築規格也一定比較高級。第 48 回，西門慶率
家往墳上祭祖，具體寫到：

> 西門慶因墳上新蓋了山子捲棚房屋，自從生了官哥，並做了千戶，還沒往墳上祭
> 祖。叫陰陽徐先生看了，從新立了一座墳門，砌的明堂神路，門首栽的柳，周圍
> 種松柏，兩邊疊的坡峰……三月初六日清明，預先發束，請了許多人，推運了東
> 西，酒米、下飯、菜蔬。叫的樂工、雜耍扮戲的。小優兒是李銘、吳惠、王柱、
> 鄭奉；唱的是李桂姐、吳銀兒、韓金釧，董嬌兒。官客請了張團練、喬大戶、吳
> 大舅、吳二舅、花大舅、沈姨夫、應伯爵、謝希大、傅夥計、韓道國、雲離守、
> 賁第傳，並女婿陳經濟等，約二十餘人。堂客請了張團練娘子、張親家母、喬大
> 戶娘子、朱台官娘子、尚舉人娘子、吳大妗子、二妗子、楊姑娘、潘姥姥、花大
> 妗子、吳大姨、孟大姨、吳舜臣媳婦鄭三姐、崔本妻段大姐，並家中吳月娘、李
> 嬌兒，孟玉樓、潘金蓮、李瓶兒、孫雪娥、西門大姐、春梅、迎春、玉簫、蘭香、
> 奶子如意兒抱著官哥兒，裏外也有二十四五頂轎子……出南門，到五里外祖墳上，
> 遠遠望見青松鬱鬱，翠柏森森，新蓋的墳門，兩邊坡峰上去，周圍石牆，當中甬
> 道，明堂神台、香爐燭台都是白玉石鑿的。墳門上新安的牌面，大書「錦衣武略
> 將軍西門氏先塋」。墳內正面土山環抱，林樹交枝……須臾祭畢，徐先生念了祭
> 文，燒了紙。西門慶邀請官客在前客位。月娘邀請堂客在後邊捲棚內，由花園進
> 去，兩邊松牆普築，竹徑欄杆，周圍花草，一望無際。正是：桃紅柳綠鶯梭織，
> 都是東君造化成。當下扮戲的在捲棚內扮與堂客們瞧，四個小優兒在前廳官客席
> 前唱了一回，四個唱的輪番遞酒。春梅、玉簫、蘭香、迎春四個，都在堂客上邊

> 執壺斟酒，就立在大姐桌頭，同吃湯飯點心。吃了一回，潘金蓮與玉樓、大姐、李桂姐、吳銀兒，同往花園裏打了回秋千。原來捲棚後邊，西門慶收拾了一明兩暗三間床坑房兒。裏邊鋪陳床帳，擺放桌椅、梳籠、抿鏡、妝台之類，預備堂客來上墳，在此梳妝歇息，或閑常接了妓者在此頑耍。糊的猶如雪洞般乾淨，懸掛的書畫，琴棋瀟灑。

原來並不是簡單蓋幾間看墳人住的房子，亦可以視為是西門慶的鄉間別墅。如果加上這個莊院，那麼西門慶房產的價值應該在 3290 兩銀子以上了。

根據以上的考查，可知清河的民宅的價值至少可以分為五等：35 兩一套，平房四間；120 兩一套，平房八間；250 兩一套；540-700 兩一套；1200 兩左右一套。至於西門慶後來的住宅值 1740 兩，應該算當地的頂級豪宅。

附記：此為未刊稿《金瓶梅與晚明商品經濟和城市生活》之節選，文前列有原文「目次」，共二十八節，此處僅選錄了第一、第二、第七、第八及第十五節。

《金瓶梅》的作者、版本與寫作背景

一、《金瓶梅》的作者

　　關於《金瓶梅》的作者，是《金瓶梅》一書問世 400 年來人們一直未能搞清楚的問題，以至於已有人把這個問題列入「中國文化之謎」。這個謎底或許是歷史無意的遺失，也或許是某種有意的隱瞞。

　　最初，當《金瓶梅》尚以抄本流傳的時候，人們對其作者就已茫然，只是流傳各種有關作者的傳聞。萬曆丁巳（1617）年後，出現了《金瓶梅》的刻本，根據沈德符《萬曆野獲編》和薛岡《天爵堂筆餘》的記載推斷，初刻本似也沒有作者的署名。現傳世最早的《金瓶梅》刊本是《新刻金瓶梅詞話》，這個本子是初刻本的翻刻，大約刻於萬曆末至天啟年間（1621-1627），其卷首欣欣子序云《金瓶梅》係其友「蘭陵笑笑生」所著。按照中國傳統的記名習慣，蘭陵笑笑生不可能是一個人的姓氏名字，只能是一個別號或化名。現一般的論著都把蘭陵笑笑生作為《金瓶梅》作者的代稱，實際上並不可靠，因為根據眾多記載，《金瓶梅》的抄本和初刻本既然都未提及作者，翻刻本中的欣欣子序就很可能是出於刊刻者的偽託。

　　入清以後，也許是沈德符「嘉靖間大名士」等說法的影響，明代嘉、萬間最著名的文人王世貞被說成是《金瓶梅》的作者。這種說法最早見於康熙十二年（1673）宋起鳳《稗說》，以後被通行的《第一奇書金瓶梅》謝頤序肯定，又散見於各種筆記。人們還把《金瓶梅》的創作編織了一個孝子報仇的故事：權臣嚴嵩父子向王世貞之父王忬強索宋代名畫《清明上河圖》，王忬交出贗品，為唐順之（或湯裱匠）識破，因被構陷致死；為報父仇，王世貞特作小說以投仇敵所好，書頁上塗有毒藥，使嚴士蕃（或唐順之）閱後中毒而死云云。這個故事是沒有多少根據的，本世紀 30 年代吳晗曾著文詳細論證其不可靠，根據各方面情況來看，王世貞不可能是《金瓶梅》的作者。

　　清代還有人說《金瓶梅》作者是李卓吾，或薛應旂，或趙南星，或盧楠；近年來又有人陸續提出李開先、賈三近、屠隆、湯顯祖等是《金瓶梅》的作者。所有這些關於《金瓶梅》作者的說法，也都和王世貞作《金瓶梅》說一樣，基本上屬於猜測，很難信實。

　　根據目前掌握的材料，想對《金瓶梅》作者的真實姓名作出判斷幾乎是不可能的，更不要說瞭解他的生平經歷。倒是《金瓶梅》本身大致向我們證明了它的作者的身分、閱歷和學養：《金瓶梅》全書隨時穿插各種時令小曲、雜劇、傳奇、寶卷及話本等等現成的材料，這些正是當時市井文化生活的主要食糧，作者對此十分精熟，然而作品中作者自己作的詩詞若按傳統的標準來看幾乎全是劣作，大多不合規範，說明作者對上層文學詩詞歌賦比較隔膜；《金瓶梅》寫了大量的人物，其中塑造得神靈活現、栩栩如生的主要是市井人物，商人、夥計、蕩婦、幫閒，很多達到了傳神摹影、追魂攝魄的境界，而權相、太尉、巡按、狀元、御史等，大都寫得比較概念和平面；比較起來，作者寫販賣經營、妻妾鬥氣、幫閒湊趣和市井混罵等事件和場面十分得心應手，而對朝見皇帝、謁見宰相以及宴請太尉之類場面就寫得比較空泛。因此，就直觀感覺來看，寫出《金瓶梅》的人固然有豐富的生活閱歷，卻不大可能是正統詩文功底深厚並身居高位的大名士、大官僚，他或許是一位沉淪的士子，或以幫閒謀生的文人，也說不定竟是一位「書會才人」，也只有如此，他才能對當時的城市生活有如此真切的感受。

二、《金瓶梅》的版本

　　(一)抄本。《金瓶梅》刊本問世以前，社會上先有各種抄本在不同的地區流傳。從有明一代有關《金瓶梅》的文獻資料中得知，當時擁有抄本的有徐階、王世貞、劉承禧、王肯堂、王穉登、董其昌、袁宏道、袁中道、丘志充、謝肇淛、沈德符、文在茲等人。這些抄本都沒有傳世。

　　(二)初刻本及其翻刻本。《金瓶梅》初刻於萬曆丁巳（萬曆四十五年，1617），但初刻本不傳。現存世最早的刊本《新刻金瓶梅詞話》100 回係初刻之翻印本。其正文前順序列欣欣子〈金瓶梅詞話序〉、廿公〈跋〉和東吳弄珠客〈金瓶梅序〉。東吳弄珠客序署「萬曆丁巳季冬，東吳弄珠客漫書於金閶道中」。所以說《新刻金瓶梅詞話》為初刻之翻刻，理由如次：一是此本從第 63 回開始，一連 13 次將「花子由」的「由」字改刻為「油」，應是避天啟皇帝朱由校名諱，故此本不可能是萬曆四十七年沈德符已見到的初刻本，很可能始刻於萬曆末，中經天啟改元後才完成；二是薛岡《天爵堂筆餘》曾談到及初刻本只有東吳弄珠客序，而此本「簡端」卻是欣欣子序；三是沈德符曾提到初刻本第 53-57回「時作吳語，即前後血脈亦絕不貫串，一見知其贋作矣」。此本與此情況相合，可知當為初刻本之翻刻。此本傳世完整的有三本。一本為國內藏本，1932 年發現於山西，缺52 回 7、8 兩頁，原藏中國北京圖書館（即今國家圖書館），現藏臺北故宮博物院，1933年古佚小說刊行會影印 104 部，1957 年文學古籍刊行社據影印本重印 2000 部，另有臺

北聯經朱墨二色套印本；據此本的排印本有十餘種，通行本有臺北三民書局 1980 年刪節本，人民文學出版社 1985 年校點本（刪 19161 字），臺北增你智文化事業有限公司 1976 年標點本，香港星海文化出版有限公司全校本。其餘兩本藏於日本日光山輪王寺慈眼堂和德山毛利氏棲息堂，1963 年日本大安株式會社「據兩本補配完整」影印出版，香港曾據此本縮印。傳世三本《新刻金瓶梅詞話》版式完全相同，惟棲息堂本第 5 回末頁有異，論者或以為三本為不同時刻版，實為同版的先後印刷，異頁為印刷時偶缺另補所致。

（三）改編及評點本。(1)《新刻繡像批評金瓶梅》100 回，有圖 101 幅，首〈東吳弄珠客序〉。約刻於崇禎年間（1628-1644）。此本據《金瓶梅》初刻本從回目到內容作了大量刪削、增飾和修改工作。如刪去了原書約三分之二的詞曲韻文，砍去一些枝蔓，對原書明顯的破綻之處作了修補，加工了一些文字。另外，結構上也作了調整，如《新刻金瓶梅詞話》第一回是〈景陽崗武松打虎〉，此本改為〈西門慶熱結十兄弟〉。此本傳世有數種，首都圖書館藏本，有傍評，北京大學圖書館藏本多出眉評，傍評也略異。首圖本有題詞半頁，署「回道人題」，明末清初戲曲小說家李漁所著小說《十二樓》刻本也有「回道人評」，《合錦回文傳》傳奇又有回道人題贊，故回道人或與李漁有關，可備一說。此本日本內閣文庫和天理圖書館也有藏。臺北天一出版社曾影印日本內閣文庫本。北京大學出版社 1989 年轉印北圖本，齊魯書社 1989 年出版崇禎本的校點本。(2)《皋鶴堂批評第一奇書金瓶梅》100 回，即彭城張竹坡評本。此本為清代通行本，初刻於康熙乙亥（1695）年，首有序，署「康熙歲次乙亥清明中澣秦中覺天者謝頤題於皋鶴堂」，正文前有〈竹坡閒話〉〈金瓶梅寓意說〉〈苦孝說〉〈批評第一奇書金瓶梅讀法〉〈冷熱金針〉等總評文字。正文內有眉批、旁批、行內夾批，每回前又有回評，均出自張竹坡之手。其翻版甚多，大體可分為有回評和無回評兩個系列，前者有本衙藏板本、影松軒本、玩花書屋藏板本、崇經堂本等，後者有在茲堂本、皋鶴草堂本等。張評本係以崇禎《新刻繡像批評金瓶梅》為底本，正文僅在字詞等方面略作改動。臺北里仁書局曾影印在茲堂本，又香港文樂出版社曾將崇經堂本與在茲堂本合印。通行本有 1987 年齊魯書社校點本（刪 10385 字）。

（四）偽本。清乾隆以後，出現了各種低劣的《金瓶梅》印本，且大多標榜「古本」「真本」，如乾隆二十一年（1756）六堂本《新刻金瓶梅奇書前後部》、民國五年（1916）存寶齋印行《繪圖真本金瓶梅》以及民國十五年（1926）上海卿雲書局《古本金瓶梅》等，均係據《第一奇書》大刪大改之本，完全失卻《金瓶梅》本來面貌，可稱為偽本。近年則有地下書肆印行的《金瓶梅演義》等。

三、《金瓶梅》的寫作背景

(一)成書年代和創作途徑。《金瓶梅》的成書年代有「嘉靖」和「萬曆」兩說,以萬曆說較為可信。其在萬曆年間問世之初,寓目者不知來歷,傳聞為嘉靖(1522-1566)時人作,後世沿之。這一說法在本世紀 30 年代受到懷疑,鄭振鐸首倡萬曆說,吳晗著文加以詳細論證,認為其書當作於「萬曆十年至三十年(1582-1602)這 20 年中」[1]。這一推斷已為大多數人基本接受,雖有少數研究者仍堅持嘉靖說。綜合各方面的情況,《金瓶梅》有受嘉靖朝史實影響的地方,說明作者有在嘉靖時生活的閱歷。但其成書一定是在萬曆時期。萬曆二十四年袁宏道已讀到《金瓶梅》的前半部抄本,據沈德符說,萬曆三十七年(1609)袁中道已擁有全抄本,其時是書當已完成,不過,也不排除沒有全部完成的可能;因為我們對《金瓶梅》作者創作過程尚缺乏具體的瞭解。與成書年代相聯繫的是《金瓶梅》的創作問題。大多數研究者認為《金瓶梅》是我國第一部作家個人創作的長篇小說,也有人提出《金瓶梅》和《三國志通俗演義》《水滸傳》《西遊記》一樣是「集體累積型」作品,即先有歷代民間演唱的積累,最後由作家寫定。至目前為止異說尚未提出可靠的根據。

(二)**歷史文化景觀**。明自嘉靖以來逐漸進入了這個龐大帝國的衰落期,皇帝昏庸、吏治腐朽顯示出政治統治的頹勢,封建經濟也因土地兼併,農村破產,農業人口流失而呈現出衰敗的景象,這和歷代封建王朝末期大體相同,但在晚明社會經濟生活中又有大異於往古的情況,如果說在繰絲、紡織、採礦等商品生產領域出現的新生產組織形式和經濟關係基本上還是初步的、萌芽狀態的,那麼晚明商業的繁榮無疑已超過了中國歷史上任何一個時代。商業的特殊發展,使晚明商人積累了大量的資財,據當時人宋應星估計,萬曆年間「徽商」的資本總額達三千萬兩,每年獲利九百萬,比國庫稅收多一倍[2]。商業的繁榮。大大增加了城市的商業中心色彩,引起消費生活的更新,並迅速使人情風貌改觀。晚明城市風尚表現在物質生活上是去樸尚華,文藝等精神生活上則是異調新聲,成為對禮制嚴格約束下拘謹、守成、儉約的封建社會刻板生活方式的衝擊。這在方志和筆記中有大量記載。風尚所及,社會心理自然發生變化,反過來說,風尚也是一種普遍社會心理的反映。晚明時代,人們的價值取向、道德意識和審美情趣都表現出對傳統觀念的背離。在新的社會基礎上,晚明出現了一個以王陽明「心學」為哲學支點的社會新思潮。儘管晚明社會思潮不能等同於歐洲近代資產階級的早期啟蒙思想,並沒有突破它

1　〈金瓶梅的著作年代及其社會背景〉。

2　《野議·鹽政議》。

所在的那個時代的質的規定性，沒有形成一個超出封建範疇的、新的思想體系。但像肯定人們「好貨」「好色」等人欲要求，實際上是植根於經濟現實的理論昇華。在一定程度上已帶有近代氣息。這一思潮無疑可以看作是中國民族在中世紀黑暗中的一度覺醒，而且在當時已經深入到社會「心理——精神」文化的各個領域，並因此形成了一場異於往古的思想文化運動。就中國歷史來說，晚明是一個特殊時代。一方面是由古老封閉社會體系中產生的種種新因素以前所未有的力量衝擊著舊有的一切，另一方面這些新因素又帶有孕育它的母體的惡性基因，舊結構的穩定堅固，傳統的強大使一切新事物在運動中扭曲變形；於是社會就出現了歷史必然要求和這個要求的實際上不可能實現之間的悲劇性衝突，巨大的漩渦使歷史陷入不可自拔的痛苦之中。出於新舊力量的交互作用，社會的一切都發生了畸變，比如肯定人欲，本來在於肯定人性的合理要求和正當發展，但在晚明卻導致了人們自然本性的惡劣膨脹，衍出了人欲橫流。《金瓶梅》產生於晚明這種世紀末的動盪、混亂的黑暗之中，它所記錄的也正是這樣一個中國歷史的悲劇時代，所以這本書描寫的生活內容、美學風貌，以及流貫於其中的心理情緒都大不同於其他中國古代小說。

　　(三)文學新潮。基於晚明社會生活的現實，在社會思潮的巨大影響下，晚明蓬勃興起了一個文學新潮流。湯顯祖、馮夢龍、袁宏道、凌濛初以及稍早一些的李夢陽、《西遊記》的作者等文學家因此也成為晚明思想文化運動的弄潮兒。與社會思潮桴鼓相應。晚明文學新潮最突出的特點是對人、人性的思考和對人欲的肯定。採用那樣一種莊重題材的《西遊記》，竟敢對西天佛祖、道教三清以及天上人間的帝王、大臣竭盡嘻笑怒罵、揶揄嘲弄之能事，其要害當然是肯定人、否定神，而孫悟空身世經歷則足以引發人們對人的地位、人的力量、人的權力、人的尊嚴以及人生意義的嚴肅探討；杜麗娘在幽閉環境中青春的覺醒，證明人欲的不可壓抑，體現了湯顯祖「以情反理」的主觀戰鬥精神；《三言》《二拍》中大量的「好貨好色」故事更使人深深感受到時代的意興心緒；公安派的「獨抒性靈」是對個性自由的追求，也是對人欲的肯定，因為晚明人所說的「性」，包括味、色、聲等所有人的本能所產生的各種欲念。在美學方面，晚明文學新潮美學思想的核心是以真為美。在很多作品中，傳統的對藝術形式的追求已讓位於對新鮮的生活內容的感受，古典的高雅的趣味已讓位於粗拙的世俗真實。晚明文學這種從審美內容到審美趣味、審美理想的變化，同樣鮮明地體現了時代精神。《金瓶梅》和晚明文學新潮其他作品同時出現，其著眼現實生活和敢於直面人生、揭示人性與晚明文學新潮其他作品在精神上又是基本一致的，這正說明它理應是晚明文學新潮的組成部分。而因其體裁形式的特點，以及作者的寫實主義態度，使這部小說當然地成了文學新潮的重要代表作品。

附記：本篇原載《中國古典小說六大名著鑒賞辭典》，陝西人民出版社，1989 年 5 月。

關於《金瓶梅》的創作成書問題
——與徐朔方先生商榷

　　對於《金瓶梅》是「集體創作」說的論證和闡發，以徐朔方先生用力最勤。1980 年〈金瓶梅寫定者是李開先〉文章發表以後[1]，1981 年初續發了〈《金瓶梅》成書補證〉[2]，不久前，又「以兩篇舊作為基礎，加以完善、補充和適當的修訂」，在《中華文史論叢》1984 年第 3 期發表了長文——〈《金瓶梅》成書問題初探〉，系統、詳盡地論證了《金瓶梅》是「世代累積型的集體創作」的觀點。筆者曾拜讀過包括徐先生文章在內的若干篇主張「集體創作」說的文章，深感這種說法目前還缺乏直接有力的證據，而若干論者立論的根據又大多含混，甚至可作他解。徐先生在〈初探〉一文的最後曾說：「《金瓶梅》的成書問題雖小，它涉及中國小說發展史的關係卻極為深遠。」有鑒於此，筆者願意貢獻自己的一愚之見，希冀有助於問題的最後澄清。因為徐先生〈初探〉一文實集當前《金瓶梅》「集體創作」說觀點之大成，故冒昧以〈初探〉為主要商榷對象，也借此機會向徐先生請教。

一

　　時下主張《金瓶梅》是「集體創作」的論者，都十分強調《金瓶梅》和元明「說唱詞話」的關係。這大概是因為現存《金瓶梅》的最早刊本「萬曆丁巳本」書名題作《新刻金瓶梅詞話》的緣故。而徐先生在〈初探〉中則直接斷言《金瓶梅》就是一部詞話，只不過經過後來的「寫定者」粗略的加工而已。

　　說《金瓶梅》這部書的體裁是作為說唱文學樣式的「詞話」，這確是很難令人接受的，也是不符合實際的。

　　愚意以為，徐先生之所以做出這一判斷，很重要的一條原因就是因為他對元明說唱

1　　徐朔方〈《金瓶梅》寫定者是李開先〉，《杭州大學學報》1980 年第 1 期。
2　　徐朔方〈《金瓶梅》成書補證〉，《杭州大學學報》1981 年第 1 期。

詞話本身的認識不夠清楚。什麼是詞話？這在今天並不是難解釋的問題，但人們對詞話是有一個認識過程的。50 年前，孫楷第、葉德均等先生就開始對元明詞話的形式體制進行過考察研究[3]，但是，當他們從事這項工作的時侯，還沒有發現可靠的元明詞話作品，只能根據有關記載和散見於元明雜劇、小說中的詞話片斷遺文以及經過文人加工改編過的《大唐秦王詞話》等材料鉤沉考索，因此，總使人感覺到好多結論的基礎不夠堅實。

　　1967 年，上海嘉定縣宣姓墓出土了一批明成化年間刊印的竹紙書籍，其中有 16 種「說唱詞話」底本，才使我們對元明詞話有了直接的瞭解，從而發現前人關於元明詞話形式體制特點的說明確有不少地方是不準確的。筆者曾對這批說唱詞話做過粗疏的研究，發現詞話之「詞」並非前人所謂「泛指詩、詞、曲等韻文」而言，實乃「唱詞」之「詞」。而詞話的唱詞主要是七言句，只有少量的十言（稱「攢十字」），並沒有「詞調之詞」和「駢麗之詞」，更沒有曲。為了說明詞話形式體制的特點，筆者曾對 16 種唱詞話做過數量統計，發現唱詞要占全部字數 78%。事實說明，「詞話」在元明是以唱為主的獨立門庭的說唱藝術形式，其上有唐五代詞文、宋代陶真等為淵源，下有清代彈詞、鼓詞等流脈。曾有人把詞話歸於散說為主的「說話」系統，又把鼓子詞、諸宮調等連紹詞調之詞演唱故事的形式也和詞話混同起來，是完全沒有道理的。徐朔方先生說詞話之「詞」是「泛指詩、詞、曲等韻文而言」，因為《金瓶梅》中有大量的詩、詞、曲等韻文。所以，「《金瓶梅》以「詞話」為名，不是什麼人糊裏糊塗加上去的」。顯然是以前人關於詞話的不確切說法為依據得出來的遠離事實的判斷。

　　如果我們拿 16 種明成化本說唱詞話和《金瓶梅》略一比較，就可以發現，以唱詞為主敘述故事的「詞話」和以散文敘事的《金瓶梅》小說完全是兩回事，是不能等同的。徐朔方先生是拿《大唐秦王詞話》來證明他的觀點的，他在〈初探〉中說：

　　　　如果以現存《大唐秦王詞話》同《金瓶梅》相比較以看出兩者體裁極為相似。

徐先生的證據是兩書開首都是先有詩詞，然後才入正文，每一回起訖都是韻文，兩書都是韻散夾用。但是，徐先生卻忽視了兩書一些關鍵的區別：（一）《秦王詞話》正文中的韻文除少數形容「怎樣打扮」之類的贊語或駢文，大多是七言句（也偶有十言句），這些七言句明顯屬於唱詞性質，起著和散文一樣敘述故事的作用；而《金瓶梅》中卻沒有這種典型的唱詞，雖有大量的詩、詞、曲等韻文，但正文中的這些韻文，不起敘述故事的作用。（二）《秦王詞話》正文中沒有詞曲，而每回開頭的詩詞韻語，或詠史、或寫景、

3　孫楷第〈詞話考〉，《師大月刊》1933 年第 10 期；葉德均〈說詞話〉，《東方雜誌》第 43 卷第 4號。

或抒懷,又與正文並無聯繫,作者不得不在詩詞後面加上二句或四句轉折語,再起正文,如:「暫停諸史詩中語,再續興唐鑒裏詞」(第4回),「且停四景風花句,再整梁王魏主詞」(第 7 回)。可以明顯看出這些詩詞(還有賦)是改編者後添加的。而《金瓶梅》每回前的詩詞韻文,或勸世說教,或交代正文內容,少有遊詞閑韻。如第二回開首七言八句:

> 月老姻緣配未真,金蓮賣俏逞花容。只因月下星前意,惹起門旁簾外心。王媽誘財施巧計,鄆哥賣果被嫌嗔。那知後日蕭牆禍,血濺屏幃滿地紅。

這些詩詞應該說是全書的有機組成部分,大多不可刪略。要之,儘管《秦王詞話》經過文人「按史校正」,增加了散文敘述篇幅和一些詩詞韻語,但我們仍然可以找出它和 16 種明刊說唱詞話明顯一致的特點。因此,我們可以肯定《秦王詞話》是經過文人加工過的詞話,而《金瓶梅》刻本雖也以「詞話」標題,卻完全不能這樣說。

其實,關於《金瓶梅》一書的體裁,明人已經說得很清楚。如袁中道說:「往晤董太史思白,共說諸小說之佳者。思白曰:『近有一小說,名《金瓶梅》,極佳。』」[4]儘管明人所說的「小說」含義和我們不盡相同,但是至少他們並沒有認為《金瓶梅》是唱本。說《金瓶梅》是詞話唱本,實在距離作品實際太遠了。愚意以為,《金瓶梅》丁巳本書名中的「詞話」二字並不是特指它的體裁形式,在當時,不過是作為小說、話本的同義語使用的。《金瓶梅》抄本的寓目者袁中郎、謝肇淛、袁小修、沈德符、屠本畯、李日華等人的記載中都沒有提及抄本有「詞話」標題,很有可能「詞話」二字已是丁巳初刻者所加。丁巳本「欣欣子序」稱《金瓶梅》為《金瓶梅傳》,也可以說明這個問題。把「詞話」作為小說、話本的同義語在當時並非此一例。如刊刻稍晚於丁巳的《古今小說》開首第一篇〈蔣興哥重會珍珠衫〉就有:「……看官,則今日聽我說《珍珠衫》這套詞話,……」再聯想到丁巳本的刊刻者很可能也與馮夢龍有關,事情就更清楚了。

二

在徐朔方先生的文章中,實際上是把詞話和其他說唱文學形式(如「說話」)都混為一談的。因為徐先生特別強調詞話和《金瓶梅》的關係,所以筆者先寫了上面一節文字辨之。那麼,《金瓶梅》是不是可能經過其他說唱形式的演唱呢?經過考察,愚意以為,答案也只能是否定的。

4　《袁小修日記》。

　　首先，現在沒有任何材料能證明，在《金瓶梅》一書出現以前，「金瓶梅」故事曾經在社會流傳和演唱過。對《金瓶梅》來說，我們今天不僅找不到像《三國志平話》《宣和遺事》《大唐三藏取經詩話》這樣粗具規模的前導性作品，甚至連有關流傳和演唱的隻言片語的記載都找不到，筆者實在不明白徐先生所謂《金瓶梅》的「世代積累」從何說起。而根據明人的有關記載，《金瓶梅》在當時的社會上的出現是很突兀的，萬曆二十四年，袁中郎在吳縣當縣令，向董其昌借讀了部分《金瓶梅》抄本後致信於董：「《金瓶梅》從何得來，伏枕略觀，雲霞滿紙，勝於枚生〈七發〉多矣。後段在何處？抄竟當於何處倒換？幸一得示。」從信中看，他全然不知其書來歷。連最熟悉民間說唱文學的馮夢龍到萬曆四十一年左右見到沈德符的抄本，還感到「驚喜」，「慫恿書坊以重價購刻」[5]。很難想像當時或在此以前民間會有傳唱此書的，至於徐朔方先生舉清季「子弟書」演《金瓶梅》來佐證自己的結論，顯然更不足為據。這件事只能說明《金瓶梅》的影響和流傳，似不能證明《金瓶梅》有過「世代累積」的成書過程。

　　以上是對本節開頭提出的問題的一般考察，下面再分析徐朔方先生關於這個問題所提出的內證。潘開沛先生當年提出《金瓶梅》是藝人的集體創作，就是完全根據這本書本身的一些現象來立論的，他一共舉出了 5 條理由[6]。徐朔方先生則整理出了 10 條例證：

　　(一)每一回前都有韻文唱詞……帶有鮮明的說唱藝術的特色。

　　(二)大部分回目以韻語作為結束，分明也是說唱藝術的殘餘。

　　(三)小說正文中有若干處保留著當時詞話說唱者的口氣，和作家個人創作顯然不同。

　　(四)第 89 回吳月娘、孟玉樓上墳，哭亡夫西門慶，各唱《山坡羊》帶《步步嬌》曲……作為作家創作，這很難以理解。

　　(五)小說幾乎沒有一回不插入幾首詩、詞或散曲，尤以後者為多。有時故事說到演唱戲文、雜劇，就把整出或整折曲文寫上去，而這些曲文同小說的故事情節發展並無關係……這是說唱藝人以多種形式娛樂觀眾的一種方法。

　　(六)全書對勾闌用語、市井流行的歇後語、韻語的熟練運用……對當時流行的民歌，說唱以及戲曲的隨心所欲的採錄……如果不是一度同說唱藝術發生過血緣關係，那也是難以說明的。

　　(七)從風格來看，行文的粗疏、重複也不像作家個人的作品。

5　《萬曆野獲編》。

6　徐夢湘〈關於《金瓶梅》的作者——潘開沛同志「金瓶梅」的產生和作者讀後感〉，1955 年 4 月 17 日《光明日報》。

(八)就小說主要人物的年齡和重大事件的年代來說，《金瓶梅》有時顛倒錯亂十分嚴重……如果出現在前後文一氣呵成的某一文人筆下，那是難以想像的。

(九)（小說若干地方不符合史事），在文人筆下不會出現正邪顛倒的情況……小說寫到宋代某些歷史事實非常準確……這不會是作家個人據書考證的結果，而是和當時距書中事實不遠時流行的傳說有關。

(十)……《金瓶梅》的結構也有《水滸傳》那樣以十回作為一個大段落的傾向……這是《金瓶梅》在早期流傳過程中如同《水滸傳》的《武十回》《宋十回》那樣分大段說唱留下的痕跡。

這 10 條例證，前 5 條著眼於《金瓶梅》小說的形式方面，後 5 條則是根據小說內容所作的一些推測。本節先談前 5 條證，後 5 條留待下節再議。

誠如徐先生(一)、(二)、(三)、(五)條例證所言，《金瓶梅》每回都有詩詞韻語開頭結尾，每段中間也往往插有一些描寫或議論的詩詞韻語，這確實和「話本」的形式很相似，但這並不一定是它經過說唱文學階段的證據。一些研究者們早已指出過，說唱文學的「話本」對中國通俗小說曾產生過直接的影響。從唐五代到宋元明，在民間「說話」技藝長期發展的過程中，話本逐漸形成了一套韻、散結合的固定形式：通常用詩詞韻語開頭，闡明某種道理和作者的創作意圖，概括全篇大意；在入話和正文的散文敘述中、又插有或多或少的詩詞韻語，或者形容品評環境、服飾、容貌等，或者強調某一重要行為的描寫，以補充加強散文的敘述；至結尾則又用韻語或對句作結，總結全篇或提出某種勸誡。這一套格式本來是適應藝人說唱需要而形成的。到後來文人開始從事通俗小說創作時，也往往模擬這種體例，因此這種體例實際上成了中國古代通俗小說的一種固定形式，直到今天，許多章回體的通俗小說，還經常採用這種形式。《金瓶梅》產生的時代，正是文人模擬話本從事創作的時代。馮夢龍編《三言》，其中固然多收「宋元舊編」，但也有不少明人所作「擬話本」，還有馮夢龍自己的創作。但在形式上，《三言》的 120 篇作品卻是基本一致的，至凌濛初《二拍》及《石點頭》《西湖二集》《醉醒石》《十二樓》《照世杯》等擬話本，無一不是這種體例格局，其中大多數作品都是作家的獨立創作，我們能否根據這些作品的體例，輕易斷定它們都不是作家的創作呢？按照文藝發展的一般規律，模仿往往是創造的第一步。《金瓶梅》作為作家獨立進行創作的第一部長篇通俗小說，在形式上模仿話本應該說並不奇怪的。至於《金瓶梅》「有時故事說到演唱戲文、雜劇，就把整齣整折曲文寫上去。而這些曲文同小說的故事情節發展並不無關係」。這倒是一種值得注意的現象。說唱藝術為了吸引聽眾，需要故事集中，情節連貫，如果像《金瓶梅》這樣，一談到演戲，就照搬整齣整折的戲文，一講到寶卷，就離

開故事不厭其煩地去唱寶卷,那才是不可想像的事。我們在任何話本中似乎都沒有見到這種情況。愚意以為,這只是作家初次從事長篇小說的創作,尚疏於剪裁,和《金瓶梅》描寫很多地方表現出複遝和繁瑣的現象是一致的,是無法用說唱技藝來解釋的。

徐朔方先生第(三)條例證談到《金瓶梅》若干說話人的話氣,認為這是「說唱藝術的特有手法」。愚意以為,這種判斷似有簡單化之嫌。如上文所述,中國古代通俗小說由於和說話話本有密切的聯繫,所以在作家創作的作品中出現某種模仿說話人口氣的現象是不足為怪的。如《儒林外史》幾乎每回開頭都有「說話」的字樣,有誰能據此判斷《儒林外史》不是作家的獨立創作呢?

《金瓶梅》個別地方人物哭訴或說話竟然唱起了小曲,這確是比較奇特的現象。但徐先生把它作為《金瓶梅》曾是民間演唱的證據(見例證(四)),筆者不知理由何在?據若干研究者研究,說話中以詩詞韻語代替人物說話,這在說唱文學初期階段,如敦煌變文話本中較常見。但到宋代「說話」,就沒有人再使用這種形式了,因為這種方式和散文敘述故事形式不統一,在表演上阻礙了藝術模仿故事中人物的口吻語氣,不能表現人物的性格特徵,阻制了藝人的藝術發揮。因此,在宋元明以散文敘述為主的話本中幾乎沒有這種現象[7]。尤其這種以〔山坡羊〕等小曲代話,據管見所知,更是沒有先例,有什麼根據說這是說唱文學的體例呢?《金瓶梅》中吳月娘、孟玉樓、春梅、玉簪等所唱大約均為數落〔山坡羊〕,是作者模仿「時尚小令」所作。說明《金瓶梅》作者在創作時,不僅注意對傳統說唱文學形式的借鑒繼承,也有根據自己熟悉的社會生活別出機杼的創造,不論這種創造的優劣,僅由此細微之處也可以看出作者創作的獨立性。

如上所述,從形式上判斷《金瓶梅》是說唱文學,或改編的說唱文學作品,是難以成立的。《金瓶梅》形式體制上和說唱文學的一些相似,只能說明中國古代作家初次嘗試獨立進行長篇通俗小說的創作,還不得不借助於傳統的形式。這在文學的發展中,應該說是很自然的,也是符合規律的。

三

《金瓶梅》在中國小說史上的創造性和開拓性是不容置疑的。它是我國古代長篇小說中第一部具有近代現實主義性質的作品。但是,《金瓶梅》畢竟產生於 16 世紀末,是中

7　宋刻話本,僅《大唐三藏取經詩話》有以詩代話的現象,但刻書雖刻於宋代,實成書於晚唐五代,見筆者和蔡鏡浩合作〈《大唐三藏取經詩話》成書時代考辨〉,載《徐州師院學報》1982 年第 3 期。

國作家首次獨立創作的長篇小說。而且，各方面材料證明，其創作又是很倉猝的，缺乏必要的加工錘煉。因此，如同它的現實主義有不充分之處一樣，它的內容也有很多疏漏和不足的地方，這也是不必諱言的。徐朔方先生在〈初探〉中找出若干《金瓶梅》行文粗疏、重複之處（見例證(七)），又找出若干書中人物年齡和事件發生年代錯亂的例子（見例證(八)），說《金瓶梅》「不像是作家個人的作品」，「如果出現在前後文一氣呵成的某一文人筆下，那是難以想像的」。似乎是求之過深，既沒有注意到《金瓶梅》小說的草創性，也沒有注意到《金瓶梅》創作成書又是有一些特殊情況的。

關於《金瓶梅》成書時間的上限，吳晗先生曾認為是萬曆十年左右[8]。徐朔方先生在〈初探〉中則認為「嘉靖二十六年（1547）是《金瓶梅》成書的上限」。徐說顯然是不確的，這只要舉一個例子就可以說明。《金瓶梅》中引用了大量《雍熙樂府》中的曲文，而《雍熙樂府》有嘉靖丙寅即嘉靖四十五年（1566）的序，可見其刊印發行應在此以後，筆者綜合各方面的情況，認為《金瓶梅》開筆創作應在萬曆十五年左右，或許還要晚一些。據上引袁中郎致董其昌的信，萬曆二十四年中即已見到《金瓶梅》的抄本，有人認為此時《金瓶梅》已完成，因此萬曆二十四年是《金瓶梅》成書的下限。愚意以為，問題可能並非如此簡單，因為中郎所見只是《金瓶梅》的部分抄本，全書是否已經完成還是有疑問的。筆者推測，《金瓶梅》雖是作家有全盤計畫的創作，但似乎並非一氣完成全書後才有抄本行市的，而是寫成一部分就被傳抄出去。這從當時大部分人所擁有的抄本都只是部分，而許多人千方百計也搜求不全可以看出來。徐朔方先生所舉出的《金瓶梅》那些疏漏之處，大部分在書的後半部，說明作者越寫到後來越草率。根據目前掌握的材料，今傳世三種萬曆丁巳本可能是《金瓶梅》的初刻本或初刻翻印本，沒有材料能夠證明《金瓶梅》的作者曾親自參與付刻，而是付刻人千方百計收羅抄本來湊成全書的。即使這樣，據沈德符《萬曆野獲編》記載，仍然缺少 53-57 回，「遍覓不得」，只好由「陋儒補以入刻」。種種跡象表明，《金瓶梅》不是《紅樓夢》那樣數易其稿，由「曹雪芹在悼紅軒中，被閱十載，增刪五次」，慘澹經營而成，而是有一個特殊的創作和傳抄過程，最後作者根本沒有來得及統一加工潤色定稿。其出現較多的斧痕和破綻應該是可以理解的。

徐朔方先生認為《金瓶梅》的前後脫節、重出及描寫中的種種破綻，是因為它原是「每日分段演唱的詞話，各部分之間原有相對的獨立性」的緣故，甚至說《金瓶梅》也像《水滸傳》一樣有「『武十回』『宋十回』那樣分大段說唱流下的痕跡」（例證(十)）。實際上《金瓶梅》是不可能像《水滸傳》那樣先有若干單個英雄傳奇故事，然後被一條線

8　　吳晗〈《金瓶梅》的著作年代及其社會背景〉，見《文學季刊》1934 年 1 月創刊號。

串起來的，而是像《紅樓夢》那樣有著整體構思和創作計畫的小說。關於這個問題，徐夢湘先生曾經分析過：

> 《金瓶梅》第 29 回西門慶叫吳神仙給他家中人相面，吳神仙對每個人都說了四句詩，這四句詩就包含了每人的結局。孟玉樓、孫雪娥、春梅、西門大姐等人的結局都在 87 回之後，而在吳神仙的詩中都有了暗示。[9]

到 46 回，作者又通過卦貼兒上的圖畫和算卦老婆子對圖畫的解釋，再一次交待了吳月娘、孟玉樓、李瓶兒各自一生的命運、結局。這兩回很容易使人想到《紅樓夢》第 5 回賈寶玉遊太虛幻境，看「薄命司」的卷冊、聽唱《紅樓夢曲》的安排。由此體現出來的《金瓶梅》小說的整體性充分說明了它是作家有計畫的創作，談不上什麼原來的分段獨立性，說其曾經過分段演唱，或是分段演唱的集合，是和作品實際不符的。

徐先生所舉的第(六)條例證，似乎很難說明什麼問題。「對勾闌用語、市井流行的歇後語、諺語的熟練運用」，「對當時流行的民歌、說唱以及戲曲的隨心所欲的採錄」，這固然都是《金瓶梅》特點，但並非一定要和說唱文學有血緣關係才能如此。通俗文學作家似乎應該比只精通一兩門說唱技藝的藝人更容易做到這一點，那些整齣整折的戲文、整篇整篇的寶卷文應該是作家據書本抄錄的吧！

徐先生第(九)條例證本身就有些矛盾。《金瓶梅》中有些地方不符合史實乃至顛倒正邪，被認為不是明代文人創作的根據；有些地方對史實寫的非常準確，也被認為不是明代文人創作的根據。其實，作家假託前代的事情，細節的正確和疏誤都是可能的，這些問題並非一定要用作品經過講唱文學階段來說明。

總而言之，徐朔方先生用來證明自己觀點的 10 條例證，均非確證，其中曲意解釋的成分很大，不能使所謂《金瓶梅》是「世代累積型集體創作」說得以成立。也許因為如此，徐先生在最後又增加了「最重要的」一條。那就是《金瓶梅》還有很多地方和《水滸》以及其他許多話本內容重疊，文字明顯相同。徐先生認為「個人創作出現明顯的抄襲現象，那是不名譽的事」。誰也不能否定，《金瓶梅》的故事是借用了一些《水滸》中的情節、人物的。但是，作者不過是用其為小說主體的引子，所以，《金瓶梅》第 1 回至第 9 回內容幾乎完全同於《水滸》，但第 9 回以後，除第 87 回寫到武松被赦回鄉，殺嫂祭兄，第 84 回寫到宋公明救吳月娘外，和《水滸》故事已無瓜葛。說《金瓶梅》故事和《水滸》故事並行流行，彼此滲透，只是一種猜想罷了。其實，《金瓶梅》的前 9

9　徐夢湘〈關於《金瓶梅》的作者——潘開沛同志「金瓶梅」的產生和作者讀後感〉，載 1955 年 4 月 17 日《光明日報》。

回和《水滸》重疊部分,除了為以後情節發展需要做的一些改動外,很多地方文字都是照抄《水滸》,如果這 9 回曾單獨傳唱過,斷不會兩書文字如此一致。《金瓶梅》抄襲其他話本的情況也是這樣。特別是第 98、99 回抄〈新橋市韓五賣春情〉,第 1、2、100 回抄〈志誠張主管〉,情節文字都非常接近。徐先生認為這是說唱文學故事互相滲透的結果。愚意以為,《金瓶梅》如此大量地不加多大更動地抄襲《水滸》和其他話本小說,恰恰反證了它沒有經過民間傳唱階段,假如它經過長期的傳唱,這種抄襲的痕跡至少不會像現在這樣明顯。因此,《金瓶梅》大量借用現成的詩詞戲曲和話本小說的現象,也是反映了作家初次嘗試獨立進行長篇小說創作幼稚、粗疏的一面,不必強說成是「世代累積」的緣故。

從《金瓶梅》的主體故事以及小說的結構佈局、情節安排、人物塑造、場景描寫、心理刻畫和語言運用等方面都可以看出它是作家的獨立創作。它的燦爛奪目的成就和形式內容的粗糙、平庸一面共存,正是首創伊始的必然。本文是有針對性的商榷文章,未能做全面闡述。好在原書尚在,識者可以共鑒。《金瓶梅》的創作成書問題與作者問題有很密切的聯繫,徐朔方先生的〈初探〉也談到了「寫定者」,限於篇幅,這個問題,筆者留待以後再談。

附記:本文原載《上海師範大學學報》1985 年 3 期。

「詞話」新證

引　言

「詞話」是元明說唱文學重要形式之一。本世紀 30 年代初孫楷第先生作〈詞話考〉[1]。對詞話的涵義和體制等問題首次作了論述。繼而葉德均先生發表〈說詞話〉[2]，又對有關問題加以疏證。兩位先生探賾抉微，用心勤苦，所獲非少。但是，當他們進行研究的時候，還沒有發現可靠的元明詞話作品，只能根據散見於元明雜劇、小說中的詞話片斷、遺文及經過文人加工改編過的《大唐秦王詞話》等材料鉤沉考索，雖然徵引宏博，總使人感覺好多結論的基礎不夠堅實。1967 年上海嘉定縣明代宣姓墓出土了一批北京永順堂竹紙刻印的書籍，內有 16 種「說唱詞話」，它們是：

《新刊全相說唱足本花關索出身傳》；《認父傳》；《下四川傳》；《貶雲南傳》；《新編全相說唱石郎駙馬傳》；《新刊全相唐薛仁貴跨海征遼故事》；《新刊全相包制待出身傳》；《新刊全相說唱包龍圖陳州糶米記》；《新刊全相足本仁宗認母傳》；《新編說唱包龍圖公案斷歪烏盆傳》；《新刊說唱包龍圖斷曹國舅公案傳》；《新刊全相說唱張文貴傳》；《新刊說唱包龍圖斷白虎精傳》；《全相說唱師官受妻劉都賽上元十五夜看燈傳》（「全相說唱包龍圖斷趙皇親孫文儀公案傳」）；《新刊全相鶯哥孝義傳》；《新刊全相開宗義富貴孝義傳》。

這些刊本有的保存了扉頁，上面明題「說唱詞話」（《石駙馬》《歪烏盆》《鶯哥傳》）或「詞話」（《張文貴》）。有的印有刊印時間，如「成化七年」（《石駙馬》《歪烏盆》），「成化辛卯」（《薛仁貴》），「成化丁酉」（《開宗義》），「成化戊戌」（《花關索》）。據有人研究還有「數種應為元代或明初刻本」，有些則可能是「宋元流傳之說唱詞話的

1　〈詞話考〉（以下所引孫楷第語均出自此文，不一一注明），原載 1933 年《師大月刊》10 期，見作家出版社 1956 年版《俗講、說話與白話小說》。

2　《東方雜誌》第 43 卷 4 號。

重印」[3]。可知它們確是元明詞話的底本，而且數量較多，基本上能夠代表元明詞話的典型形式。有了這些信證，回過頭來再看兩位先生的文章，就會發現他們對元明詞話形式體制特點的說明是不準確的，對於詞話和其他說唱文學之間關係的闡釋也有不少欠妥的地方。

16 種明刊詞話出土以後，趙景深先生曾有專文介紹，後來胡士瑩先生又在他的力作《話本小說概論》中列專節論及。但是，令人奇怪的是，胡先生在同書有關詞話一節和另外的〈詞話考釋〉一文中，在很多問題上仍然沿襲孫、葉兩位先生的不準確的論斷，有些地方甚至走得更遠，這就影響到我們對通俗文學史許多問題的認識，為了搞清這些問題，筆者不揣譾陋撰寫本文，試對有關問題作新的探討，希望能對前代學人的失誤有所補正，偏頗之處，請方家指正。

「詞話」的形式體制

16 種明刊詞話，是現存最可信的元明詞話作品，為了說明問題，筆者特對它們做了如下的統計：

序號	篇　名	全篇字數	說		唱		唱詞占全篇字數（%）
			說白字數	詩贊字數	七字句字數	十字句字數	
1	花關索出身	8226	2337	／	5789	100	72
2	花關索認父	9094	2598	／	6496	／	71
3	花關索下四川	8659	1923	／	6356	380	78
4	花關索貶雲南	8910	2058	56	6636	160	76
5	石駙馬	11266	1760	14	9492	／	84
6	薛仁貴	11715	3633	256	5166	2660	67
7	包待制	5848	2852	70	2926	／	50
8	陳州糶米	8528	2298	56	6174	／	72
9	仁宗認母	9047	2263	／	6664	120	75
10	歪烏盆	16720	3623	／	13097	／	78
11	曹國舅	19410	2398	／	16772	240	88
12	張文貴	20197	2514	／	17423	260	88
13	白虎精	6664	／	／	6664	／	100

3　周啟付〈談明成化刊本「說唱詞話」〉，《文學遺產》1982 年第 2 期。

14	劉都賽	12912	2595	／	10507	160	80
15	鶯哥傳	6786	2120	508	4158	／	61
16	開宗義	11041	1621	139	9282	／	84
合　計		175023	36593	1098	133252	4080	78

　　這張統計表很能說明元明詞話形式體制上的特點，能幫助我們糾正一些不切合實際的看法。

　　孫楷第先生曾認為：「元明人所謂『詞話』，其『詞』以文章家及說話人所云『詞』者考之，可有三種解釋：一詞調之詞；二偈贊之詞；三駢麗之詞。」胡先生完全贊成他的看法。但是在 16 種明刊詞話中實在沒有一種有「詞調之詞」。雖然傳世《歷代史略十段錦詞話》每段開首有〔臨江仙〕、〔西江月〕等詞調，但《十段錦詞話》是文人創作，是供案頭閱讀而不是供藝人演唱的，不能代表作為說唱文學的詞話的特點。明天啟刊諸聖鄰《大唐秦王詞話》，於形容服飾相貌之處，亦間用詞調，但這篇詞話也已是文人在民間說唱本的基礎上做了很大加工的產物，似也不能代表典型的詞話形式體制。故從現存材料看，「詞話」之「詞」應和「詞調」之「詞」無關。《大唐秦王詞話》中還有駢麗之詞，如第 33 回中有「碧草成茵砌帶牆，萬紫千紅鬥爭妍……水浮鴨綠，山疊螺青……謝安石攜妓東山，杜工部曲江春宴」一段。16 種明刊說唱詞話中，有一些七言贊詩，《薛仁貴》中還有一段贊語，但沒有這樣的駢麗之詞。而贊詩在全篇文字中實占很小的比例，《花關索》4 種近 35000 字，僅有七言八句一首，有關包公的詞話 8 種也僅七言八句二首加上兩句。《鶯哥傳》中詩多一些，那是因為吟詩活動是故事的組成部分，屬於特例。贊語僅一段，既非詞，又非韻文，且又列在「說」中。因此，詞話之「詞」也不可能指的是「偈贊之詞」。統而觀之，元明詞話之「詞」實因「唱詞」而起，唱詞成分在 16 種明刊詞話中占百分之七十以上可為明證。

　　十六種明刊說唱詞話的唱詞是以七言為普遍形式的。七言句式結構多二二三（或上四下三），如：

> 自從盤古開天地，三皇五帝夏商君。周朝伐紂興天下，代代相承八百春。周烈王時天下亂，春秋列國互相吞。秦皇獨霸諸侯城，焚典坑儒喪斯文。西建阿房東填海，南修五嶺北長城。欲傳世世為天子，遊到沙丘帝業崩……（《花關索》）

只有少數二三二句，如：

「且唱關元帥一人」（《花關索》）；「拜別木犀宮一座」（《石附馬》）；「今有寶雲山白虎」（《白虎精》），「入進富陽村一所」（《開宗義》）。

除七字句外，還有少量十字句，被稱為「攢十字」，普遍形式是三三四。《劉都賽》曾自述其意：「七字頭上添三字，攢成十字看來因。」接後就是：

〔攢十字〕說裙釵梳裝了方才打扮，勻紅粉點香腮一貌超群。裹金蓮紅繡鞋香街穩步，繫湘江七幅裙盡是銷金⋯⋯

「詞話」的唱詞，不論是七字句，還是十字句，都是韻文。押韻的形式很簡單，基本是隔句韻，而且大多是一韻到底，不再換韻。用韻很寬，不避同字，甚至連幾個韻腳都用同一個字，可以看出完全是用口語押韻的，這正是俗文學的特色。另外，筆者注意到，在明刊 16 種詞話中，有 15 種基本上是用的同一韻部，如以《中原音韻》論之，當是以「真文」部為主。《元遺山先生文集》卷 36 論作詩禁忌俚俗，舉例說：「無為琵琶娘『人』『魂』韻詞，無為村夫子兔園冊子。」按詩韻「人」屬「真」韻，「魂」屬「元」韻，但在《中原音韻》中「人」「魂」卻同屬「真文」，元遺山所說之「琵琶娘」當即是說唱詞話的女藝人，其唱詞「人」「魂」相葉，正與 16 種明刊說唱詞話相合。

由 16 種明刊詞話可以清楚看出，詞話的演出當以唱為主，以說為輔。胡士瑩先生說：「大抵詞文以唱詞為主，詞話則以散說為主，這可能是古代說唱藝術由簡單趨向複雜的一個例證。」顯然是不符合實際的。在 16 種明刊詞話中，說唱藝人也自謂「唱」是詞話的主要表演手段，如：「唱盡古今名列傳」（《花關索》）；「聽唱包龍圖一本」（《包待制》）；「唱盡一本傷情事」（《歪烏盆》）；「今唱此書當了畢」（《曹國舅》）。其實，詞話以唱為主要表現形式，在過去的有關記載中就很清楚。《元史·刑法志》載有禁止詞話的禁令就說：

諸民間子弟，不務正業，輒於城市坊鎮，演唱詞話，教習雜戲，聚眾淫謔，並禁治之。

元完顏納丹編纂的《通制條格》卷 27〈禁令〉也詳載此禁令，「演唱詞話」作「搬唱詞話」。關漢卿雜劇《趙盼兒救風塵》第 3 折。〔滾繡球·么篇〕又有：

那唱詞話的有兩句留文：「咱也曾武陵溪畔曾相識，今日佯推不認人。」

這裏的「唱詞話」和上舉「演唱詞話」「搬唱詞話」同樣說明詞話重在唱，而不在「說」，正與 16 種明刊詞話情況相符。

元明詞話的唱是有伴奏的。明徐渭《徐文長佚稿》卷 4〈呂布宅詩序〉說：

始，村瞎子習極俚小說，本《三國志》，與今《水滸傳》為一轍，為彈唱詞話耳。

這裏的「彈唱」說的就是有樂器伴奏的演出。明盛于斯《休庵影語》也說到，「街上彈唱說詞的」。至於《元遺山文集》稱詞話藝人為「琵琶娘」，說明詞話演出伴奏樂器可能是以琵琶為主的，但元明詞話演出是否還有其他樂器伴奏，則不易考求。關於詞話演唱是有伴奏的，還可以找到一些旁證。如陶真是宋時詞話的一種，至明猶存，明田汝成《西湖遊覽志餘》卷 20：

> 杭州男女瞽者多學琵琶，唱古今小說平話，以覓衣食，謂之陶真。

所謂「唱古今小說、平話」，當是指陶真所唱題材內容同於古今小說、平話，而「多學琵琶」則證明琵琶應是陶真的伴奏樂器。詞話在明清的流脈彈詞，伴奏樂器有琵琶、三弦、月琴等；另一分支鼓詞則用小鼓配合三弦，亦可推及元明詞話演出時確有樂器伴奏。

「詞話」是獨立門庭的說唱藝術

孫楷第先生曾認為：「元之『詞話』即宋之『說書』。」胡士瑩先生於是在《話本小說概論》中把詞話「歸入說話門庭」[4]。他還提出詞話的「範圍比較廣泛，可能包括不少民間說唱文學在內」[5]。在同書中他把鼓子詞、諸宮調以及大量的話本小說都列入詞話範疇。這種劃分混淆了說唱文學本身類的區別，造成了不小的矛盾和混亂。

從廣義的範圍講，說話、鼓子詞、諸宮調和詞話無疑都應屬於「說唱文學」的範疇，而且它們之間在內容形式諸方面都有較密切的聯繫，在發展中又是互相影響的。但是每一種形式又有它們足以區別其他形式的體制特點（這實際上是它們賴以存在和發展的條件之一），雖然交互影響，也各有其淵源流變，是並不能混為一談的。比如「說話」和「諸宮調」就是兩種有很大區別的說唱形式，「詞話」絕不能又屬於「說話」，又包括「諸宮調」。

「說話」起源甚早，其源頭不談，敦煌藏本中已有《廬山遠公話》等，說明唐五代時它已經成為一種形式完備的說唱藝術。唐五代說話即以口語散說故事為主，至宋元，說話藝術有了很大發展。據羅燁《醉翁談錄·小說開闢》，說話人要「曰（白）得詞，念得詩，說得話，使得徹」。說話話本往往包括詩詞、駢文、偶句等成分。但是，從各方面看，當時說話的主要表演手段仍是散說，詩詞韻文或用在首尾，或在正話中居於強調描寫、疏通襯托的地位，並不擔負主要敘述故事的任務，其表演的方式則為念誦。關於

4　《話本小說概論》，北京：中華書局，1980 年，頁 175。
5　〈詞話考釋〉，見《宛春雜著》，杭州：浙江人民出版社，1981 年。

這個問題，胡士瑩先生實際有過詳細的研究，並結論說：「我們從現在的『小說』話本來研究，其中歌唱成分是異常稀少的，有些話本，甚至沒有歌唱的痕跡。話本中的詩和詞，是用表白和念誦的方式表演的。」[6]既然如此，以唱為主的詞話，怎麼能歸入以說為主的「說話門庭」呢？

相對於詩來說，有詞調規定的曲子詞出現是較晚的。詞起源於民間，詞調之詞，從其開始就與音樂有關。所謂詞調。一般說，就是表示某種音樂的規定性。曲子詞多是配合隋唐燕樂的，它是「清唱歌曲」的曲辭，本身和以敘述故事為職能的說唱文學不同。即使是敦煌歌辭中的「定格聯章體」，如《五更轉》《十二時》也是這樣。敦煌文學中有「詞文」，用韻文來演述故事，如《季布罵陣詞文》，其韻文全是七言句，與長短句的詞完全沒有關係。宋代以詞調之詞入大曲，如董穎《道宮薄媚·西子詞》，但大曲是歌舞曲，其詞不過是配合舞蹈反覆歌詠某個故事，也並非說唱敘述故事。不過，宋代有詞調規定的詞也確實進入了說唱文學，一方面，它被藝人引進傳統的「說話」中，用來增強藝術效果，但詞並未取代散文成為敘述故事的主體，反而變歌唱為念誦，失去了音樂性。另一方面，詞既然是一種新興的有特點的文藝樣式，進入說唱文學以後，在創造形式方面也表現出它的蓬勃生命力。宋代很快就產生了不少以詞為主體的說唱藝術。如「唱賺」，先用同一宮調中的不同詞調組成一個有引子、有尾聲的套數來歌詠故事，後即有敘事的「復賺」。再如「鼓子詞」，以同一詞調重複演唱多遍（或間以說白）敘事寫景，後也有敘事鼓子詞。更有諸宮調，取若干不同宮調的套數連續起來說唱長篇故事。但是，這些聯綴詞調之詞以說唱故事的說唱藝術，從其出現之始，體制就有別於其他說唱形式，而且各有足以說明其特點的專門名稱。如「鼓子詞」之名早見於歐陽修《十二月鼓子詞》，呂渭老有《聖節鼓子詞》，趙令畤又有《元微之崔鶯鶯商調蝶戀花鼓子詞》，文人之作即已多直書其名，可證這是大家認可的名稱。再如「諸宮調」之名，在孟元老《東京夢華錄》、耐得翁《都城紀勝》、王灼《碧雞漫志》及周密《武林舊事》等書中都有記載，其產生年代、創始人也都提到。董解元《西廂記諸宮調》開卷也有作者的自我說明：「比前賢樂府不中聽，在諸宮調中卻著述。」但未見任何記載說鼓子詞、諸宮調又有「詞話」的名稱。16 種明刊說唱詞話自證「詞話」的形式體制完全不同於鼓子詞、諸宮調。應該說鼓子詞、諸宮調從來沒有、也不可能屬於「詞話」範疇。

元明「詞話」從根本上說是一種有別於說話、鼓子詞、諸宮調等的說唱藝術形式，在說唱藝術中實際是獨立門庭的。

6　《話本小說概論》，北京：中華書局，1980 年，頁 90。

「詞話」的源流

認識了詞話的形式體制，又把詞話和其他說唱藝術進行了區別，我們就比較容易認識詞話的源流了。

唱藝術在中國源遠流長，在漫長的發展過程中，它逐漸形成了許多形式體制不同的類型。敦煌石室藏卷的重顯於世，使人們驚訝地發現，原本早在唐五代，中國就已經有了多種類別的說唱文學，後世許多說唱文學形式都可以在這兒認祖歸宗。許多研究者都曾試對敦煌說唱作品分類。有人把它分為六類：變文、俗講文、詞文、詩話、話本和賦[7]；有人把它分為四類：變文、俗賦、話本和詞文[8]；也有人把它分為五類：詞文、故事賦、話本、變文、講經文[9]；此外還有其他分法。儘管在類別劃分上人們目前尚有歧異，但大多數研究者根據體制的特點，都把「詞文」作為單獨的一類。而唐五代「詞文」正是元明「詞話」的先河。

前已談及唐五代詞文實與「長短句的詞」無關，它是敘事體的韻文。其表演形式是以第三人稱演唱有一定人物情節的故事。敦煌藏卷中的詞文，有由純韻文組成的，有夾有散說的；唱詞以七言句為主，一般為偶句押韻，平仄混用不限。如此種種，都與元明詞話體制相同。不僅如此，16 種明刊說唱詞話中也有自稱「詞話」為「詞文」的，如：

> 莫唱大王多豐彩，詞文聽唱好因緣……前本詞文唱了畢，聽唱後本事緣因。（《張文貴》）

如此，元明說唱詞話和唐五代詞文確是一脈相承的。當然，這裏說「詞文」是「詞話」的濫觴，並不是說它是「詞話」這種說唱文學最早的源頭，因為「詞文」本身又是自《詩經》、漢魏樂府以來民間敘事詩不斷發展的結果，此不贅言。

詞話上承唐五代詞文，其名雖不見宋人記載，然宋代實不乏其體，如陶真、涯詞。

周密《武林舊事・諸色伎藝人》曾詳列諸般伎藝：演史、說經、小說、影戲、唱賺、小唱、鼓板、雜劇、彈唱因緣、唱京詞、諸宮調、唱耍令、唱撥不斷、說諢話、商謎、學鄉談等。卻未及「陶真」和「涯詞」。但《西湖老人繁勝錄》同記南宋臨安時事，在談到瓦舍伎藝有云：「唱涯詞只引子弟，聽陶真盡是村人。」由此語可見陶真和涯詞應是當時伎藝名稱，而陶真藝人的活動可能多在農村。陶真之名，至明猶存，田汝成《西

7　周紹良〈談唐代民間文學〉，《新建設》1963 年 1 月號。

8　游國恩等主編《中國文學史》第四編第十二章，北京：人民文學出版社，1963 年。

9　張鴻勳〈敦煌講唱文學的體制及類型初探〉，《文學遺產》1982 年第 2 期。

湖遊覽志餘》卷 20 謂：「大抵說宋時事，蓋汴京遺俗也。」郎瑛《七修類稿》卷 22 說：

> 閭閻陶真之本之起，亦曰「太祖太宗真皇帝，四祖仁宗有道君。」國初瞿存齋過
> 汴之詩有「陌頭盲女無限恨，能撥琵琶說趙家」，皆指宋也。

由此可以窺見「陶真」應主要是七言體。周楫《西湖二集》又有：「那陶真的本子上道：
『太平之時嫌官小，亂離之時怕出征。』」（卷17）亦可證明。這種七言體的說唱和元明
詞話是一致的。最令人信服的是在 16 種明刊說唱詞話中演唱宋代故事的《曹國舅》《張
文貴》《白虎精》《劉都賽》四本開頭都有郎瑛所引的陶真唱詞：「太祖太宗真皇帝，
四祖仁宗有道君。」《包待制》中有：「休唱三皇並五帝，且唱仁宗有道君。」《陳州
糶米》有：「太祖太宗王有道，四帝仁宗登寶殿。」《仁宗認母》有：「太祖太宗真皇
帝，仁宗天子治乾坤。」也是上引陶真唱詞的變化而已。由此可見「陶真」即「詞話」，
或稱其為詞話家數之一。

至於「涯詞」，耐得翁《都城紀勝》又稱為「崖詞」，其文云：

> 凡傀儡敷衍煙粉、靈怪故事、鐵騎、公案一類，其話本或如雜劇，或如崖詞，大
> 抵多虛少實。

說傀儡戲的「話本」或如雜劇，或如崖詞，大概一方面指其內容，另一方面指其演唱形
式。就演唱形式而言，固然傀儡戲多為分角色的代言歌唱，但宋代影戲、傀儡戲也有敘
事體的歌唱形式，這種敘事體唱詞句式又多以七言為主。張戒《歲寒堂詩話》卷上說《中
興碑詩》為「弄影戲語」，即是由它的七言句式談到它的措辭的。由此可推知「涯詞」
應是七言句式。再說《西湖老人繁勝錄》將涯詞與陶真對舉，說明其形式與陶真相似，
所謂「唱涯詞只引子弟，聽陶真盡是村人」，是說其聽眾對象不同，兩者因此有雅俗之
分。「涯（崖）」和「雅」在《中原音韻》裏同屬「家麻」部，或為一音之轉。如是，
那麼周密《武林舊事》所列「唱京詞」，或即指涯詞。另外《元典章》57 有：「在京唱
琵琶詞、貨郎兒等，聚集人眾，充塞街市，男女相混……依上禁止。」這其中的「琵琶
詞」大概也屬於詞話之類，或即涯詞、京詞。詞話在宋元，其體為一，而其名甚眾。

詞話在宋元城鄉演唱很盛，所以元統治者要明令禁止，當然這是禁不了的。至明代，
它又有了很大的發展，並在發展過程中不斷擴大其題材內容。據上引《徐文長佚稿》，
連《三國志》《水滸傳》也被採用為演唱內容，又據錢希言《桐薪》卷 3，還有《金統
殘唐記》也曾用詞話來演唱。當時的說唱詞話在說唱藝術中，實是可以和「說話」匹敵
的大國。從明中葉開始，詞話逐漸分流，吸收了其他曲藝形式技巧，衍出了彈詞（南詞）、
鼓詞等分支。近代大鼓、琴書也有很多是其苗裔。我們從彈詞、鼓詞及其流脈的體制、

演唱方法上還完全可以看出它們是源出於詞話的。

入清以後,由於「詞話」分流已久,「詞話」這一名稱本身反而不為人們所知了。許多人不熟悉元明詞話的形式體制,也不知道詞話原為一種說唱文學的樣式,誤把詞話當作小說話本的同義語使用。如錢曾《也是園書目》就將其著錄的 16 種宋人小說話本稱為「詞話」。其實,這種情況晚明就已出現,如《古今小說·蔣興哥重會珍珠衫》中就有:「看官,則今日聽我說《珍珠衫》這套詞話。」通俗小說《金瓶梅》也被刊印者題為《金瓶梅詞話》。這在當時不足為怪,但卻因此引起後人的很多誤解。現在,16 種明刊說唱詞話的出土,為我們澄清了這些問題,這是令人欣慰的。

附記:本文原載《文學遺產》雜誌 1986 年 1 期。

談《金瓶梅》的初刻本

在《金瓶梅》版本研究中，關於它的初刻本，還存在一些疑問需要探討。

一個是關於初刻的時間問題。

魯迅先生在《中國小說史略》第 19 篇中說：「諸『世情書』中，《金瓶梅》最有名。初惟鈔本流傳……萬曆庚戌（1610），吳中始有刻本……」[1]後來論者如鄭振鐸、劉大杰諸先生都贊同此說。近來更有朱星先生專文對此詳加論證。[2]趙景深先生對朱星先生有關《金瓶梅》考證文章中的許多觀點都不同意，卻也很讚賞朱先生的這一點，推崇說：「他推測魯迅所說的庚戌的版本是有道理的。這庚戌就是明代萬曆三十八年。」[3]實際上，魯迅先生假設的《金瓶梅》庚戌初刻本並不存在。魯迅先生此說原是根據沈德符《野獲編》中的一段話推測出來的，沈的原話如下：

> 袁中郎《觴政》以《金瓶梅》配《水滸傳》為「外典」，予恨未得見。丙午，遇中郎京邸，問：「曾有全帙否？」曰：「第睹數卷，甚奇快，今惟麻城劉延白承禧家有全本，蓋從其妻家徐文貞錄得者。」又三年，小修上公車，已攜有其書，因與借抄挈歸。吳友馮猶龍見之驚喜，慫恿書坊以重價購刻。馬仲良時權吳關，亦勸予應梓人之求，可以療饑。予曰：「此等書必遂有人板行，但一刻則家傳戶到，壞人心術，他日閻羅究詰始禍，何辭置對？吾豈以刀錐博泥犁哉？」仲良大以為然，遂固篋之。未幾時，而吳中懸之國門矣……

按朱星和趙景深兩位先生的說法，魯迅先生之所以推測吳中初刻是「庚戌」（萬曆三十八年），是因為《野獲編》所說的「丙午」是萬曆三十四年（1606），「後三年」是萬曆三十七年。魯迅先生是從萬曆三十七年算起，把「未幾時」估為一年，得出《金瓶梅》「吳中懸之國門」的時間是庚戌（萬曆三十八年）的。如果魯迅先生之說確是如此推測出來的，那麼從魯迅先生到朱、趙兩位先生，顯然都忽略了在沈德符這段敘述中還插有「馬仲良

1　《魯迅全集》第 9 卷，頁 179。

2　《金瓶梅研究》，天津：百花文藝出版社，1980 年。

3　〈評朱星同志金瓶梅三考〉，《上海師院學報》1980 年第 4 期。

時権吳關」一語。馬仲良是沈德符的摯友，《野獲編》中曾多次提及。查馬仲良名之駿，河南新野人，明萬曆三十八年庚戌科 2 甲 51 名進士[4]。又查《吳縣誌》卷 6：「明景泰元年戶部奏設鈔關，監收船料鈔，十一月立分司於滸墅鎮，差主事一員，一年更代。」下列歷任官員，其中萬曆年間有：「馬之駿、仲良，新野人，進士，四十一年任。」他的前任是張銓（四十年任），後任是李佺台（四十二年任）。據此，馬仲良「権吳關」的時間無可懷疑是萬曆四十一年。在這以前，當然不會有所謂「庚戌（1610）刻本」。

按《野獲編》文意，《金瓶梅》吳中刻本出現的時間，應是以萬曆四十一年（1613）起算的「未幾時」。但「未幾時」指多長時間，這實在是很難把握的，不過，傳世最早刊本丁巳本《金瓶梅詞話》[5]有「萬曆丁巳季冬東吳弄珠客書於金閶道中」的序（以後被稱為「丁巳本」）。從萬曆四十一年到萬曆丁巳（四十五年），這其間只有三、四年的時間，如果丁巳本之前吳中還有刻本的話，就只能在這其間，這是肯定的。現在的問題是，在丁巳本出現之前的幾年中，吳中是不是還有早出的本子？朱星先生曾假定在「庚戌本」和「丁巳本」中間還有一個「乙卯（萬曆四十三年）本」，[6]這是沒有任何材料支持的猜想。在否定了庚戌本的存在以後，這種猜想的可能性就更沒有了。而根據《野獲編》，直至萬曆四十一年，吳中還沒有書坊有底本付諸梨棗，因而慫恿書坊向沈德符重價購求抄本的是活躍於吳中出版界的馮夢龍，如果吳中有書坊正在刻印《金瓶梅》，他也大概不會不知道的。更何況萬曆四十一年後書坊即使很快搜求到抄本，要把這部 90 多萬字的大書刻印出來，也是需要時間的。再看傳世丁巳本《金瓶梅詞話》20 冊的工整精美，恐怕也不是短時間內完成的。因此，筆者頗疑心在丁巳本之前或許並沒有過其他刻本。關於這個問題，還有一條旁證，那就是李日華《味水軒日記》所記：「萬曆四十五年十一月五日伯遠攜景倩（沈德符字——筆者按）所藏《金瓶梅》小說來，大抵市諢之極穢者，而烽焰遠遜於《水滸傳》，袁中郎極口贊之，也好奇之過也。」沈德符是知道並見過《金瓶梅》吳中初刻本的，假若萬曆四十五年已有刻本行市，沈德符還會將自己珍藏的抄本借給李日華嗎？很可能沈德符借抄本給李日華的時候（萬曆四十五年十一月），丁巳本也還在刻印中。

有人認為，沈德符《野獲編》成書於萬曆三十四年前後[7]。實際上沈氏原著是分兩次完成的，萬曆三十四年書成 20 卷；「萬曆四十七年己未歲新秋」又續 12 卷。這一點沈德符

4　《明清進士題名碑錄索引》。

5　趙景深先生認為日本日光輪王寺慈眼堂藏本和德山毛利氏棲息堂藏本「都比丁巳年序的本子要早」（〈評朱星同志金瓶梅三考〉）。這大概是搞錯了，這兩個本子實際上都是丁巳本，傳世丁巳本共三本，還有一本藏於臺北故宮博物院。

6　《金瓶梅研究》，天津：百花文藝出版社，1980 年。

7　〈明人清人今人評《金瓶梅》〉，《社會科學戰線》1983 年第 4 期。

有〈續編小引〉說明。在上引《野獲編》有關《金瓶梅》條中有：「中郎又云：『尚有《玉嬌李》者。……去年抵輦下，從丘工部六區（志充——原注）得寓目焉。』」沈德符是萬曆四十六年舉人，大概於當年年底赴京，以便參加第二年的春試，故可知此條作於萬曆四十七年。從萬曆三十四年沈從袁中郎《觴政》知道《金瓶梅》，直至萬曆四十七年寫下此條記載，事歷十餘年，其「未幾時」是不能做過短時間理解的，或許「未幾時」是「未幾年」之誤，也未可知。說丁巳本是《金瓶梅》的吳中初刻本與《野獲編》記載並無矛盾。

目前發現的材料都不能說明在丁巳本之前還有《金瓶梅》的其他刻本。有人曾認為在假設的「庚戌本」之前還有更早的本子，這是不可能的。謝肇淛〈金瓶梅跋〉說：「此書向無鏤版，鈔寫流傳，參差散失。唯弇州家藏者最為完好。余於袁中郎得其十三，於丘諸城得其十五，稍為釐正，而闕所未備，以俟他日。」《袁中郎集》有中郎向謝追索《金瓶梅》抄本的信：「《金瓶梅》料已成誦，何久不見還？」信寫於萬曆三十五年。可知謝跋大約寫於三十五年前後，在這之前「此書向無鏤版」，應是確實的。又中郎弟小修萬曆二十五年即在中郎處看到《金瓶梅》部分抄本，萬曆三十七年又有全抄本在手，至萬曆四十二年，在日記中談到《金瓶梅》時又說：「追憶思白（董其昌號——筆者按）言及此書曰：『決當焚之。』以今思之，不必焚，不必崇，聽之而已。焚之亦自有存者，非人力所能消除。」從此段話看，如當時已有刻本流行，他不會不提到，可證萬曆四十二年時亦無刻本行市。

筆者曾反覆讀《野獲編》中有關《金瓶梅》的那段話，總覺得沈德符在談到吳中初刻本時文詞閃爍，或有隱情。《野獲編》說：「……然原本實少五十三回至五十七回，遍覓不得。有陋儒補以入刻，無論膚淺鄙俚，時作吳語，即前後血脈亦絕不貫串，一望而知其贗作矣。」這「原本」是指沈德符自己擁有的抄本，還是指吳中初刻本所依據的底本？所缺數回是沈德符自己「遍覓不得」？還是吳中刊刻人「遍覓不得」？如果是沈自己的抄本缺這幾回，為什麼吳中初刻本也偏偏缺這幾回？如果是吳中刊刻人所執他本缺這幾回，沈何以知道他們「遍覓不得」？再看丁巳本「廿公跋」：「《金瓶梅》，傳為世廟時一巨公寓言，蓋有所刺也。」這和沈德符《野獲編》：「聞此為嘉靖間大名士手筆，指斥時事……」的說法同出一轍，和當時其他人所記載有關作者的傳聞不同。而東吳弄珠客序又云：「《金瓶梅》，穢書也。袁石公極稱之，亦自寄其牢騷耳。非有取於《金瓶梅》也。然作者亦自有意，蓋為世戒，非為世功也……若有人識得此意，方許他讀《金瓶梅》也，不然石公幾為導淫宣欲之尤矣。奉勸世人勿為西門慶之後車可也。」既承認《金瓶梅》為「穢書」，擔心有「導淫宣欲」的罪責，又千方百計為稱讚這部書的袁中郎開脫，這和沈德符既擔心「他日閻羅究詰始禍」，又千方百計訪抄的矛盾心理是一致的。說明了沈對作序人、刊印者的思想是有影響的。極有可能促成這次吳中初刻

的人還是馮夢龍,而從各方面看,沈德符都是此事的支持者或知情人。至於他自說未應梓人之求,「固箧之」,不過是自我標榜清白,他所懼怕的大概並不是下阿鼻地獄,「以刀錐博泥犁」,而是最切身的世俗利益損失,這樣的事很可能會影響他的舉業大事,這是可想而知的。如果這樣聯繫起來看問題,丁巳本就更有可能就是吳中初刻本了。

其次是關於抄本和刻本的關係問題。

朱星先生曾經提出:「《金瓶梅》原稿和初刻,本無淫穢語。」這一說法遭到了大多數國內外論者理所當然的反對,因為他的論斷完全是主觀想像出來的,沒有任何根據。《金瓶梅》的原稿本當然我們現在無從見到,就是抄本也或許沒有存於天宇之間的了,那我們今天所能見到的《金瓶梅》是否還能基本保持原著的面貌呢?筆者認為答案應該是肯定的。

《金瓶梅》刊印以前流傳的抄本毫無疑問應該是源出於原著。從有關記載來看,雖然當時輾轉傳抄,但並沒有人對其作大的加工改動。謝肇淛在〈金瓶梅跋〉中談到抄本時說:

> 書凡數百萬言,為卷二十,始末不過數年事耳。其中朝野之政務,官私之晉接,閨闥之媟語,市里之猥談,與夫勢交利合之態,心輸背笑之局,桑中濮上之期,尊罍枕席之語,驅驢之機械意智,粉黛之自媚爭妍,狎客之從臾逢迎,奴怡之稽脣淬語,窮極境象,駴意快心。譬如範工之搏泥,妍媸老少,人鬼萬殊,不徒肖其貌,且並其神傳之。信稗官之上乘,爐錘之妙手也。其不及《水滸傳》者,以其猥瑣淫媟,無關名理。而或以為過之者,彼猶機軸相放,而此之面目各別,聚有自來,散有自去,讀者意想不到,唯恐易盡。此豈可與褒儒俗士見哉!

他所敘述的抄本規模及內容與丁巳本《金瓶梅詞話》大體相符。同時的屠本畯所見《金瓶梅》與謝所見不是同一抄本(屠見到的是王宇泰及王穉登處的抄本)。但他在《山林經濟籍》中也說:「按《金瓶梅》流傳海內甚少,書帙與《水滸傳》相埒。」錢曾《也是園書目》曾載舊本《水滸傳》20 卷,李開先《詞謔》則談到正、嘉時流行的《水滸傳》是 20 冊。嘉靖時,百回本《水滸傳》出現,至萬曆,雖又有百二十回、百十五回、百十回等坊刻,但一般文人所重視的仍是百回本。屠本畯所云抄本《金瓶梅》「書帙與《水滸傳》相埒」,而傳世丁巳《金瓶梅詞話》也恰為百回本,20 冊分裝,和屠的記載完全相符。當然,關於這個問題最可憑信的還是沈德符《野獲編》的記載。他擁有《金瓶梅》的全抄本,如果吳中初刻本用的是他的抄本,自然刻本與抄本基本一致是沒有問題的了;即使吳中初刻用的不是他的抄本,但他明確說明初刻本僅 53 回至 57 回為「陋儒補以入刻」,其他絕大部分應和抄本是一致的,當是完全可信的。

附記:本文原載《文學遺產》雜誌 1985 年 2 期。

〈談《金瓶梅》的初刻本〉補證

　　拙作〈談《金瓶梅》的初刻本〉有幸在《文學遺產》1985 年 2 期刊出（見本書）。拙文根據一些材料，初步論證了《金瓶梅》並沒有前輩學者推斷的萬曆庚戌（三十八年）刻本；萬曆丁巳（四十五年）本《金瓶梅詞話》實際上就是《金瓶梅》的初刻本；丁巳本和明季流傳的《金瓶梅》抄本內容基本是一致的。拙文寫作時間較早，所論尚嫌粗疏，近來，筆者在進一步探索這些問題時，又陸續收集了一些能給說明問題的材料，現再借《文學遺產》一角，做一些補充，希望有助於問題的解決。

　　一、拙文論證馬仲良「榷吳關」時間為萬曆四十一年的主要材料是民國二十二年修《吳縣誌》。據友人告，這則材料臺灣省學者魏子雲先生 1977 年曾經提出過[1]。但民國《吳縣誌》纂修時間很晚，而早於它的明崇禎十五年和清乾隆十年修《吳縣誌》卻均無此記載。所以，贊同「庚戌本」存在的學者，如法國安・雷威（Andre Levy）先生認為孤證不足憑信[2]。未聞魏子雲先生答辯。筆者找到道光七年序刊的《重修滸墅關志》，其卷 6「榷使」在萬曆四十年任張銓和萬曆四十二年任李佺台之間有：「馬之駿，字仲良，河南新野人，庚戌進士，四十一年任。」和民國《吳縣誌》記載一致，說明民國《吳縣誌》並非無所本。再進一步查康熙十二年的《滸墅關志》，其卷 8「榷」部，也有馬仲良萬曆四十一年榷吳關的記載：

> 萬曆四十一年癸丑……馬之駿，字仲良，河南新野人，庚戌進士。英才綺歲，盼睞生姿。遊客如雲，履綦盈座，微歌跋燭，擊缽圍題，殆無虛夕。世方升平，蓋一時東南之美也。所著有《妙遠堂》《桐雨齋》等集。

如上資料證明馬仲良榷吳關的時間無可懷疑是萬曆四十一年。據《萬曆野獲編》「金瓶梅」條文意，在此之前，當然不會有所謂「庚戌刻本」了。

　　二、拙文論證沈德符《萬曆野獲編》「金瓶梅」條寫作時間是萬曆四十七年，主要

---

[1] 〈論明代的《金瓶梅》史料〉，載《中外文學》第 6 卷 6 期。

[2] Andre Leny Recent Publications on the Chin Ping Mei, Chinese Literature, Essays, Articles and Reviews. 3.1 (1981), p146.

是根據該條中「……去年抵輦下，從丘工部六區志充……丘旋出守去……」一段文字，結合沈德符生平及《野獲編》成書時間推斷出來的。前不久，馬泰來先生據《汝寧府志》提出丘志充任汝寧知府是萬曆四十八年，因此《野獲編》「金瓶梅」條只能寫在晚於萬曆四十八年的「天啟元年或二年」[3]。其實，丘志充出任汝寧知府應是萬曆四十七年，這有《神宗實錄》為證：

> 萬曆四十七年三月……升淮安知府蔡侃為廣東道提學副使；戶部郎中王維章知浙江杭州；工部郎中丘志充知河南汝寧府。（卷580）

無疑，沈德符是萬曆四十六年秋中舉後，年底進京拜謁有關人等得晤丘志充，第二年春試畢，丘志充出知汝寧，沈落第歸家續編《野獲編》，寫下此條文字。沈德符《野獲編》「金瓶梅」條寫作時間的確定，可以肯定在萬曆四十七年秋，沈已經見到「吳中初刻本」，這初刻本可能正是有「萬曆丁巳（四十五年）季冬」東吳弄朱客序的丁巳本《金瓶梅詞話》。魏子雲先生斷言《金瓶梅詞話》的梓行在「天啟中葉」[4]，是值得商榷的。

　　三、關於謝肇淛〈金瓶梅跋〉寫作的時間，拙文說「大約寫於（萬曆）三十五年左右」，失考。謝雖然在萬曆三十五年借到袁中郎的部分《金瓶梅》抄本，但謝向「丘諸城」借抄《金瓶梅》的時間要晚。此「丘諸城」當指《野獲編》中的「丘工部」，亦即丘志充，丘為山東諸城人，且為謝肇淛的工部同僚，故有此稱。謝為福建長樂人，萬曆壬辰（二十年）進士。但謝中進士後，先除湖州推官，量移東昌，又為南京刑、兵二部員。萬曆四十一年丘志充中進士，謝正在張秋治河，直至萬曆四十四年左右，謝方回北京與丘同在工部供職。而據《神宗實錄》卷572，萬曆四十六年七月，謝升任雲南參政，又出北京。故謝向丘借抄《金瓶梅》並寫下〈金瓶梅跋〉的時間當在萬曆四十四年至四十六年之間[5]，至少不可能早於萬曆四十一年丘中進士之前。這更證明了在萬曆四十一年以前，乃至萬曆四十四年以前並無《金瓶梅》刻本問世。

　　綜合各方面的情況，《金瓶梅》的初刻本問世時間當在萬曆四十五年至萬曆四十七年秋之間。這是否正確的結論，還有待於海內外學人的共同探討。

附記：本文原載《文學遺產》雜誌1986年4期。

3　〈諸城丘家與《金瓶梅》〉，《中華文史論叢》1984年第3期。

4　《金瓶梅原貌探索》，臺北：臺灣學生書局，1985年，頁15。

5　參見馬泰來〈諸城丘家與《金瓶梅》〉。謝肇淛生平材料見於錢謙益《列朝詩集小傳》、謝著《五雜俎》《小草齋文集》（北京圖書館有藏）等。

《萬曆野獲編》
「金瓶梅」條寫作時間考

　　明萬曆諸城丘志充是與《金瓶梅》早期流傳很有關係的一個人，沈德符《萬曆野獲編》「金瓶梅」條和謝肇淛《小草齋文集‧金瓶梅跋》都曾提到他。馬泰來先生〈諸城丘家與《金瓶梅》〉一文大體考索出丘充志的生平事蹟，讀後受益匪淺。唯馬先生據丘志充行年推斷出來的《野獲編》「金瓶梅」條寫作時間，似有疏誤。

　　《野獲編》「金瓶梅」條為《金瓶梅》研究者經常引用的資料，但因原文未署寫作時間，而傳世《野獲編》刊本條目又並非按寫作時間順序排列，故其寫於何時，常使人們疑惑。馬先生提出：「假如我們知道丘志充出守的年份，即可推算出沈德符撰寫有關《金瓶梅》一段文字的大約日期。」他查了乾隆《諸城縣誌》，得到了丘志充曾任河南汝寧府知府的線索，並在嘉慶《汝寧府志‧官師》中找到：「（知府）丘志充，諸城人，進士，萬曆四十八年（1620）任。」結合丘志充其他經歷，馬先生得出了如下結論：

> 丘志充自萬曆四十八年（1620）任汝寧府知府後，一直在外省任官，至天啟七年（1627）被逮返京。沈德符謂：「去歲抵輦下，從丘工部六區志充得寓目焉。……丘旋出守去。」因此，《萬曆野獲編》中有關《金瓶梅》的一段文字，大抵書寫於天啟元年或二年（1621-1622）。

這一結論在推理上是沒有破綻的，但馬先生以嘉慶《汝寧府志》所載丘志充任職時間為根據，卻不是很正確的。筆者在《明實錄》中查到一則更為可信的資料：

> 萬曆四十七年三月……乙酉，升淮安知府蔡侃為廣東道提學副使；戶部郎中王維章知浙江杭州；工部郎中丘充志知河南汝寧府。[1]

既然朝廷在萬曆四十七年三月已發佈丘志充的任命，按慣例，其離京赴任的時間不會超過任命下達後半年。而《野獲編》在「丘旋出守去」之前，尚有「去歲抵輦下」一語。

1　《神宗實錄》卷580。

查沈德符為萬曆四十六年舉人，依常例，他應於當年年底前抵京，拜謁有關人等，以便參加第二年春試。如是，則《野獲編》此段文學的時間順序就很清楚了：沈氏於萬曆四十六年底抵京，得晤丘志充，隔年三月，參加春試，春試放榜，即有丘志充外放的任命，沈落第歸家，就在本年續編《野獲編》時寫下此條文字，故有「去歲抵輦下」及「丘旋出守去」之語。

這與《野獲編》成書的時間也完全相合。沈氏《野獲編》本是分兩次編成的。第一次編成 20 卷，沈氏自序署題時間是「萬曆三十四年丙午冬日」；至萬曆四十七年沈氏又續編 12 卷，作〈續編小引〉，其署題時間是「萬曆四十七年己未歲新秋」。《野獲編》兩編當時均未付梓，長期以抄本流傳。傳世《野獲編》雖「次第非復本來」，但並無證據說其摻入沈德符兩編之外的其他人東西。其《金瓶梅》條只能作於《野獲編》第二次結稿時間（萬曆四十七年新秋）以前，不會遲到天啟時期。

《野獲編》「金瓶梅」條不僅寫到了《金瓶梅》抄本流傳情況，還提到了此時《金瓶梅》初刻本已在吳中「懸之國門」。考定了此條作於萬曆四十七年新秋之前，對考證、判斷《金瓶梅》初刻時間、初刻本是很重要的。

附記：本文原載《復旦學報》1985 年 5 期。

關於「蘭陵笑笑生」

一

當我們把「蘭陵笑笑生」列入「中國十大小說家」的名單時，實在是萬不得已。這並不是說和蘭陵笑笑生聯繫在一起的小說《金瓶梅》是勉強躋身於中國小說名著之列，相反，《金瓶梅》倒是中國古代很少幾部能獲得世界小說名著聲譽的作品之一。問題在於，按照中國傳統的記名習慣，所謂「蘭陵笑笑生」，只是一個別名或化名，而非一個人的真實姓名。而且，除了小說《金瓶梅》為它的作者曾作為一個生命實體存在提供支持外，我們竟然沒有任何可靠的歷史材料可資說明這位小說家的生平經歷、創作活動。最後，最令人不安的是，「蘭陵笑笑生」甚至很可能根本不是《金瓶梅》作者的別號或化名，它之所以與這部有著特殊歷史和美學風貌的小說聯繫在一起，完全出自於其他人的假託。因此，我們這裏實際上只是把蘭陵笑笑生作為代表《金瓶梅》作者的語言符號使用——這當然是使人怏怏的事。

《金瓶梅》作者是誰，從其問世以來近 400 年時間內，人們一直沒有、甚至也無法搞清楚，以至於有人把這個問題列入「中國文化之謎」。而這個謎底也許是歷史無意的遺失，也許一開始就是有意的隱瞞。

明版《袁中郎全集》載有這位公安派首席作家致著名書畫家董其昌的一封信：

> 《金瓶梅》由何而來？伏枕略觀，雲霞滿紙，勝於枚生〈七發〉多矣。後段在何處？抄竟當於何處倒換？幸一得示。

是信寫於明神宗萬曆二十四年（1596），時中郎任吳縣令。這是目前我們所能見到的最早提及《金瓶梅》的資料，它不僅告訴我們當時《金瓶梅》已以抄本的形式在一部分士人中流傳，而且說明這部書在社會上的出現是很突兀的，以致袁中郎首先驚問它的來歷。在萬曆末年刻本出現以前，有材料證明《金瓶梅》吸引了很多讀者，不少人千方百計地收羅傳抄，甚至不惜重貲購買一帙二帙，以先睹為快。當然人們不會不關心作者問題，現在發現的晚明涉及《金瓶梅》的材料，比較重要的大都提到了作者：

萬曆三十六年屠本畯記：「《金瓶梅》流傳海內甚少，書帙與《水滸傳》相埒。相傳嘉靖時，有人為陸都督炳誣奏，朝廷籍其家，其人沉冤，托之《金瓶梅》。」[1]

萬曆四十年袁小修記：「舊時京師，有一西門千戶，延一紹興老儒於家。老儒無事，逐日記其家淫蕩風月之事，以西門慶影其主人，以餘影其諸姬。」[2]

萬曆四十四年謝肇淛記：「《金瓶梅》一書，不著作者名代。相傳永陵中有金吾戚里，憑怙奢汰，淫縱無度，而其門客病之，采摭日逐行事，匯以成編，而托之西門慶也。」[3]

萬曆四十七年沈德符記：「聞此為嘉靖間大名士手筆，指斥時事。如蔡京父子則指分宜，林靈素則指陶仲文，朱勔則指陸炳，其他各有所屬云。」[4]

從這些材料看，傳抄本未署「作者名代」，讀書界雖有意探求，得到的也只是說法不一、無法了然的傳聞。古代小說家當然不會想到今天小說史家為了他的隱名怎樣費盡心思，但他對自己的作品理應不會毫無感情，只是傳統和現實所造成的外在的以及內心的壓力，使他也許是自覺地和自己靈性的創造物隔斷了聯繫。

根據沈德符的記載，萬曆四十七年（1619）秋天，當他寫下那段關於《金瓶梅》的文字時，吳中（蘇州）已經出現了《金瓶梅》的刻本。目前我們所能見到的《金瓶梅》最早刻本是《新刻金瓶梅詞話》。這個刊本有「欣欣子書於明賢里之軒」的序和「廿公」跋，還有「萬曆丁巳季冬東吳弄珠客漫書於金閶道中」的序。我們基本可以斷定《金瓶梅》當初刻於萬曆丁巳（1617）[5]，另有材料證明現存世三本完整的《新刻金瓶梅詞話》當為萬曆末年到天啟初年據初版的翻刻[6]，引人注目的是《新刻金瓶梅詞話》欣欣子序和廿公

1　《山林經濟籍》卷8。屠本畯《山林經濟籍》有兩種版本：北京大學圖書館藏自娛齋不分卷本，北京圖書館藏惇德堂24卷本。本段文字見惇德堂本。據劉輝考證，《山林經濟籍》編定於萬曆三十六年（〈北圖館藏《山林經濟籍》與《金瓶梅》〉，《文獻》1985年第2期）。

2　《遊居柿錄》卷9。

3　《小草齋文集·金瓶梅跋》，轉引自《中華文史論叢》1980來歷4期馬泰來文；謝跋大約寫於萬曆四十四年，參見馬泰來〈諸城丘家與《金瓶梅》〉，《中華文史論叢》1984年第3期。

4　參見拙作〈《萬曆野獲編》金瓶梅條寫作時間考辨〉，《復旦學報》1986年第1期，亦可參見本書。

5　參見拙作〈談《金瓶梅》的初刻本〉（《文學遺產》1985年第2期）和〈補證〉（《文學遺產》1986年第4期），亦可參見本書。

6　《新刻金瓶梅詞話》傳世完整的有三本，分別藏於臺北故宮博物院、日本日光山輪王寺慈眼堂、日本德山毛利氏棲息堂。

跋都提到了作者。不過廿公跋所記仍為傳聞：

> 《金瓶梅》，傳為世廟（嘉靖）時一巨公寓言，蓋有所刺也。

而欣欣子序則提出了「蘭陵笑笑生」：

> 竊謂蘭陵笑笑生作《金瓶梅傳》，寄意於時俗，蓋有所謂也……吾友笑笑生為此，爰罄平時所蘊者，著斯傳，凡一百回。

令人吃驚的是，雖然《新刻金瓶梅詞話》欣欣子序已經聲稱《金瓶梅》是蘭陵笑笑生的作品，但至今竟沒有發現清代有人提起這個話頭。究其原因，大概是因為《新刻繡像金瓶梅詞話》很快淹沒不彰，崇禎後，代之而起的《新刻繡像批評金瓶梅》根本沒有提及「蘭陵笑笑生」的欣欣子序（也沒有廿公跋）[7]，而清代流傳最廣的張竹坡批評《第一奇書金瓶梅》又實承此而來。

入清以後，也許是沈德符「嘉靖間大名士」等說法的影響，明代嘉、萬間最著名的文人、「後七子」領袖王世貞被捕風捉影地說成是《金瓶梅》的作者。康熙十二年（1673）宋起鳳在《稗說》中炫耀自己的多識：

> 世知《四部稿》為弇洲先生（王世貞）平生著作，而不知《金瓶梅》一書，亦先生中年筆也。

張評本《第一奇書金瓶梅》初刻卷首康熙己亥（1695）謝頤序也說：「信乎鳳洲（王世貞）作無疑也。」為了解釋這種說法，人們把《金瓶梅》的創作編織成了孝子報仇的故事：權臣嚴嵩父子向王世貞父王忬強索宋代名畫《清明上河圖》，王忬交出贗品，為唐順之（或湯裱匠）識破，因被構陷致死；為報父仇，王世貞特作小說以投敵所好，書頁上塗有毒藥，使嚴世蕃（或唐順之）閱後中毒而死云云。這個企圖說明《金瓶梅》高尚創作動機的故事見於清代各種筆記，可見其廣播於眾口。不過故事本身實多破綻，並不能叫所有的人信服，所以關於《金瓶梅》作者另外還有一些傳聞和猜測。如李卓吾作[8]，薛應旂、趙南星作[9]和盧楠作[10]等。

7　孫楷第定《新刻繡像批評金瓶梅》為「崇禎本」，有人懷疑可能是清初順治刻本。查此本將「花子由（油）改刻為「花子繇」，又將「吳巡檢」改為「吳巡簡」，顯是避天啟（由校）、崇禎（由檢）名諱，但書未避順治諱，故此本確可定為崇禎本。

8　《古本金瓶梅》書首《王仲瞿考證》。

9　宮偉鏐《春雨草堂別集》。

10　〈《金瓶梅》滿文譯本序〉。

1924 年，魯迅指出王世貞作《金瓶梅》說「不過是一種推測之辭，不足信據」[11]。1931-1933 年吳晗寫了三篇文章，詳盡論證了《清明上河圖》故事的不可靠，並論述了《金瓶梅》應作於萬曆十年至萬曆三十年，否定了王世貞作《金瓶梅》說[12]。1932 年在山西發現的《新刻金瓶梅詞話》成為吳晗最後一篇長文的版本依據，使吳晗的一些結論顯得比較可靠。在此以後，欣欣子序所說的「蘭陵笑笑生」代替了被斥退的王世貞被普遍承認為《金瓶梅》的作者，雖然人們對蘭陵笑笑生實際一無所知，不過至少相信這是《金瓶梅》作者的化名。

吳晗對王世貞作《金瓶梅》說的否定是比較有力的，以至於 46 年以後，有人在沒有提出新材料的情況下著文重新肯定王世貞作《金瓶梅》的說法，只好求助於強詞和武斷。不過，1979 年發表的這篇文章[13]，似乎激發了人們重新探求《金瓶梅》作者真實姓名的熱情，兩三年內論者爭先恐後地提出李開先、賈三近、屠隆等名字來應選。令人遺憾的是所有這些關於《金瓶梅》作者的說法，也都和王世貞說一樣，基本上屬於猜測，很難信實。

關於李開先可能是《金瓶梅》作者的說法，實際上提出頗早，不過僅僅是在一本集體編寫的《中國文學史》的一個注腳中一帶而已[14]。20 年後首倡者到美國印第安那大學講學時才說明他推測的理由，由香港《大公報》報導出來[15]。說李開先是《金瓶梅》的作者，首先在年代時間上就值得考慮。《金瓶梅》的成書年代雖有「嘉靖」「萬曆」二說，但從各方面看，似以「萬曆」較為可信。即使是書寫於嘉靖，李開先因「九廟案」罷免於嘉靖二十二年，卒於隆慶二年，在時間上有可能，但據有人考證，書中竄入不少明人的姓名，如韓邦奇、凌雲翼、王燁、溫璽、曹禾、任廷貴、趙訥、陳文昭、何其高等人[16]，這些人大多是李開先同時或者稍後的在職官員，我們想像不出被解職回家的李開先這樣做的理由。至於《金瓶梅》引用了李開先的《寶劍記》，如同引用其他作品一樣，似不能成為他作《金瓶梅》的根據，而如果從《金瓶梅》作者不願意露出自己真實姓名的角度考慮，這恰恰是否定李開先作的一條反證。王世貞《藝苑卮言》說到當時傳

11　《中國小說的歷史變遷》，《魯迅全集》第 9 卷，北京：人民文學出版社，1981 年，頁 330。

12　〈《清明上河圖》與《金瓶梅》的故事及其衍變〉，《清華週刊》36 卷第 4、5 期合刊，〈補記〉，《清華週刊》37 卷第 9、10 期合刊，〈《金瓶梅》的著作年代及其社會背景〉，《文學季刊》創刊號。

13　〈金瓶梅作者究竟是誰？〉，《社會科學戰線》1979 年第 3 期。

14　中國科學院文學所編《中國文學史》，頁 949。

15　香港《大公報》1982 年 6 月 12 日-14 日。

16　參見陳詔〈金瓶梅人物考〉，《學術月刊》1987 年第 7 期。

奇：「北人自王、康後，推山東李伯華。」這部李開先「改其鄉先輩之作」的《寶劍記》嘉靖二十六年（1547）已有刊本行世，為什麼別人就沒有可能引用呢？

　　另有一位論者也贊同李開先說。他是以重提《金瓶梅》的「集體成書說」作為前提的。他認為《金瓶梅》是一部「世代累積型的集體創作」，即像《水滸傳》一樣先有民間藝人的傳唱積累，然後由作家寫定，因此，他稱李開先為「寫定者」[17]。《金瓶梅》借用《水滸》中的人物、故事作為結構的支點，情節內容有前後矛盾以及襲用了那麼多其他作品等等，反應了古代小說家初次嘗試獨立進行長篇小說創作幼稚和粗疏的一面，也可能有未遑修改等原因，但因此說這部書原先是唱本，似乎還很難令人信服。且不說《金瓶梅》並不是一部以適合演唱的故事為主的小說，很多方面表現出作者的創作個性；假如它在當時像《水滸》《西遊》一樣被人廣為傳唱，實在用不著秘密傳抄，而我們今天找不到刻本出現以前任何有關傳唱《金瓶梅》故事的點滴記載，也是很奇怪的事[18]。該論者對推測李開先「寫定」《金瓶梅》沒有提出更多的理由，在後來的文章中又修正自己的結論為：「《金瓶梅》的寫定者是李開先或他的崇信者」[19]。說明了論者的謹慎，也透露了他對自己結論的不敢盡信。

　　至於賈三近和《金瓶梅》似乎談不上有什麼關係。論者首先斷定《金瓶梅》中常寫到的「金華酒」就是山東嶧縣酒，作品中的方言就是嶧縣方言，「蘭陵笑笑生」署名中的「蘭陵」只能指嶧縣，然後根據他所理解的沈德符「大名士」的標準，認為當時嶧縣只有一個做過兵部侍郎的賈三近最合格，於是斷言《金瓶梅》的著作權非賈三近莫屬[20]。該論者推說的根據都是非常不可靠的。如金華酒產於浙江，是當時北方時尚的南方酒，明清筆記、小說中多有記載，《新刻金瓶梅詞話》72回又明白寫道「金華酒」即「南酒」即「浙酒」，根本不可能是嶧縣酒。說《金瓶梅》中的方言嶧縣鄰邑人都不懂，不符合事實，也違反了方言學常識。至於「蘭陵」指什麼地方，也不是那麼絕對，江蘇武進亦有此舊稱。賈三近又實際上是個標榜經學的大官僚，與文學因緣甚淺。說賈三近作《金瓶梅》從各方面看都是不可能成立的[21]。

　　提出屠隆作《金瓶梅》的論者基於他這樣的一個發現：《新刻金瓶梅詞話》第 56

17　〈金瓶梅寫定者是李開先〉，《杭州大學學報》1980年第1期。

18　參見杜維沫〈談談《金瓶梅》成書及其他〉，《文獻》7輯；拙作〈關於金瓶梅的創作成書問題〉，《上海師範大學學報》1985年第3期。

19　〈金瓶梅成書新探〉，《中華文史論叢》1984年第3期。

20　〈金瓶梅作者新證〉，《徐州師院學報》1982年第3期。

21　拙作〈賈三近作《金瓶梅》說不能成立——兼談我們考證的態度和方法〉，《徐州師院學報》1983年第4期，亦可參見本書。

回中的〈哀頭巾詩〉和〈祭頭巾文〉又見於兼收詞賦傳記和笑言雜詠的集子《開卷一笑》卷4，署「一衲道人」名；是書卷一題「卓吾先生編次，笑笑先生增訂，哈哈道人校閱」，又一卷前僅「一衲道人屠隆參閱」。於是他推斷笑笑先生、哈哈道人和一衲道人實際都是屠隆，而屠隆既然是笑笑先生，也就應該是欣欣子序中的笑笑生了[22]。這一推斷的疑問也很多，比如《開卷一笑》中屠隆的署名是否偽託，「卓吾先生編次」的話就令人不得不產生懷疑，而另有同樣署為「笑笑先生」的小說集《遍地金》，語言筆法又和《金瓶梅》大不相類；何況「哀頭巾」的一詩一文恰在被沈德符稱為贗作的53至57回之中；更重要的是笑笑生是否能肯定是《金瓶梅》作者的化名尚有疑問。倘若這些都不能解釋清楚，那麼論者從生平經歷、思想情趣等論證「沒有誰比屠隆更像《金瓶梅》的作者了」，也就只是一般的推測了。

　　近幾年，人們從「可能性」出發，推測、猜想《金瓶梅》的作者實不止以上數說，像湯顯祖、徐渭等都已列入名單，甚至還有人考慮到了沈德符和他的父親沈自邠。雖然這些說法都是不可信的，但研究者的銳意探求和互相爭訟，卻在一定程度上把問題引向了深入，我們也從中多少看到了一些使研究陷入莫衷一是的混亂的原因。比如論者往往從方言來推斷《金瓶梅》的作者，斷定作者是山東人的，就拿書中的「山東方言」作為支持自己結論的論據，提出作者是南方人的，就強調其中的「吳語」。有一位當代作家是江蘇清江（今淮陰市）人，讀了《金瓶梅》以後，就直觀認為其中的方言是清江方言，作者應該是清江人。面對《金瓶梅》複雜的語言現象，這種以偏概全和以今證古的作法是很不科學的，只能導致各種偏頗的結論。還有，人們往往自覺不自覺地從沈德符「大名士」說法出發考慮作者。如有人歷數「李卓吾……官小」，「李開先……官還不夠大」，「徐渭……沒有做過大官」，「盧楠……不夠個大名士」，算來算去只有王世貞夠格。而認為李開先是「寫定者」的人則分辯說，李開先「做到太常寺少卿提督四夷館，正四品，不存在《考證》所說的『官兒還不夠大的問題』」。其實，沈德符所記如不是有意假託，也僅是當時傳聞之一種，怎能作為衡量作者的標準呢？而從各方面考察，寫出《金瓶梅》的人，雖然一定有豐富的生活閱歷，但不大可能是做過大官僚的大名士[23]。另外，若干論者把《新刻金瓶梅詞話》欣欣子序提出的「蘭陵笑笑生」作為謎面來推測作者也是很不可靠。因為明季《金瓶梅》抄本的寓目者從未提過鈔本有序、跋或作者署名；沈德符曾見初刻本沒有提到序、跋，薛岡《天爵堂筆餘》談及其在萬曆四十八年見到的《金瓶梅》刻本，也只提到簡端的東吳弄珠客序，今天所能見到的有欣欣子序的《新刻金瓶

22　〈金瓶梅作者屠隆考〉，《復旦學報》1983年第3期。

23　參見孫遜、陳詔〈《金瓶梅》作者非大名士說〉，《上海師範大學學報》1985年第3期。

梅詞話》是翻刻，那麼初刻本是否有欣欣子序也是很成問題的。假若欣欣子序是出於刊印者或者翻刻者的偽託，怎麼能作為推測作者真實姓名的依據呢？

或許我們應該承認，我們對《金瓶梅》作者真實姓名的研究，目前實際已經陷入了困境。在沒有新的材料發現以前，想有所進展幾乎是不可能的。歷史曾經留下很多謎，雖然我們不願意放棄任何一線解出謎底的希望，但時代久遠，材料淹沒，有一些是很難解開的，我們也不必為之愧羞而強為索解。值得慶幸的是，《金瓶梅》作者留下了這部近百萬字的小說。每一部基於作家對生活的真切感覺的小說，必然滲透著作為創作主體的作家的意念、感情和心理，反映作家的閱歷、思想和審美判斷等，也就在一定程度上歷史地昭示了小說家的心靈，有的時候，甚至比小說家的自白更為可靠。因此，在歷史沒有提供其他條件的情況下，通過作品去認識和理解作家就顯得更為重要。

二

理解一本書和一個作家並不都是很容易的事。許多作品和作家甚至很可能在相當長的歷史時間內都不被人們所理解。

《金瓶梅》早在問世之初就引起了袁中郎、馮夢龍等人的重視。袁中郎在《殤政》中將其和《水滸》並列為「逸典」，馮夢龍進而褒揚其與《三國》《水滸》《西遊》並為「宇內四大奇書」。但我們從有關材料中幾乎很少看到這些和作者生活在同一時代文化氛圍中的讀者闡述他們驚歎稱許的原因。謝肇淛〈金瓶梅跋〉是當時對《金瓶梅》最詳盡的一篇評論文字，也只談到《金瓶梅》描寫生活內容的廣泛和塑造人物方面的成就。他所謂「窮極境象，駴意快心」和中郎「雲霞滿紙」一樣只能算是審美體驗的簡單描寫。相反，對《金瓶梅》尖銳的批評則是相當多的。李日華認為此書「大抵市諢之極穢者，而鋒焰遠遜《水滸傳》，袁中郎極口贊之，亦好奇之過也」[24]。沈德符原來「恨不得見」，待擁有抄本，卻拒絕書坊購刻的要求，聲言：「一刻則家傳戶到，壞人心術，他日閻羅究詰始禍，何辭置對，吾豈以刀錐博泥犁哉？」[25]甚至中郎弟小修也不顧他向來是乃兄文學見解的積極擁護者的身分，針鋒相對地說：「此書誨淫，有名教之思者何必務為新奇以驚愚而蠱俗乎？」[26]儘管這些在今天看來都是從其他角度出發而非本體論的文學批評，但確實反映了人們對《金瓶梅》所寫內容的強烈反對。

24　《味水軒日記》。
25　《萬曆野獲編》。
26　《遊居柿錄》。

《金瓶梅》到底寫了些什麼，為什麼使人們既稱異驚奇，又極力否定乃至「決當焚之」呢？康熙四十七年（1708）有人將《金瓶梅》譯成滿文，刻本前的一篇序言對全書內容作了介紹和評價：

> 大凡編撰故事者，或揚善懲惡，以結禍福；或悞心申德，以昭詩文；或明理論性，譬以他物；或襃正疾邪，以斷忠奸，雖屬稗官，然無不備善……而《金瓶梅》……篇篇皆是朋黨爭鬥、鑽營告密、褻瀆貪飲、荒淫姦情、貪贓豪取、恃強欺凌、構陷詐騙、設計妄殺、窮極逸樂、誣謗傾軋、讒言離間之事耳。然於修身齊家有益社稷之事者無一件。[27]

其實，《金瓶梅》一書並非缺少「揚善懲惡」的道德說教，作者還煞費苦心地設計了一個體現果報輪回的故事結構。但是，作品所展示的社會生活內容——裝在這幅以道德為畫框裏的畫圖——確實缺少生活的亮色。在《金瓶梅》世界裏，鼓蕩著毫不掩飾的的卑鄙的欲念。那些靈魂卑劣的人物——惡欲膨脹的商人，耽於享樂的帝王，貪贓枉法的官吏，是這個世界為所欲為的主人，而那些並不擁有權勢、金錢的婦女和社會下層人物，竟也在這個生活的黑泥潭裏翻滾，顯得那樣的寡廉鮮恥、道德淪喪。所有這一切和中國傳統文學敬德崇善的傾向，以善為美、美善相兼的特徵都大不相同，也沒有我們在大多數中國文學作品中常能體會到的那種「道義的力量」「詩歌的正義」，更不要說缺乏中國文學那種含蓄淡薄的詩意。以往的文學，言志抒情的詩詞歌賦且不說，就拿「明代四大奇書」的另外三部來看，也都不像《金瓶梅》內容這樣髒亂醜卑：《三國志演義》表現了天災戰亂給社會帶來的災難，但有仁君賢相在努力恢復道德綱常，他們因此成為「道義」的象徵，寄託著人們的希望，受到人們的膜拜；《水滸傳》儘管對嘯聚山林的強盜們十分景仰，人們卻巧妙地把他們變成「忠義」的化身，使自己的感情得到合理的解釋，而對「四大淫婦」剖腹剜心的殘酷處置則體現了人們「純正」的道德觀念；《西遊記》似乎對一切神聖的東西都有懷疑，很少有幾部小說能像它那樣對西天佛祖、道教三清以及天上人間的帝王大臣採取那種揶揄嘲笑的態度，可是作者也不得不無可奈何地承認天上人間的「秩序」是無法動搖的，於是滑稽可笑的取經活動竟成了神聖的事業，以至於張書坤、悟一子、悟元道人等誤把這部書當成了「大學之道」「禪門心法」「金丹妙訣」。比較起來，《金瓶梅》確實走得太遠了。

說起來，《金瓶梅》「不外描寫世情」。問題在於它對世情的摹寫，觸及了傳統文化心理最敏感的神經。清人張竹坡認為這部書是圍繞「冷熱真假」四個字做文章，然其

---

27 據《金瓶梅資料彙編》，北京：北京大學出版社，1985 年，轉引。

結穴卻在「財色」：

> 本以嗜欲故，遂迷財色，因財色故，遂成冷熱；因冷熱故，遂亂真假，因彼之假
> 者欲肆其趨承，使我之真者，皆遭其荼毒，所以此書獨罪財色也。[28]

所謂「冷熱真假」當然是一種淺薄的人生哲學，說作者「獨謂財色」也非盡然，然其拈
出的「財色」二字，卻無疑可以看作是《金瓶梅》最突出的表徵。也就是說，《金瓶梅》
最大的特點是突出描寫了世情中的金錢和性關係，而尤以後者更令人觸目驚心。所以袁
小修以為此書不過記「淫蕩風月之事」，東吳弄珠客序也首先承認：「《金瓶梅》，穢
書也。」中國文化向來是以倫理道德為核心的，宋元以來在思想文化中占統治地位的道
學──理學派更竭力強調「存天理，滅人欲」。「君子罕言利」，「萬惡淫為首」，已
經成為人們的──至少是書本和口頭上的──普遍信條。《金瓶梅》不僅寫商場謀利，
更公開描摹床笫之私，當然最容易引起人們高尚的義憤。所以盛讚其為「稗官之上乘，
爐錘之妙手」的謝肇淛也強烈譴責其「猥瑣淫媟，無關名理」實是很自然的事。

對這種現象作道德的批評，大概不是很困難的事，難就難在怎樣從創作的角度解釋
這一現象。當代一位知名作家就對此表示了困惑和不解：

> 這些淫穢之物，附著在一部文學名著──《金瓶梅》身上，成為它永遠割除不掉
> 的贅瘤，限制了本身的傳播，這實在是文學史上一個奇怪的現象，我們想像不出，
> 這部偉大著作的作者，為什麼寫進這些東西以自污。是為了暢銷多得稿費？是為
> 了使書成為出版商追逐的熱門貨？顯然都不可能。有人懷疑，這些東西，有些是
> 作者寫的，而大部分是別人加進去的，也不無道理。[29]

推測《金瓶梅》原「無淫穢語」，或可看作出自一種維護本書和作者的良好願望，但事
實證明這不過是無力的辯護。面對無可奈何的事實，東吳弄珠客說這是「蓋為世誡，非
為世勸」，以後人們常拿這類話頭作為本書的註冊商標，清人劉廷璣並解釋這是「欲要
止淫，以淫說法；欲要破迷，引迷入悟」[30]。這實在是一種奇怪的邏輯。而時下流行的
「暴露」說，認為作者主要是「借此暴露封建社會統治階級的荒淫無恥」，雖然為《金瓶
梅》在文學史和小說史中爭得了存在的根據，其觀點和思想方法實承「誡世止淫」說而
來，對作者創作動機的解釋也未免一廂情願，機械因果論和形而上學的色彩仍然很濃。

28　〈竹坡閒話〉。

29　〈小說與色情〉，《光明日報》1985 年 6 月 23 日。

30　《在園雜誌》。

說到底，我們對《金瓶梅》的所有誤解和不理解，都是因為我們對作家和作品缺乏歷史的認識。

從文化的總體來看，文學是一種典型的心理──精神文化的形態表現。所謂藝術生產就是作家藝術家把自己的某種意念（深層的和淺層的），通過各種形式，採用各種手段變成可供人感知的物化、象徵化或符號化的具象。生產者的意念毫無例外地要受一定民族、時代思想文化的制約，他的作品也就成為特定民族、特定時代對生活完全被動的臨摹，創作活動是受複雜心理機制制約的，這樣，作品必然表現出作為社會個體存在的生產者的主題意識。實際上，我們在《金瓶梅》中看到的是這樣一種情況：一方面作者渲染物欲和情欲，對經商謀利津津樂道，對偷期苟合甚至悖於常理的性行動也抱著一種不無欣賞的態度進行描摹；另一方面作者又經常直接站出來對這一切進行並非不嚴厲的道德譴責和宗教論證──而從作品看，作者這兩方面的態度都是真誠的。實事求是地承認這一現象，是我們研究《金瓶梅》的起點，而只有從當時社會全部思想文化狀況和作家複雜創作心理機制兩個方面及其綜合運動去把握作品和作家，才能使我們的認識不至於偏頗。

三

經清人毛倫、毛宗崗父子加工的中國最著名的歷史小說《三國演義》開篇就說：「天下大勢，合久必分，分久必合。」一直被我們批評為唯心的歷史循環論，但是，從直觀來看，這何嘗不是中國封建社會歷史的寫照呢？中國封建社會的歷史進程確實呈現出某種週期性的變化：一個封建王朝滅亡了，另一個王朝建立了；新的王朝又衰竭，代之而起的還是一個封建王朝。秦漢魏晉，唐宋明清，走馬燈一樣，歷史演出了多次社稷傾覆的悲劇，又演出了多少次黃袍加身的鬧劇。每一個封建王朝似乎都有一部建立、發展、鼎盛，繼之危機、動亂、崩潰的歷史。因此每個封建王朝末朝總要出現一種「世紀末」的情景。明自嘉靖中葉以後已經進入這個龐大帝國的衰落期，中國封建社會制度到明代似乎也已經快要走完它艱難的歷史道理，晚明因此又表現出這一社會總崩潰的某些徵兆。這種既同於往古又異於往古的景象，構成了中國 16 世紀特殊的歷史文化景觀。《金瓶梅》之所以表現出與傳統中國文學不同的品貌，原因首先就在於它記錄的是這樣一個異常的歷史時期特殊的歷史內容。

像每一個封建王朝後期一樣，明朝後期政治上也是皇帝昏庸，吏治腐敗。然而在經濟上卻出現了商業超越往古的畸形繁榮。中國封建社會中的商人和商業資本，一直以其悠久的歷史、雄厚的資財，成為世界上的特異現象，雖然歷代王朝都奉行「重農抑商」

的傳統政策，但是仍然不能阻止商業的發展。這主要是因為中國封建經濟、政治結構給商業留下了發展的必然性。但中國的商品經濟從來沒有成為在社會中占主導地位的經濟形式，中國封建制度的經濟、政治體制同時又制約著商品經濟，決定著它的發展道路。因此，中國商品經濟與歐洲的商品經濟在歷史上的表現既有相同的地方，也有不同的地方。晚明的商品經濟比較起前代有巨大的發展，雖然主要仍是販運性商業，但卻出現了許多擁資數十萬乃至「藏鏹至百萬」的富商。《金瓶梅》所寫的實際上就是當時普遍存在的通過種種合法和非法商業活動暴富的商人的故事。

作者從當時廣泛流傳的《水滸》中移借來一些情節和人物，作為他小說的引子和框架，實際上已經完全改造了本來那個封建時代傳奇英雄的故事。他假託宋代，再現的乃是時代的現實生活。《水滸傳》中的市井惡棍西門慶被選作《金瓶梅》的主人公，作者從根本上改鑄了這個人物。在《金瓶梅》中，西門慶首先是一個商人，他及他的家庭的興衰主要是以商業活動為中心的，這是中國以往小說未曾有過的選擇，這種選擇本身就有著深刻的時代意義。《金瓶梅》對西門慶致富的過程、資金、商業經營方式、經營商品品類以及利潤的支配等都做了詳細的描寫。他是坐賈兼行商，開解當鋪，放高利貸，也不放過賄賂官府興販鹽引和充當官府買辦覓錢取利的機會。生藥鋪原是西門慶的祖業，資金不過數千兩，後來他把攬詞訟，「說事過錢」，又騙取富媚孟玉樓、李瓶兒，發了幾筆橫財，這才又開起了解當鋪，資本雄厚起來。但真正使西門慶大發的還是長途販運，經營綢緞絲絨成了他收入的大宗。《金瓶梅》作者對當時商業活動的把握是十分準確的，不僅在整體上，甚至在各種經濟細節上也使我們相信他的描寫是可靠的。

馬克思曾根據前資本主義發展的情況論斷：商人資本是「促進封建生產方式向資本主義生產方式過渡的一個主要因素。」[31]這是因為商業資本可以腐蝕、分解自然經濟，又能在適合的條件下從流通滲透到生產領域，轉化為生產資本，從而為資本主義生產方式的勃興準備前提。但是，由於中國封建社會經濟、政治結構和西方不同，所以極大地限制了商業資本的這種積極作用。晚明商業資本是巨大的，但整個社會有別於自然經濟的商業生產卻停留在很低的水準上，比《金瓶梅》稍晚一些的《三言》《二拍》也寫了大量的商業活動，寫到擁有「三十張綢機」的小業主僅施潤澤一人[32]。《金瓶梅》寫到孟玉樓前夫楊某雇工染布，西門慶雇工染布，更是商品加工性質。資本順向流通管道不通，這是晚明歷史悲劇的根源之一。在這種情況下，不肯安定的貨幣必然在其他方面尋找出路。《金瓶梅》寫西門慶積累起來的數萬兩家財，除了作為商業再投資和轉化為高

31　《資本論》第 3 卷，北京：人民出版社第一版，頁 372。
32　《醒世恆言》卷 18。

利貸資本外，主要用在兩個方面：一是賄賂官府；二是把其個人和家庭奢侈的生活不斷升級。這也是符合晚明現實的。貨幣與封建權利的結合和大量進入消費市場，這正是晚明社會生活發生巨變的原因。在中國，商人對封建權勢的滲透，是一種自我保護的需要，但卻是以充當地主階級附庸作為交換條件的，這樣就使商人迷失了自我，不可能發展成獨立的政治力量，金錢與權勢的結合，使政治腐敗的同時也使社會更加黑暗。而商業的發達、消費生活的更新，則起到了巨大的移風易俗的作用，這當然表現在城市生活中。

中國封建時代的城市和西方中世紀的城市不同。西方城市是自由工商業者的天地，是包圍在封建沙漠中的點點綠洲，所以後來就成為資本主義偉大進軍的據點；中國的城市卻是封建大一統統治網的網結，雖然表現為政治中心和商業中心的重疊，主要還是實行封建統治的基地。晚明商業的發展，促進了城市人口的增加，大大增加了城市的商業中心色彩。在消費人口高度集中的城市，千家萬戶莫不依賴市場供應，投入市場的大量貨幣，因此迅速地使人情風貌改觀。晚明城市風尚大約從嘉靖時期開始變化，到萬曆中期達到極盛，這在地方誌和明人筆記中有大量記載，江南劇變自不待言，即如北方的一些縣城也莫不相率大變。物質消費的去樸尚華，精神生活的異調新聲，這是晚明城市風尚的兩個特點。《金瓶梅》對此可謂作了工致傳神的描寫，從人們日常的飲食穿戴到遊樂調笑的淫詞豔曲，作者都不厭其煩地羅列於小說。

人們不無理由地批評《金瓶梅》所描寫的商人和市民生活是窮奢極欲，但從歷史上看，這種新的時代風尚不正是對禮制嚴格約束下拘謹、守成、儉約的封建社會刻板生活方式的一種反動嗎？風尚所及，社會心理自然發生變化，反過來說，風尚不也正是一種普遍社會心理的反映嗎？在晚明城市，人們的價值取向、道德意識、審美情趣等都出現有異於常的現象，表現了對傳統觀念的背離。《金瓶梅》中的一些事件，很不容易被人理解。如其中第7回寫到孟玉樓死了丈夫，她不願意改嫁給尚推官的兒子尚舉人，放著舉人老爺的夫人位置不要，卻願意跟中藥鋪老闆做小老婆，而書中西門慶對其他女性占有也幾乎無往而不勝。那些各種各樣的婦女，在西門慶的性蹂躪下，不僅顯得那樣的卑下，不時提出諸如幾兩碎銀子、幾條汗巾的可憐要求，甚至無不表現出一種由衷的欣喜。難道這些僅僅是她們個人道德的墮落嗎？在這種不堪的混亂和罪惡的瘋狂中實際包含著一種完全不同以往的普遍社會心理和新的道德思考。恩格斯說，「人們是從他們進行生產和交換的經濟關係中，吸取自己的道德觀念的。」[33]確實，道德觀念從來都不過是一定經濟關係的派生物，只要人們捲進商品交換的激流，商品經濟的價值規律就要對人們的道德觀念產生影響，而從商品交換中帶來的實際利益，就會衝擊人們對封建道德的信

33　〈反杜林論〉，《馬克思恩格斯選集》第 3 卷，頁 133。

念。第 57 回，西門慶所說的「就使強姦了嫦娥，和姦了織女，拐了許飛瓊，盜了西王母的女兒，也不減我潑天富貴」。不正是道出了這一商業暴發戶在新的經濟事實中的道德思考嗎？

《金瓶梅》真實地寫出了晚明商人西門慶的全部歷史。西門慶一家平常的家庭生活，夫妻、妻妾、主奴之間的種種矛盾爭鬥以及飲食穿戴、起居遊樂等生活現象都被作者用細膩的筆墨一一加以鏤寫，並進一步通過這個家庭成員的種種社會聯繫把讀者引入了當時廣闊的社會生活之中，廣視角多側面地畫出了整整一個時代豐贍繁富、五光十色的社會生活畫卷，或者說他寫出了當時城市生活的「全部風貌」。馬克思說：「現代英國的一批傑出的小說家，他們在自己卓越的、描寫生動的書籍中向世界揭示的政治和社會真理，比一切職業政客、政論家和道德家加在一起所揭示的還要多。」[34]我們通過《金瓶梅》可以認識一個時代，而透過作者對生活事件的處理，他的作品所流露的觀念和情緒，也可以體味到作者對社會人生的理解和態度。

四

《金瓶梅》是一部「風俗史」性的作品——一部中國 16 世紀後期的社會風俗史。我們從《金瓶梅》詳贍細緻、聲態並作的描寫中，深深地感到，在那個時代，超出常規的商品流通，正衝擊著社會陳舊的政治、經濟結構，變異著人們的生活方式、習俗風尚、思想觀念，表現出歷史的活力；但是種種孕育於舊的社會機體中的新因素，由於本身的先天缺陷和原有結構的穩定堅固，並沒有真正形成一股衝垮舊社會的力量，反而導致了社會的畸變。商人對統治者的依附，金錢和封建權勢的結合，正把整個社會變得更加腐蝕不堪，使中國民族在 16 世紀後期所經歷的不是新社會分娩前的陣痛，而是沒有出路的痛苦煎熬。這確是中國歷史的悲劇時代，體現了歷史的必然要求和這個要求的實際上不可能實現之間的悲劇性衝突。

有悲劇的歷史，必然有悲劇的人生。如果說，《金瓶梅》中充滿了各種各樣的人生悲劇，這一點也不過分。而在這其中最重要也最有意義的是，作者寫出了一個中國 16 世紀商人的悲劇。馬克思曾經對前資本主義的商人給予很高的評價，認為他們「是這個世界發生變革的起點」[35]。中國 16 世紀精明的商人西門慶，聚斂財物的手段和速度是驚人的，而在對金錢和女性上，更有野性的占有欲，並因此表現出他對現存社會的強烈挑

---

[34] 〈英國資產階級〉，《馬克思恩格斯全集》第 10 卷，北京：人民出版社第一版，頁 686。
[35] 《資本論》第 3 卷，頁 1019。

戰。他所組織起來的以金錢財富為軸心的家庭建構，突破了傳統的以血緣親屬關係為紐帶的社會基本構成圖式；他憑藉貨幣侵擾了舊制度的肌體，甚至使捍衛本階級利益的曾御史「除名，竄於嶺表」（49 回），並且能保舉統制、副參（77 回），嚴重破壞了舊體制的平衡，但是，曾幾何時，這個精力過人的西門大官人就命喪黃泉，嗚呼哀哉了。作者安排其因縱欲而喪命，但這與其說是性格悲劇，實不如說命運悲劇。中國封建社會的結構機制，為西門慶之類商人提供了崛起的機緣，也同樣決定了他們必然失敗的命運。當西門慶爭得了官身，甚至當了蔡太師的乾兒子，他實際上就已失去了自身存在的意義。更何況他已經學會了這樣振振有詞：

> 大小也（和夏提刑）問了幾件公事，別的倒也罷了，只吃了他貪濫蹹婪的，有事不問青紅皂白，得了錢在手裏就放了，成什麼道理！我便再三扭著不肯，「你我雖是個武職官兒，掌著這刑條，還放些體面才好」。（34 回）

靠錢財起家的西門慶，竟然發現這一切都不成「道理」，還有什麼道理能論證他自身的存在呢？中國 16 世紀的西門慶們的悲劇不在於為了一碗紅豆湯出賣了歷史長子權，而在於他們必然耗損於封建母體的種種慣有引力之中。

　　丹納曾經說過：「如果一部文學作品內容豐富，並且人們知道如何去解釋它，那麼，我們在這部作品中所找到的會是一種人的心理，時常也就是一個時代的心理。」《金瓶梅》寫了整整一個時代的歷史，無疑反映了這個時代的精神心理，同時也顯露了作為創作主體的作家的意識。

　　為了我們的理解，應該指出的是，在晚明城市生活和社會心理的基礎上，16 世紀中國曾出現過一個思想解放的潮流。儘管晚明這種以王陽明「心學」為哲學基礎的社會思潮並不像某些論者所強調的那樣等同於近代資產階級的早期啟蒙運動，並沒有突破它所處的那個時代的質的規定性，也沒有形成一個超過封建範疇的新的思想體系，而且因複雜的歷史原因很快夭折，但是這一思潮無疑是中國民族在中世紀黑暗中的一度覺醒，而且在當時已經深入到社會「心理——精神」文化的各個領域，並因此形成了一場異於往古的思想文化運動，正是在社會思潮的巨大影響下，晚明蓬勃興起一個文學新潮流，湯顯祖、馮夢龍、袁宏道、凌濛初，包括稍早一些的李夢陽和《西遊記》的作者等人，也因此成為晚明思想文化運動的弄潮兒。

　　狂飆突起的晚明社會新思潮，最有思想解放意義的是它對中國傳統思想道德倫理本位的衝擊，在一定意義上肯定了人在世界上的主體地位，從而在某些方面鼓勵了人性的舒展，並把對人、人欲（人的自然要求）的肯定作為自己的主題。僅就文學而言，我們從杜麗娘在幽閉環境中青春的覺醒以及《牡丹亭》對男女主角性愛關係的種種描寫，不是

可以深深看出湯翁對情欲的態度嗎？《三言》《二拍》對那些「好貨好色」故事的輕鬆
敘述，也使人們感受出作者創作時的意興心緒。袁中郎鼓吹創作要「獨抒性靈」，晚明
人所說的「性」，包含味、色、聲等人的本能感官所產生的各種欲念，因而其實質是作
家對人性的自我追求。而《西遊記》開端對花果山群猴不伏麒麟管，不屬鳳凰轄，自由
自在生活的企慕，不是對人類自身歷史的回顧，因而寄寓著人們擺脫外在束縛的理想嗎？
正是在晚明思想文化的氛圍中，在社會新思潮的影響下，出現了《金瓶梅》，否則我們
就難以理解《金瓶梅》作者如何能那樣不厭其煩地敘述西門慶貪財好色的行徑，無法理
解他為什麼要改造一個封建時代傳奇英雄的故事而著意去表現銅臭刺鼻、人欲橫流的世
俗生活。《金瓶梅》和晚明文化新潮其他文學作品各方面都有很大的一致性，而且由於
其體裁本身的特點，使這部作品當然地成為文學新潮的重要代表作品之一——假若我們
不是把道德義憤代替理性思考的話。

　　即使是那種令人觸目驚心的性行為描寫，也完全可以從《金瓶梅》和晚明歷史、社
會思潮的聯繫中得到解釋。毫無疑問，只有在晚明，當肯定人欲成為一種社會思潮和社
會現實的時候，人們才可能鼓起在文學中描寫性、性欲、性吸引、性過程的勇氣，這一
點，《牡丹亭》《三言》《二拍》等可以提供充分的證明。這是對現存道德觀念，因而
也是對封建禮法的大膽衝擊和真正挑戰，和社會新思潮完全氣脈相通。下面兩段記載大
概足以使我們掩耳而逃：

　　（李）贄嘗言：成佛證聖，惟在明心。本心若明，雖一日受千金不為貪，一夜御十
　　女不為淫也。[36]

　　廉恥，士人之善節也。乃（楊啟元）倡為異說，謂日受千金不為濫，月姦百女不為
　　淫，一了此心，萬跡不論。[37]

僅就道德而言，這當然是很難叫人接受的，不過，說穿了，這不過是挑戰者矯枉過正的
宣言，因為中國16世紀思想家反對禁欲主義的武器只有古老先哲們的樸素認識：「食、
色，性也。」所以只能特別誇大人的自然本性。實際上，人不僅具有自然屬性，還具有
社會屬性。因此，僅僅強調人的自然屬性，完全否定人的社會性制約，這和文化發展的
總趨勢是矛盾的。不過，話又得說回來，在那個強調「存天理，滅人欲」而人性被泯滅
的時代，在歷史還沒有提供新的思想武器之前，人們似乎只能把這種原始的非理性的思

36　周應賓《識小篇》。

37　《萬曆邸抄》。

想作為消融堅冰的火焰。假若從這個角度看問題，那麼我們就似乎可以理解《金瓶梅》那些性描寫為什麼會產生了。應該說《金瓶梅》的作者實際對當時社會新生活感到振奮，被中國 16 世紀的思想新潮所感染，否則，他不會熱情地去描摹那種充滿新色素的市井生活。他熱情地去再現新生活，對一切異於往常的生活現象都表示了極大的興趣。他直接把性行為寫入作品，和他對商業細節不憚其煩的敘述一樣，實際上在很大程度上基於他受時代影響的心理狀態。

對性行為的恣肆鋪陳，使《金瓶梅》作者感到某種創作者的愉悅，不過，在我們看來，他確實寫得太粗鄙和太直露了。這在某種程度上，可以看作是長期被禁錮的性心理因社會變化內在機制「否定性放大效應」而導致的一種變態形式的宣洩，也可以在晚明社會的現實生活中找到根據。本來，晚明人肯定人欲，其健康的發展，應該是在肯定人的自然要求的正當性和不可抑制性的基礎上，進一步追求更高層次的人生意義和價值。但在晚明特殊歷史條件下卻畸變為盡情享受，墮入原始的物欲和肉欲之中。而人在性方面的自然要求一旦和物欲、權欲攜手，性行為便不會保持其清純的狀態，其流於卑污就不可避免了。

當然，這種現象的產生，更重要的還在於作者的創作意識。這可以拿《牡丹亭》和《金瓶梅》作一個比較。這是兩部受同一時代風尚心理滋養的作品，且又有著相同的表現「人欲」的內容，但兩位作家的藝術視野和開掘卻有很大的不同。首先，湯顯祖的創作是以社會為背景來寫性欲，他借主人公的生死涅槃，強調了情欲中「情」的一面，這樣，包含著性吸引和性過程的男女性愛，經過藝術的淨化，就放射出迷人的光彩，昇華為詩意的美；而《金瓶梅》的作者旨在以性欲來寫世情，儘管西門慶的淫亂生活中不乏情真意切的事例，但作品顯然更有意於展示由「欲」引發的性行為。其實，情和欲是一組互相涵容的概念，但在我們的理論實踐中，兩者之間卻有著一條確定的美醜判然的鴻溝，古往今來，無論作者和讀者，都不能全然擺脫這一思維模式。這樣就從接受上擴大了兩部作品美醜之間的反差。其次，《金瓶梅》作者的創作擇取的是立足現實的寫實手法；而湯顯祖的劇作則更多地洋溢著追求理想的傳奇精神。最後，也許是更值得指出的是，湯顯祖是個具有高度自覺理性的作家，相比而言，《金瓶梅》作者的創作就較少理性的自覺成分，所以當他描摹生活的時候，不能控制自己的創作情緒，缺少基於藝術的考慮，這當然要導致他藝術創作的偏差。

從各方面看來，《金瓶梅》的作者不過是一個受時代新生活所觸動，受社會新潮所感染，並善於描摹生活的小說家，卻缺少思想家和藝術理論家的氣質。這就是為什麼他一方面對「財色」表現出濃厚的興趣，熱情地渲染物欲和情欲：對人們圍繞金錢的活動細節都不放過，對偷期苟合甚至悖於常理的性行為也抱著一種不無欣賞的態度進行描

寫；另一方面，又時刻不忘對這一切進行並非不嚴厲的宗教論證、道德說教，乃至搬出色空觀念，以生死垂誠。從作品看，作者這兩方面的態度都是真誠的。說明他的內心充滿了矛盾，一方面是生活的感受，一方面是中世紀強大的思想傳統。我們在作品中所能感受到的矛盾正是他思想擺動的外化。當然，在晚明，又有哪一位作家能夠擺脫這種矛盾？我們在《三言》《二拍》的很多作品中不是經常可以看到這種矛盾嗎？不過，真切的生活體驗給他的創作以靈性，他的那種傳統倫理道德觀念的真誠，不過是中世紀傳統思想作為一種「集體無意識」在這位作家頭腦中的積澱存在，外化於作品中，必然只是一種毫無生氣的「宗教和神學」說教。所以當他聲態並作地敘述他的事件和人物的時候，我們常常被他懾服，不禁佩服他的才華。確實，過去的中國小說，有幾部能把生活描摹得那樣逼真，又有幾部小說能寫出像西門慶、潘金蓮、李瓶兒、宋惠蓮和應伯爵、李桂姐這樣血肉豐滿的人物形象呢？但是，當他站出來發表他的見解時，我們常常馬上就會感到他的迂腐。

是的，《金瓶梅》作者是一位偉大卻又淺薄的作家。在他的作品中，弘大和卑瑣、高妙和庸碌奇妙地摻雜在一起，常常使讀者和評論家難於剝離而陷於迷惘。從整體看，流貫在這部書中的實際是中國 16 世紀實際後期的「市井氣息」，這是當時城市文化變遷因而導致的文學審美內容從理性的、古典的轉向感性的、現實的歷史趨向的產物，是對中世紀傳統的高雅、恬淡的審美理想和審美情趣的一種反動。也許正是這樣，《金瓶梅》向我們自證了它的作者的社會地位、閱歷和學養：《金瓶梅》全書隨時穿插各種時令小曲、散曲、雜劇、傳奇、寶卷及話本等等現成材料，這些正是當時市井文化生活的主要食糧，作者對此十分精熟；然而作品中作者自己作的詩詞若按傳統的標準來看幾乎全是劣作，且大多不合規範，說明作者對上層文學的詩詞歌賦實在十分隔膜。《金瓶梅》寫了數百個人物，重要的也要有數十，但其中塑造得神靈活現、栩栩如生的主要是市井人物，商人、夥計、蕩婦、幫閒、妓女，很多達到了傳神摹影、追魂攝魄的境界，而對權相、太尉、巡按、狀元、給事、御史等，則大都寫得比較概念和平面；比較起來，作者寫妻妾鬥氣、幫閒湊趣和市井混罵等事件和場面十分得心應手，而對朝拜皇帝、謁見宰相以及宴請太尉之類大場面就寫得比較空泛。因此，就我們的直觀感覺來看，寫出《金瓶梅》的人，不大可能是正統詩文功底深厚並足登仕途的大名士、大官僚，他或許是一個沉淪於社會下層，而又和社會上層保存著某種聯繫的失意士子，也說不定竟是一位「書會才人」。生活在市井，加上有閒，這應該是他創作《金瓶梅》的條件。《金瓶梅》第29 回前有一首和小說本文毫無關涉的回前詩：

　　百年秋月與春花，展放眉頭莫自嗟。

　　　吟幾首詩消世慮，酌兩杯酒度韶華。

　　　閑敲棋子心情樂，悶撥瑤琴興趣賒。

　　　人事與時俱不管，且將詩酒作生涯。

有人認為這是《金瓶梅》作者的夫子自道，或許不是沒有道理吧！

附記：本文原載《十大小說家》，上海古籍出版社 1989 年 9 月。

賈三近作《金瓶梅》說不能成立
——兼談我們考證的態度和方法

《袁中郎集》載有這位明代公安派詩人給當時著名畫家董其昌的一封信：

> 《金瓶梅》由何得來？伏枕略觀，雲霞滿紙，勝於枚生〈七發〉多矣。後段在何處？
> 抄竟當於何處倒換？幸一得示。

這封信寫於萬曆二十四年，是時《金瓶梅》還僅以抄本形式流傳。中郎在其他地方也曾極贊《金瓶梅》，但從此信看，他對這本書的來歷、作者情況，實在知道得很少。後來，袁中郎又將抄本借給謝肇淛，《袁中郎集》有他向謝追索是書的信：「《金瓶梅》料已成誦，何久不見還？」信寫於萬曆三十五年，十年過去了，大概中郎並沒有將疑問搞清楚，因為謝肇淛寫的《金瓶梅》中有這樣的話：

> 《金瓶梅》一書，不著作者名代，相傳永寧中有金吾戚里，憑怙奢汰，淫縱無度，
> 其門客病之，采摭日逐行事，匯以成編。

而中郎弟小修萬曆二十五年即在中郎處看到《金瓶梅》，萬曆三十七年又見全本，至萬曆四十一年寫到有關《金瓶梅》的事則說：

> 舊時京師有一西門千戶，延一紹興老儒於家，老儒無事，逐日記其家淫蕩風月之
> 事，以西門慶影其主人，以餘影其諸姬。[1]

又，沈德符是萬曆三十七年從袁氏兄弟手中借抄《金瓶梅》的，他的《萬曆野獲編》對作者說法又不同：

> 聞此為嘉靖間大名士手筆，指斥時事，如蔡京父子則指分宜，林靈素則指陶仲文，
> 朱勔則指陸炳，其他各有所屬云。

---

[1] 《袁小修日記》。

《金瓶梅》的作者是誰，當時或許應該有人知道，但從這些存世材料看，在其流傳之初，已經是傳聞不一，似乎很少有人明白底細。

入清以後，沈德符的「嘉靖間大名士」說造成了巨大的影響，有人據此將《金瓶梅》的著作權判歸「後七子」領袖王世貞，並連上有關「清明上河圖」的故事，附會出「苦孝說」。但王世貞作《金瓶梅》說並沒有直接的根據，因此也頗有人不相信，於是又有人提出徐渭、盧楠、薛應旂、趙南星、李卓吾等來應選。這些說法都和王世貞說一樣，屬於估猜，沒有證據支持，也經不起推敲，所以無一得到大家的公認。

《金瓶梅》的作者問題，是一個難解的謎，卻又有著很大的吸引力，有人因此戲稱其為中國古典小說研究中的「歌德巴赫猜想」。近年來，又有若干同志銳力於此，並先後提出了幾種新說法。其中張遠芬同志陸續在《徐州師範學院學報》發表四篇有關文章[2]，最後斷定：《金瓶梅》的作者「是明代嶧縣的大文學家賈三近」。張同志曾經批評朱星先生的《金瓶梅》考證文章：「態度很不嚴肅，主觀武斷，搞出了不少錯誤的東西。」如果把這句話借來批評張同志寫的文章，似乎十分合適。他的「賈三近作《金瓶梅》」說儘管標新立異、聳人聽聞，但從根本上說是不成立的，其研究問題的態度和考證方法也令人難以贊同。茲申管見如下，以俟公論。

一

傳世《金瓶梅》最早刊本是萬曆《金瓶梅詞話》，首有「欣欣子序」：

> 竊謂蘭陵笑笑生作《金瓶梅傳》，寄意於時俗，蓋有謂也……吾友笑笑生為此，爰罄平日所蘊者，著斯傳，凡一百回……——欣欣子書於明賢里之軒。

是本又有一「序」和「廿公跋」，序署「萬曆丁巳季冬東吳弄珠客漫書於金閶道中」。

張同志正是從欣欣子序中「蘭陵笑笑生作《金瓶梅傳》」這句話開始他的考證的。前人曾經猜測「笑笑生」可能是《金瓶梅》作者的化名，而欣欣子和笑笑生實際上又可能是一個人。張同志把這種猜想作為根據，認為只要搞清笑笑生或欣欣子是誰，也解決了《金瓶梅》的作者問題。這是把問題看得過於簡單了，因為欣欣子是否笑笑生，笑笑

2　張遠芬同志的四篇文章是〈新發現的《金瓶梅》研究資料初探〉〈也談《金瓶梅》作者的籍貫〉〈《金瓶梅》的作者是山東嶧縣人〉〈《金瓶梅》作者新證〉，分別發表於《徐州師範學院學報》1980年第 4 期，1981 年第 2 期、第 4 期，1982 年第 3 期。這些文章有些在其他刊物上重複刊登過，本文以《徐州師範學院學報》刊載的文章為準，引用時不再注明篇名。

生是否《金瓶梅》的化名，本身就不是確定無疑的事。

根據目前我們所掌握得材料，於《金瓶梅》流傳之初就見到其抄本的明人在記載中都沒有談到《金瓶梅》原本有序、跋，更沒有提及有作者的真名或化名。這一點，謝肇淛〈金瓶梅跋〉所云「《金瓶梅》一書，不著作者名代」說得最清楚。相反，他們卻記載了有關作者的不同傳聞，謝肇淛所謂「金吾戚里」的「門客」，袁小修所謂「紹興老儒」，沈德符所謂「嘉靖間大名士」。此外，我們還可以舉出屠本畯《山林經濟籍》又一種說法：

> 相傳嘉靖時，有人為陸都督炳誣奏，朝廷籍其家，其人沉冤，托之《金瓶梅》。

這些材料說明當時抄本的寓目者們不是沒有注意作者問題，只不過是無從得知；也說明後來《金瓶梅》刻本出現欣欣子序和序中提出蘭陵笑笑生作《金瓶梅》的說法是很突兀的。沒有材料能證明這些不是出自刊印者的偽託。

關於《金瓶梅》的刊印，沈德符《野獲編》有一段文字提到：

> 袁中郎《觴政》以《金瓶梅》配《水滸傳》為「外典」，余恨未得見。丙午，遇中郎京邸，問：「曾有全帙否？」曰：「第睹數卷，甚奇快。今惟麻城劉延白承禧家有全本。蓋從其妻家徐文貞錄得者。」又三年，小修上公車，已攜有其書，因與借抄挈歸。吳友馮猶龍見之驚喜，慫恿書坊以重價購刻，馬仲良時権吳關，亦勸予應梓人之求，可以療饑。予曰：「此等書必遂有人板行，但一刻則家傳戶到，壞人心術，他日閻羅究詰始禍，何辭置對，吾豈以刀錐博泥犁哉？」仲良大以為然，遂固篋之，未幾時，而吳中懸之國門矣……

「丙午」為萬曆三十四年，「又三年」為萬曆三十七年。魯迅先生在《中國小說史略》中說：《金瓶梅》「萬曆庚午（三十八年）吳中始有刻本」，大概就是根據沈氏上面一段話推出來的。但這一判斷有疏漏之處，那就是「未幾時，而吳中懸之國門矣」的「未幾時」，並不是直接「又三年」，中間還有「馬仲良時権吳關」一句，筆者根據可靠材料查出馬仲良是萬曆三十八年二甲進士，其権吳關是萬曆四十一年，且任期僅一年，因此，吳中初刻本的出現一定是在萬曆四十一年之後，根本不可能有「庚戌初刻本」[3]。張同志卻認定《金瓶梅》有庚戌初刻本，並以此為根據說：「1609 年正當《金瓶梅》首次付梓的時候，劉承禧正在吳中，再加上前面所說『惟麻城劉延伯承禧家有全本』一句話，我們就斷定了：《金瓶梅》庚戌初刻本，是劉承禧用自己家藏的手抄本付刻的。」這種「斷定」

3　關於這個問題筆者將有另文說明。——參見本書〈談《金瓶梅》的初刻本〉及〈補正〉。

完全是臆斷。首先，他連劉承禧是何許人也沒有搞清楚就徑下斷語。

劉承禧是何許人也？張同志宣稱「戴望舒先生曾專門查過《麻城縣誌》，但結果一無所獲」。只有他考證出劉不僅是收藏家，而且是個「文物商人」，曾到上海等地「販賣古玩」。其實，戴望舒先生專有〈關於劉延伯〉一文，根據康熙《麻城縣誌》、光緒《黃州志》、光緒《麻城縣誌》，查出劉承禧曾祖為劉天和，官至兵部尚書，祖燦，官刑部郎中，父守有，官錦衣衛指揮，劉承禧為萬曆三十八年武進士，會試第一，殿試第二，亦為錦衣衛指揮[4]。沈德符說劉的《金瓶梅》是「從其妻家徐文貞錄得者」。朱星先生說徐文貞「就是嘉靖時宰相徐階」，這句話本是對的，張同志卻譏諷了朱先生的看法，斷言「劉承禧是文震亨的女婿」，他的《金瓶梅》是從文震亨家抄來的，沈德符的「徐文貞」是「文震亨」名的誤聽誤記。其實錯的還是張同志自己，《野獲編》本身就有不止一條劉、徐兩家姻親的說明：

> 近代遠結姻者，如嘉靖間松江徐文貞之結陸、劉二緹帥，皆楚人（卷8）……前於此，則有徐太常元春，以女字劉金吾守有之子。徐為華亭相公塚孫，而劉則故司馬天和孫，麻城人，相去亦三千里（卷11）。

據張同志自己考證，劉承禧約生於1560年，卒於1622年。而文震亨是書畫家文徵明的曾孫，詩人王稺登的孫女婿，查一下《中國歷史人物生卒年表》或常見的書畫家辭典之類的書，就可知道他的生卒年是1585-1645，比劉承禧還要小25歲。按丙午（1606年）袁中郎告訴沈德符劉已從其妻家抄有《金瓶梅》，是年文震亨才21歲，他怎麼會有女兒嫁給46歲的劉承禧？這是考證態度略微嚴肅一點的人都能看出來的問題。其次，張同志斷定劉承禧是《金瓶梅》的付刻人，除了庚戌劉在吳中，又擁有全抄本，並沒有其他根據。且不說劉庚戌在吳中可能性不大（是年他正在京會試），就當時擁有全抄本的人來說也不止是劉一人，怎麼可以一口斷定只能是劉付刻的呢？

《金瓶梅》的初刻肯定是在萬曆四十一年以後，傳世《金瓶梅詞話》有題「萬曆丁巳（四十五年）」的序，萬曆丁巳本究竟是《金瓶梅》的初刻本還是初刻複印本，還是再刻本，現在不易確定。假設在丁巳本前還有一個初刻本，是用劉承禧的抄本付刻的。從上引沈德符的話可知，沈借抄的袁氏抄本就源於劉本，而屠本畯曾見的王稺登抄本也可能源於劉本，他們都沒有談到抄本有序跋、署名，卻記載了有關作者的不同傳聞，那麼或者初刻本根本沒有作者笑笑生的說法，或者有，也是出於偽託無疑。也有人認為沈德符和馮夢龍都是吳中初刻本的知情人，種種跡象表明，這是可能的。如是，沈在談到初刻

4　《小說戲曲論集》，北京：作家出版社，1958年，頁91-92。

本時諱而不談作者笑笑生問題，其出於偽託也是完全可能的。假設萬曆丁巳本就是初刻本，或初刻複印本，那麼「欣欣子序」的出現則更可能是偽託。

事情很清楚，根據目前掌握的材料，「欣欣子序」是否《金瓶梅》原序，「蘭陵笑笑生」是否《金瓶梅》原作者的化名，是有疑問的，以此為前提來推求《金瓶梅》的作者，其結果的不可靠性也是可想而知了。

二

歷史的進程曾經湮沒許多東西，有些事情可能是根據現存材料完全預料不到的。為了慎重起見，我們退一步說，假設欣欣子序是《金瓶梅》的原序，蘭陵笑笑生是作者的化名，事情也不是如張同志所斷言的那樣：笑笑生名前所冠「蘭陵」二字只能是指嶧縣，欣欣子序中的「明賢里也是指嶧縣」，因此作者「一定是山東嶧縣人」。張同志大概也覺得這種說法過於武斷，於是又加了兩條「確鑿的證據」：「《金瓶梅》中所寫的金華酒，根本不是浙江金華地區所產的酒，而是蘭陵（嶧縣）酒」；《金瓶梅》中的方言，大部分來自嶧縣，有些辭彙即使是鄰縣人也不懂。「所以，總的結論是一句話：《金瓶梅》只有嶧縣人才能寫出來。」儘管張同志說得如此肯定，但他的那些根據都是靠不住的，而為了拼湊這些「證據」，張同志不顧歷史事實隨己意使用歷史材料也過於大膽。

按照張同志文章的順序，先談金華酒問題。《金瓶梅》確實經常提到金華酒，這是因為明代萬曆直至清初，一般以「南酒」為貴，而金華酒又是知名南酒的緣故。作者寫西門慶一類官僚富商家庭請客送禮乃至日常飲食，多用金華酒，正是真實地寫出了當時的社會風尚。以地名酒，這是中國古代常見的事，金華酒為浙江金華府所產，是符合常理的，而且這與《金瓶梅》作者是什麼地方人並無多大關係。但是張同志有一個奇怪的邏輯，似乎書中所寫的幾乎人人都喝的金華酒，如果是嶧縣酒，那麼作者也就是嶧縣人無疑，於是他就設法「證明」《金瓶梅》中的金華酒就是嶧縣蘭陵酒，為自己的推想找到了「切實的旁證」。我們且不說張同志的邏輯是如何地不符合文學創作一般情況，就是張同志煞費苦心證明出來的「金華酒就是嶧縣酒」，也是根本錯誤的。關於這個問題，筆者曾作一小文辯之，文中舉出明馮時化《酒史》、明顧清《傍秋亭雜記》等有關記載，說明明代浙江金華酒的市場流通和習俗崇尚情況；又舉出《詞話》第 72 回有關金華酒絕不會是嶧縣酒[5]。最近又有同志提出新材料坐實了筆者的看法[6]，因而張同志以金華酒就

5　拙作〈《金瓶梅》中金華酒非蘭陵酒考辨〉，《徐州師範學院學報》1983 年第 2 期，亦可參見本書。

是嶧縣酒為依據斷定作者是嶧縣人，顯然「是完全站不住腳的」。

其次，談一下「蘭陵」和「明賢里」。張同志認為「蘭陵只是嶧縣的古名，不是武進的古名」，「東晉初，蘭陵也曾僑置武進，但不久到南朝梁時就廢掉了」。他曾批評朱星先生在這個問題上「不加細考，單憑模糊的印象，就貿然作為事實提出，是很不慎重的」，那麼張同志的偏頗結論就不是考證細與不細的問題了。

戰國楚曾在今山東蒼山縣西南蘭陵鎮置蘭陵縣，其後屢有廢復，治所也有變遷。因此今棗莊市，蒼山縣，滕縣東部、東南部一帶古稱蘭陵，這是無需細考，從一般方志地理書都可知道的。但是，同樣無需細考，從一般書也都可以查到今江蘇常州（武進是其廓縣）也和「蘭陵」地面有不少聯繫：

1. 蘭陵縣（僑）：東晉元帝大興元年僑置，治所在今江蘇常州市西北，南朝梁廢。

2. 蘭陵縣：梁武帝天監元年改武進縣置[7]，治所同上，隋開皇九年併入曲阿縣，唐復於其地置武進[8]。

3. 蘭陵郡（僑）：東晉初僑置，南朝宋改名南蘭陵，齊併入南琅琊郡。

4. 蘭陵郡：梁武帝天監元年改東海郡置，陳復改東海郡。

這段歷史雖然很複雜，但歷代史書和武進方志記載甚詳。張同志說：「蘭陵也曾僑置武進，但不久到南朝梁時就廢掉了」，明顯有意漏掉了梁廢除僑置蘭陵後又改武進置蘭陵直至隋開皇九年的史實。蘭陵這一名稱從東晉大興元年起，在武進這個地方使用了200多年，這在武進（常州）的歷史上是留下很重的痕跡的。最近初版的《江蘇名城地理》一書就說：「這是常州別稱蘭陵的由來」。[9]《常州史話》編寫組編寫的《常州古今》也說：

> 正因為蘭陵縣轄地即古代武進，……也因為齊高帝和梁武帝都是蘭陵人，因而古代常州人歷來樂於把蘭陵作為常州的雅號別稱。[10]

筆者無意否認蘭陵是今山東棗莊（嶧縣）、蒼山一帶的古名別稱，但蘭陵亦為常州（武進）的古名別稱，這亦是歷來官、私著作所承認的，今天常州還有一座知名的旅館叫「蘭陵飯店」呢！張同志不顧客觀歷史，硬說「蘭陵只是指嶧縣」，確實是只取所需。

張同志把欣欣子序中的「明賢里」看得十分重要，聲稱「我們能夠考出『明賢里』

6　徐建華〈「金華酒」確為浙江金華產補正〉，《徐州師範學院學報》1983 年第 3 期。

7　《隋書・地理志》：「梁改武進為蘭陵」。

8　《唐書・地理志》：「以故蘭陵地置武進」。

9　薛迪成《常州歷史地理》，南京：江蘇科技出版社，1982 年，頁 91。

10　董峴庵、耶邦《古城滄桑——常州歷史沿革》。

指的是什麼地方,那麼,我們就可以斷定《金瓶梅》是在什麼地方寫的」。根據我們第一節的論證,這種說法無疑又是一種武斷。我們不追究這一點,還是僅談張同志的「考證」。難得張同志在《南史》中找出齊廢帝東昏侯「本名明賢」,又在《齊高帝本紀》中找出「齊太祖高皇帝諱道成……其先本居東海蘭陵縣中都鄉中都里」。於是張同志說因為東昏侯是高帝侄孫,「而蕭道成的籍貫是山東蘭陵,那麼,蘭陵自然也是蕭明賢的籍貫,簡言之,蘭陵就是明賢故里,即『明賢里』也」。這話好像順理成章,但仔細考察一下,卻並不可靠。

齊、梁蕭氏,其先確為東海蘭陵人,但自晉永嘉之亂已南遷江左武進,《南史·齊高帝本紀》說:

> 中朝喪亂,皇高祖淮陰令整字公齊,過江居晉陵武進縣之東城里,寓居江左者,皆僑置本土,加以南者,更為南蘭陵人也。

蕭道成自己也承認是武進人,同紀中有:

> 詔南蘭陵桑梓本鄉,長蠲租布;武進王業所基,給復十年。

僑寓即久,則不究祖籍,古今不乏例證,如于慎行撰〈賈三近墓銘〉有云:

> 公諱三近,字德修,其先濟北人也。遠祖諱德真,避亂南徙,因止為嶧縣人。

張同志正是據此斷定:「賈家從遠祖賈德真開始至賈三近,在嶧縣定居已整整六代,所以各種史書皆言賈三近是嶧縣人,那時絕對可靠的。」那麼蕭氏從蕭整到蕭明賢離開祖居也亦「整整六代」,為什麼一定要稱嶧縣人呢?

其實,明賢里是否以人名命名,「明賢」是否一定指蕭明賢都是有疑問的事。再說所謂「里」者,故里也。大多是指其人出生或居住過的地方,今齊高帝、梁武帝在武進的故里均可查:

> 東城天子路,路在萬歲鎮西……齊高帝實居此村。[11]

> 萬歲里,在武進通江鄉阜通鎮,梁武帝所居。[12]

齊高帝在宋為禁軍將領,其家也曾隨之住建康,高帝子武帝蕭賾就「生於建康青溪宅」[13]。

---

[11] 《古今圖書集成·方輿編·職方典》卷 720〈常州古跡考〉。

[12] 《光緒乙卯重修武進陽湖縣誌》。

[13] 《南齊書·武帝紀》。

東昏侯父蕭鸞，是高帝次兄蕭道生之子，「少孤，為高帝撫育，恩過諸子」[14]。東昏侯生於齊武帝永明元年，其時鸞領驍騎將軍，轉散騎常侍，左衛將軍，那麼應生於南京。即使求三代故里，也只能在武進，說在嶧縣，未免扯得太遠了。張同志自己說：「我這樣解釋，似乎有生拉硬湊、創作附會的嫌疑。為了排除這種嫌疑，我還想從《南史·齊廢帝東昏侯本紀》中，再摘出幾句話來，與讀者共析。」他舉出「拜潘氏為貴妃」，「鑿金為蓮花以帖地，令潘妃行其上，曰：此步步生蓮花也」，「城中閣道，西掖門內，相聚為市」，「又偏信蔣侯神，迎來入宮，晝夜祈禱」，「聞外鼓吹叫聲，被大紅袍，登景陽樓望，弩幾中之。」張同志說：「讀了這些話，無須再加任何解釋，我們就可以看得出來，《水滸傳》中的潘金蓮、西門慶、蔣門神和景陽崗等人名地名都是從這篇〈本紀〉中擷取出來的，而這一點，又被《金瓶梅》的作者發現了，所以他從這裏找出『明賢』二字，再加上一個『里』字，用以表示自己的籍貫。」張同志所說這種《水滸》和《南史》的關係恐怕沒有一個《水滸》研究者能夠同意，從這種虛構的關係中推演出《金瓶梅》作者的籍貫，大概更擺脫不了「生拉硬套，穿鑿附會」的「嫌疑」。

再次，談一下《金瓶梅》的語言問題。《金瓶梅》的語言現象比較複雜，一般人認為它的敘述語言就大的方面應該屬於北方方言的華北次方言（過去一般稱北方官話），有些研究者認為它更表現出「山東方言」的特徵。近年來又有同志提出《金瓶梅》中有不少「吳語」，此外，其中還有不少北京土語和出自元明戲曲的辭彙。張同志說他對《金瓶梅》使用的方言作過專門調查，宣稱：「在我調查過的八百個方言詞語中，除去上面說過的北京方言和元明戲曲中的詞語之外，剩下的六百多個，全是嶧縣方言。」為了證明他「結論的正確性」，張同志還舉出「嶧縣人婦孺皆知的十個方言詞彙」，並且說：「這些詞我拿來請教了與嶧縣相鄰的銅山、蒼山、藤縣、費縣的同志，他們都不懂。」

語言學常識告訴我們，方言土語間的差別，首先表現在語音上，其次才表現在辭彙上。方言專家袁家驊先生曾指出：

> 方言詞彙的發展和傳播，經常受到社會生活各種因素的推動和影響，所以辭彙的方言界限，要比語音的方言界限更不穩定，更難劃分。[15]

刑公畹先生也說：

---

14 《南齊書·明帝紀》。

15 《漢語言學概要》，北京：文字改革出版社，1960 年，頁 322。

兩個鄰近的方言，其間如果沒有高大山河的阻隔，常常不容易劃分界線。16

張同志把「嶧縣方言」和嶧縣周圍四縣斷然分開是沒有科學根據的。

張同志提出的十個詞語看起來很有挑戰性，但筆者請專門研究語言的同志協助調查，發現這些詞語不僅和嶧縣同屬淮北土語群的嶧縣鄰邑如徐州人懂得，甚至不屬於淮北土語群的其他華北次方言區的同志也懂得不少，現將在徐州等地調查結果簡介如下：

1. 大滑答子貨：徐州、賈汪人都懂得「滑答子」的本意（烙煎餅時開始烙成的那種又厚又硬的東西），徐州人讀 [xua^{55}ts'a^{213}ts^1]，賈汪人讀作 [xua^{45}t'a^{213}ts^1]。

2. 咭溜搭刺子：徐州人說成 [ti^{213}lou・kə^{35}lax^{45}]，也說成 [pi^{42}kə^{35}lar^{35}]，意思是偏僻不為人注意的地方。

3. 涎纏：徐州人常說 [tsæ^{213}]，就是拖延耽擱一會兒的意思。

4. 戳無路兒：徐州人說成 [tsu^{45}əxulou^{42}]，意思是搗亂、捅漏子。

5. 迷留摸亂：徐州人說成 [mi^{45}loumar^{45}]，含含糊糊、不清楚的意思。

6. 唔唔磕磕：贛榆人讀作 [tiə^{213}tiəxə^{55}xə^{213}]，用來形容顫抖或不穩重的樣子。《詞話》第 20 回：「那老馮老行貨唔唔磕磕的獨自在那裏，我又不放心。」張同志釋為「說話斷斷續續、含糊不清」17，誤。

7. 繭兒：徐州人說成 [təlɜr^{35}]，不過徐州人一般說「結什麼繭兒」？未聽說「幹什麼繭兒」。

8. 摑混：徐州人說成 [kuə^{213}tixuŋ^{45}] 可以寫作「聒得慌」，意為聲音驚擾。

9. 格地地：徐州人讀作 [kə^{213}ti^{45}ti]，作副詞用，非常、了不得的意思。《詞話》第 73 回：「提起他來，就心痛的你這心裏格地地的。」張同志釋為「發抖」18，誤。

10. 獵古調：徐州人說成 [liə^{42}kutiə^{24}]，當自己欲與對方親近，而對方卻有意疏遠自己，就說對方「打趔古調」（僅取此三字讀音），又如：「一個趔古調就跑了。」

毫無疑問，《金瓶梅》的作者在使用方言詞語時，只是用諧音或音近的字把它們記下來，因此，同一個詞可以有不同的書寫形式，例如：

我在背哈喇子，誰曉的？（第 21 回）

到明房子也替你尋得一所，強如在這僻格喇子裏。（第 37 回）

---

16 《漢語言方言調查基礎知識》，武漢：華中工學院出版社，1982 年，頁 5。
17 〈《金瓶梅》詞話匯釋〉，《中國語文通訊》1981 年第 2 期。
18 〈《金瓶梅》詞話匯釋〉，《中國語文通訊》1981 年第 2 期。

這兩句中的「背哈喇子」「僻格剌子」實際是一個詞，意思又和上面的「咭溜搭剌兒」一樣。如果離開語言環境，孤立地把這些語言符號讀給人聽或寫給人看，即使懂得這些方言土語的人恐怕也不可能一下子斷定當地有無這個詞。我們曾把張同志舉出的方言詞拿給在嶧縣生活多年的徐州礦務局師專某老師看，他一下子也弄不懂這些詞是什麼意思，相反，我們將《金瓶梅》原文給某生活在淮北土語群以外的同志看，卻有不少同志指出許多詞他們那兒也有，因此，把這十個詞列為嶧縣獨有，在實際上也是靠不住的。

此外，方言土語是一種特殊的語言現象，是有歷史層次和地域範圍變化的，現在某地有某種說法，並不能斷定幾百年前那兒也必然有這種說法，某地現在沒有，同樣不能說幾百年前那兒也沒有。因此我們研究《金瓶梅》中的方言要有時空觀，不能以今證古，拿今天人們懂不懂作為判斷的標準。我們可以舉出一些反證，如《金瓶梅》第41回：

> 後晌時分，走到金蓮房中，金蓮不在家，春梅在旁伏侍茶飯，放桌兒吃酒。

據曲阜師院中文系編《山東方言詞匯初步調查報告》，「後晌」這個詞臨沂使用，嶧縣就不使用[19]，而且日常用語和事物稱呼最能反映方言土語的差別，我們能用張同志的推論法說《金瓶梅》的作者不可能是嶧縣人嗎？

對《金瓶梅》的語言現象，我們如果通過全面、認真、科學的研究，是能夠找出某些特點的，並可能對探討其作者提供某些根據。但目前我們對《金瓶梅》的語言研究還遠遠不夠，任何企圖通過個別語言現象輕易斷定《金瓶梅》作者的說法，都是不可輕信的。

三

前兩節，我們已經說明，張遠芬同志推斷《金瓶梅》作者就是嶧縣人賈三近的兩重前提都是不可靠的，因此他的結論是難於成立的。我們再退一步說，假設《金瓶梅》的作者是山東嶧縣人（在沒有考證出確實的作者以前，作者是嶧縣或其他任何地方的人都是可能的），那麼是不是非賈三近莫屬呢？從張同志提供給我們的材料看，不幸答案也只能是否定的。張同志舉出不少理由證明賈三近就是《金瓶梅》的作者，他的這些「考證」，少數只是說出了一種可能性，更多的則是從自己先入為主的主觀意念出發，如失斧齊人，任意解釋材料，拼湊證據，還有不少是用「索隱」的方法硬索出來的。

張同志根據賈三近嘉靖戊午曾中山東省試第一，又據于慎行〈賈三近墓誌銘〉中「未

19　1960 年 7 月油印本第 13 表，頁 1。

冠即廩學官，文聲大起」一句，斷言「他是完全有資格被稱為『嘉靖大名士』的」。不僅是大名士，還是大官僚，「是皇帝的近臣，官至兵部右侍郎，為正三品，他的『閱歷、見識和經驗』無疑是足夠寫一部《金瓶梅》的」。朱星先生曾認為沈德符《萬曆野獲編》中「聞此為嘉靖間大名士手筆」一語是判斷《金瓶梅》作者「最重要而可靠的依據」。他之所以堅持《金瓶梅》作者就是王世貞的錯誤說法，就是以「大名士」為標準，量來量去，「誰到最後都沒有王世貞具備條件」[20]。究其錯誤的原因，重要一點在於他先主觀地提高了這句話的價值，然後又以其作為客觀標準來到處衡量。實際上沈德符自己也承認這句話僅是「聞」，十里少真言，三人成市虎，本不一定可靠，再證之以謝肇淛、袁小修等不同傳聞，其為耳食之言不可憑信可知，怎麼能作為客觀標準呢？其實，如果不以「大名士手筆」的眼光先入為主地看《金瓶梅》，認真研究一下《金瓶梅》所表現出來的社會生活、思想傾向及語言形式，就會發現所謂大名士作《金瓶梅》的說法實際上是不能成立的。即使我們僅從中國小說發展的宏觀看問題，說產生於明代的通俗小說《金瓶梅》的作者是一位仕途順利的大官僚也是不太可能的。《金瓶梅》描寫了廣闊的社會生活，出現的生活場景從廟堂之高到里巷之細，可以看出作者確有深厚的生活基礎和寬廣的閱歷。但文學創作的規律告訴我們，作者所以能在自己的作品中寫出某些真實的社會生活，在於他瞭解這種生活，並非作者一定是某些事的當事人。《金瓶梅》中有些上層社會生活場面，也並非一定要三品以上大官才能寫得出。相反，讀過《金瓶梅》的人都有這樣印象：《金瓶梅》中，許多市井、家庭生活場面往往寫得非常真實生動，比如應伯爵等幫襯西門慶嫖妓的幾回就寫得活龍活現，如果一定要親身經歷才能寫出來，那麼賈三近這位「皇帝近臣」是否又是嫖場老手呢？實際上《金瓶梅》中許多下層人物和下層社會生活細節，倒可以說是大官僚、「大名士」所不能瞭解的。

其實，所謂「大名士」這一概念的內涵本身就是不確定的。何謂「大名士」？具備哪些條件才能被稱為「大名士」？假如把王世貞、李開先這些人作為嘉靖大名士的標準，那麼賈三近是遠遠夠不上的。從賈三近的科舉之名說，他僅是嘉靖三十七年的舉人，直至隆慶二年才中三甲進士；從他的詩文名來說，嘉靖間他還在舉業文裏轉圈子，和當時的「後七子」「唐宋派」根本搭不上邊；從他官名看，他是萬曆以後才登顯位，嘉靖間根本無官可談，怎麼能憑其舉省試第一及于慎行一句「文聲大起」，就認為他「完全有資格被稱為『嘉靖間大名士』」呢？因此，假使沈德符那句話可靠的話，恰恰排除了賈三近作為《金瓶梅》作者候選人的資格。

張同志為了說明賈三近是《金瓶梅》的作者，又硬把賈的思想和《金瓶梅》的思想

20　《金瓶梅考證》，天津：百花文藝出版社，1980 年。

傾向掛上號，宣佈賈三近有「離經叛道的思想觀念」，「只有這樣的人，才可能以文學為武器，無所顧慮和毫不隱晦地對他所處的社會無情而大膽的揭發和暴露」；有「不同凡響的精神氣質」，「只有這樣的奇人，才可能寫出《金瓶梅》那樣的奇書。」這些說法是和賈三近一生思想行為完全不符合的。根據《明史·賈三近傳》、于慎行〈賈三近墓誌銘〉和《嶧縣誌》等有關記載以及存世賈三近著作，賈三近是一個格守宗經、忠君、孝悌等正統封建思想的官吏。張同志引了不少于慎行〈賈三近墓誌銘〉中的材料，但下面一段卻沒有引：

> 公家自上世以來，用經術修明，為魯大師。至太公，益修文雅，即家教授不由師傳而學父。筆峰先生亦以治經有名，與公在師友之間。

筆峰是賈三近的弟弟賈三恕，任博士。于慎行在這裏把賈三近的思想實質及其淵源說得很清楚。賈三近的一生言論行為，不管是累疏諫君，請革時弊，還是在著作中指斥「吏治不古」，都沒有超出封建正統思想規範，其家居時間，則專心侍奉父母，「日進醴酏珍異，多置園亭花竹，征樂佐酒，以娛其意。或御太公安車，遊名山水間，詩歌相和……自顧天倫之樂，不知有人間事矣」[21]。至多不過「於耕種之餘，修縣誌，窮郭原，訪耆舊，披古今圖籍」[22]。經術修明、孝悌雙全，皇帝倚重的大臣，「行宜端直」的「鄉賢」，這和《金瓶梅》的作者能是一個人嗎；為了使賈三近的身分符合沈德符的那句話，張同志強調他是朝廷諍臣，能員幹吏；為了使賈三近思想和《金瓶梅》一致，張同志又把他打扮成一個離經叛道者，那麼《金瓶梅》中又有許多庸俗的思想，流露出作者的失意之感，張同志又將怎樣證明賈三近又是一個嗜淫成癖的市井閒人和蹉跎世事的腐儒呢？

張同志推崇讚美賈三近是一個「大文學家」，熟知詞曲，並且「還寫過小說」，以此證明他能夠寫出《金瓶梅》。其實，如果有可靠的證據說明賈三近確作過《金瓶梅》，那麼無需證明這些。曹雪芹除了給我們一部（而且是未完成的一部）《紅樓夢》外，幾乎沒有留下其他可靠的文學作品，但是誰能否認他是個大文學家呢？相反，沒有確切的證據，即使是王世貞這樣著作等身的人，也不能說他是《金瓶梅》的作者。而從張同志提供給我們的材料看，他的說賈三近是個大文學家的結論大有失實之處，不僅不能證明賈三近作過《金瓶梅》，恰恰證明賈不可能是《金瓶梅》的作者。

張同志給我們開了一張賈三近著作書目：《繹縣誌》《先庚生傳》《寧鳩子》《東掖奏草》《東掖漫稿》《皇明兩朝疏鈔》《西輔封事》《煮粥法》《救荒檄》《滑耀編》。

---

21 〈賈三近墓銘〉。

22 萬曆壬午《嶧縣誌》「賈三近序」。

然後頗有把握地問我們：「一個有如此眾多著作的人，我們稱他為文學家是不應該有什麼疑義了吧？」這實在令人啼笑皆非。文學者，以文學名家也。什麼叫文學？中國先秦時代曾將哲學、歷史、文學等書面著作統稱文學，兩漢以後文學概念開始逐漸明確，現在我們所說的文學，一般專指用語言塑造形象以反映社會生活，表達作者思想感情的藝術，通常包括詩歌、散文、小說、戲劇文學等體裁。很清楚，賈三近的這些著作，不過是方志、奏疏、筆記及應用文，最多有一些寓言，很少能稱得上文學作品，賈三近的詩作也很少。如果僅憑這些就可以定賈三近為「大文學家」，那麼中國幾千年的歷史，該有多少大官僚可以定為文學家？

　　在賈三近的全部著作中並沒有詞曲，說明他可能不精於此道。但是因為《金瓶梅》中有大量的戲曲、小令之類，張同志於是從〈墓誌銘〉中找出賈家居時向父母「日進醴酏珍異，多置園事花竹，征樂佐酒，以娛其意」這句話，硬把賈三近的「徵樂佐酒」和「熟悉元明戲曲」等同起來，這真是沾著邊就可以任意發揮了。

　　于慎行〈墓誌銘〉中曾說：「公數為予言，嘗著《左掖漫錄》，多傳聞時事，蓋稗官之流，末及見也。」張同志分析道：「『蓋稗官之流』一句話明確肯定了《左掖漫錄》就是一部小說。」其推論之大膽令人吃驚。「稗官」一詞出《漢書·藝文志》：「小說家者流，蓋出於稗官。街頭巷語，道聽途說者之所造也。」後世野史筆記、小說都可以稱為「稗官」。而左掖指宮城正門的左邊小門，但又可指「給事中」的官職，唐張九齡〈和許給事直夜簡諸公詩〉「左掖知天近，南窗見月臨」[23]可證。賈三近曾官吏科給事中，又遷左給事中，再拜戶科都給事中，因此這裏的「左掖」和《東掖奏草》的「東掖」一樣，是賈三近的夫子自謂，證之以于慎行說的「多傳聞時事」，所謂《左掖漫錄》不過是賈三近記載其為官給事中時聞見之事的筆記，或有野史性質，根本談不上什麼小說。

　　根據張同志提供的材料，賈三近的生平事業主要在於政治活動，其與文學因緣甚淺，和通俗小說、戲曲根本搭不上邊，實在看不出他與《金瓶梅》之間有什麼必然的聯繫。

　　但張同志在最後一篇文章裏竟然向我們宣佈，他已經初步確定《左掖漫錄》就是「《金瓶梅》的最早初稿」。此書連給賈三近作墓誌銘的于慎行也未曾寓目，或者已不存在於天宇之中，張同志又是怎樣確定呢？下面是張同志的認識過程：「『左掖』者，東掖門也，而《金瓶梅》的主人公恰好是西門慶」；「『多傳聞時事』，又與沈德符所說的《金瓶梅》是『指斥時事』之作，完全符合」；「于慎行是賈三近一生中最要好的朋友，但賈三近無論如何也不願意將這部書拿給他看。原因何在呢？答案只能有一個，就是《左掖漫錄》中描書色情的內容太多」。因此「我揣測，《左掖漫錄》是《金瓶梅》的最原

始的初稿，『漫錄』二字還意味著它當時還是各種不相連貫的社會生活見聞的實錄。直到後來，受到《水滸傳》的啟發，才加工改造，集中到西門慶一個人身上，變成了一部完整的長篇小說，並重新定名為《金瓶梅》」。這哪裏是考證？曲解、武斷、索隱、想像，一切不科學的考證方法都使用上了。一會兒肯定「《左掖漫錄》就是一部小說」，一會兒又說「它當時還是各種不相連貫的社會生活見聞的實錄」，這不是隨意曲解材料嗎？由「東掖門」這一地名就找出這部書與西門慶有關，這不是「索隱」嗎？明明于慎行說「未及見也」，卻變成了「賈三近無論如何也不願意將這部書拿給他看」，而原因「只有一個」，就是因為「色情內容太多」，何以知道《左掖漫錄》色情太多？這不是曲解又加武斷嗎？而這統統建立在主觀想像上的，結論能站得住腳嗎？

正是用這些方法，張同志「考」出了「笑笑生就是賈三近的筆名」。他首先找出賈三近編的寓言集《滑耀編》，認定其中「〈滑耀編序〉實質上就是賈三近的自畫像。亦即是說，眾『以滑耀目之』的滑耀子，就是賈三近自己。而滑耀子又是笑笑生同意語，所以笑笑生就是賈三近」。為什麼能在《滑耀編》裏找出賈三近的笑笑生筆名呢？張同志告訴我們，是因為「賈三近寫作《金瓶梅》，既不想讓世人知道這部書是自己寫的，又想讓世人終有一天能夠查出他就是這部書的作者，於是他就在自己的其他著作中埋下了許多伏線」。我們今天考證，不要求內證外證，「只要掘開這個埋伏點，自然可以得到許多資料，證明賈三近就是《金瓶梅》的作者」。通過張同志的這些敘述可以看出，這一套是從前一階段紅學考證中流行的「破譯法」學來的。有一篇紅學文章叫〈《紅樓夢》的原作者是誰？〉[24]，據此文「考證」，《紅樓夢》的作者是曹頫，曹頫把自己的履歷連同自己是小說作者這樣的「交待材料」，「寫入書中」，只要深入研究就能「破譯」出來。於是他就使用了使密碼專家也目瞪口呆的方法，從《紅樓夢》的字裏行間破譯出了作者。曹頫似乎只把交待材料埋伏於本書中，而賈三近竟然把埋伏點設在其他著作裏。這真幸虧會動腦筋的人幫忙挖掘，否則誰能想到《金瓶梅》的作者的埋伏點在哪裏呢？但是，即使是中國傳統的燈謎，還有固定的謎面和供人猜想的謎格，而這些所謂小說作者的「埋伏點」和「破譯」方法卻完全是憑考證者自說自解，結論對不對，別人怎麼驗證呢？

張同志又進一步向我們解釋了賈三近為什麼要給自己取「笑笑生」的筆名。一是追慕前賢，因為嶧縣西漢時曾經出過了一個著名的人物叫孟喜，「由喜喜，而笑笑，而欣欣，是極為自然的事情了」，二是賈家讀書樓叫「永怡堂」，「怡者，悅也，這就是笑笑的第二層含義」。「賈三近在給自己起『蘭陵笑笑生』這個筆名的時候，早已把機關

24　《北方論叢》，1980 年第 4 期。

算盡，使後人再也無法把這個筆名安在第二個人頭上」。這些話看起來說得頭頭是道，似乎有材料作依據，但這些材料之間有必然的聯繫嗎？孟喜是西漢一位經學家，賈三近對其表示過追慕之情，但心裏想著前賢們的「經術」「諫諍」「忠直」「恬退」「忠勇」，「願為執鞭」，筆下卻寫著「離經叛道」、不願意拿給人看的「淫書」，且又「由喜喜，而笑笑，而欣欣」，這符合思想規律和創作心理嗎？問題很顯然，並不是孟喜、永怡堂這些材料本身與《金瓶梅》、笑笑生有什聯繫，分明是考證者頭腦裏先有了賈三近作《金瓶梅》這樣一個主觀結論，然後才去這裏那裏找一些材料硬拉上關係，這樣的結論怎麼能夠成立呢？

由張同志的文章，筆者經常想到「紅學」的考據。紅學是中國古典小說研究中的「顯學」，它的起伏發展的歷史給我們提供了不少成功的經驗，但也有不少失敗的教訓。舊紅學索隱派的研究方法，就是以主觀隨意性為根本特徵的。實踐證明，這是一種錯誤的研究方法，現在國內已經很少有人再效法，但一些主觀主義的胡猜妄測，仍然是紅學考據中的問題，近年來在有關《紅樓夢》人物考證和作者考證文章中，又出現了一種考據和索隱混雜在一起的情況，造成了紅學研究中的一些混亂。這類文章的研究方法表面上和舊索隱派不同，似乎也提出了一些證據，但其基本出發點仍然是主觀想像，不是根據材料得出結論，而是用索隱的方法，拼湊證據來證明自己的主觀想像。為此郭豫適先生曾寫過一篇很好的文章，指出：「應當把科學的考據跟索隱派的索隱區別開來，使我們的考據學建立在唯物主義的科學基礎上。」[25]比較起紅學，我們其他許多古典小說（包括《金瓶梅》）的研究還剛剛起步，筆者衷心希望搞考據工作的同志能盡可能依據可靠的材料和使用科學的研究方法，學習紅學成功的經驗，吸取紅學的教訓，使我們的研究少走一些彎路。

附記：本文原載《徐州師範學院學報》1983 年 4 期。

25　〈論紅學的考證、索隱及其他〉，《文藝理論研究》1982 年第 4 期。

《金瓶梅》中
「金華酒」非「蘭陵酒」考辨

　　《金瓶梅》中，經常寫到「金華酒」。這種酒指的是明時浙江金華府所產的酒，應屬常理，難作他解[1]。但是，張遠芬同志曾寫了一篇文章專談這個問題，斷言「《金瓶梅》中所寫的金華酒，根本不是浙江金華地區所產的酒，而是蘭陵酒」。該文發表在《徐州師範學院學報》（哲學社會科學版）1981年第2期，並被收進《社會科學戰線叢刊・文史論集》1981年第2輯。張文立論的主要根據是李時珍《本草綱目》中的一句話：「東陽酒，即金華酒。古蘭陵也。」對此張文有三點解釋：1.「東陽」，指的是春秋時古邑名，在今費縣西南，「蘭陵也正好在費縣西南」，「蘭陵酒所以又叫東陽酒，是因為蘭陵在春秋時的古名稱『東陽』」。2.李白詩「蘭陵美酒鬱金香，玉椀盛來琥珀光」，證明「蘭陵酒是以鬱金花配料釀成的色酒，也就是『金華酒』，『花』與『華』通，所以名之『金華酒』」。3.蘭陵有一個「金花泉」，又名「金華泉」，「這個泉的命名不能說和金華酒的命名毫無關係」[2]。對於張同志的觀點，筆者不敢苟同，特作以下考辨：

　　第一，說「蘭陵在春秋時的古名稱東陽」，是根本錯誤的。「東陽」地名，在中國古代典籍中屢見，只要隨手翻一下新編《辭海》和一些常見歷史地理書就可以知道至少有如下五種解釋：

　　1. 古邑名。春秋魯地，在今費縣城西南70里，稱關陽鎮，屬費縣。

　　2. 古地區名。春秋晉地，相當於今河北太行山以東地區。

　　3. 古城名。故址在今山東益都縣北。

　　4. 郡名。三國吳寶鼎元年分會稽郡置，治所在長山（今浙江金華），南朝陳天嘉三年後改名金華，隋大業及唐天寶、至德時又曾改婺州（治所也在今金華）為東陽郡。

1　參見戴不凡《小說見聞錄・《金瓶梅》零箚六題》，杭州：浙江人民出版社，1980年；陳詔〈《金瓶梅》小考〉，《上海師範大學學報》1980年第3期。

2　此語見《徐州師範學院學報》文，到《社會科學戰線叢刊》文已改為：「蘭陵酒是用『金華泉』的泉水造的酒。」

5. 縣名，有三。一為秦置，在今安徽天長西北，南朝陳廢；二為漢高帝置，治所在今山東武城東北，東漢廢，隋開寶六年復置，十八年改名海南；三為唐置，屬婺州（後婺州改金華），歷代沿之，現仍為金華地區縣。

從這些材料可以看出，從古至今，東陽和蘭陵兩個地名都沒有直接的關係。據《古今圖書集成·方輿編·職方典》第 209 卷：

> 嶧縣：周、春秋鄭子國，後屬楚，春申君以荀況為蘭陵令，即此地。秦屬薛郡，漢置蘭陵及承縣，屬東海郡，東漢因之……（金）明昌二年改承縣為蘭陵縣，興定間置嶧州。……明洪武二年降為縣，屬濟寧府，十八年改屬兗州府。

同書第 239 卷談到「故東陽城」：

> 《春秋》：「夏，孔甲遊田於東陽。」《左傳·襄公八年》：「吳師克東陽。」今關陽鎮也。

綜合各種志書，明確可知蘭陵地方春秋屬鄭國，後鄭為莒滅，屬莒，又為楚占，屬楚；而春秋時今費縣西南 70 里的東陽邑屬魯，到戰國東陽邑廢，旁置武城，仍為魯地。兩地不僅實際上距離百里以上，而且在春秋至戰國分屬兩個諸侯國，怎麼能說春秋時魯國的東陽邑包括鄭國的地方呢？即使在明代，原東陽邑地方（時稱關陽鎮）屬費縣，而蘭陵地方稱嶧縣，兩者也根本沒有隸從關係，一個地名概括不了另一個地名。再進一步說，東陽邑只不過作為春秋時魯國的一個古地名被記載下來，它從來未作過它周圍任何地方的代稱，更不要說是蘭陵的古名了。

相反，東陽一名和浙江金華地區，無論歷史和現在都有密切的關係。從三國吳寶鼎元年（266）在今金華置東陽郡，到南朝天嘉三年（562）改東陽為金華，現金華地方有近 300 年時間一直被稱為東陽。據《南史·沈約傳》，齊隆昌元年，沈約還出任過東陽太守，唐詩人李商隱句：「為憑何遜休聯句，瘦盡東陽沈姓人」[3]。其中「東陽沈姓人」就是指的沈約官東陽事。就明代來說，嶧縣不能說是「古稱東陽」，而金華卻完全可以這樣說。再說，自唐置東陽縣，東陽就是婺州屬縣，明朱元璋 1358 年改婺州為寧越府，旋於 1360 年改為金華府，東陽也未離金華隸下，這在《東陽道光縣誌》中記載十分清楚。東陽作為金華屬下一個縣，也並非無名，晉元帝南渡建康，不少南徒士族就定居東陽，逮宋高宗建都臨安，東陽為近畿後方，當京閩交通要道，且又書院林立、人文蔚起，朱熹、呂祖謙、葉適等都曾到過東陽講學。東陽造紙、刻書在宋代也稱步一時，傳世宋版

3　《玉溪生詩集箋注》卷 2。

《三蘇文粹》即為「東陽胡倉桂堂王氏」刻。明代，東陽自然也以其是「今地名」而天下共知。因此，從地理名稱來說，浙江金華府所產「金華酒」又被稱為「東陽酒」是合理的，而蘭陵既然不能稱東陽，蘭陵酒就不會被稱為東陽酒，這樣它和金華酒也就毫無聯繫了。

第二，從酒本身來看，說金華酒是蘭陵酒也沒有道理。先看《本草綱目》原文：

> 蘇恭曰：酒有秫黍粳糯粟酒蜜葡萄等色，凡作酒醴須用曲，而葡萄蜜等酒獨不用曲，諸酒醇醨不同，惟米酒入藥。

> 寇宗奭曰：……漢賜丞相上尊酒，糯為上，稷為中，粟為下。今入藥佐使，專用糯米，以清水白麴曲所造為正。

> 汪穎曰：入藥用東陽酒最佳，其酒自古擅名，《事林廣記》所載釀法，其曲亦用藥，今則絕無，惟用麩面、蓼汁拌造，假其辛辣之力，蓼亦解毒，清香遠達，色復金黃，飲之至醉，不頭痛、不口乾，不作瀉。其水秤之重於他水，鄰邑所造俱不然，皆水土美也……

> 時珍曰：東陽酒即金華酒。古蘭陵也。李太白詩所謂「蘭陵美酒鬱金香」即此。常飲入藥俱良。山西襄陵酒、蘇州薏苡酒皆清烈……並不可入藥。

《本草》所引蘇恭、寇宗奭、汪穎的話告訴我們：1.東陽酒所以不同於他酒是水土之美，「鄰邑所造俱不然」，可知東陽確為一地名；2.入藥之酒以米酒為最好，且專用糯米，既然東陽酒入藥最佳，顯然應該是用糯米製造的米酒；3.東陽酒為米酒，且又「清香遠達、色復金黃，飲之不醉」，可推斷其為黃酒無疑（黃灑入藥，古今如斯）。東陽地名與蘭陵無涉，前已論及，而明清時嶧縣所產酒性亦與東陽酒相頗，《古今圖書集成・方輿編・職方典》卷238「兗州物產考」說：

> 酒醪醯醬，中人以上皆自儲蓄，不取諸市。而酒以黍米麥麴，不用藥味，近泉諸色，芳烈清甘，足稱上品，然尤以苦為尚，所謂青州從事者也。

兗州府（包括嶧縣）所產酒，雖「足稱上品」，但「芳烈清甘」，「尤以苦為尚」，顯然不是「入藥最佳」。再說李白所謂「蘭陵美酒鬱金香」，並不是如張同志所理解的那樣，是「以鬱金花配料釀成的色酒」。古人有以香料「摻酒」的習慣，此處指的是以鬱金花為香料摻的酒，並不能確定其為色酒。而所謂「蘭陵美酒」，只不過指蘭陵地方的酒，不是某些人今天所理解的那樣是酒名。這一點，唐詩中酒和地名連在一起，大

多都是指某地的酒可證，如：「解我紫綺裘，且換金陵酒。」[4]「聞道成都酒，無錢亦可求。」[5]「或命餘杭酒，時聽洛濱笙。」[6]「宣城酒熟花覆橋，沙晴綠鴨鳴交交。」[7]毫無疑問，近世得過國際博覽會金獎牌的「蘭陵美酒」，其名稱乃取自李白詩。據筆者瞭解，現在市場上出售的「蘭陵美酒」，確屬黃酒類型，兼有白酒香味（可惜張同志未能拈出作證，反而說其為色酒），但不能以今證古，使人相信明代就有這種「蘭陵美酒」。如蘭陵酒廠近年又出一種「鬱金香酒」，其名也取於李白詩，似也不能說此種酒名古已有之。對於明清蘭陵酒，我們只能相信上引《古今圖書集成》的說法，是「芳烈清甘」，「以苦為尚」，既不是以鬱金花配料釀成的色酒，也不可能是「入藥最佳」的東陽酒。

但是，李時珍確在「東陽酒即金華酒」後，加了一句「古蘭陵也」，並說「李太白詩所謂『蘭陵美酒鬱金香』即此」。從以上考辨可以看出，他有可能是搞錯了。實際上後代醫藥學家們並沒有沿襲這一種說法。如 1935 年出版的世界書局編《中國藥學大辭典》[8]關於東陽酒專條稱：

【東陽酒】原名：金華酒。命名：本品即為浙江金華所產之，故名。性質：甘辛無毒。主治：用製諸良藥。

第三，說蘭陵酒是用「金花泉」的泉水造的酒，所以蘭陵酒又稱金華酒云云，恐怕只是一種臆測。蘭陵確有「金花泉」，但它僅是有名的「許池泉」上游五泉之一，並不大為人所知。張同志未能舉出古人專以「金花泉」水釀酒的證據，我們在有關志書中也沒有找到這類記載。

綜合以上情況，說《金瓶梅》中的金華酒就是蘭陵酒，是沒有根據的。實際上，《金瓶梅》中所說的金華酒，確是明時浙江金華地方所產的酒，作者並沒有故弄玄虛。

浙江金華府所產的金華酒，在古代本是十分有名的。現在尚健在的作家胡山源 1939年輯有《古今酒事》[9]一書，其中《專著》編列清代以前的關於酒的各種專著，有佚名《酒小史》，列古今名酒百餘種，《本草》中提到的酒大多提到，也提到「金華府金華酒」，把產地說得十分確實，卻沒有提到蘭陵酒。又，明顧清《傍秋亭雜記》卷下記載：

4　李白〈金陵江上遇蓬池隱者〉。
5　李崇嗣〈獨愁〉。
6　許敬宗〈遊青都觀尋沈道士得清字〉。
7　溫庭筠〈常林歡歌〉。
8　後 1958 年經人民衛生出版社修訂重版。
9　世界書局 1939 年版。

> 天下之酒,自內發外。若山東之秋露白,淮安之綠豆,括蒼之金盤露,婺州之金
> 華,建昌之麻姑,太平之採石,蘇州之小瓶,皆有名。[10]

不僅清楚地說明了金華酒的產地(婺州即金華),並確認其為當時名酒,最為可信的是明人馮時化所著《酒史》,在其所列諸酒中,沒有提及任何一種山東酒,評價最高的是金華酒:

> 金花酒:浙江金華府造,近時京師嘉尚語云:「晉字金華酒,圍棋左傳文」。[11]

《酒史》有萬曆刻本,首有「隆慶庚午(1570)秋七月吉邑人懷堂趙惟卿序」,序云作者字應龍,別號輿川,號無懷山人。又云此書成於隆慶二年(1568),作者書成不久去世,時年42歲。這部可信作品說明明代嘉、隆時京師最崇尚的酒是浙江金華府造的金華酒。

筆者翻檢《金瓶梅詞話》,粗略統計書中有 13 回 19 次直接寫到金華酒:賭金華酒一次,買金華酒 4 次,待客和家飲金華酒 12 次,送禮用金華酒 2 次。從書中描寫可以看出,金華酒在當時是最名貴時尚的酒,如今天之貴州茅台,而且是論「罎」市售的商品。《金瓶梅》還寫到其他不少酒,如白酒、果酒、葡萄酒、麻姑酒、桂花酒等,但寫送禮卻大多用南酒(93 回用「魯酒一罇」語,此為用典),有時稱「金華酒」(如 39、72 回),有時稱「浙江酒」(如 72、78 回),有時則徑稱「南酒」(如 72、95、97 回)。特別是第 72 回,寫安老爹給西門慶送「分資」,先寫玳安兒告訴春梅說內有「兩罎金華酒」,隨即呈給西門慶看的帖子上卻寫道:「清玩浙酒兩樽,少助待客之需」,接著寫西門慶看到抬進的「兩罎南酒」[12]。可見在《金瓶梅》中金華酒＝浙江酒＝南酒。這樣,《金瓶梅》中所寫金華酒的情況就和上引明代筆記記載完全一致,說明它的描寫是符合歷史真實的。

即使《金瓶梅》成書於萬曆。其關於金華酒的描寫,也是真實的。因為北京以金華酒為高級饋贈品、享受品,至清初依然。康熙年間由蔭生累官江西按察使的劉廷璣在其《在園雜誌》中說:

> 京師饋遺必開南酒為貴。如惠泉、四並頭、紹興、金華諸品,言方物也。[13]

劉廷璣是讀過《金瓶梅》的,其《在園雜誌》說:「深切人情事物,無如《金瓶梅》,真奇書也。」又稱這部書「文心細如牛毛繭絲」,「針線縝密,一字不漏」。《金瓶梅》

---

[10]　《涵芬樓秘笈》第四集。

[11]　《叢書集成》初編 1478 號。

[12]　《金瓶梅詞話》,中國文學珍本叢書本,頁 908-909。

[13]　《申報館叢書》餘集。

所描寫的一些社會現象、風習，包括南酒為貴的情況，至清初仍然存在。劉廷璣大概正是通過和現實的對照，才發出「深切人情事物」的贊語。這可以進一步證實《金瓶梅》一再提到金華酒，確實真實、具體地反映了當時的社會生活情況。這對於我們進一步瞭解《金瓶梅》的作者或許是一個啟示。但我們應該對這個問題做合乎實際的考察，戴不凡先生因為《金瓶梅》一再提到的金華酒是浙江金華府產，就猜測《金瓶梅》的作者是金華、蘭溪一帶人；張遠芬同志為了說明《金瓶梅》的作者是嶧縣某人，又把金華酒附會成蘭陵酒，這些做法可能都過於牽強，容易脫離歷史和作品實際。

附記：本文原載《徐州師範學院學報》1983 年 2 期。

李時人《金瓶梅新論》序言

何滿子

《金瓶梅》在明末已被列為「四大奇書」之一,這很簡單,在當時已經問世的長篇小說之中,它當然是出類拔萃的。清初人又把《金瓶梅》標舉為「第一奇書」,這就不管你願意承認或不願意承認,是和書中放肆的性描寫有很大關係了。性問題不僅是研究《金瓶梅》所無法回避的問題,而且是攔在你面前必須先將它制服的一個問題,否則你就過不去。

指斥《金瓶梅》是「淫書」,應該說是師出有名的,雖然這個評價未免太皮相了一點;我以為,與其說它是「淫書」,無寧說它是「憤書」。金聖歎評《水滸》,曾說「為此書者,吾則不知其胸中有何等冤苦,而為如此設言」[1]。《水滸》作者的「何等冤苦」很容易解答,他發洩著封建暴政下平民的冤苦。逼上梁山的現實及其意義,讀者、作者都是很明白的。《金瓶梅》所發洩的冤苦,依我看來,連作者自己也未必清楚,或未必完全清楚。這是須如本書作者時人同志所說,「**站在新的時代文化高度觀照《金瓶梅》**」,**才能發現其奧蘊的**。

晚明的呼喚人性解放的思潮,以及上層統治者縱欲的「頹風漸及士林……世間乃漸不以縱談閨幃方藥之事為恥」[2],當然是《金瓶梅》敢於和樂於渲染性關係的原因,但這些意識振盪和生活風習的感染,只是提供一種氣候,而不是怨憤之所因的本源。這個本源包括《金瓶梅》作者在內的當時人是沒法理解的,他們只能看到現象,從現象中直感到某種不對頭的歷史運動的窒塞和困惱,憑著敏感將這種歷史苦惱從刻畫人生現象中宣洩出來。

憤在什麼地方?小說中西門慶一家的生活是變態的生活,變態的人性——不,別的都是常態的,只在生命最敏感的動物性的瘋狂取樂上是變態的。這是一**種摧毀生命**的取樂,用我們現在常用的話,是「作死」。

1 　金批本〈楔子〉評。
2 　魯迅《中國小說史略》。

這是一種生命無法找到正規的道路發揮其精力的自暴自棄。

正如不少研究者所論定的，西門慶雖有多重社會身分，**但他真正的角色是商人**。在商品經濟中，馬克思一再論證，物與物的關係掩蓋著人與人的關係。因此，西門慶不能不是商業資本的肉身的代表。而且，在封建制度的明代，要成為商業資本的代表，不可能沒有經商以外的另外的社會身分，沒有官僚、惡霸的身分和暴發戶的特點，這個代表就不典型。資本在「前資本主義社會」崛起，即原始積累的時期，有一個不能排除的特點，就是掠奪。西方資本主義的發家主要依賴海外的掠奪，奪的是殖民地的財富，心安而理得；中國雖然也有「發洋財」的海外貿易，但規模極小，不成氣候；主要是向社會內部的各色人等那裏巧取豪奪，奪的是左鄰右舍；深夜捫心，大概不會心安理得，貪欲難遏而慶幸於掠奪得手之後，潛意識中是有愧疚感的。豪富者作佛事，做慈善事業出些錢，其中就包含著隱約的贖罪感，不僅是費財消災或為兒孫修福。

商業資本的歷史出路是轉入生產，使之無窮地增值，這便是西方近代工業社會得以興起的經濟規律。中國明代資本主義萌芽夭折的原因，正是商業資本沒有實現合於歷史規律的轉移。這個道理，當時的商業資本擁有者是不能認知的，他們也不會有因為他們所擁有的資本未能遂行歷史使命的悵憾。但有一點卻是不能否認的，錢得不到正當的使用，是要害人的，首先遭殃的常是錢的主人。「多財貨則恣欲」是最便捷最易滑入的致害之路，**如果錢的不獲正當使用正好和某種歷史運動的因果相聯繫**，那麼，錢的主人之被錢所害就帶有了悲劇的性質，至少在客觀上，他是歷史運動的軌道掙扎下的犧牲者。他「多財貨而恣欲」的自暴自棄，就成為**一個歷史角色的自暴自棄**，即找不到正當出路的資本及其肉身的代表的自暴自棄——西門慶正是中國資本主義萌芽夭折的**悲劇象徵**。

當錢不能獲得正當運用，既然會產生罪惡的效應，那麼表現在人生現象中也必然是醜惡的。因此，《金瓶梅》的性生活的穢褻描寫便是對歷史的忠實；倘把西門慶、潘金蓮等人寫得十分高雅，十分含蓄，就不但有背於人物性格的真實，更重要的是，這些人物就沒有美學的和歷史的價值了。因此，哪怕小說對醜陋的性描寫多少帶有客觀主義（自然主義）的態度，乃至不無欣賞的態度，洩露了作者鄙俗情操的一面，也只能算是細枝末節；何況還有晚明世風的大氣候和衝擊理學性禁錮的不應苛責的理由呢。

因此，《金瓶梅》所描寫的商業資本的代表人物的自暴自棄，是**對歷史無可奈何的苦惱所激發的洩憤**，戕賤自身的生命以洩憤。

而且，你難道嗅不出這個毀滅了的商人對世人的負疚感麼？

用什麼可以證明《金瓶梅》**不可能**是歷史積累型的小說？因為這樣的題材，這樣的人生現象的歷史涵義，不能早於這個歷史時期所發現，所表述，只能是那個時期的歷史寫照。這個證據比所有從文獻中選剔附會的理由要硬得多。

這樣一種自暴自棄、自我毀滅的人生現象，在美學轉化中不比較細緻地刻畫出人性，用《西遊記》以前幾種歷史積累型小說那樣的粗線條是無法實現的。因此，《金瓶梅》將以往小說廣袤的空間跨度縮小到一個家庭，一個小城市的範圍，以便拉近焦距，給人物性格的細緻描繪以用武之地，以深度輻射廣度，為後來的小說，特別如《紅樓夢》創造了範例。

《金瓶梅》一出世，就受到了當時思想較開明的文人的讚賞，可想而知也遭到了一些衛道者的詛咒。但不論物議如何，它對中國小說創作的影響之大卻是空前的。中國小說從小說史的第一頁唐人傳奇起，就以繪寫現實人生為目的，短篇小說中的優秀作品都有這個傳統，但長篇小說卻截至《西遊記》止，都以歷史或神魔題材間接地或曲折地評價人生，《金瓶梅》開創了以長篇小說描繪現實人生的新紀元，把小說引上了與現實密接的干預人生的正規道路，這裏小說藝術本該承擔的第一義的任務。這一傾向以後就成了中國長篇小說的主流。《金瓶梅》的表現方法和技法也給了後來的小說作家以多方面的啟發，別的不說，單講將方言引入人物對話以添加人物的生活氣息和形象的真實感這點來說，就為後來不少小說所承襲，如《醒世姻緣傳》《紅樓夢》等都摒棄了早先小說對話所用的書面語言，以至後來竟有了方言小說這麼一支。而在《金瓶梅》以前，只有《水滸傳》在少數人物如魯智深的對話中偶爾一用，《西遊記》也大抵只是在人物引用俗諺時使用方言，並且此前的小說中，人物對話和作者的敘述語言也沒有《金瓶梅》那樣的吻合和融洽。

《金瓶梅》還卷起了一股摹擬的和躡蹤的旋風，這也是中國小說史上極堪注目的現象。其他幾部成功的小說雖也有續作和模擬之作，如《水滸》有《後水滸》《蕩寇志》，《西遊》有《後西遊》之類，《紅樓夢》續書最多，也不過十多種。而《金瓶梅》則引出幾乎綿延了一百年的系列才子佳人小說，這些書不僅以主人公的名字綴合成書名，看得出是摹效《金瓶梅》的故智，而且分明是《金瓶梅》反理學禁錮意識的反動或調和。這類被稱為言情小說的作品，雖然也主張男女擇配自由，但歸根結底是遵循禮教，刪〈鄭〉〈衛〉而續〈周南〉，不敢越名教一步的。婚外戀和再醮為這些小說所避忌，至於性描寫則更視為蛇蠍，完全是把《金瓶梅》當作一個敵對的參照系而落筆的。這現象就足以證明《金瓶梅》的影響之深巨。另一方面則有相當數量沒有《金瓶梅》的歷史的和美學的豐富內容而徒然渲染性行為的劣作，呈示著《金瓶梅》的負面的影響。

還有，較為聰明的作家則從結構生發上取法於《金瓶梅》的機軸，董說的《西遊補》即是。《金瓶梅》取《水滸傳》武松殺嫂故事橫生枝節，楔入其間加以展開，化附庸為大國，生發出了一百回大書；《西遊補》也取孫行者故事，從「三調芭蕉扇」之後，由取經路上別出「青青世界」，構成一部別有情致的小說，杼機如一。

　　如此重要的一部小說，理應廣泛深入的進行研究，但可惜研究《金瓶梅》比研究別的小說多一層困難。這是因為，研究小說從來就是研究者和廣大讀者共同的事業，研究者必須從讀者的美感體驗的反饋中取得參照信息，有時還必須以讀者的美感體驗來驗證自己的論證。《金瓶梅》雖然歷來為文人所激賞，但讀者的範圍不廣，而且也確實不宜普及，尤其在中國這樣有長期性禁錮傳統的社會心態的條件下，傳播更須謹慎，這是無須論證的。事實是，《金瓶梅》名氣大而讀者不多，研究只局限在學者圈子中。魯迅曾說「**專門家的話多悖**」[3]，這話實在精闢而意味深長，《金瓶梅》的研究現象也證明專門家常多悖論，光是作者是誰的考證中，悖於事理的議論就頗不少，其他方面自可推知。

　　時人同志近年來發表了一系列《金瓶梅》的研究論文，有的與鄙見暗合，有的則是我所未嘗留意或未嘗發現的。他從晚明文化的全景著眼，議論《金瓶梅》的作者、創作過程和傳播情況、歷史內涵、藝術方法的各個層面，有不少不失為一家之言的創見，也提供了不少值得繼續探索的問題，都不是泛泛之談和人云亦云之見。現在結集出版，我想定能有裨於《金瓶梅》乃至古代小說的研究，並能使小說讀者獲得理解和啟發。我本人對《金瓶梅》缺乏研究，從來不敢輕率議論，因欣慰時人此書的出版，故敢就以往閱讀所得印象，做如上的泛膚之談，用以為學術界獲得這一新成果慶。

1991 年 4 月於上海市西迎曦樓

附記：本文原載李時人《金瓶梅新論》（學林出版社 1991 年 8 月）。

3　《名人與名言》。

《金瓶梅》研究的新水準與新成果
——評李時人《金瓶梅新論》

魏崇新

　　近年來國內出現了一股不小的「《金瓶梅》熱」，隨之而來的是雨後春筍般出現的《金瓶梅》研究的論文與專著，可謂成績斐然。上海師範大學李時人的新著《金瓶梅新論》（學林出版社 1991 年 8 月版）是其近年來《金瓶梅》研究的結晶，也代表了目前《金瓶梅》研究的新水準與新成果，尤令人矚目。

　　《金瓶梅新論》突出的特點是「新」，這「新」不是標新立異，而是觀念與方法的更新。《金瓶梅》是一部偉大而又複雜的小說，單純用文學批評的尺規去衡量就難以把握其真正的價值，正如李時人同志在書中所說，「那種對《金瓶梅》採用一種固化的政治、道德或藝術的批判模式來套解是很難得其要領的」，當然，也無法把《金瓶梅》的研究引向深入。《金瓶梅》的產生是一種複雜的文化現象，契合著特定時代的精神風貌與社會心理，這就要求評論者具備超越傳統批評框範的眼光，方能揭示《金瓶梅》的底蘊。《金瓶梅新論》正是站在新的時代文化高度對《金瓶梅》進行全方位文化關照的。〈《金瓶梅》：中國 16 世紀後期社會風俗史〉是一篇具有開拓性的論文，它擺脫了文學批評的模式，從全新的文化視角把《金瓶梅》放在晚明廣闊的歷史文化背景中加以考察，揭櫫了《金瓶梅》所反映的晚明社會中人們的生活方式、社會風尚的變化及時代心理狀態，並把《金瓶梅》與晚明文學新潮相聯繫，闡述了其歷史和美學的意義，從而指出《金瓶梅》是一部中國 16 世紀的「風俗史」。這篇文章在《金瓶梅》研究界產生了很大影響，它的價值在於為對《金瓶梅》進行多層次多角度的研究開闢了新路。

　　性描寫是任何一個研究《金瓶梅》的人都無法避開的問題，也是近年來《金瓶梅》研究的「熱點」之一。但多數論者不是從文學描寫的角度去討論《金瓶梅》性描寫的得當與否，就是以道德的眼光去評判其美醜善惡。〈論《金瓶梅》的性描寫〉一文則另闢蹊徑，從《金瓶梅》產生的深遠的文化背景與廣闊的人類文化視野入手，對《金瓶梅》的性描寫進行了較為客觀的文化剖析。性欲作為人類自然存在與生命力量的體現，不僅

具有生理意義、美學意義，更具有社會文化意義，《金瓶梅》著重財色，通過對性、性關係的描寫真實地再現出晚明社會的現實生活，從而揭示了這個社會的本質特點，它不僅是對中世紀禮教禁慾主義的反叛（雖然這反叛是畸形的），而且也與晚明社會的人性解放思潮和享樂主義思潮步調一致，昭示出時代心理演變的軌跡。性描寫是《金瓶梅》有機整體中不可分割的一部分，然而由於時代心理的制約及作者感性與理性的錯位，使《金瓶梅》的性描寫出現了一種矛盾著的二律背反，在某種程度上損害了《金瓶梅》的藝術表現力。可以說這篇文章集近年來《金瓶梅》性描寫研究之大成，比較全面地闡述了《金瓶梅》性描寫的文化意義，而且頗具理論深度與思辨色彩。

　　《金瓶梅新論》的另一顯著特色是善於將時代文學思潮、社會文化心理與《金瓶梅》的文本研究相結合，並通過對文本的研究尋繹作者的創作意圖，揭示其創作心態，因此，不論是論述《金瓶梅》的思想，還是分析其藝術與人物，都能有所發現，言別人所未能言。如書中收有八篇《金瓶梅》的人物論，李時人同志並沒有局限於對人物身分、行為、性格的介紹評價，他更注意通過人物的分析挖掘這一形象蘊含的文化意義，探尋蘭陵笑笑生塑造這一形象的創作意圖與創作心境。如分析宋惠蓮這一形象，他指出蘭陵笑笑生在對宋惠蓮平凡人生的描繪中流露出自己對待人生的新態度：「作者不時用嘲笑的筆調諷刺他的人物，使她難堪，那是因為鄙夷她的行為，揭露她的弱點，但絕不因此丟掉自己對人的同情和尊重。」作者的這種同情心與寬容態度，表現出他對生活的真誠，化成他的創作靈性。至於對吳月娘形象的塑造，出於社會洞察者的憂慮，蘭陵笑笑生傾向於道德的論證，企圖通過善惡衝突表現他的價值觀念，因此集傳統道德於吳月娘一身，使她成為《金瓶梅》中道德的支柱。經過這番闡釋，我們不僅明瞭了蘭陵笑笑生塑造人物的創作動機，也加深了對人物形象內涵的理解。

　　研究中國古代文學尤其是古代小說，有人善於「論」，有人工於「考」，李時人同志則兩者兼擅。《金瓶梅新論》收入的文章，既有頗具思想性與理論性的長篇宏論，也有短小精悍的考證文字，論有深新之美，考具嚴密翔實之長，各有特點。從李時人同志的《金瓶梅》研究過程看，他是以考證為研究起點的，〈《金瓶梅》中「金華酒」非「蘭陵酒」考辨〉〈談《金瓶梅》的初刻本〉〈關於《金瓶梅》的創作成書問題〉等，皆是他早期所寫的考證文章，所考證解決的都是《金瓶梅》研究中的重要的基本問題，為進一步研究《金瓶梅》打下堅實的基礎。〈詞話新證〉一文更見出作者考證論辯的深厚功底，論據充分，論證嚴密，考訂精慎，不僅澄清了被人們混淆已久的詞話這一文學樣式的形式、源流，而且對於一些人因《金瓶梅詞話》一書的書名所造成的《金瓶梅》源於說唱文學，是集體創作的誤解也是有效的糾正。〈賈三近作《金瓶梅》說不能成立〉一文不單是一篇有力的辯駁文章，也是一篇從治學角度談古代文學考證態度與考證方法的

專論，它對於當今的古代文學研究尤其是《金瓶梅》研究具有很大的參考價值。

考論兼長是李時人同志的治學特點，也是《金瓶梅新論》的顯著特色，當然《金瓶梅新論》不是一部全面系統論述《金瓶梅》的專著，而是一本研究《金瓶梅》的學術論文集，但它對《金瓶梅》的研究，有宏觀的文化考察，也有微觀的考證，內容豐富，新意迭出，具有極強的學術性，對《金瓶梅》研究者與愛好者來說，是不可不讀的，相信它的出版會受到《金瓶梅》研究界的歡迎。

附記：本文原載《天津社會科學》1992 年第 3 期。

附　錄

一、李時人小傳

　　1949 年農曆三月生於遼寧錦州。1968 年於江蘇連雲港市高中畢業。1980 年由工廠工人破例錄聘為徐州師範學院古代文學專業教師，從事本科教學，1986 年越級晉升為副教授。1989 年調入上海師範大學工作，1992 年晉升教授，1995 年被批准為博士研究生導師。現為上海師範大學人文學院教授兼文學研究所所長，中國古代文學博士點負責人。2013 年起擔任國家社科基金重大投標項目「明代作家分省人物志」首席專家。

　　長期從事中國古代文學與文化的教學和研究工作，學術方向主要為中國古代小說與文化、明清文學。至 2014 年已經指導博士研究生 38 人、碩士研究生 68 人。學術研究工作始於文獻考據而長於理論思維和論辯，出版有各類學術著述 16 部（其中主編 4 部），發表論文逾百篇。北京中華書局 2013 年出版其《中國古代小說與文化論集》，2014 年再版了其獨立編校的斷代小說總集《全唐五代小說》（8 冊）。其最近十餘年編撰完成的《中國文學家大辭典・明代卷》亦即將由中華書局出版發行。

二、李時人《金瓶梅》研究專著、論文目錄

(一)專著

1. 《金瓶梅》新論，上海：學林出版社 1991 年。

(二)論文

1. 《金瓶梅》中「金華酒」非「蘭陵酒」考辨
   徐州師範學院學報，1983 年第 2 期。

2. 賈三近作《金瓶梅》說不能成立——兼談我們應該注意考證的態度和方法問題
   徐州師範學院學報，1983 年第 4 期。

3. 談《金瓶梅》的初刻本
   文學遺產，1985 年第 2 期。

4. 關於《金瓶梅》的創作成書問題——與徐朔方先生商榷
   上海師範大學學報，1985 年第 3 期。

5. 「說唱詞話」和《金瓶梅詞話》
   復旦學報，1985 年第 5 期。

6. 《萬曆野獲編》「金瓶梅」條寫作時間考
   復旦學報，1986 年第 1 期。

7. 〈談《金瓶梅》的初刻本〉補正
   文學遺產，1986 年第 4 期。

8. 《金瓶梅》——中國十六世紀後期社會風俗史
   文學遺產，1987 年第 5 期。

9. 站在新的時代文化的高度觀照《金瓶梅》
   學習與探索，1990 年第 3 期。

10. 中國古代小說的美學新風貌——談《金瓶梅》的藝術創造
    河北師範大學學報，1994 年第 3 期。

11. 西門慶：中國「前資本主義」商人的悲劇象徵
    光明日報，1995 年 7 月 19 日。

12. 二十世紀《金瓶梅》研究的回顧——「中國古代小說研究史」之三
    零陵師範高等專科學校學報，2000 年第 4 期。

後　記

　　本書是在我 1991 年 8 月份出版的論文集《金瓶梅新論》基礎上編寫的。首先應該感謝本叢書的三位主編，如果沒有他們的關照和催促，我無論如何也不會想到還會出一本有關《金瓶梅》的論文集。在 91 年版《金瓶梅新論》的後面，我寫了一篇「後記」，對我所以撰寫《金瓶梅》研究論文的原因和一些論文的撰寫情況進行了說明，並向為我的寫作提供各種幫助的先生們表示了感謝，茲將這篇「後記」轉錄如下：

　　本書收錄了我幾年來寫的有關《金瓶梅》的文章十餘篇，全部在有關書刊上發表過。收入本書時除〈關於「蘭陵笑笑生」〉恢復了當時因篇幅限制而刪去的部分文字，其餘均保持發表時的原貌。蓋因其中不少篇什是當時為參加學術討論而作，涉及到一些同行，按慣例，不應事後再作增刪，所以，雖然本書有些文字我自己現在看來也不甚滿意，個別地方因當時單篇發表的需要還略有重複，也未作改動。

　　我之所以寫關於《金瓶梅》的文章，實在始於一個偶然的原因。80 年代初，我在徐州師範學院中文系教書，當時《徐州師院學報》文學編輯李穎生老師恰住在我對門。1983 年春節過後剛開學，禮拜六李先生召我喝酒閒話，漫談時李先生介紹學報近期發表的張遠芬先生的大文〈《金瓶梅》作者新證〉很有反響。並因酒及酒，談到張文中論及的金華酒、蘭陵酒問題。恰我手頭有一本 1934 年施蟄存標點的《金瓶梅詞話》，我因教學需要剛讀過這本書，還有些印象，於是斷言說當過兵部侍郎的賈三近不可能是《金瓶梅》的作者，至於說《金瓶梅》中的「金華酒」即山東嶧縣的「蘭陵酒」，只是想當然，並翻出《詞話》第 72 回寫到的「南酒即浙酒即金華酒」作證。李先生因此要我為學報寫一篇文章談談這個問題。這就是收入本書的〈《金瓶梅》中「金華酒」非「蘭陵酒」考辨〉（原載《徐州師院學報》1983 年 2 期）。後來李先生又慫恿我寫了〈賈三近作《金瓶梅》說不能成立〉的文章，刊於《學報》第 4 期。後來這兩篇文章都被復旦大學編輯部編的「高等院校社會科學學報論叢」《金瓶梅研究》（復旦大學出版社 1984 年 12 月版）轉載。在我的第一篇短文發表後，我曾接到棗莊市文化局李錦山先生的長信，他可能是賈三近墓誌等材料的發現者，掌握有關賈三近的全部資料，卻認為說賈三近是《金瓶梅》作者毫無根據。正因為有了這位素昧平生的先生提供的資料，使我在寫第二篇文章時較有把握。

李穎生先生站在編輯的立場組稿，無非是鼓勵爭鳴，活躍學術空氣，但我卻不幸因之捲入有關《金瓶梅》的論爭，以致欲收不能，其實我當時還頗有一些感興趣的研究課題。

1985年6月國內召開了第一次「《金瓶梅》學術討論會」，我因之寫了一篇〈論《金瓶梅》的創作成書問題〉，是和徐朔方先生商榷的。說《金瓶梅》是「集體創作」，首先在其傳播過程中就找不到任何可信的證據；而且，正如何滿子先生在為本書所作的「序言」中說：「用什麼可以證明《金瓶梅》不可能是歷史積累型的小說？因為這樣的題材，這樣的人生現象的歷史涵義，不能早於這個歷史時期所發現，所表達，只能是那個時期的歷史寫照。這個證據比所有從文獻中選剔附會的理由要硬得多。」不過當時我是很認真地針對徐先生的大文條分縷析地作文章的，多少有點迂。這篇文章承孫遜先生幫忙發表在《上海師範大學學報》1985年3期。記得當時會上發言我並沒有談自己的論文，只是談了對當時《金瓶梅》研究狀況的感想，我認為考證《金瓶梅》的作者固然很重要，但並不是大家都能發現有關作者的材料，在沒有可靠材料的情況下，最好不要都去亂猜作者，追求「轟動效應」，《金瓶梅》研究應該「回到作品」，提高研究的層次。所以第二年（1986）再開《金瓶梅》討論會的時候，我提交了〈金瓶梅：中國16世紀後期社會風俗史〉的論文，從晚明文化的全景著眼提出一些看法。這篇文章被與會的《文學遺產》副主編盧興基先生拿去發於《文學遺產》雜誌1987年第5期。

在這幾年中，我也零星地寫了一些關於《金瓶梅》的文章，發表於《文學遺產》《復旦學報》等刊物。收入本書的〈《金瓶梅》人物論〉八篇，是西北大學薛瑞生先生1987年協助霍松林先生編《中國古典小說六大名著鑒賞辭典》時約我寫的。〈關於「蘭陵笑笑生」〉則是何滿子先生1988年主編《中國十大小說家》時給我的命題作文。至1989年6月「國際《金瓶梅》學術討論會」在國內召開，我亦敷衍了一篇〈論《金瓶梅》的性描寫〉，並作了題為〈站在新的時代文化高度觀照《金瓶梅》〉的發言。這兩篇東西也於去年在有關刊物發表。

關於本書各篇文章的寫作經過已交待如上。在寫這些文章的過程中，我陸續形成了一些對《金瓶梅》的看法，師友們閒聊時也會胡吹亂侃一通，南開大學甯宗一先生、吉林社科院李偉實先生等都曾鼓勵我將這些看法寫成一本系統的專論，我自己也曾有過寫《金瓶梅新論》和《金瓶梅人物論》兩本書的想法，但終因雜七雜八的事情岔開。現在時過境遷，我也不復有這樣的興趣了，終於只能結成這本小冊子，想起來未免有些悵然。之所以仍用《新論》的題目，坦白地說主要是從出版發行的角度考慮的，雖然本書多少有點新意，或許也是事實，故並非完全名不符實。只是正如本書各篇中經常提到的，《金瓶梅》是一部十分複雜、很難把握的作品，在很多問題上都很難作簡單的定性判斷，所以我的文章自我感覺有新意的地方，或許正是謬誤之所在。何先生在本書「序言」中引

用了魯迅先生「專門家的話多悖」的話，正是對讀者的提醒。所以，我除了希望我的同道們能對我的文章批評指正外，也誠懇地告訴其他的《金瓶梅》讀者，你們可以看一看我的議論，但如果你們有機會讀《金瓶梅》的話，應該儘量地自己思考。其實，我又何嘗是「專門家」，本書中的文章很多寫的不過是一個讀者一時一地的閱讀感想罷了。

何滿子先生是我欽敬的前輩，是一位成熟的學者和文藝批評家，本書所談到的一些問題，先生在「序言」中大都三言兩語就概括了。據有人說，何先生法眼甚高，請何先生作序真有點冒險。拿到序言後，知本書中有些看法與何先生暗合，不禁有些慶幸心喜，只是何先生沒有直接對本書提出多少批評，又多少有點遺憾。既希望對自己認同鼓勵，又希望得到批評指正，以利進步，我不十分清楚這種思想對不對，卻經常處於這種心理狀態。

在感謝何先生為本書做序的同時，也借此機會對上面提到的李穎生、李錦山、孫遜、盧興基、薛瑞生、甯宗一、李偉實諸先生及一切幫助和鼓勵過我的朋友和同仁一併表示感謝。學林出版社社長雷群明先生幫助本書得到出版的機會，並親自擔任本書的責任編輯，尤其值得特別感謝，更應於此謹志。

李時人

1991 年 4 月於上海師範大學

1991 年 8 月《金瓶梅新論》論文集出版後，我覺得關於《金瓶梅》，我已經沒有什麼話可說了。雖然以後在授課和指導研究生的工作中難免涉及《金瓶梅》，但我已經不再寫有關《金瓶梅》的文章，甚至連有關《金瓶梅》學術會議也無暇參加了。在我最近二十多年的學術生涯中，只有幾次偶然涉及到《金瓶梅》。一是 1993 年河北師範大學《學報》的李延年兄向我約稿，提出我的《金瓶梅新論》論文集有關《金瓶梅》的「藝術」方面談的不夠具體，希望我從「小說藝術」的角度為他們寫一篇稿子，這就是後來發表在《河北師範大學學報》1994 年第 3 期的〈中國古代小說的美學新風貌——談《金瓶梅》的藝術創造〉一文。二是 1999 年我與幾位友人合寫了一本《中國古代焚毀小說漫話》(上海漢語大辭典出版社版)，其中有關《金瓶梅》一篇是我寫的，題目用的仍是〈金瓶梅：中國 16 世紀後期社會風俗史〉，內容則是將我以前關於《金瓶梅》的看法合起來進行一次綜合論述，因為這篇文章的看法在其他文章中都已經談過，且收在我最近剛出版的論文集 (《中國古代小說與文化論集》，北京中華書局，2014) 中，所以這裏也就不再重複收錄了。不過，這本集子中從我的一本未刊稿中選了幾節，值得提一下。我一直認為我的《金瓶梅》研究的核心觀點是：《金瓶梅》是一部中國 16 世紀「社會風俗史」，在和友人聚談

時，多次有人建議我寫一本書，對此詳細地加以論述。20 世紀初，有編輯曾和我詳談這個問題，一時動心，於是決定寫一本這樣的書，書名定為《金瓶梅與晚明商品經濟和城市生活》。在一段時間內我寫好了提綱，並斷斷續續寫了十幾萬字的初稿，但因為他事過多，稿子進度很慢，不能及時交稿，加上出版社的人事變動，於是最終放棄了此事。後來，我曾經在課堂和講座中講過一些本書的內容，如 2011 年第 2 期的《廣東培正學院學報》就刊登過李建武寫的〈《金瓶梅》與晚明商品經濟——以西門慶經商聚財為例（記上海師範大學李時人教授的專題講座）〉。現在時過境遷，且我手頭的工作任務很重，已經沒有可能再將這本書完成，這裏選了幾小節，於我算是一個小小的紀念，於讀者亦可見出我的一些思路。

李時人

2014 年 5 月 25 日於上海寓所

國家圖書館出版品預行編目資料

李時人《金瓶梅》研究精選集

李時人著. — 初版. — 臺北市：臺灣學生，2015.06
面；公分（金學叢書第 2 輯；第 18 冊）

ISBN 978-957-15-1667-7 (精裝)

1. 金瓶梅　2. 研究考訂

857.48　　　　　　　　　　　　　　　104008096

李時人《金瓶梅》研究精選集

著　作　者：李　　　時　　　人
主　　　編：吳　敢　、　胡　衍　南　、　霍　現　俊
出　版　者：臺　灣　學　生　書　局　有　限　公　司
發　行　人：楊　　　雲　　　龍
發　行　所：臺　灣　學　生　書　局　有　限　公　司
　　　　　　臺北市和平東路一段七十五巷十一號
　　　　　　郵 政 劃 撥 帳 號：00024668
　　　　　　電　話：（02）23928185
　　　　　　傳　眞：（02）23928105
　　　　　　E-mail：student.book@msa.hinet.net
　　　　　　http://www.studentbook.com.tw

定價：精裝 30 冊不分售
　　　新臺幣 45000 元

二 ○ 一 五 年 六 月 初 版

金學叢書 第二輯